DARK DESIRE
Verbotenes Verlangen
J. S. Wonda

Inhalt

Ich sagte dir, ich sei ein echter Prinz.
Aber du hast mich nicht verstanden.
Ich sagte dir, flieh, so schnell du kannst.
Aber du wolltest nicht hören.
Ich versprach dir, dass du mir verfallen wirst, wenn ich es darauf anlege.
Du nahmst es in Kauf.
Jetzt stehst du hier, in deinen Augen das dunkelste Verlangen, und du weißt noch immer nicht, mit wem du es aufnimmst.

Der Dark Prince verbirgt ein mächtiges Geheimnis.
Florence verliert sich in ihren Gefühlen.
Nike ist längst nicht so unschuldig, wie alle dachten.
Und Davies zweifelt immer mehr an seiner Loyalität.

J. S. WONDA

DARK DESIRE

Verbotenes Verlangen

KEIN MÄRCHEN
BAND 2

DARK DESIRE: Verbotenes Verlangen
Romantikthriller

Band 2 der DARK-PRINCE-Reihe
3. Auflage

Bildmaterial: Shutterstock
Gute Fee: Iris Gierga
Korrektorat: Veronika Schlotmann-Thiessen, Claudia Matheis

Die Handlung einschließlich des politischen Hintergrunds und der geschichtlichen und gesellschaftlichen Verhältnisse Englands und des britischen Königshauses ist rein fiktiv. Eventuelle Ähnlichkeiten sind nicht beabsichtigt.

Bestellung und Vertrieb: Nova MD GmbH, Vachendorf
ISBN: 978-3961115440

Druckerei Smilkov Print Ltd
Pokrovnishko shose
2700, Blagoevgrad

Jane S. Wonda
Nektarweg 8
30900 Wedemark

Facebook: www.facebook.com/janeswonda
Instagram: @janes_wonda
Homepage und Shop: www.janeswonda.com/shop

Ich werde dir eine Geschichte erzählen.
Sie beginnt im Licht und endet im Schatten und verläuft sich in der Dunkelheit. Und dann, wenn du es nicht erwartest, wird sie dich fortreißen, Baby, und ich werde nicht da sein, um den weißen Prinzen auf dem Pferd spielen zu können und dich zu retten.
Mein Pferd ist ein Jaguar mit 340 PS und weiß und unschuldig bin ich schon lange nicht mehr. Bereit?
Bereit für die Wahrheit, die du nie erfahren wolltest?

PROLOG

DU MUSST ERST EINEN FROSCH KÜSSEN, BEVOR DU DEINEN PRINZEN FINDEST.

Sieben Jahre zuvor

»Süße. Du gehst da rein. Zeigst deinen Ausweis vor. Machst einen auf nettes Mädchen, lässt die Privatschule durchklingen und dann kommst du wieder raus. Das ist so easy, Girl. Das schaffst du.«

Ich zweifelte. »Aber was, wenn du dich vertust«, Evan hob eine Braue, »ich meine, wenn du doch Schulden … und …« Fuck, ich wollte ganz bestimmt nicht, dass ich Schulden auf einem Bankkonto anhäufte!

»Du vertraust mir nicht?«, fragte er kühl.

»Doch!« Nein.

»Ich häufe keine Schulden an, Süße.« Er fasste mich an den Schultern, drehte mich Richtung Bankgebäude und ließ mich wieder los. »Außerdem ist das ein verficktes Kinderkonto für Minderjährige, klar? Du kannst nicht mehr abheben, als drauf ist. Und da ich ja nur mein Geld draufpacken werde, sollte ich eher dich fragen, ob ich dir vertrauen kann.

Nachher raubst du mich aus und verschwindest und ich kann nicht mal wütend auf dich sein, weil du so verdammt niedlich bist.« Er stupste mit seinem Finger an meine Nase und gab mir von hinten einen Kuss an meinen Mundwinkel. »Jetzt geh schon. Mach mich stolz.«

»Und das ist wirklich nur für deine Sparanlagen?«

»Wofür sonst? Du weißt doch selbst, dass sie mir alles aus der Tasche reißen. Girl, ich bin auf das Scheißsozialgeld angewiesen. Die Wohnung bezahl ich nicht von den paar Kröten, die ich mit meinem Nebenjob verdiene. Ich will endlich mal raus da und was ansparen. Dafür brauche ich dich.«

Ich zögerte noch immer. Ich kannte Evan keine paar Wochen.

»Es ist so niedlich, wenn du dir unsicher bist und sich deine Stirn runzelt wie jetzt. Wie auf Eves Party, als wir uns getroffen haben und du nicht wusstest, ob ich dir gefalle oder nicht.« Er stellte sich vor mich und nahm mein Gesicht zwischen seine Hände. »Ich habe das Glück, dass du dich für mich entschieden hast. Ich habe aber nicht das Glück, dass mein Daddy für meine Privatschule blecht.«

»Meine Tante bezahlt das und …«

Doch er ließ mich gar nicht ausreden. »Ich will einfach ein bisschen Geld ansparen, ohne dass irgendjemand Kontrolle drüber hat. Du gehst rein. Eröffnest dieses Konto. Gibst mir die Karte und dann kann ich drauf zugreifen. Und weißt du was? Sollte ich dich verarschen, dann kommst du wieder her und löst es auf. Es kann dir nix passieren.«

»Ja, ich weiß.« Das wusste ich wirklich. Ich war gestern länger in der Schule geblieben, um mich im Internet über die Londoner Bank schlau zu machen. Eigentlich hatte ich nicht wirklich ein schlechtes Gefühl dabei, ihm zu helfen, denn ich kannte Evan zwar kaum, aber er hatte mit allem recht. Da ich unter 18 war, konnte ich das Jugendkonto nicht überziehen und er würde auch keine Schulden machen können. Ich würde ihm helfen – und warum sollte ich auch nicht? Die Stadt könnte doch von den tausend Superreichen die Steuern eintreiben, anstatt Evan wie so viele meiner Freunde und Bekannten an den Rand der Armutsgrenze zu treiben, indem sie ihn zu sinnlosen – und im Vergleich zu den Millionären in London geringen – Abgaben zwangen. Bescheuertes System.

Natürlich würde ich ihm helfen.

»Ich mach's«, sagte ich mit neuer Zuversicht.

»Du bist die Beste«, raunte er glücklich und gab mir einen Kuss. Wie jedes Mal fühlte es sich für mich neuartig an. Ich wusste noch nicht, ob ich es mochte, wenn er mir seine Zunge zwischen die Zähne schob, aber andererseits war ich neugierig darauf, wie es sein würde, einen festen Freund zu haben. Die letzten Tage hatten mir gefallen. Er war bei mir gewesen, wir hatten unser erstes Mal gehabt – nachdem ich von dem letzten Deppen meiner ehemaligen Schule entjungfert worden war – und er hatte sogar mit Nike geredet. Nicht so wie die anderen Freunde, die Eve manchmal zu mir anschleppte, wenn sie noch nicht nach Hause gehen und mein Zimmer als Chillout-Area nutzen wollte. Bei sich durfte sie keinen Besuch empfangen, wenn ihr Vater da war. Eigentlich hatte ich kein Problem mit ihr und ihren Freunden, aber sie sahen Nike jedes Mal so an, als würden sie ihn für einen armen Wurm halten, nur weil er besonders schmächtig und blond war und die meisten von Eves Freunden groß gebaut und schwarz. »Wenn du das hinter dir hast, lade ich dich ein, was hältst du davon?«, fragte Evan und löste sich langsam von mir. Seine Augen waren braun, mit grünen Sprenkeln durchsät. »Du darfst dir auch aussuchen, wohin.«

»Ich dachte, du hättest kein Geld?«

»Na, die paar Pfund werde ich für meine Prinzessin aufbringen.« Er trat zur Seite, um mir nicht länger im Weg zu stehen. »Ich warte dann hier.«

»Okay.« Ich kramte in meiner Tasche und zog meinen Ausweis hervor, als ich auf die Glastüren zuging. Beim Durchtreten sah ich mich noch einmal um. Evan lehnte am Treppengeländer und sah mir gedankenverloren nach. ›Prinzessin‹. Ob ich mich an diesen Kosenamen würde gewöhnen können?

DAS BRITISCHE KÖNIGSHAUS

DAS HAUS WALFORD

DIE QUEEN †

SCHWESTER DER VERSTORBENEN KÖNIGIN

♔ **Prinzessin** Augusta

KINDER DER VERSTORBENEN KÖNIGIN

♛ **König** Edmond, verheiratet mit: **Herzogin** Bridget

♛ **Prinzessin** Margaret, verheiratet mit: **Graf** Patrick

♛ **Prinzessin** Sophia, verheiratet mit: **Herzog** Vincent

wird mit jedem Band erweitert …

DER PRINZ

MEIN WEISSES PFERD IST EIN JAGUAR MIT 340 PS.

Schottland. Einsame Berge, wolkenloser Himmel, eine leere Landstraße.

Ich fuhr.

Das hatte Vorteile, denn so konnte ich den Pferden unter meinem Fuß sagen, wo es lang ging. Es machte mich handlungsfähiger. Die Kutsche war ja mal ganz nett.

Der Rennwagen war besser.

»Hast du sie gefickt?« Nach zehn Minuten vollkommen stiller Fahrt auf der zweispurigen Landstraße fragte ich es. Ich konnte nicht behaupten, dass ich neugierig auf die Antwort war. Es war vielmehr Angst, die mich packte und trieb. Nackte, bittere, unberechenbare Angst, die man nur dann empfand, wenn man kurz davor war, von seinem ersten Mann verraten zu werden. Die Smith&Wesson drückte in meiner Jackeninnentasche gegen meine Brust. Ein Herz.

Dieses nervenerregende Schlagen davon.

Davies' Antwort.

»Nein.«

Mein Fuß zuckte vom Gaspedal zur Bremse. Ich wollte

ihm noch eine Sekunde Zeit lassen, diese Lüge zu korrigieren. Eine einzige. Ich sah zur Seite, in seine Augen.

Grün. Treu. Endlos loyal.

Bis heute.

Er verbesserte sich nicht.

Bis jetzt.

Mein Fuß knallte auf das Bremspedal, der Jaguar schlingerte, wir ruckten nach vorne. Mein Vorteil: Ich war vorbereitet. Sein Nachteil: Er war es nicht.

Ich sprang aus dem Wagen, ließ die Tür sperrangelweit geöffnet und fuhr herum. Aber Davies wäre nicht an meiner Seite, wenn er dämlich neben mir sitzen geblieben wäre.

Er stand genauso wie ich neben dem Auto, die Waffe von gestern mit dem Schalldämpfer auf mich gerichtet. Er atmete schwer, er musste verdammt schnell reagiert haben.

Er zielte auf mich.

So wie ich auf ihn.

Darüber konnte ich nur lächeln. Tot war ich nach wie vor, vielleicht wäre es sogar eine Wohltat, wenn er mich erschoss. »Los, drück ab, *Freund*«, forderte ich ihn heraus und ließ meine Waffe locker sinken. »Töte den einzigen Menschen in deiner Welt, der versucht, sie besser zu machen.« Ich spuckte auf den Boden, da sich sein Gesicht leider zu weit entfernt befand. *»Für eine Frau.«*

Davies zögerte. Sein Kiefer mahlte. Ein Auto fuhr hupend an uns vorbei. Wer auch immer das war, der Fahrer musste die Waffen in unseren Händen ausgeblendet haben. Wir standen mitten auf der linken Fahrbahn.

Davies nahm die Pistole herunter.

Sofort hob ich meine. »Halt sie dir an den Kopf und frag dich selbst, ob du nicht lieber abdrücken solltest!«

Sein Gesicht spiegelte nur wenige Emotionen, als er die

Waffe aufs Autodach ablegte und die Hände langsam hob. Er sah mich nicht an.

»Du kannst gehen«, lud ich ihn ein. Meine Stimme; rau und hart. Wenn er nicht länger an meiner Seite kämpfen wollte, sollte er sich gefälligst verpissen – und nicht lügen. »Lancelot«, sagte ich schmierig, »geh zu deiner verschissenen Prinzessin und flieh mit ihr. Wenn du mir nie wieder unter die Augen trittst, ist es gut möglich, dass ich nicht dem gesamten amerikanischen Staatsapparat verrate, wie man dich finden kann. Du wirst London verlassen, kein einziger Fußtritt in diesem Land gehört zukünftig noch dir. Aber wer weiß.« Ich lächelte ironisch. »Vielleicht ist das ihr schwarzer Arsch ja wert?«

Ich wusste nicht *genau* darüber Bescheid, was gestern Nacht im Badezimmer vorgefallen war. Es hatte sich jedenfalls nicht danach angehört, als hätten Florence und Davies sich mit Kuschelpartys aufgehalten. Er nahm seine Frauen hart und wenn möglich noch härter, und wären das Morphium, die Schmerzen, der Blutverlust, ja, wäre das alles nicht gewesen, ich hätte mich womöglich zu ihnen gesellt und Florence' hingebungsvolles Stöhnen mit meinem Schwanz erstickt.

Es ging mir nicht um Eifersucht. Eifersucht war keines der Gefühle, das ich mir erlaubte, solange ich bekam, was ich wollte. Nein. Wenn ich Davies verdammt noch mal fragte, ob er eine Frau in meinem Beisein gefickt hatte oder nicht, musste er *die Wahrheit sagen.* Ob mir die Antwort anschließend gefiel, hin oder her.

Aber er hatte mich angelogen. Er hatte geglaubt, ich würde es nicht bemerken. Nicht hören, nicht wissen, niemals *erfahren.*

Davies, dem ich mein Leben in die Hand gegeben hätte,

mein gesamtes schlagendes Herz, den ich am liebsten vor allen anderen in meine Geschichte eingeweiht hätte, aus Zuversicht, dass er mich verstehen würde, hatte mich für Florence angelogen.

Also stand er auf sie – so wie er eben auf Frauen stand, die ihm auch nach dem zweiten Fick noch interessant genug erschienen – und er glaubte, er müsse diese Tatsache vor mir verbergen.

Aber warum?!

Was hatte Florence an sich, dass sie uns das allerletzte Verhalten entlockte?

Davies stand vor mir, rieb sich die Augen und bereute.

Wenigstens das. Mein bester Freund verriet mich. Irgendeine Ratte wie Evan verriet mich. Und eine Frau, die keinerlei Vorteile für meine Zwecke bot, brachte mich dazu, *ihr alles zu* verraten. Ob sie auf die Lösung des Rätsels kommen würde, das ich ihr heute Morgen in zweifelhaftem Anflug von Selbstverherrlichung aufgetischt hatte?

Soll ich dir eine Geschichte erzählen?

Sie handelt von einem Prinzen.

Seiner Schwester.

England.

Und dem Leben fernab der Presse.

Es ist kein Märchen.

Weißt du jetzt, wer ich bin?

Ich war kurz davor, die Knarre zu nehmen und mir selbst in den Kopf zu schießen.

Davies log mich an und ich verriet mein gefährlichstes Geheimnis. Und das wegen irgendeinem Gossenmädchen aus Bethham.

Wie wurde ich Florence wieder los? Es gab nur einen Ausweg.

»Es tut mir leid.« Davies fasste an meine Schulter. Seine

schweren Schritte waren über den Asphalt zu mir gekommen. »Sie hat mich verführt. Ja. Die Antwort ist ja.«

»Du hast mich angelogen wegen einer Frau.« Ich starrte wie paralysiert aufs Auto. Die Griffe des Wagens blitzten im Sonnenlicht. »Sie wird verschwinden.«

Das war unumgänglich. Sie war zu gefährlich. Für mich und für alles, was mich ausmachte. Sie gefährdete das Einzige, auf das ich in meinem Leben wirklich hatte zählen können: Davies' Loyalität.

Ich schüttelte seine Hand ab und straffte meine Schultern. »Schick sie ins Exil.« Hatte ich ihr heute Morgen vorgeschlagen, dass sie mit uns nach London zurückkehren könnte? Dort studieren dürfte? Das Händchen gehalten bekäme, als wäre das hier eine kleine Zirkusshow? *Das konnte sie sich so was von abschminken.* »Schick sie irgendwohin, von wo aus sie nie wieder dafür sorgen kann, dass meine rechte Hand es fertigbringt, mir ins Gesicht zu lügen.« Ich sah auf und überprüfte, ob Davies diese Information verstanden, geschluckt und verdaut hatte. »Du kannst mit ihr gehen«, bot ich ein weiteres Mal an. »Aber wenn du bleibst, wirst du dich mir niemals wieder widersetzen.« Das klang übertrieben, aber es war die reinste Wahrheit. Ich musste ihm vertrauen können. Das war das Wichtigste, vor allem anderen. »Ein Schritt in die falsche Richtung, eine weitere Lüge, ein Verrat, und ich schicke dir jeden auf den Hals, den ich kenne. Mrs USA ganz vorn. Dort wartet man sehnlichst auf deine Rückkehr und einige Stühle darauf, dich grillen zu können.« Plötzlich kehrte die Lockerheit in mir zurück und ich zuckte die Achseln. »Ganz, wie du meinst.«

Ich ging zurück zum Wagen, aber Davies trat an meine Seite. Er wollte mir bedeuten, dass er fahren würde. Und dass er es bereute und zu mir hielt.

Ein letztes Mal packte mich die Wut. Ich zog ihn am Kragen heran und drückte ihm den Lauf der Wesson an die Schläfe. »Lüg mich. Nie. Wieder. An«, befahl ich ihm ruhig.

Seine Miene war ein Grab, so ernst.

»Gut.« Ich streichelte ironisch das T-Shirt über seiner breiten Brust zurecht und setzte mich nach hinten ins Auto.

Auch Davies stieg ein, nachdem er meine Tür geschlossen hatte, startete den Motor und sah zu mir in den Rückspiegel. »Der Sex war also gar nicht das Problem?«

Ich lehnte mich zurück. Er hatte das wirklich geglaubt. Er hatte geglaubt, dass ich sie für mich beanspruchen wollte. Aber warum? Noch war dafür keine Zeit. Und nach dem, was sie mit Davies angestellt hatte, würde die Zeit dafür nie kommen. *Eine wie sie war zu gefährlich.* »Nein. Ich hätte sie gerne gemeinsam mit dir gefickt, aber ich bin verletzt. Sollte es jemals dazu kommen, dass ich dir verbiete, mit einer Frau zu vögeln, wird sie es von sich aus nicht wollen. Was soll ich mit einer Prinzessin, die eine Schlampe ist?«

Davies gab ein leises Geräusch von sich. Es könnte ein Lachen gewesen sein. »Vielleicht sollten wir noch eine Nacht bleiben, Alec. Es könnte uns sehr gefallen.«

NIKE

ICH WAR NIE DAS REH.

Brüderchen und Schwesterchen

»Gib mir mal die Flakes, McReids!«

Nike starrte gedankenverloren zum Lehrertisch.

»McReids!«

Die Unterseite eines Brötchens traf ihn im Gesicht. Die anderen Jungs am Tisch lachten. Nike drehte seinen Kopf zu Oliver und hätte ihn am liebsten getötet.

»Wach auf!«, sagte dieser grinsend und nickte zu den Flakes, die direkt vor Nikes Schüssel standen. »Die Flakes, Junge!«

Nike stand auf. Was wagte es dieser saustumpfe Wichser, ihn anzumachen und mit einem Brötchen abzuwerfen?! Schlagartig verstummten alle um Nike herum. So hatten sie ihn noch nie zuvor erlebt. Nike behauptete sich nicht. Er war nett und freundlich und geriet nirgends dazwischen. Aber er war in etwas dazwischengeraten und seine dusseligen Schulkameraden hatten keine Ahnung, worum es hier wirklich ging.

›Nike, ernsthaft. Das schaffst du. Wenn nicht du, wer dann? Du weißt, ich hab dir schon, als du noch ein kleiner Knirps warst, gesagt, dass du das schaffst. Bei deiner Schwester? Sieh sie an, sie ist perfekt, du wirst noch mehr erreichen.‹

›Ich habe keine Ahnung vom Dealen.‹

›Es ist wie mit den Noten. Stell dir einfach vor, es wären A, B, Cs. Noten, Hausaufgaben, du gibst sie weiter wie Schulmaterial. Das kannst du doch so gut. Niemand bekommt es mit, dass du andere für deine Leistungen und Noten arbeiten lässt. Dealen ist genauso. Es ist das Gleiche. Und wann immer du Schwierigkeiten hast, wendest du dich an Mr Henderson. Er beschützt dich sozusagen. Klar?‹

Nike nahm die Plastikdose Flakes und knallte sie vor Olivers Platz. »Nenn mich noch einmal McReids und ich schütte dir die Flakes ins leere Hirn.«

Jeder sah ihn an. Er setzte sich wieder.

›Ich soll einen Lehrer fragen? Ein Lehrer steckt da mit drin?‹

›Na ja. Sagen wir, ich habe dafür gesorgt, dass man denken wird, er … würde hinter den Dingen stecken. Er ist ein Loser! Denk nicht an ihn.‹

›Gut. Wie lange habe ich Zeit?‹

›Ein paar Wochen. Nimm das Zeug auf keinen Fall mit nach Schottland! Das ist zu riskant. Ich bin auf dich angewiesen, Kid. Ich vertraue dir. Das habe ich wirklich noch nie getan. Einfach jemandem blind vertrauen. Aber bei dir weiß ich, dass es klappen wird. Halt dich einfach weiter schön raus aus allem. Lass andere den Dreckmist erledigen, so wie jetzt schon mit deinen Schulsachen. Das packst du.‹

›Drogen sind keine Hausaufgaben.‹

»Sag mal, was ist denn mit dir?«, fragte Caleb beunruhigt und stieß Nike vorsichtig in die Seite.

›Aber sie dealen sich genauso, Nike. Sie dealen sich genauso …‹

»Nike Reids?« Die Herbergsmutter stellte sich zu ihnen an

den Tisch. Sie hielt ein paar Umschläge in der Hand. »Da ist Post für Sie, Mr Reids.« Sie warf ihm einen Brief ohne Absender in den Schoß. »Katie Stewart? Der dritte in dieser Woche für Sie!« Sie warf Katie einen Brief zu, die ihn beschämt auffing, und dackelte wieder davon.

»Wer schreibt dir denn, Nicky?«, rief Noah grinsend vom Tischende. Keiner aus ihrem Zimmer hatte schon Post bekommen. Post zu bekommen fiel definitiv in die Kategorie ›uncool‹, auch wenn Nike diese Schublade so was von egal war. Es war ihm sogar ganz recht, wenn alle dachten, er sei schüchtern, langweilig und eine Spaßbremse. *Dieses Image half ihm bei seinen Plänen.*

Nike drehte den Umschlag in seiner Hand. Mit feiner, kaum leserlicher Schrift war darauf gekritzelt:

Lies ihn, wenn du alleine bist. Sofort.

»Von meiner Mum«, nuschelte Nike und stand auf. *Scheiße.*

»Und was schreibt dir deine Mummy?!«, rief Oliver höhnisch.

»Dass sie kommt und dir deine vollgekackten Unterhosen waschen will!«, antwortete Nike genervt, bevor er den Stuhl zurückstieß und die Tischrunde verließ. Gleich zwei bescheuerte Sprüche an einem Morgen. Aus seinem Mund.

Er hatte bisher seinen Mitschülern zwar zugehört und stumm deren Ausdrücke gelernt, aber er war noch niemals so weit gegangen, sie wirklich jemandem an den Kopf zu knallen. *Aber jetzt hatte sich alles verändert.*

Er bekam Post von einem Unbekannten. Er war in etwas verwickelt, wovon die Schüler seiner Klasse keine Ahnung hatten. Niemand von ihnen kam aus Bethham. Niemand wusste, wie es dort war und was man dort tat, um zu überleben.

Nikes Vorteil. Keiner vermutete hinter seinem braven Äußeren den gerissenen Fünfzehnjährigen, der er war. Der Dark Prince mochte London noch so hart regieren, vor Minderjährigen machte er meistens Halt und ließ sie gewähren. Sobald sie allerdings achtzehn wurden und weitermachten wie bisher, schlug er zu.

Nun, drei ganze Jahre wollte Nike das Spiel sicher nicht treiben. Und er wusste, dass er das auch nicht musste.

Er ging nach draußen auf den Flur und öffnete den Brief.

Triff mich in deinem Zimmer. Jetzt! Wir haben Schwierigkeiten …

Nike atmete durch. Das konnte nur eine Nachricht von Mr Henderson sein. Er lebte also. Nike überprüfte den Umschlag, während er ins erste Stockwerk ging. Die Briefmarke war nicht abgestempelt worden. Das hätte ihm auch gleich auffallen können. Erleichtert öffnete er die Tür zu seinem Zimmer, das er sich mit den sechs anderen Jungen seiner Klasse teilte, und stellte beunruhigt fest, dass es leer war. Zögernd ging er hinein, um zu überprüfen, ob jemand vielleicht auf dem Tisch am Fenster eine Nachricht hinterlassen hatte, als die Tür in seinem Rücken zufiel, er die Schatten bemerkte und mit beschleunigtem Puls herumfuhr.

Zwei Männer befanden sich mit ihm im Raum. Den einen erkannte Nike sofort wieder. Er hatte ihn gestern im Treppenhaus gesehen, als er Mr Henderson zur Rallye nach drinnen gefolgt war.

Er hatte eine Waffe in der Hand getragen …

Der junge Mann war groß und schlank und sah aus, als könne er genauso gut ein Model in der Oxford Street sein.

Der andere war breiter, hatte mehr Muskeln und wirkte insgesamt bedrohlicher. Über sein Gesicht verlief eine durch den grellen Sonnenschein erhellte Narbe und seine Haare waren kurz geschoren. Er trug Stiefel, zahlreiche Tattoos bedeckten seine Arme.

Nike hatte tausend Fragen, die er gerne stellen würde. Angefangen bei dem Vorfall gestern, bei dem Rätsel, wohin Mr Henderson verschwunden und warum seine Schwester aufgetaucht und ohne Verabschiedung wieder gegangen war. Fragen, auf die er niemals eine Antwort erhalten würde, weswegen er sich für die Unschuldstour entschied und zu stottern begann. »We-wer seid ihr?«

»Ach, du brauchst nicht so zu tun, als hättest du vor uns riesige Angst«, sagte der Schwarzhaarige freundlich, zog sich einen Stuhl in die Mitte des Raumes, stieß die Tasche, die darauf stand, achtlos auf den Boden und setzte sich verkehrt herum darauf. So war er kleiner als Nike und konnte zu ihm hochsehen. »Und selbst für den Fall, dass du Angst hast, vor uns musst du keine haben.«

Nikes Augen huschten zu dem Muskelprotz. Tja, wer auch immer die beiden waren, er sollte eine Menge Schiss haben.

»Ein Vögelchen hat uns gezwitschert ...« Jetzt sprach der andere. Er schnitt mit einem scharfen, großen Messer einen Apfel vom Frühstücksbuffet in Scheiben und steckte sich eine davon in den Mund. »Dass eine Menge Kokain in deinem Zimmer gefunden wurde. Und wir sind nur mal vorbeigekommen, um dich zu fragen, ob du es nicht lieber uns anvertrauen möchtest, damit du nicht in Schwierigkeiten gerätst.«

»I-ich hab k-kein Kokain –«

»Hör auf zu stottern, Junge!«, zischte der Schwarzhaarige.

»Vielleicht hat er wirklich Angst?«, fragte Muskelprotz beiläufig und warf sich den nächsten Apfelschnitz ein. »Ich will nichts sagen, Chef, aber wir wirken nicht gerade vertrauenserweckend.«

»Nein, stimmt.« Der Schwarzhaarige lächelte böse. »Vielleicht sollten wir etwas direkter werden. Hast du schon einmal etwas von dem ›Dark Prince‹ gehört, Niki?«

Nike schüttelte den Kopf.

Der Typ warf dem Muskelprotz einen zweifelnden Blick zu, bevor er sich wieder zurückdrehte und Nike offen anstrahlte. »Das bin ich.«

Nike wollte lachen. Klar! So ein junger Schnösel! *Nie im Leben!*

»Er macht sich über mich lustig.«

»Man erwartet von dir halt jemanden wie mich«, sagte der Muskelprotz und aß ein weiteres Stück Apfel. »Aber das Äußere täuscht so leicht.« Er zwinkerte Nike zu.

»Ja, blond und unschuldig«, sinnierte der Schwarzhaarige. »Ein kleiner, braver Engel. Bisher hat niemand hinter deine Fassade blicken können, Nike. Nicht einmal deine Schwester …« Er öffnete seine Jacke, griff hinein und holte eine Pistole hervor. Nike zuckte zurück, als der Typ sie auf ihn richtete.

Scheiße.

»Du hast vielleicht schon einige Dinge über mich gehört und normalerweise stimmen sie alle. Aber seit Neuestem habe ich nicht mehr so viel zu verlieren und es könnte mir gut passieren, dass mein Finger abrutscht, wenn du uns nicht sagst, was wir hören wollen.«

»Ich hab keine Ahnung, was ihr von mir wollt!«, schrie Nike gespielt panisch und klammerte sich zur Unterstreichung seiner ›Verzweiflung‹ an der Tischkante in seinem Rücken fest. »Ich hab nie Kokain gehabt!«

»Er ist genauso stoisch wie seine Schwester.« Der Dark Prince hielt seine Waffe weiterhin auf Nike gerichtet.

»Hat sie dich anfangs auch so angelogen?«

»Ja, und zwar genauso schlecht.«

»Hm, liegt wohl in der Familie.«

»Wa-was habt ihr mit meiner Schwester …« Nike fluchte innerlich. Florence war gestern hier gewesen. Wie war sie überhaupt hierhergekommen? Sie hatte nichts dazu gesagt und war nach dem Feueralarm verschwunden geblieben. Was, wenn diese Typen ihr gefolgt waren …? Große Scheiße!

»Du fragst dich, was wir mit ihr getan haben? Wir haben sie *durchgefickt*«, erklärte der Dark Prince sachlich. »Und wir wiederholen das gerne, wenn du uns noch einmal ins Gesicht lügst.«

Nike schluckte.

›Du brauchst im Grunde keine Angst zu haben, außer vor dem … Dark Prince. Ihm wird es nicht gefallen, dass das Kokain gestreckt ist, und er wird es herausfinden, garantiert. Deswegen sei vorsichtig. Geh keine Risiken ein. Und sollte er dir doch irgendwie begegnen, Kid … SAG IHM NICHTS.‹

»Okay.« Nike musste seinen Plan ändern. Die Masche mit dem Unschuldsknaben funktionierte nicht und sie passte auch nicht länger zu ihm. Er würde es wie gestern mit Florence versuchen. Das hatte funktioniert. Und wenn ihm seine eigene Schwester glaubte, dann diese Typen erst recht. »Ich hoffe, das war jetzt nur ein Witz, oder? Alles, was ich über den … ›Dark Prince‹«, er betonte es absichtlich etwas abfällig, »weiß, ist, dass er nicht gerade Frauen vergewaltigt. Also wenn du wirklich er bist …«

»Wow, er kann reden, hörst du das?«, fragte der Prince und grinste seinen Freund an. »Na, dann bin ich jetzt mal gespannt, Niki. Ich vergewaltige keine Frauen, stimmt, und ich bin ein echter Gentleman, wenn es darauf ankommt, aber mein Freund Davies hier –«

Nike zuckte zusammen. *Das* war Davies?!

Der Dark Prince grinste. »Sieht das ein wenig anders. Aber natürlich wird deiner Schwester nichts geschehen, wenn du uns alles erzählst. Das sind die Spielregeln, sie gelten auch hier in Schottland.«

»Es war kein echtes Kokain«, behauptete Nike stur.

»*Sie gelten auch hier in Schottland*«, wiederholte der Prince drohender.

Nike zuckte die Achseln. »Ich dachte das jedenfalls. Sonst hätte ich das Zeug garantiert nicht mit nach Hause genommen, was? Es war ein Schülerstreich. Seid ihr mit Florence hier? Habt ihr sie gekidnappt oder so? Dann wird sie euch das ja bestimmt alles selbst schon gesagt haben.«

Die beiden Männer schwiegen.

Hatten sie sie oder nicht? »War 'ne Scheißidee von uns, ich geb's zu. Ich würde ja sagen, uns hat irgendjemand reingelegt. Aber ich weiß nicht mal, wer von uns die dämliche Idee als Erster hatte. Ich glaub, der war eine Klassenstufe über uns. Er kam damit an … oder … keine Ahnung. Ich hab Florence gesagt, sie hätte das Zeug testen sollen, bevor sie es zu ihrem Ex bringt, damit er es irgendwie für sie vertickt. Ich meine, wer sagt uns denn, dass ihr uns nicht einfach verarscht? Und nur behauptet, das wäre was anderes als ne Mehlmischung gewesen?«

»Zu ihrem Ex?«, hakte der Dark Prince nach.

Nike schaute unschuldig. »Evan. Das ist so'n Drogendealer aus Bethham, mit dem sie mal …«

»Fuck!«, knurrte der Prince, stieß den Stuhl unter sich weg und stellte sich aufrecht hin. »Was hast du gerade gesagt?!« Er näherte sich Nike bis auf wenige Schritte. »Wer ist Florence' Ex?«

Scheiße. Nike zögerte, bevor er den Namen wiederholte. »Evan.«

Der Prince starrte ihn an. Seine Augen waren dunkel, wie sein Haar fast schwarz. Nike hatte ihn gestern gesehen, als er die Treppe hochgestürmt war. Und Mr Henderson war nie wieder aufgetaucht. Shit.

»Evan ist Florence' Ex«, wiederholte der Dark Prince.

Nike wollte es nicht noch einmal wiederholen. *Hatte er etwas verraten?*

»Sie ist seine Ex.« Der Dark Prince lachte plötzlich auf und wich wieder zurück. Die Waffe noch immer in seiner Hand. »Verdammt!« Er strahlte, dann wandte er sich Davies zu und gab ihm einen kurzen Befehl. »Überprüf das.«

Davies zog sein Smartphone hervor.

»Mach dir keine Sorgen«, sagte der Prinz lächelnd. »Du hast recht, wir befolgen ein paar Regeln, die wir nur selten bei Minderjährigen brechen, und werden dir daher nichts tun. Wo auch immer du das Zeug her hast, diese Quelle benutzt dich nur, weil sie Angst vor mir hat. Aber am Ende bist du es, der einen Eintrag in der Polizeiakte hat und im Knast sitzt, und ich hole dort nur Kids raus, *die unschuldig sind,* verstehen wir uns?«

Davies sah hochkonzentriert auf sein Handy. Der Dark Prince strahlte.

»Bis dann, Nike. Hoffe einfach, dass wir uns nie wieder begegnen.«

»Habt ihr Mr Henderson umgebracht?« Nike musste es wissen. Er musste wissen, wem er gegenüberstand.

»Mr Henderson?«, fragte der Dark Prince interessiert. »Wir haben jemandem die gerechte Strafe zukommen lassen, die man erhält, wenn man jemanden wie mich versucht, zu erschießen. Nichts weiter. Davies?«

»Chef.«

»Wir lassen unseren kleinen Reids in Ruhe.« Der Typ konnte gar nicht aufhören, zu lächeln. »Er wird schon kommen, wenn er unsere Hilfe braucht.« Er wandte sich zur Tür. »Hoffentlich ist es dann nicht zu spät …«

Die beiden verschwanden und schlugen die Tür hinter sich zu.

Nike blieb zurück. Und ja. Jetzt langsam traute er sich, zu zittern.

DER PRINZ

NIEMAND WILL, DASS EIN TÄUBCHEN BLUTET.

Aschenputtel

Nikes Offenbarung änderte alles.

Mein Hochgefühl versiegte nicht. Hoffnung breitete sich wie die sonnengetränkte Herbstluft in mir aus und das wellige Land um mich herum wuchs zu einem Abbild goldener Frische.

Ich hatte die Lücke gefunden, die mir fehlte. Ich wusste die ganze Zeit über, dass ich etwas Wichtiges übersehen hatte und ja – ich hatte!

Evan und Florence. Sie kannten sich nicht nur flüchtig. Er war nicht nur irgendein Drogendealer für sie, den sie hatte um Hilfe bitten wollen. *Er war mehr.*

Was, wenn Florence nicht zu Evans Wohnung gekommen wäre? Dann hätte ich unter Umständen ewig in dem riesigen Heuhaufen herumgestochert, den der Wichser mir hinterlassen hatte, und ihn in drei Jahren noch nicht gefunden.

Damit wurde Florence mit einem Mal wertvoller als alles,

was ich zurzeit an Waffen zu benutzen wusste. Sie war der Schlüssel zu meinem Sieg.

»Nichts. Es gibt gar keine Verbindung zwischen Florence und Evan, Chef.« Davies steckte sein Smartphone zurück ins Handschuhfach und sah aus dem Fenster. »Der Kleine hat gelogen.«

»Nein. Hat er nicht.« Evan hatte die Verbindungen in Florence' und seinen Onlinekonten selbst gekappt. Auf Facebook waren sie noch miteinander befreundet, aber die Chats waren leer, SMS wurden nie geschickt und seine Emaileingänge waren frei von ihr. Aber auch sein gesamtes Zimmer. Nichts wies darauf hin, dass er jemals was mit ihr hatte.

Aber ich wusste, dass es stimmte, denn ich hatte die beiden vor sechs Jahren im Black Butterfly zusammen gesehen. Die Art, wie er Florence aus dem Club schicken wollte, zeugte von jemandem, der sich um sie sorgte.

Und wie es schien, sorgte er sich noch immer. Deswegen hatte er alle Verbindungen gekappt. *Alle.* Ich sollte nicht auf die Idee kommen, Florence als Lebenspfand einzusacken, um ihn zu erpressen, und ich wäre es auch nicht, wenn sie mir nicht wie ein Täubchen in den Schoß gefallen wäre.

Und ausgerechnet *sie* hatte sich von Davies durchpoppen lassen! Ich müsste Evan nur ein paar Details unserer Reise schicken und er würde gottverdammt noch mal zurückkommen, um seine heilige Florence vor Schlimmerem zu bewahren.

Und bis dahin konnte ich mich vollkommen egoistisch den Vorzügen widmen, die damit einhergingen, Florence in meiner Nähe behalten zu müssen. Es war ein perfekter Deal, so viel perfekter als alles, was mir hätte in den Sinn kommen können.

Nike sei Dank. Irgendwelchen Drogen sei Dank. Florence

und ihrem übereifrigen Besuch in Evans heruntergekommener, verlassener Wohnung sei Dank. *Strike.*

Ich lehnte mich zufrieden in den Fahrersitz zurück und schwieg die Dreiviertelstunde über, bis wir das Airport Hotel wieder erreichten.

Baby, Baby. Wer hätte gedacht, dass sich unser Blatt doch noch wendet?

»Beauty!«, rief Davies fröhlich, als wäre er ein Ehemann, der zu seiner Frau nach Hause kommt, und stieß die Tür ganz auf. »Deine Helden sind zurück!«

Alles blieb still.

Ich ging an ihm vorbei durch den Vorflur, überprüfte Davies' Schlaf- und Badezimmer, dann überprüfte ich meines, schließlich den Balkon.

Weg.

Ich schnellte zu Davies herum. »Du wirst sie finden.« Sie bedeutete alles. Sie konnte unmöglich untergetaucht sein.

»Hattest du ihr nicht erlaubt, zu gehen?«

»Das war nur Gerede.«

»Du hast sie nicht einmal eingesperrt«, brachte er an. »Ich habe sie gestern nicht gerade sanft behandelt, warum hätte sie bleiben sollen?«

Sie wollte.

Davies schaute zweifelnd. »Also gut. Wenn ich sie finde, setze ich sie in einen Flug aufs Festland und …?«

»Du bringst sie mir auf einem Silbertablett dekoriert«, korrigierte ich ihn. »Vergiss alles, was ich gesagt habe. Sie wird uns helfen.«

»Uns? Wobei?«

Ich hob eine Braue und er nahm die Fragerei zurück, bevor er knapp nickte und sich umdrehte, um sich auf die Suche zu machen. Wenn wir Pech hatten, war sie schon lange fort und es würde Tage dauern, sie wieder einzufangen. Wer hätte gedacht, dass sie mir so wichtig werden könnte?

Es war Zeit für ein paar Anrufe, während Davies sich an ihre Fersen heftete. Säße sie tatsächlich in einem Flieger zurück nach London, könnte mein Computercrack Walker schnell herausfinden, in welchem genau. Eine Limousine würde sie in Empfang nehmen und sie an einen Ort bringen, wo niemand an sie gelangte …

Über ein paar weitere Gespräche mit einigen meiner Leute erfuhr ich, dass sich Shania im Black Butterfly nicht gerade zum Besten bewies – aber ich hatte nie wirklich die Zeit gefunden, mir meine Königin besser auszusuchen und die erstbeste genommen, die etwas von guter Führung verstand. Was genau sie falsch machte, würde ich erst überprüfen können, wenn ich nach Hause kam, und mit Anruf Nummer vier stellte sich heraus, dass ich eine Weile von Bethham würde fernbleiben müssen. Ich konnte mich nicht zerteilen und musste meine Prioritäten setzen. Die Beerdigung rückte mit jedem einzelnen Tag näher und es führte kein Weg daran vorbei, die Heuchelei vor Gottes Antlitz mitzumachen. Ich würde meine Nächte nicht in Bethham verbringen können, sondern in meiner Wohnung in Kensington.

Anruf Nummer fünf brachte allerdings alles zum Kippen. Normalerweise kümmerte mich ein Pflichtanruf bei meiner Mutter nicht weiter, aber normalerweise klang ihre Stimme auch nicht so verzweifelt wie jetzt.

»Wo bist du, Alexander? Geht es dir gut? Wir wussten nicht, ob wir jemanden schicken sollen! Du bist doch verrückt, um diese Jahreszeit auf die Pirsch zu gehen!«

»Mir geht es gut, Mutter. Was ist geschehen?«

»Wir sind gerade in Balmoral eingetroffen und warten noch auf deine Cousine, bevor wir … Deine Großtante, sie ist …« Schluchzen. »Wir werden …«

Sie war also hier in der Nähe. In Schottland. *Auch das noch.* »Was, Mutter?«

»Wir sehen uns … dort …«, sagte sie erstickt. »Beeil dich und pass auf dich auf!«

Ich legte mit einem unguten Gefühl in der Magengegend wieder auf. Das konnte nur etwas mit meinem Besuch gestern zu tun haben, der in meinen Augen allerdings einwandfrei verlaufen war. Meine Mutter, aufgelöst? Sie hatte nicht einmal bei dem Tod der Queen Tränen verdrückt, aber auf deren Tod war sie schließlich auch schon vorbereitet gewesen … Außerdem mochte die Queen sowieso kaum einer, der sie kannte.

Der Glasgower Flughafen glänzte in der Vormittagssonne hinter den bodentiefen Fenstern der Suite und erst nach ein paar Minuten ging mir auf, was der Vorteil an so einem Flughafen war – ich hatte den Jaguar während der Rückreise für mich allein, wenn ich Davies und Florence zurückschicken würde.

Eine SMS kam auf meinem Handy an.

Ich habe sie gefunden. Pool, und hier steht ein Piano. Vielleicht willst du dir das ansehen …

Kryptische Punkte von Lee Davies? Das war außergewöhnlich. Ich ließ mein Handy liegen und verließ das Zimmer. Wenn ich den Jaguar nahm, konnte ich rechtzeitig im Schloss sein. Hatte meine Tante mich verraten? Dennoch stand mein Wort gegen ihres und niemand vermutete jemals, dass ich log. Also warum sonst drängte meine Mutter auf mein Erscheinen?

Gedankenverloren nahm ich die Treppen ins Untergeschoss zum Spa- und Poolbereich. Ein einzelner Gast begegnete mir, ansonsten war das Hotel ruhig und leer.

Ein Plakat an der Tür zum Pool kündigte eine geschlossene Gesellschaft an, die sich im Poolbereich am Wochenende einfinden würde. Deshalb vermutlich auch das Klavier mitten im feuchten Raum …

Ich öffnete die Tür, durchschritt die Männerumkleide und glitt durch die zweite.

Im Hallenbad angekommen, vermischte sich ein düsteres Klavierspiel mit dem Rauschen der Lüftungs- und Poolanlage. Getragen von Moll-Tonarten ergriff mich die Melodie sofort.

Davies stand neben der Tür, machte einen Schritt zur Seite, als er mich kommen sah, und hob den Finger an die Lippen, um mir zu bedeuten, leise zu sein.

So habe ich ihn noch nie erlebt.

Ich vergrub die Hände in den Taschen, ließ die Tür in meinem Rücken leise zufallen und lauschte. Chopin. Eine Interpretation. Im Grunde verwendete Florence lediglich die Akkorde und peppte das Stück mit einer eigenen Melodie auf.

Sie konnte verdammt gut spielen. Vielleicht besser als ich.

»Schließ die Türen«, raunte ich Davies zu und ging langsam näher.

Der Flügel stand mitten in der Poollandschaft. Zwei quadratische Becken waren durch einen geschwungenen Halbkreis verbunden, auf dem das Piano stand. Florence saß aufrecht mit dem Rücken zu mir und ließ ihre Finger wie Federn über die Tasten gleiten. Sie war vertieft. Verträumt.

Vermutlich trug die Musik sie an einen besseren Ort. In eine bessere Realität. Fernab von dem hier, von uns, die sie umgaben. Sie bemerkte mich nicht, auch dann nicht, als ich keine zwei Schrittlängen von ihr entfernt stehen blieb.

Ich wartete so lange, bis sie mit dem Stück zu Ende war, dann ging ich auf sie zu und legte meine Hand neben ihre auf die Tasten.

Sie erschrak und sah hoch.

Ich lächelte sie an, ließ mich in ihre tiefen, braunen Augen fallen und spielte die Melodie, die sie zuvor unter Chopin gewebt hatte.

Sie sah auf meine Finger und blieb ganz ruhig.

Bis sie schließlich ihre Hände an die Tasten setzte und mit mir gemeinsam improvisierte. Florence rückte zur Seite, machte mir auf dem Hocker Platz, und wir spielten.

Zum ersten Mal seit Wochen glaubte ich, dass es sich lohnte, wofür ich kämpfte.

FLORENCE

DU FOLGST SELBST EINER MELODIE IN DEN TOD.

Der Rattenfänger von Hameln

Immer wieder berührten sich unsere Hände, während wir spielten, und es verwunderte mich selbst, dass ich daran so viel Gefallen fand.

Ich fühlte mich verbunden. Mit diesem Mann, der etwas in sich trug, das ich nicht begreifen konnte, und ich fragte mich unwillkürlich, wie es überhaupt dazu kam, dass er sich Zeit dafür nahm, hier mit mir zu spielen.

Er hatte doch Wichtigeres zu tun und dringendere Aufgaben? Wieso hatte er mich überhaupt nach Schottland begleitet? Hätte er nicht genauso gut Davies schicken können?

»Warum bist du hier?«, fragte ich ihn leise und spielte langsam aus.

Er setzte zwei weitere Akkorde nach, bis er den Abschlusston erklingen ließ und sich zu mir drehte. Seine Augen waren dunkel. »Wieso bist du hier?«

»Wo sollte ich sonst sein?«

»Ich habe dir gesagt, dass du gehen kannst, aber du hast

dein Frühstück gegessen, dir eine Beschäftigung gesucht und bist geblieben.«

Ich zuckte die Achseln und drehte meinen Kopf zur Seite. »Nach allem, was ich ertragen musste, weil ihr mir nicht geglaubt habt, glaubt ihr mir endlich und dann kann ich genauso gut bleiben.«

»Und die Vorzüge genießen.« Er lächelte dunkel und spielte einen tiefen Akkord, wobei er sich an mir vorbeistrecken musste und seine gesamte Seite mich berührte. Ich mochte den Klang sehr, kannte das Stück aber nicht. Er spielte zwei weitere Klänge und mit der rechten Hand eine süße Melodie dazu. Es war drückend, schwer. Und wunderschön. Ich rutschte ein wenig zur Seite, um ihm Platz zu machen und er vertiefte sich in sein Spiel. Ich hatte noch nie einen Mann Klavier spielen gesehen – und schon gar nicht jemanden wie Alec.

»Wo hast du es gelernt?«, fragte ich andächtig. Ich konnte mir schwer vorstellen, dass jemand wie der Dark Prince seine Freizeit vor Noten verbrachte – je länger ich ihm jedoch zusah und je melodischer und gefühlvoller die Musik wurde, desto mehr kam es mir so vor, als wäre das Klavierspielen ein großer Teil von ihm, etwas, das er nur wenigen preisgab.

»Jeder in meiner Familie wird dazu genötigt, es zu lernen.« Er hielt inne und ließ einen Höhepunkt des Stücks ausklingen. Er sah mich von der Seite an, sein Blick war durchdringend und sein Gesicht verdammt nah. »Spiel mit mir«, raunte er und es war ein Befehl, den ich zu befolgen hatte. Und es auch wollte. Meine Hände zitterten, als ich sie auf die Tasten legte und eine Melodie zu seiner improvisierte.

Wenn ich selbst spielte, spürte ich die Musik mehr, als dass ich sie hörte. Durch unsere gemeinsame Improvisation vermischten sich Gefühl und Klang, und die Musik wurde noch tragender, noch ergreifender.

Alecs starke Schulter bewegte sich an meiner und seine Bewegungen vor dem Flügel waren die eines echten Pianisten. Grazil, dominant, leicht und doch so ausdrucksstark.

Irgendwann spielte ich nicht mehr, ich folgte nur noch meinen Fingern, die selbst bestimmten. Spürte meinen Atem, wie er sich beschleunigte, und sehnte mich nach den Versprechen und Küssen, die er mir gestern Nacht gegeben hatte.

Ich ließ einen Impuls entscheiden und legte meine Hand auf seinen Handrücken.

Eine Sekunde lang geschah gar nichts.

Meine Hand schickte elektrische Stöße durch meinen Arm, aus Angst, er könnte sie wegstoßen, mich auslachen, oder irgendetwas Derartiges tun, das typisch für ihn wäre.

Als nichts geschah, wollte ich meine Hand langsam zurücknehmen, aber er hielt sie mit seiner anderen fest.

Nervös sah ich auf. Seine Augen blickten mich tiefsinnig an. Ich hatte keine Ahnung, was in seinem Kopf vor sich ging. »Ich habe eine Wohnung ganz in der Nähe der Universität.«

»Okay …?«

»Vielleicht besuche ich dich mal auf dem Campus, auch wenn ich es nicht tun sollte.«

»Was …?«

»Hast du dir über die Fächerwahl Gedanken gemacht?«

In den Augenwinkeln bemerkte ich, dass Davies sich auch im Raum befand. Ich wurde gleich um etliches nervöser.

»Warum interessierst du dich so sehr dafür?«

Er lächelte breit und sah zurück auf die Tasten. Fast so, als würde er über mich lachen. »Für dein Studium?« Sein glühender Blick wanderte zurück in meine Augen. »Oder für dich.«

Für mich? Ließ ich es tatsächlich zu, dass seine Worte etwas in mir zum Schwingen brachten, das so viel mehr als eine süße Melodie war? Ich nahm meine Hände zurück, beugte mich wie magisch von ihm angezogen vor, doch in diesem Moment stand er auf. Blitzschnell klappte er den Flügel zu, zog mich zu sich herauf und setzte mich auf das Holz des Deckels. Seine Hüfte zwischen meinen Beinen, seine Hand dominant in meinem Haar. Er stand vor mir und sah mich an, ganz anders als gestern Nacht, nicht zurückhaltend, defensiv, sondern verlangend und fordernd.

Wie der Dark Prince.

Ich sah Davies hinter seinem Rücken auf uns zukommen. Er schlenderte, auf seinen Lippen ein blasiertes Lächeln, und mir wurde klar, dass sie beide das hier irgendwie geplant hatten. Und wollten.

Alec bemerkte meinen Blick. »Du hast uns beide verführt. Sag nicht, dass es dir nicht klar war.«

Ich hielt meine Lippen verschlossen. Es war mir klar. Es war mir nicht klar. Sie beide vor mir zu sehen und daran denken zu müssen, wie leicht es mir gefallen war, mich ihnen jeweils hinzugeben …

»Wir haben nur ein paar Stunden«, raunte Alec dunkel vor meinem Gesicht. Die Anziehungskraft unserer Körper wurde unerträglich. »Danach wird alles, was vorgefallen ist, zu einer Erinnerung verkommen.«

Er beugte sich an meinen Hals und legte seine Lippen auf die Haut unterhalb meines Ohres, sodass ich erschauderte. Seine Erektion drückte in meinen Schritt und ich wurde noch nervöser.

»Lass dich darauf ein«, gab er murmelnd von sich. »Du weißt, dass du es willst.«

Ich sah Davies' grüne Augen in Alecs Rücken aufblitzen

und tat etwas, das ich mich normalerweise nie getraut hätte. Ich griff an Alecs Gürtel und willigte damit ein.

Ich wollte dieses Abenteuer. Das Versprechen, es wäre einmalig, war zu verlockend. Beide Männer wussten, was sie taten, beide Männer kannte ich. Mein Herz begann wild zu klopfen, als ich mir ausmalte, was es bedeuten könnte, wenn ich nicht nur den Prinzen verführte. Sondern auch Davies zur selben Zeit.

Alec hielt sich an die Notenablage gestützt, keilte mich so mit seinen Armen ein und ließ mich gewähren.

Doch bevor ich seinen Gürtel richtig öffnen konnte, machte er einen Schritt zurück. »Nicht so schnell«, befahl er ruhig, mit einem feinen Lächeln. »Ich will es auskosten. Zieh dich aus.«

Ich schluckte.

Davies stand ganz in der Nähe, Alec direkt vor mir.

Meine Brust hob und senkte sich und mein Herz raste vor Neugierde und Verlangen, als ich langsam mein Sweatshirt nach oben zog.

»Langsamer«, knurrte Alec und ich gehorchte.

Langsam, ganz allmählich rollte ich den Stoff nach oben. Die Haut an meinem Bauch kam zum Vorschein, dann meine Rippen, mein BH, mein Hals, bis ich das Oberteil über mein Gesicht zog und es hinter mich auf den Flügel legte. Ich wartete, ließ ihre Blicke meine Haut erkunden, bis ich vorsichtig an den Bund meiner Jeans griff und den Knopf öffnete.

Die Blicke der beiden Männer folgten meinen Fingern und es erregte mich, dass sie mich begehrten. Jeder auf seine Art – oder doch auf dieselbe?

Ich musste schmunzeln, als ich meine Jeans langsam nach unten drückte und so meinen Slip freilegte. Immer tiefer schob ich sie, bis ich mich bücken musste, um sie bis zu meinen Füßen zu streifen. Ich stieg aus den Beinen heraus und richtete mich wieder auf. Mir wurde zunehmend heißer, vor allem, da ich nicht wusste, wen von beiden ich am liebsten spüren wollte.

Meine Augen wanderten von Davies' grün funkelnden Opalen zu Alecs tiefschwarzen Kohlestücken und blieben daran haften. Ich dachte an unseren Sex gestern Nacht zurück, der so ganz anders war als der mit Davies. Jetzt stand ich vor beiden. War ich deshalb geblieben? Wollte ich es auskosten? Wenigstens einmal wissen, wie es war …? »Gefällt es euch so?«, fragte ich.

»Mach weiter«, antwortete Alec rau. Ich wusste nicht, was sich in ihm abspielte, aber das Verlangen danach, von ihm berührt zu werden, wurde mit jeder Sekunde stärker. Ich griff an meinen Rücken und löste mit einem schnellen Griff den BH. Dann ließ ich mir Zeit, um ihn von meinen Armen zu lösen und meine Brüste freizulegen. Ich war neugierig darauf, was jetzt geschehen würde und meine Fantasie erzeugte Bilder, die mich fast wahnsinnig machten. Ich musste meine Lippen befeuchten, damit sie nicht austrockneten.

»Deinen Slip«, erinnerte mich Alec. Er hatte seine Arme vor der Brust verschränkt und sein Blick loderte. Dabei folgte er nicht so wie Davies meinen Fingern, sondern betrachtete meine Augen, meine Lippen, mein Haar.

Langsam glitt ich mit meinem Daumen zwischen den Stoff des Slips und meine Haut und drückte ihn in Zeitlupe hinunter. Ich wurde mit jedem Zentimeter nervöser. Scheiße.

Wollte ich das wirklich?

Eine weitere Welle der Erregung breitete sich in mir aus, als ich zu sehen glaubte, dass sich eine deutliche Erektion in Davies' schwarzer Jeans abzeichnete. Ich ahnte, dass ich dies hier nur tat, weil es so unwirklich war, so abseits von allem, das ich kannte, und eine Stimme in meinem Kopf immer wieder betonte, dass es nur zu meinem Vorteil sein konnte, wenn ich von diesen zwei Männern begehrt wurde. Zurück in London. In Sicherheit. Vielleicht eröffneten sich mir neue Möglichkeiten. Ich wusste nicht, wie ich hier hineingeraten war und ob ich mich nicht rettungslos darin verlor, aber ich wollte noch nicht aufhören, an etwas zu glauben, das eigentlich unmöglich war – dass ich in irgendeiner Weise mehr für sie sein könnte als ein bedeutungsloser Fick.

Nicht jetzt.

Ich biss mir auf die Lippen, als ich meinen Slip so weit hinunterdrückte, dass ich ihn mit einem Fuß abstreifen konnte, und mich wieder aufrichtete. Mein Atem hatte sich beschleunigt.

»Da steht sie, nackt und wunderschön.« Davies schenkte mir ein zweideutiges Lächeln. »Sie hat schon damals im Black Butterfly um ihre Unterwerfung gebettelt.«

Alec schwieg.

»Ob sie enttäuscht war, dass wir sie gehen ließen?«

»Sie hat zumindest alles dafür getan, dass wir jetzt hier stehen und es kaum erwarten können, sie zu ficken.« *Mir wurde noch heißer.* Alec hob seine Stimme und seine nächsten Worte waren schnalzende Befehle. »Setz dich auf den Klavierdeckel und spreiz die Beine.«

»Was?«, fragte ich irritiert. Ich spürte, wie es mir unangenehm wurde. Nackt vor ihnen zu stehen, war das eine, schließlich war man in jedem Schwimmbad mit nicht viel mehr bekleidet, aber meine Beine zu spreizen, damit sie einen ungehinderten Blick hatten …?

Alecs Stimme wurde drohender. »Setz dich auf den Klavierdeckel.«

Ich bemerkte, wie Davies an seine Jeans griff. An seinen Gürtel.

Ich presste die Lippen aufeinander und gehorchte.

»Spreiz die Beine.«

»Nein!«, brachte ich hervor und funkelte ihn wütend an.

Alec hob eine Braue. »Dann geh.« Er drehte sich zu Davies um, der die Finger fest in seinem Gürtel hatte, als ob er nur darauf wartete, ihn benutzen zu können. *Sadist!* »Wir werden dich nicht zwingen, zu tun, was wir verlangen. Aber dir dürfte von Anfang an klar gewesen sein, dass wir diejenigen sind, die bestimmen. Wenn du das nicht willst, verlass den Raum und lerne uns nie kennen. *Aber gib keine Widerworte. Vergiss deine Hemmungen.* Gib dich hin.«

»Und wenn ich nicht gehorche, werde ich geschlagen?«

»Möchtest du das denn?«, fragte er süffisant.

Ich erschauderte ein weiteres Mal. »Du sagtest mal, ihr vergewaltigt keine Frauen, nur weil ihr es könntet.«

Der dunkle Prinz lachte leise. Davies kam näher, seine Finger spielten auf seiner Gürtelschnalle. *Shit!*

»Wir *vergewaltigen* dich auch nicht, Baby. Wir unterwerfen. Du hast die Wahl. Wenn du gehen willst, geh jetzt. Oder lass dich darauf ein und lerne deine Grenzen kennen und was es für ein Gefühl ist, sie zu überschreiten.«

Ich bewegte mich nicht.

Wieder warf Alec Davies einen kurzen Blick zu. »Sehr gut. Dann tu, was ich dir gesagt habe«, verlangte er finster lächelnd. »Wir haben hier leider keine sanfte Peitsche für dich, die ein bisschen auf deiner Haut zischt, sondern nur hartes Leder. Ich würde es nicht herausfordern wollen.«

»Und wenn ich nicht mitmache?«, fragte ich stoisch.

Ein Knall traf meinen nackten Oberschenkel und ich schrie auf. *Scheiße.* »Lass das!«

Davies grinste, die Schnalle in seiner Hand. »Zu spät.«

»Arschloch!«

»Immer gern«, antwortete er. Meine Haut verfärbte sich und es tat höllisch weh. *Ob sie mich wirklich nicht mehr gehen lassen würden?* »Die Türen sind ziemlich fest verschlossen, Beauty«, erklärte er sanft, als er meinen Blick zu den Ausgängen bemerkte.

Ich stieß wütend Luft aus. Ja, ich hätte ›Nein‹ sagen sollen und könnte jetzt immer noch versuchen, zu entkommen, vor allem über das Wasser, aber die beiden sahen nicht länger danach aus, als würden sie mich gehen lassen. Wieso hatte ich auch Gefallen daran finden müssen, sie zu verführen? Es hätte mir doch klar sein müssen, dass ich zu keiner Zeit die Oberhand haben würde! Warum war ich nicht gegangen, als Alec mir die Option dazu gelassen hatte? *Weil ich es wollte. Weil ich es genoss.*

»Sie denkt nach«, stellte Alec fest. »Sie denkt zu viel.«

»An Fluchtmöglichkeiten, vermute ich«, kommentierte Davies und ließ seinen Gürtel bedrohlich schwingen. *Shit.*

Widerwillig stützte ich mich mit einem Fuß auf den Klavierstuhl ab und spreizte meine Beine. Sobald ihre Blicke meine Scham trafen, erregte es mich doch. Obwohl es mir auf der einen Seite peinlich war, genoss ich es auf der anderen Seite, und ich spreizte meine Beine noch etwas weiter, um zu sehen, wie sie reagierten.

Es war, als ob allein ihre Blicke mich erhitzen könnten und ich hielt die Spannung kaum noch aus. Sie war perfekt, süßlich, genau richtig, um mich anzuheizen.

Alec kam langsam auf mich zu und ich begann, zu zittern. Gott! War es wirklich möglich, dass ich *das hier* wollte? Woher kamen diese vielen, widersprüchlichen Gefühle in mir? Ja, ich fand Davies und Alec attraktiv, von Anfang an, aber hatte ich in meinem Leben jemals so etwas getan? Die Antwort war ein klares Nein und ich wusste, dass es nur daran lag, dass ich so weit fort von London war wie noch nie, weshalb ich mich traute, es auszuleben.

Der Prinz blieb direkt vor mir stehen, sodass seine Jeans meinen Schritt ganz leicht streifte. Sein Atem traf meine Haut und ich begann jämmerlich zu beben.

»Öffne meinen Gürtel.«

Mit zittrigen Fingern gehorchte ich. Mein Atem ging mittlerweile so flach, dass mir leicht schwindelig wurde.

»Kontrollier deine Atmung!«, raunte er und fasste scharf an mein Kinn. »Einatmen. Ausatmen.«

»Dass du ihr das Atmen erklären musst …«, sagte Davies belustigt und lehnte sich mit seinen Oberarmen auf den geschlossenen Flügel. Ich konnte ahnen, dass er interessiert zu uns sah.

Ein paar Sekunden später hatte ich zu normaler Atmung zurückgefunden.

»Mach weiter«, befahl Alec dominant. Er ließ mein Kinn los und seine Arme zur Seite fallen. Er wollte mich machen lassen, oder anders: Ich sollte ihm die Arbeit abnehmen.

Ich zog seinen Gürtel auf und den Reißverschluss hinunter. Ich wurde immer nervöser, da mir sehr wohl bewusst war, dass Davies uns zusah und ich keine Ahnung hatte, wohin das Ganze führen würde. Aber ich hatte es zu weit getrieben, jetzt gab es keinen Ausweg mehr.

Aber wollte ich überhaupt einen finden?

Kurz bevor ich nach Alecs Schwanz greifen konnte, fasste er abermals an mein Kinn und zog mein Gesicht fest vor seines. War es möglich, dass ich ausgerechnet diesen Schönling in mir spüren wollte? Mein Körper sprach dafür. Noch immer waren meine Beine geweitet und ich sehnte mich geradezu danach, genommen und ausgefüllt zu werden.

»Du weißt, dass das einmalig ist«, raunte er vor mein Gesicht. »Und ich kann es mir nicht erlauben, dass du in London groß herumposaunst, der Dark Prince hätte dich gefickt. Wir tun das, weil wir *hier* sind und dein Körper uns geradezu anfleht, ihn uns zu nehmen, aber du brauchst dir nicht einzubilden, dass es irgendeine Bedeutung hätte.«

»Gut, dann brauchst du das auch nicht.« Ich griff in seine Boxershorts und zog sie hinunter. Davies lachte leise. »Dir irgendetwas einzubilden.«

Alec lächelte stumm und umfasste mein Kinn fester. »Schieb ihn dir rein.«

Ein berauschendes Gefühl wanderte durch meine Mitte. Seine Worte hatten die Lust in mir ausgelöst, mich ihm zu verweigern – um herauszufinden, wie er dann reagieren würde.

»Tu es«, knurrte er. »Denk nicht mal daran.«

Mir wurde klar, dass er mich nicht schlagen würde. Für so etwas hatte er Davies. Er wollte über mich bestimmen, aber er würde mir niemals richtigen Schmerz zufügen. ›*Wozu hatte er seine Leute?*‹

»Das bedeutet wohl, dass ich ab sofort Hausverbot im Butterfly habe, oder?«, fragte ich lächelnd und fuhr auskostend über die Länge seines Schafts. Ich war so nervös, dass ich mich stark bremsen musste, nicht sofort auf ihn zu hören, um es hinter mich zu bringen. »Damit ich deiner Freundin nicht begegne?«

Er schwieg, noch immer zuckte das feine Lächeln um seine Mundwinkel und ich befürchtete plötzlich, dass er noch ganz andere Pläne mit mir hatte.

»Oder?«, fragte ich verunsichert nach.

»In letzter Zeit stellen sehr viele Leute Fragen«, antwortete er, drückte meine Hand fest um seinen Schaft und schob ihn hart in Richtung meiner Öffnung. »Vielleicht habe ich zu viele davon beantwortet.«

Er hatte recht. Er war irgendwie verändert, zielgerichteter, zuversichtlicher?

»Ist irgendwas mit di-«

»Schscht«, machte er grinsend und fuhr mit einem Finger durch meine Pussy. Der leichte Druck über meine Klit glitt mir in jede Muskelfaser. »Du redest zu viel, Baby«, sagte er sanft und drang mit einem Finger in mich ein. Meine Atmung geriet abermals außer Kontrolle. »Ich möchte, dass du aufhörst, zu reden. Und zu denken. Tu einfach nur, was ich dir sage. Lass dich fallen.«

Sein Finger drang tiefer und ich schloss die Augen, um es voll und ganz genießen zu können.

»Gar keine schlechte Idee«, raunte er leise. »Halt sie geschlossen. Konzentrier dich auf dein Gehör. So wie eben, gib dich hin.« Sanft strich sein Daumen meine Schamlippen entlang und entlockte mir ein Seufzen. »Wenn wir dich nackt sehen wollen, dann, weil wir dich begehren. Weil alles an dir schön ist, was wir zu sehen bekommen. Streich das Schamgefühl aus deinen Gedanken. Es gibt keinen Grund.«

Er nahm seine Hand zurück und fuhr mit ihr über meinen Schoß, meinen Bauchnabel, hinauf zu meinen Brüsten. Zaghaft legte er Daumen und Zeigefinger um meine Nippel und streichelte sie.

»Traust du es dir zu, mir zu gehorchen? Zu tun, was ich sage?«

»Ja.« Ich war einfach zu neugierig.

»Wenn ich dich dirigiere, wirst du gehorchen.«

»Ja.«

»Du hältst deine Augen geschlossen, bis ich es dir erlaube, sie wieder zu öffnen.«

»Ja.«

»Rutsch runter auf deine Knie.«

Oh Gott.

Er reichte mir seine Hand, damit ich mich sinken lassen konnte. Meine Beine fühlten sich an wie Butter, als ich mich langsam auf den Boden fallen ließ. Die Poolfliesen waren warm, aber rau, und der Drang, alles abzubrechen und die Augen wieder aufzureißen, überkam mich stärker als zuvor. *Du hast ›Ja‹ gesagt. Lass es zu! Du willst es. Ein dunkler Teil in dir will es.*

»Öffne deine Lippen.« Der Befehl kam rau wie jedes von Alecs Worten.

Ich verspürte Angst, prickelnde Aufregung und brennende Neugierde, als ich meine Lippen öffnete. Statt seiner Schwanzspitze spürte ich seinen Daumen an meinen Zähnen. Er spielte mit meiner Unterlippe, streichelte über meine Zähne und ich umfuhr ihn ganz automatisch mit meiner Zunge. Als er nichts anderes tat, als diese Zärtlichkeit zu erwidern, wurde ich endlich mutiger.

Ich umspielte seinen Daumen, saugte daran, nahm ihn in mir auf und ließ ihn los. Mein Gehör war sensibilisiert. Ich hörte Davies' feste Schritte auf dem Boden. Dann Stoff, den er mir über die Augen legte. Seine rauen Hände an meiner Haut. Es war mein Sweatshirt, er knotete es fest.

Ob es wirklich besser war, wenn ich sie nicht würde ansehen können?

Alecs Daumen schob meinen Kiefer leicht nach unten und bedeutete mir, meinen Mund zu öffnen, dann spürte ich ihn in mir. Immer wieder kämpfte sich eine Stimme in meinem Kopf empor, dass das hier falsch wäre. Sie stritt mit einer anderen, die sich dadurch Vorteile erhoffte, übermannte aber kaum diejenige, die es schlichtweg einfach nur wollte.

Ich ließ seine Spitze zwischen meine Lippen gleiten und gab mich hin. Das Gefühl war neu für mich, dass es mich derartig erregte, jemandem einen zu blasen. Ich hatte es zuvor nicht gerne getan, aber bei Alec war es anders. Ihm wollte ich mich hingeben, weil ich wusste, dass er es wertschätzte.

Wie ich auf so einen Bullshit kam?

Meine Gefühle verrieten mich offenbar und ich beschloss, dass alles, was in diesem Hotel geschah, in diesem Hotel bleiben würde. Das war mein Schutzschild. Ich brauchte es unbedingt.

»Wie fühlt sich das an?«, fragte Alec ruhig.

Ich konnte nicht antworten, da ich viel zu sehr damit beschäftigt war, mich ihm zu widmen, damit es ihm gefiel.

Plötzlich spürte ich zwei Hände an meinen nackten Schultern, die mich sanft massierten. Ich seufzte auf und leckte noch inniger über Alecs Schaft. Von seinem Schwanz ausgefüllt zu werden, löste eine tiefe Befriedigung in mir aus, die ich so noch nie erlebt hatte.

»Dreh dich um.«

Oh Gott. Über meinen gesamten Körper fuhr ein nervöser Schauer.

Davies drückte fester in meine Schulterblätter und Alec zog sich zurück. Davies drückte mich mehr zu sich herum, als dass ich mich selbst bewegte.

Mein gesamter Unterleib entflammte, als sich seine Lust langsam zwischen meine Lippen schob. Er trug ein Kondom, aber das machte es nicht minder erregend. Die Vorstellung, beide auf diese Weise zu befriedigen …

Ich spürte Alecs Hände in meinem Haar, Davies' feste

Griffe an meiner Schulter. Sie führten mich beide, sie genossen es beide, ich dachte nicht mehr nach.

Gefühlvoll ließ ich mich in den Mund ficken und von beiden in ihren Griffen halten. Zu keiner Zeit hatte ich das Gefühl, sie würden mich nur benutzen. Es war mehr ein Halten, ein gemeinsames Erlebnis, eine Verbindung.

»Wer hätte gedacht, dass sie sich so fallen lassen kann«, raunte Alec über mir.

»Mir war das von Anfang an klar.« Davies' Stimme klang zufrieden, vollkommen gelöst.

Mein Herzschlag war noch immer auf 180. Davies gab ein ruhiges Stöhnen von sich, als ich ihn tiefer in mir aufnahm. Daraufhin wurden seine Bewegungen schneller, doch im Gegensatz zu gestern nahm er sich zurück. Ich mochte es, dass ich seine sanfte Art genauso kennenlernen durfte.

Alecs Hände tanzten auf meiner Haut und plötzlich spürte ich seine Lippen zwischen meinen Schulterblättern. Ich erschauderte.

Sanft zog er mich zurück in den Stand, Davies trat zurück. Sie legten meine Arme auf das Klavier, drückten meinen Oberkörper hinunter, so dass ich mich an dem Holz des Klavierdeckels abstützen musste. Alec fuhr mit seinen Händen über meinen Po, streichelte abermals über meine Klit und stieß mit seiner Spitze sanft gegen mein Loch.

Hände glitten über meinen Körper, streichelten meine Brüste, fuhren über meine Arme und gaben mir das Gefühl, vollkommen sicher und aufgehoben zu sein, während er sich allmählich in mich vorschob.

Mit jedem Millimeter, den ich ihn mehr in mir spürte, spannten sich meine inneren Muskeln an. Ich wollte ihn auf keinen Fall wieder loslassen.

Er drang tiefer, kostete jede Sekunde seines Vorstoßens

aus und ließ mich wohlig aufstöhnen. Ich hatte etwas anderes erwartet. Ich hatte Angst gehabt, sie würden mich benutzen, sich nehmen, was sie brauchten, aber stattdessen schenkten sie mir Ruhe und Geborgenheit und waren so viel zärtlicher, als ich sie in den letzten zwei Tagen kennengelernt hatte.

Sie wussten genau, wie sie mit mir umzugehen hatten, als könnten sie sich ohne Worte verständigen, als wäre das hier für sie genauso besonders wie für mich.

Alec griff dominant in mein Haar und zog meinen Kopf damit leicht nach hinten, während er mich immer tiefer nahm.

»Sie ist verdammt eng, ist dir das auch aufgefallen?«, fragte er abgehackt und ließ sich mit jedem weiteren Stoß mehr treiben.

»Ja«, antwortete Davies dunkel. Ich zuckte zusammen, seine Stimme war näher als gedacht.

Er legte mir eine Hand ans Kinn, drehte meinen Kopf zur Seite und presste seine Lippen auf meine.

Während ich Alecs Hände an meinem Arsch fühlte, knetete Davies meine rechte Brust und küsste mich hart. Er saugte förmlich jeden Laut meines tiefen Stöhnens in sich auf und drückte mir seine Zunge verlangend zwischen die Lippen.

Ohne dass Alec sein Tempo beschleunigte und auch nur die Hand an meine Perle legte, kam ich in einem kurzen, kräftigen Orgasmus. Allein ihre Stimulationen sorgten für einen Orkan in mir und ich schrie meine Lust hinaus.

Davies lachte leise, Alec stöhnte mit mir, aber anstatt sich ebenso hinzugeben, packte er mich hart, zog mich zu sich herum und hob mich an.

Er drückte mich auf den Klavierdeckel, schob sich zwischen meine Beine und nahm mich von vorn.

Ich keuchte und klammerte mich an ihm fest. Ohne viel

Federlesen stieß er sich in mich vor und füllte mich bis zum Anschlag aus. Mit einem Mal riss er mir das Sweatshirt von meinen Augen und ich fiel zurück in die Realität.

»Verkrampf dich nicht«, sagte er sanft. Er nahm mich in seine starken Arme und bewegte sich etwas ruhiger in mir. »Ich begehre dich, sonst würde ich das hier ganz sicher nicht tun.« Er stützte seine Stirn an meiner ab, seine Stöße nahmen zu. »Sieh mich an.«

Ich zögerte, bevor ich den Blick hob und in seine nahen, dunklen Augen sah. Tausende Emotionen rauschten durch meinen Körper und setzten sich als fester Knoten unter meine Brust. Ich klammerte mich an ihn und wollte ihn noch tiefer in mir spüren. Mehr davon, so viel, dass er sich nicht mehr von mir lösen könnte.

Ich spürte das Klavier unter mir, genoss das Gefühl seiner Lust, die sich in mir bewegte, mich dehnte und ausfüllte, und spürte gleichzeitig seinen Atem auf meiner Haut, in meinem Gesicht.

Er ließ mich los, hielt inne und wich ein Stück zurück. Sofort wollte ich ihn wieder an mich ziehen, aber ich ließ es bleiben, als ich sah, dass Davies ihm ein Kondom gab.

»Wir wollen es ja nicht gleich übertreiben mit dem Risiko, oder?«, fragte Alec ironisch lächelnd.

Ich schluckte. Mir fehlten die Worte und ich hätte keinen Laut über die Lippen gebracht, selbst wenn mir welche eingefallen wären.

»Ein bisschen weiter …«, befahl er gedankenverloren und schob meine Beine mit der freien Hand auseinander, während er sich das Kondom mit der anderen überzog. Er betrachtete stumm meine Klit und fuhr mit einem Finger darüber. Ich war nicht unbedingt feucht, dafür war alles, was geschah, viel zu ungewohnt für mich. Ich konnte mich mit offenen Augen nicht richtig fallen lassen, es fiel mir schwer, mich hinzugeben.

»Willst du es?«, fragte Alec, womöglich weil er spürte, dass ich unsicherer wurde.

Ich warf Davies einen Blick zu, der noch immer ruhig neben dem Piano stand und uns zusah. Ein stummes Lächeln auf den Lippen, in seinen Augen die reine Gier. Aber auch etwas Zuversichtliches. Wieso vertraute ich ihm blind?

Alec stieß sich wieder in mich vor und ich verlor unseren Augenkontakt. Jetzt mit Kondom wurde Alec schneller, er umfasste mich zu beiden Seiten des Klaviers und fickte mich mit schnellen Stößen dagegen.

Er war animalisch, fordernd und stark, und ich konnte gar nicht anders, als sein Spiel zu genießen.

Ich legte mich so weit wie möglich zurück und hielt mich an seinen Oberarmen fest. Mit jeder weiteren Minute wurde ich zu meinem Höhepunkt getrieben und ich brauchte nur daran zu denken, dass wir Zuschauer hatten, dass ich noch einen zweiten Mann mit meinem Körper erregte, und ich trieb mich selbst immer näher an einen zweiten Orgasmus.

Als ich spürte, wie Alec sich in mir ergoss, wollte ich ihm folgen. Ich wusste nicht, ob es sich jemals so richtig angefühlt hatte, mit einem Mann zu schlafen, und doch so falsch, aber auf jeden Fall wollte ich –

»Lass sie nicht kommen.« Davies' Stimme holte mich zurück.

Ich riss die Augen auf. Alec. Er lächelte höhnisch und zog sich aus mir zurück, was sofort zu einem unangenehmen Ziehen in mir führte.

»Was soll das?«, keifte ich ihn an. Erst Davies, jetzt er?

Er zog sich unbeteiligt das benutzte Kondom ab und warf

es unters Klavier. Sein Schwanz stand trotzdem noch aufrecht.

Mir war so heiß und ich fühlte mich so zutiefst missverstanden, dass ich richtig wütend wurde.

»Prinzessin«, sagte Alec grinsend und bewunderte meinen Ausbruch. »Wir wollen doch nur, dass es für dich nicht zu schnell vorbei ist.«

»Und was habt ihr jetzt vor?«, fauchte ich.

Die beiden warfen sich einen Blick zu und lachten.

»Vielleicht braucht sie erst mal eine Abkühlung.«

»Definitiv, Chef.«

»Ob das Wasser kalt genug ist?« Alec kam wieder näher.

»Untersteh dich!«, rief ich und wich vor ihm zurück, aber er packte mich, ohne auf meinen Widerstand zu achten, und warf mich mit einem einfachen Griff um meinen Oberarm ins Wasser.

Chlor.

Nässe.

Keine Luft, nur Wellen und Wasser.

Ich tauchte unter und sofort wieder auf. Ich prustete, hatte etwas Chlorwasser verschluckt. Ich strich das Wasser aus meinen Augen und funkelte die beiden wütend an.

»Und? Wer rettet mich jetzt?«, fragte ich zickig. Jetzt, hier im Wasser unter ihnen, wurde mir erst so richtig bewusst, was vor sich ging.

Sie warteten nur darauf, dass ich aus dem Pool ausstieg, um weitermachen zu können. Dieser Gedanke machte mich nervös und sorgte für eine prickelnde Aufregung, aber es wäre zu einfach, wenn ich ihnen jetzt in die Arme laufen würde.

»Von wem möchtest du gerettet werden?«, fragte Alec

grinsend. Er hatte seine Jeans wieder geschlossen. Davies trat neben ihn und sah ebenfalls auf mich herab.

Wieder waren da diese Bilder in meinem Kopf. Wie beide, sich in mir …

Fuck. Konnte ich nicht an etwas Vernünftiges denken? Das hier alles beenden, bevor es mich an meine Grenzen trieb?

»Komm, ich helf dir raus«, sagte Alec freundlich und streckte mir die Hand entgegen.

»Ich werde dich ins Wasser ziehen«, versprach ich ihm und schwamm auf ihn zu.

Er hob eine Braue. »Und das willst du wie anstellen?«

»Hm«, machte ich leichthin, erreichte den Beckenrand und griff in seine Hand. Ich ließ mich erst von ihm hochziehen, dann übte ich Davies' Trick, den er mir gestern Abend im Badezimmer gezeigt hatte, auf seine Hand aus und überraschte ihn damit. Der Griff sorgte dafür, dass Alec nachgab. Ich ließ mich zurückfallen und zog ihn mit meinem gesamten Gewicht ins Wasser. Er stolperte – und fiel.

Ich musste lachen, als ich untertauchte und konnte nicht aufhören, als ich wieder an der Luft war.

Der Prinz prustete, wischte sich Chlorwasser vom Mund und schwamm auf der Stelle. »Hast du ihr diesen Scheiß gezeigt?«, schnauzte er Davies an.

»Verzeihung, Hoheit.«

Alec stöhnte genervt, bevor er sich zu mir umdrehte. Wir konnten beide in diesem Teil des Pools nicht stehen und fixierten uns schwimmend mit den Augen. »Und, macht das Spaß?«

»Dir nicht?«, fragte ich keck und streckte ihm die Zunge heraus.

Er schwamm näher, doch ich wich im Wasser zurück.

»Riesigen, verfickten Spaß«, antwortete er kühl. »Wer hat dir das Klavierspielen beigebracht?«

»Ich mir selbst«, wich ich aus.

»Alles?«

»Das meiste …«

Er drängte mich Richtung Beckenrand. Mist, das war klar. »Und seit wann gibst du Klavierunterricht?«

»Warum interessierst du dich dafür?«

»Konversation, schon vergessen?«

»Über Dinge, die du eh schon weißt?«, fragte ich neckend.

Er näherte sich und ich stieß mit meinem Nacken gegen den Beckenrand. Das Piano thronte über uns.

Er konnte im Gegensatz zu mir wieder bequem stehen und watete langsam in meine Richtung. »Warum hast du keine Angst vor uns? Niemals gehabt?«

»Das hast du mich schon einmal gefragt.«

»Ja.« Er kam noch näher. Sein Haar war feucht und auf seiner hellen Haut glänzten die Tropfen wie Perlen. »Aber ich habe deine Antwort nicht verstanden.«

»Dann haben wir etwas gemeinsam, ich verstehe deine auch nie.«

Er glitt im Wasser näher und hielt nur Millimeter vor meinem Mund inne. »Aber nur, weil du sie nicht verstehen willst.«

Ich atmete ihm ins Gesicht. »Wenn das so ist, warum fragst du dann, weshalb ich keine Angst habe?«

Er schmunzelte. »Ich bin nicht der Einzige, der sich in Geheimnisse hüllt«, antwortete er raunend, dann zog er sich kraftvoll am Beckenrand herauf und zwang mich so, meinen Nacken zu neigen, als er mich küsste. Wie heute Morgen und gestern Abend taten seine Lippen etwas mit mir, das meinen Körper augenblicklich in eine andere Welt fortriss.

Wir verschmolzen ineinander und doch war der Kuss geiler und getriebener als die anderen zuvor. Alecs Mund weit geöffnet, als würde er mich inhalieren wollen, und ich gab mich ihm hin.

Plötzlich sank er nach unten, küsste mich in kürzeren Abständen mit nur leicht geöffneten Lippen, umfasste meine Hüfte und drückte mich hoch, aus dem Wasser. Er setzte mich ohne Schwierigkeiten auf den Beckenrand und drückte sanft gegen meinen Bauch.

»Leg dich zurück.« Seine Stimme war jetzt viel samtener als zuvor und eine neue Welle der Nervosität und gleichzeitiger Erregung durchfuhr mich.

Alec blieb im Wasser zurück, drückte meine Beine auseinander und …

Ich schrie auf. Vielleicht hatte ich zu lange darauf gewartet, es mir zu oft vorgestellt, mich zu sehr danach gesehnt, aber seine Zunge zwischen meinen Schamlippen zu fühlen, glich einem tosenden Orgasmus, während ich wusste, dass ich längst nicht am Höhepunkt meiner Gefühle war.

Ich reckte ihm mein Becken entgegen und er streifte mit der Zunge über meine Perle, bis er sie in meinem Spalt vergrub.

Oh Gott! Ich griff hilflos um mich und wollte, dass dieses süße Gefühl niemals endet. Mein Stöhnen überdeckte jedes Geräusch, meine Lider hielt ich fest verschlossen, denn mein Körper war einzig und allein damit beschäftigt, mich von Alecs Zunge ficken zu lassen.

Tief und ausgiebig, nach allen Regeln der Kunst.

»Öffne deine Lippen …«

Ich riss die Augen auf. Und sah doch nichts. Gefangen in einem Strudel aus Lust verfolgte mich ein grünes Augenpaar und ich gehorchte, ohne nachzudenken.

Davies hob meinen Kopf auf etwas Weiches. Eine gefaltete Liegematte? Ich wusste es nicht, es war mir egal, ich wollte ihn spüren.

Als er schließlich seinen Schwanz zwischen meine Lippen drückte, nahm ich ihn sehnsuchtsvoll in mir auf. Ich fuhr mit der Zunge um seinen Schaft, immer wieder unterbrochen von einem unkontrollierten Stöhnen, das ich nicht zurückhalten konnte, weil Alec mich bis zur Obergrenze trieb.

Ich wollte ihn berühren, aber meine Konzentration reichte nicht aus, um meine Hände zu bewegen. Ich konnte nur daliegen und mich vögeln lassen, mich hingeben und genießen …

Ich hörte, wie das Wasser plätscherte, spürte, wie Alec meine Beine verließ, nur um mich etwas über den Boden zu schieben, sie wieder zu spreizen und tief in mich einzutauchen.

Mittlerweile wollte ich flehen, diese Anspannung in meinem Körper endlich zu erlösen, doch Davies fickte meinen Mund immer ausgiebiger, sodass ich keine Möglichkeit hatte, irgendetwas zu sagen.

»Das macht sie sehr gut«, hörte ich Alecs Stimme, der mich mit tiefen, kräftigen Stößen nahm.

»Viel zu gut.« Davies' wohlklingende Stimme. Er strich zärtlich durch mein Haar und knetete mit der anderen Hand meine Brust, fester als zuvor. Meine Nippel drückten sich gegen seine Haut und alles, was die beiden mit mir taten, verfestigte sich zu einem lustvollen Sturm, der durch meinen Körper wirbelte.

Ich war nun so überreizt, dass ich gar nicht mehr wusste, ob ich überhaupt kommen konnte. Auf jeden Fall wollte ich noch mehr. Viel mehr als das hier. Wie war das möglich?

Immer wieder stieß Alec seinen Schwanz in mich und ich

sehnte mich brennend danach, dass er ein zweites Mal in mir kam. Davies kümmerte sich liebevoll um meine Brüste, während Alec mich zusätzlich fingerte, und dann löste sich endlich alles in mir auf, genau in dem Moment, als ich zu spüren meinte, dass Alec sich in mir ergoss, und ich fühlte ein paar herrliche, langgezogene Sekunden eine bahnbrechende Explosion in meinem Körper. Davies rammte sich ein-, zweimal in mich, ich schmeckte das Kondom und ich liebkoste ihn nur zu gerne, als der erlösende Orgasmus in mir versiegte.

»Das könnte erst der Anfang sein, wenn du das willst«, knurrte Davies dominant und stieß sich fordernd zwischen meine Lippen. Endlich war ich wieder einigermaßen klar und konnte zu ihm aufsehen.

Als unsere Blicke sich trafen, blitzten seine grünen Augen auf und auch er kam in mir mit einem leichten Stöhnen. »Verdammt, Beauty.« Sein Lächeln war mein Triumph. »Ich weiß nicht, wann ich das letzte Mal so gekommen bin.«

Er zog sich aus mir zurück und ich lächelte zweideutig zu ihm hoch, als plötzlich ein ganz anderes Stöhnen den Raum erfüllte. Ein schmerzerfülltes.

»Fuck.« Alec griff sich an die Seite und sank gegen den Fuß des Pianos. Sein Sweatshirt hatte sich dunkel verfärbt. Er blutete.

»Scheiße!« Ich setzte mich auf und hockte mich auf den Boden zu ihm. »Dein Verband hat sich gelöst …«

»Das weiß ich selbst, Schönheit«, brachte er hervor. Er hielt seine Augenlider vor Schmerz geschlossen. »Es brennt wie verrückt.«

»Ich hol einen neuen Verband«, informierte Davies uns. Er stand auf, zog sich seine Hose wieder an und ging am Klavier vorbei Richtung Ausgang.

Alec grinste, als die Tür zufiel. »Ich hab nur simuliert.«

Ich starrte ihn an. Das Blut war echt. »Sicher?«

Er lachte. »Nein, es tut wirklich höllisch weh, aber mir fällt gerade auf, dass es gut ist, dich für einen Moment alleine sprechen zu können.«

»Wieso …?«

»Ich habe kein Kondom benutzt.«

Ich biss mir auf die Lippe. Noch immer saß ich nackt vor ihm und seine Klamotten waren wasserdurchtränkt. Plötzlich musste ich kichern, da ich es mir nicht ganz erlaubte, zu lachen.

»Ist das witzig?«, fragte Alec skeptisch.

»Wie alt sind wir eigentlich?« Ich lachte lauter. Merkwürdigerweise kam mir das nicht einmal schlimm vor. Keine Ahnung. Wenn Davies das Kondom weggelassen hätte, hätte ich ihn umgebracht, aber Alec …? »Meine Gedanken sind gerade etwas wirr«, fiel mir auf. Ich bildete mir einen Kopfschmerz ein. Hatte ich das gerade wirklich gedacht? So einen verschissenen Unsinn?

»Wir sind wohl nicht alt genug, um das mit der Verhütung richtig hinzukriegen.« Alec stieg ins Lachen mit ein. »Was hast du nur, dass du mich ständig alle Vorsicht vergessen lässt?«

»Ich weiß es nicht …«, wich ich aus. Nicht nur er war dämlich, ich hatte es ja auch noch zugelassen und mich daran aufgegeilt, als er in mir gekommen war. Selbst jetzt, wenn ich daran zurückdachte, fühlte sich dieses Wissen berauschend an.

»Wenn du schwanger wirst, hat England ein Problem.« Alec lehnte seinen Kopf wieder ans Klavierbein und sah aus dem Fenster.

»Wieso England?«, fragte ich unsicher. »Ich nehme die Pille.«

Er hob beide Brauen. »Obwohl du keine feste Beziehung hast?«

»Was hat das damit zu tun?«

Er atmete erleichtert aus. »Und Aids hast du hoffentlich auch nicht.«

»Und du?«, fragte ich spöttisch. »Bei deinem Umgang …«

»*Ich* auch nicht. Bei Davies wäre ich vorsichtig.« Er grinste wieder und ich musste ebenfalls lächeln.

Mist. Ich verhielt mich wirklich schlampig, oder?

»Hat es dir gefallen?«, fragte Alec nach ein paar Minuten des Schweigens. Seine dunklen Augen suchten mein Gesicht ab, waren wie heute Morgen warm und interessiert.

»Ja«, brachte ich hervor und Hitze stieg mir ins Gesicht.

»Du brauchst dich nicht dafür zu schämen«, sagte er lächelnd. »Es tut mir eher leid, dass ich es so abrupt abbrechen musste.« Er streckte eine Hand nach meiner Wange aus und fuhr mir mit einem feuchten Finger durchs Gesicht. Ich erschauderte. Nicht nur, weil es langsam kalt wurde. »Florence.«

»Alec.«

»Ich werde mich niemals an die Schönheit dieses Namens gewöhnen.«

DER PRINZ

EINE HECKE AUS ROSEN IST GAR NICHTS.

Dornröschen

Es gab Dinge, die waren sehr leicht zu organisieren: Raubzüge durch Luxusviertel, Massen an Bargeld, teure Autos mit gefälschten Papieren und illegaler Handel jeglicher Art. Etwas schwieriger zu beherrschen war der Luftraum. Man brauchte gefälschte Dokumente und die Scans am Flughafen waren gut. Außerdem konnte es passieren, dass man mich dort doch erkannte, wenn ich nicht gerade meinen Bart bis zur Unkenntlichkeit wachsen ließ. Auch ›Lee Davies‹ irgendwo durchzuschleusen, einen gesuchten Mörder, Verräter und Verbrecher, war eine Kunst für sich und ich vermied es, wenn ich konnte.

Ich konnte, denn das Glasgower Luxushotel am Flughafen hatte einen Helikopterlandeplatz und Walker hatte uns einen Heli organisiert.

Samt Pilot, versteht sich.

Ich stand rauchend im Windschatten auf dem Dach des Hotels, die Rotorenblätter ruhten.

Florence trat als Erstes aus der Tür zum Dach, entdeckte mich und kam auf mich zu. Davies folgte ihr dicht auf den Fersen. *Daran würde sie sich gewöhnen müssen.*

Als sie vor mir stehen blieb, bot ich ihr meine Zigarette an und sie zog daran. Ich hielt mich davon ab, sie ein letztes Mal zu küssen – ich sollte es nicht übertreiben mit dem Abschiedstheater.

»Hast du in deine Tasche gesehen?«

»In meine Tasche?«, wiederholte sie überrascht und gab mir die Zigarette zurück.

»Deine Tasche. Außenfach.«

»Nein …« Natürlich hatte sie nicht, denn sonst wäre sie nicht so entspannt. Neugierig holte sie ihre geschulterte Reisetasche vor den Bauch und öffnete den Reißverschluss an der Seite. Sie brauchte eine Sekunde, um zu begreifen, was sie sah.

»4000 Pfund.« Ich ließ den Rauch durch meinen Mund entweichen und beobachtete, wie sie reagierte.

Ihre Miene versteinerte sich und sie sah an meinem Ohr vorbei. »Und wofür ist das?«, fragte sie tonlos.

Ich seufzte. Hatte ich eine Sekunde gehofft, sie würde es einfach annehmen? »Du konntest die Tage über nicht arbeiten gehen. Nimm es einfach, ich brauche es gerade nicht.«

»Und woher kommt das?«, fragte sie kühl. »Ist das Schwarzgeld?«

Davies stellte sich zu uns. Auch ihn überraschte ich damit, dass ich ihr so viel Geld gab. Normalerweise war ich weniger großzügig, gerade weil die meisten, die ich kannte, nicht mit Geld umgehen konnten und es sie vergiftete, wenn man ihnen zu viel davon gab.

»So ziemlich jeder Pfund, der durch meine Hand geht, ist schwarz. Machst du dir wegen Großbritanniens Steuerhaushalt Sorgen?«, fragte ich lächelnd. »Glaub mir, das brauchst du nicht. Gestern Morgen wolltest du es noch annehmen.«

»Nein, wollte ich nicht«, erinnerte sie mich. Dachte sie, es sei eine Art Bezahlung? Gott im Himmel, ich hatte mich für die Sache mit dem Blowjob doch schon entschuldigt. Was verlangte sie noch?

»Hör zu.« Ich ignorierte Davies, der mich interessiert beobachtete, warf die Kippe fort und nahm Florence' Gesicht zwischen meine Hände. Ihre Haut schmiegte sich dunkel und anmutig zwischen meine hellen Finger und wieder einmal musste ich feststellen, dass sie neben allem anderen atemberaubend schön war. »Ich werde das nicht mit dir diskutieren. Entweder du nimmst es oder du lässt es bleiben. Wenn du es bleiben lässt, gib es Davies zurück, er spendet es irgendeinem Gnadenhof. Du kannst es aber auch behalten, Davies spendet den Gnadenhöfen schon genug.«

»Wovon sprichst du?«, fragte sie belustigt. Ich glaubte, zu sehen, wie sie es genoss, dass ich sie so hielt. Das war etwas schade, denn im Grunde verriet ich sie gerade auf die schlimmste Art, auf die ich jemals jemanden verraten hatte – der nicht aus meiner Familie stammte.

Ich hielt ihre eine Wange fest, zog den Ausdruck aus meiner Jackentasche und drückte ihn ihr in die Hand.

»Was ist das?«, fragte sie und linste darauf.

Ich sah ihr weiter in die Augen. »Dein Zugangspasswort und deine Immatrikulationsnummer. Wenn du zurück in London bist, gehst du in die Universität und sagst, du hättest deinen Studentenausweis verloren. Dann bekommst du einen neuen.«

Sie kniff die Augen zusammen und wich zurück, sodass ich sie loslassen musste. »Und was studiere ich da?«, fragte sie kritisch.

»Musik und Geschichte, was sonst?«

Sie sah mich groß an. Es hatte mich einigen Rechercheaufwand gekostet, ihre Wunschfächerwahl herauszufinden, aber es hatte funktioniert.

»Das Semester läuft zwar bereits eine Weile, aber du kannst die Zeit dennoch schon einmal nutzen, um dich einzufinden.«

»Und die Gebühren hast du vermutlich auch alle schon bezahlt?«, fragte sie ein wenig spöttisch.

Natürlich. Ich schwieg für einen Moment und sah zum Heli. »Sowie das Schulgeld deines Bruders.«

Das saß. Sie brauchte einen Moment, um diese Informationen zu verdauen, aber zum Glück sagte sie nicht so etwas wie ›Ich kann das nicht annehmen‹, so wie es jedes Good Girl getan hätte. Nein, Florence war auf eine gesunde Art egoistisch – und das war sehr befreiend. Alles, was sie nach einer Weile tat, war, zu nicken, den Ausdruck zum Geld zu stecken und die Tasche wieder zurück auf ihre Schulter zu rücken.

»Dann guten Flug«, wünschte ich ihr leise. Es war ein schwacher Trost für mich, dass ich ihr wenigstens die Chance ermöglichte, die sie verdiente, während ich plante, sie strategisch zu nutzen. Aber wenn Evan sie nicht hineinziehen wollte, warum sollte sie dann jemals davon erfahren?

»Kommst du nicht mit?«, fragte sie erstaunt.

»Nein.«

»Mhm.« Sie verkniff sich eine weitere Frage, wandte sich schließlich ab und ging zum Helikopter. Ohne ein ›Danke‹ hervorzubringen, als würde sie wissen, dass sie mir nichts zu verdanken hatte. Nicht wirklich.

»Chef.« Davies nickte und wollte ihr folgen, aber ich hielt ihn mit einem Blick zurück. Auch er hatte seine Tasche geschultert. Wie immer trug er sein T-Shirt, die schwarze

Hose und seine Boots. Er sah nicht gerade wie jemand aus, der für die Aufgabe geschaffen war, die ich ihm auftragen wollte, aber ich hatte keine Wahl.

Er war der einzige, dem Florence vertrauen würde, und solange sie das tat – mir und ihm vertrauen – war alles viel einfacher.

»Was ich dir jetzt sagen werde, wird dir nicht gefallen.«

Davies' Miene war ausdruckslos. Gerade konnte ich seine Gedanken nicht erahnen, konnte nicht wissen, was er gegebenenfalls befürchtete.

»Du wirst ihr nicht mehr von der Seite weichen.«

Er hob verdutzt die geraden Brauen. »Was?«

»Richtig verstanden.«

»Ihr nicht mehr von der Seite …?«

Ich lächelte stumm und holte eine zweite Zigarette hervor. »Du darfst sie nicht eine einzige Sekunde aus den Augen verlieren.« Ich zündete sie an und ließ Davies diese Information verdauen. »Und ganz London soll wissen, dass du sie beschützt.«

Seine Kinnlade öffnete sich leicht und er sah Florence hinterher, die den Heli bereits erreicht hatte und jetzt zurückblickte. »Ganz London, Sir.«

»Jedes einzelne Viertel.«

»Rund um die Uhr?«

»Ja.«

Er ließ Luft durch die Zähne gleiten und fuhr sich einmal über die kurzen Haare. »Sie muss dir einiges bedeuten.«

»Es geht nicht darum, was sie *mir* bedeutet.« *Mir bedeutete sie zu viel.* Ich hatte einen Feind, ja. Aber ich hatte auch die Waffe gegen ihn gefunden. Und diese war weiblich und schön. »Sondern was sie *jemand anderem* bedeutet.«

Davies versuchte, sich etwas zusammenzureimen, aber er

würde nicht ganz dahinter kommen. Vielleicht vermutete er etwas, vielleicht roch er eine Spur.

»Und, Davies?«

»Alec?«

»Gib ihr ihr Handy zurück. Vielleicht will sie Fotos machen. Ich glaube nicht, dass sie öfters mit einem Helikopter über London fliegt.«

»Aye«, sagte er und hielt sich zwei Finger an die Stirn, bevor er sich abwandte.

FLORENCE

›KLUGE MÄDCHEN LASSEN DEN PRINZEN FALLEN, BEVOR ER SIE EROBERT.

Rapunzel

»Dein Handy, Beauty.« Davies reichte es mir zurück, bevor er sich anschnallte. Ich war noch nie geflogen und ich wusste nicht, ob ich langsam in Panik geraten sollte. Ein Helikopter, wirklich?

»Hast du Angst?«, fragte er und überraschte mich mit seinem einfühlsamen Blick.

»Sollte ich welche haben?«, fragte ich verunsichert.

Davies grinste fragend. »Ich habe vor nichts Angst. Im Notfall bin ich bei dir.« Er setzte sich zurück und verschränkte die Arme vor der Brust.

Auf meinem Smartphone, das zwei Tage ausgeschaltet war, häuften sich die Nachrichten. Facebook, WhatsApp, Mails. Vor allem von Eve, die mehrmals bei mir vorbeigekommen war und wissen wollte, wo ich steckte. Und einige SMS von einem unbekannten Absender. *Was hatten die …?*

Im ersten Moment bekam ich Panik, denn ich wartete insgeheim noch immer darauf, dass sich die Dealer, die Nike das Kokain untergeschoben hatten, bei mir melden würden, aber die Nachricht war kryptisch – und sie konnte nur von einem stammen.

Als ich klein war, so ungefähr in dem Alter, in dem einige Teile meines Gehirnes, die sich dir widmen, stehengeblieben sind, sagen wir sechs, konnte ich vom Fliegen nicht genug bekommen. Ich wollte meine Eltern überall hin begleiten und meine Schwester tat mir regelmäßig den Gefallen und ließ sich von mir zum Flughafen schleifen. Ich dachte, ich werde Pilot. Was meinst du, wie London jetzt aussähe, wäre ich tatsächlich Pilot geworden?

Ich musste lachen.

Was willst du mir sagen, Alec?, antwortete ich.

Seine Nachricht ploppte erst nach fast einer Minute auf.

Ich werde bei deinem ersten Flug an dich denken.

Mist. Schon wieder diese Romantiktour. Ich konnte ihn durchs Fenster noch sehen. Er stand rauchend bei der Tür zum Inneren des Hotels. Das Smartphone in der Hand. Zufällig sah er auf und bemerkte meinen Blick. Er lächelte.

Im selben Augenblick bekam ich eine weitere Antwort.

Bleib anständig. Ich bin zu weit weg, um kontrollieren zu können, was du tust.

Als wäre die Entfernung für jemanden wie dich ein Problem.

Es dauerte wieder einen Moment, bis seine Antwort kam.

Ich kann es mir nicht länger erlauben, dass du meinen Kopf bevölkerst, Florence.

Warum?

Fuck. Hatte ich gerade wirklich ›Warum‹ gefragt? Schottland. Das Ganze beim Pool. Der Sex … Es sollte einmalig bleiben. Es sollte hier bleiben. In diesem Flughafenhotel in Glasgow, und ich wollte in London nicht mehr daran denken.

Du kennst mich und meine Gründe.

Sie sind verworren und pseudogeheimnisvoll.

:D Wie?

Verworren. Und p s e u d o g e h e i m n i s v o l l.

Wie lange hast du jetzt dafür gebraucht, das Wort mit getrennten Buchstaben aufzuschreiben? Baby.

Der Helikopter hob ab und ich wurde zunehmend nervöser.

Alles, was ich dir sagen wollte, ist, dass ich das Fliegen liebe. Dir wird es auch gefallen. Geh zur Uni, nimm mein Angebot an. Wenn alles nach Plan läuft, gibt es keinen Grund, dass wir uns jemals wiedersehen.

Wessen Plan?

Gottes Plan. Meine Großmutter glaubte wie keine andere an ihn, irgendetwas muss ich ja von ihr haben. Und jetzt schalt den Flugmodus an und genieß die Aussicht.

Alec …

?

Danke.

Er antwortete nicht mehr. Und obwohl ich ihn noch auf dem Dach stehen sah, hatte ich das Gefühl, dass er nicht mehr antworten würde. Wir hatten abgehoben, ich hatte Schottlands Boden verlassen und damit war auch das endgültig vorbei, was kurz zwischen uns entstanden war.

Er war ein arrogantes Arschloch mit einer Freundin. Ich eine junge Frau, die einfach nur ihr Leben leben wollte. Wir waren aneinandergeraten, ich habe einen Einblick in Abgründe erhalten, wurde von ihm massiv verarscht und außerordentlich gut durchgefickt.

Kein Grund, dem mehr Bedeutung beizumessen, als es verdiente.

Nur wieso hatte ich dann das Gefühl, dass diese Reise längst noch nicht zu Ende war?

DER PRINZ

SPIEGLEIN, SPIEGLEIN. WIRD DIR NIE SCHLECHT BEI DEM, WAS DU SIEHST?

Schneewittchen

»Prinz Alexander, sind Sie das?«

Er hob den Kopf Richtung Eingangshalle und holte seine Hände zügig aus den Taschen hervor. Eine Viertelstunde hatte er hier unten Zeit geschunden, bis der Butler erschienen war.

»Ja, Gabriel.«

»Es ist gut zu sehen, dass Sie wohlauf sind, Ihre Königliche Hoheit, Sir. Ich hatte mir Sorgen gemacht, weil Ihre Königliche Hoheit sagte, Sie seien über Nacht in den Bergen geblieben. So ganz ohne Ausrüstung.«

»Sie wissen doch, dass Sie sich um mich nicht zu sorgen brauchen«, sagte Alexander mit einem feinen Lächeln und schüttelte Gabriel die Hand.

»Ihre gesamte Familie ist anwesend, Sir«, erklärte er raunend und senkte die Lautstärke so weit, dass seine Worte nicht von den hohen Wänden widerhallten. »Ich habe Sie gedeckt, habe gesagt, Sie seien auf der Pirsch gewesen.«

»Ich jage seit sechs Jahren nicht«, verbesserte Alexander ihn aus reinem Reflex heraus.

»Das hatte ich vergessen, Sir.« Gabriel schaute bedrückt. »Ihr Onkel ist ebenfalls angereist. Machen Sie sich darauf gefasst, dass er Ihnen ausführliche Vorträge zur Jagd im nahenden Winter halten wird, sollte sich der …«

»Sollte sich …?«

Die zwei Männer gingen auf die breite Wendeltreppe zu. Die Eingangshalle und das gesamte Schloss waren altertümlich eingerichtet, selbst der Krieg hatte nichts an dem Besitz verändert. Die roten Vorhänge reichten über drei Stockwerke hinab, die Bilder vergangener Könige und Herzöge schmückten die tapezierten Steinwände. Im Winter war es hier bitterkalt, da ständig ein Zug durch die schlecht isolierten Fenster glitt.

Niemand heizte die Eingangshalle des Schlosses, vielleicht auch, weil die Schwester der verstorbenen Queen nicht besonders häufig Besuch empfing.

»Sollte sich der Zustand Ihrer Königlichen Hoheit nicht verschlimmern, Sir.« Gabriel hatte seine Stimme noch tiefer gesenkt, als befürchte er, der Tod persönlich könne ihn hören.

»Was ist genau geschehen?«, fragte Alexander aufmerksam.

»Nach Ihrem Besuch gestern, Sir«, der Diener fuhr sich peinlich berührt über den Mund, »hat Ihre Königliche Hoheit die Doktorin rufen lassen. Sie bat um Schlaftabletten. Sie plage seit Tagen Schlaflosigkeit.«

Alexanders Hände verkrampften sich. Sie erreichten die obere Treppenstufe und wandten sich nach links in den mit Teppich ausgelegten Gang in den zweiten Flügel.

»Die Doktorin ließ ihr eine geringe Menge Tabletten da und Ihre Königliche Hoheit, Prinzessin Augusta …«

»Warf sie sich gestern Abend ein«, schloss Alexander und ein leichter Schweißfilm legte sich in seinen Nacken.

»Ja, Sir«, sagte der Diener verschämt lachend. »›Einwerfen‹ …«

Alexander biss sich auf die Zunge.

»Aber zum Glück war die Menge an Tabletten …«

»Nicht ausreichend. Meine Mutter ist gekommen?«

»Ja, Sir.«

»Auch mein Vater?«

»Ihr Vater ist verhindert. Aber Ihre Cousinen aus County Durham, Gräfin Eleanor und Lady Artebury …«

»Wird mein Vater kommen?«

»Er plant seine Ankunft für morgen Nachmittag.«

»Wer weiß alles, dass es ein Selbstmordversuch war?«

Der Diener zuckte zusammen. »No-noch nie-niemand, Sir …«

Alexander straffte die Schultern. »Meine Familie denkt, es sei ein Unfall gewesen.«

Sie passierten den Westflügel mit Blick auf die schottischen Bergkämme und kamen den Schlafräumen näher.

»Ihre Königliche Hoheit kann sich nicht daran erinnern, sie genommen zu haben.«

Der Prinz stutzte und dann lächelte er plötzlich wissend. »Was für ein genialer Schachzug. Sie sagt einfach, sie könne sich nicht daran erinnern und schon trifft sie keine Schuld. Danke, Gabriel, Sie können gehen.«

»Aber, Sir, ich sollte –«

»Gehen Sie«, befahl Alexander ungewöhnlich grob und dem Diener blieb nichts anderes übrig, als zu gehorchen.

Alexander ließ den stotternden Gabriel im Flur zurück und näherte sich der Flügeltür, die zu dem Schlafzimmer seiner Großtante führte. Er musste sich bremsen, ehe er beide

Türen effektheischend aufgestoßen hätte, und öffnete stattdessen den linken Flügel. Er glitt wie ein stiller Schatten hindurch.

Man kannte ihn als zurückhaltenden, stillen, aber wenn man ihn ansprach, als wortgewandten jungen Mann, der es vorzog, nicht im Mittelpunkt zu stehen. Wenn man ihm nicht gerade in die Augen sah, hatte man bei familiären Anlässen häufig das Gefühl, er wäre nicht anwesend. So kam es, dass seine Familie ihn auch erst dann bemerkte, als die Tür hinter ihm mit einem dumpfen Geräusch ins Schloss fiel.

Mehr als fünf Frauen waren anwesend und drehten ihre ordentlich frisierten Köpfe in seine Richtung.

»Entschuldigt vielmals die Verspätung, Miladies«, sagte er und neigte höflich den Kopf.

»Du brauchst dich nicht zu entschuldigen, Alexander!«, rief seine Mutter. Sie saß auf einer der edel bespannten Sitzgarnituren vor dem Fenster. Neben sich ihre ältere Schwester. Alexanders Cousinen hatten sich um die beiden Damen verteilt. Seine Mutter trug ein enges, dunkles Trauerkostüm, das ihrer besonders hellen Haut nicht gerade schmeichelte. Sie hatte sich trotz ihres Alters und der Schicksalsschläge in ihrer Familie gut gehalten, auch weil Alexander sie täglich in dem Glauben ließ, er wäre ein vorzeigbarer, höriger Sohn. »Du hattest ja nicht mit dieser Tragödie rechnen können!«

Nein, das hatte er allerdings nicht. Alexander neigte den Kopf, um besonders demütig auszusehen und begrüßte die Frauen der Reihe nach mit einem edlen Handkuss. Eine jede war froh, ihn zu sehen. Er galt in seiner Familie als der Schützling, den man nie ganz hatte gehen lassen wollen, und war besonders bei seinen Tanten und Cousinen sehr beliebt.

Schließlich legte er unter seine Stimme einen künstlichen,

mitfühlenden Unterton und wandte sich ein weiteres Mal an seine Mutter. »Kann ich zu ihr, Mutter?«

Sie unterdrückte eine Träne. Augusta war Alexanders Lieblingstante gewesen. Eigentlich nur aus dem Grund, dass sie in Schottland lebte, aber das musste ja niemand erfahren. »Natürlich.«

»Allein?«

»Das wäre sogar besser. Der Arzt sagt, zu viel Besuch würde sie überfordern. Aber sie hat heute bereits mehrmals nach dir gefragt.«

Alexander verzog seine Lippen zu einem schmalen Strich und nickte. »Und Mutter …« Er tat so, als ob er den nicht vorhandenen Kloß im Hals hinunterschlucken müsste. »Was, wenn ihr wirklich …«

»Das wollen wir nicht hoffen«, sagte sie stimmlos.

Alexander zögerte. Was, wenn ihm der Zustand seiner Tante ganz neue Möglichkeiten bot, die ihm in seiner Lage nur helfen konnten? »Es tut mir leid, dass ich euch nicht eher Bescheid gegeben habe. Ich wollte euch nicht zusätzlich zu dem Geschehen in London und den Vorbereitungen für die Beerdigung belasten. Außerdem bat Tante Augusta darum.« Zögernd, ja unsicher wirkend, ging er an den Frauen vorbei auf die zweite Tür zu, hinter der das herrschaftliche Schlafzimmer lag. Er drückte die Klinke, huschte hindurch. Er überprüfte, ob die Tür hinter ihm verschlossen war und dass bis auf ihn und seine Großtante Augusta niemand anwesend war, dann löste er seine verkrampfte Haltung, straffte die Schultern und schritt auf das Bett zu.

Endlich wurde Prinz Alexander wieder zu mir selbst. Wie ich es hasste, mich wie ›er‹ geben zu müssen. Es entsprach längst nicht mehr meiner Natur.

»Alexander?«, fragte meine Tante schwach. Sie schlug die

Augen auf und folgte mir mit ihrem müden Blick. Ihre Haut war bleich, ihr Haar fad. Sie hatte sich aufgegeben. Ich erkannte, wenn sich jemand aufgab, und sie hatte es getan. *Nur weil ich ihr eine Lüge aufgetischt hatte?* Was ich doch für eine Macht besaß …

Sie streckte mir eine Hand entgegen, doch ich verschränkte kühl meine Arme vor der Brust und sah von oben auf sie herab. Ich dachte über meine nächsten Schritte nach. Wenn sie starb, konnte das Vorteile für mich bedeuten. Meine Familie würde Verständnis für etwaige spontane Reisen und das Unterbrechen meines Studiums aufbringen. Ich könnte zum Beispiel behaupten, dass mich die Schicksalsschläge unserer Familie – erst die Queen, jetzt ihre Schwester – derartig ergriffen hätten, dass ich das Semester aussetzen und Abstand gewinnen müsste – zum Beispiel im Ausland. Während ich Evan jagte. Ich wäre frei und hätte zahlreiche Möglichkeiten. Doch wer sagte mir schon, dass ich in nächster Zeit gezwungen war, London zu verlassen? Noch wusste ich zu wenig.

Noch hatte ich keine Ahnung, ob es Evan nicht reichen würde, wenn ich ihn mit Florence lockte.

Kein Grund, etwas zu überstürzen.

»Du wolltest dich also umbringen, Tante Augusta.« Ich sprach weich, meine Stimme wie Öl, das nur darauf wartete, entflammt zu werden. Die Umstände hatten dafür gesorgt, dass Lady Augusta zu meiner einzigen und engsten Vertrauten werden würde – *und zwar jetzt.*

»Wie, Alexander?«, fragte sie überrumpelt und riss die Augen auf. »Es war nur …«

»Vier Pillen reichen nicht für den goldenen Schuss, Augusta«, erklärte ich ihr freundlich. »Was meinst du, wie viele Jugendliche ich schon gesehen habe, die es damit versuchen wollten? Was meinst du, wie viele Selbstmorde ich schon verhindern konnte? Und jetzt verhindere ich deinen.«

Sie starrte zu mir hoch.

Mein Blick wurde noch milder, als würde ich ihr von der Schönheit des Wetters erzählen und von der beeindruckenden Aussicht über die schottischen Wälder hinter ihren Fenstern. Und nicht von meinem Leben am Abgrund. »Ich kam gestern zu dir und habe gelogen.«

»Gelogen?«, wiederholte sie irritiert. »Alexander … träume ich?«

Ich griff hart nach ihrem Arm und umschloss ihn fest mit meiner Hand. Ihre Haut war alt, vergilbt, ein Buch, das man nicht mehr aufschlagen wollte, weil die Geschichte längst erzählt war. »Vor zwei Wochen plante ich den größten Angriff auf diese fette Stadt im Herzen Englands. London. Die dafür sorgt, dass unserer Familie das Gold in den Arsch geschoben wird, damit wir es als Schleim oben rauskotzen. Ich plante diesen Angriff und hatte dafür zwölf Männer. Diese zwölf Männer befehligen jeder auf seine Art eine Gruppe gewaltbereiter Kämpfer. Ganoven, Drogenbosse, Waffenschieber, korrupte Polizisten, Gangmitglieder, die es leid sind, arm und untereinander verfeindet zu leben. Ich habe sie zusammengeführt, um euch zu schlagen. Um … *uns* zu schlagen, Tante Augusta.«

Sie sah mich an und konnte nicht verstehen.

»Und wie es so kommt, wenn man einen Krieg führt, wurde auch ich hintergangen und verraten. Von einem dieser Zwölf. Dem Einzigen, der niemanden befehligte, demjenigen, den ich aufgenommen hatte, weil ich dachte, meine Tafelrunde müsse vervollständigt werden, und weil er als Spion so gut geeignet war. Willst du seinen Namen erfahren, Tante Augusta?«

»Alexander, ich weiß gar nicht …« Tränen standen in ihren Augen.

»Evan. Ein ziemlich langweiliger Name für einen Verräter, oder?«

Sie bewegte leicht den Kopf. Ein Nicken? Ein Kopfschütteln? Es war eher ein Flehen, dass ich aufhören sollte, ihr alles zu erzählen, aber wenn sie nicht frühzeitig an einer Überdosis Tabletten sterben wollte, musste sie da jetzt durch. Oder aber sie verreckte an einem Herzinfarkt – es war mir gleich. Hauptsache ich könnte von ihr profitieren. So oder so hätte ich einen guten Grund vor meiner Mutter, diesen Winter nicht ganz der perfekte Sohn zu sein, den sie von mir gewohnt war. Nach dem, ›was unsere Familie durchzustehen hatte‹, würde sie es sogar hinnehmen, dass ich Weihnachten woanders verbrachte.

»Ich weiß noch nicht, auf welcher Seite dieser kleine Pisser steht, Tante Augusta.«

»Was sind denn das für Worte, Alexander?«, brachte sie schockiert hervor.

Ernsthaft? Hauptsache keine Gossensprache in diesem Schloss, was? Ich redete einfach weiter. »Ich weiß noch nicht, wer Evans Auftraggeber ist, und ich weiß nicht, was dessen Absichten sein könnten. Aber ich weiß, dass Evan eines der größten Geheimnisse Englands kennt, weil er mich dabei sah, wie ich zwischen meinen zwei Leben hin- und herwechselte. Möchtest du dieses Geheimnis auch erfahren, verehrte Tante?«

Der Arm in meinem Griff wurde kalt. Kalt vor Angst.

»Ich sage es dir«, raunte ich und beugte mich zu ihrem Gesicht. »Die Krone Englands wird nicht länger existieren, wenn ich mit ihr fertig bin. Es wird keine korrupten Politiker mehr geben, die davon profitieren, in meinen Vierteln Drogen und Waffen zu verteilen und für Straßenkämpfe zu sorgen, damit sich keine starke Gruppe bilden kann, die gegen alles rebelliert und die weißen Bonzen abwählt. Die Spitze wird nicht länger weiß sein und die royalen Königshäuser nicht länger reich. Das ist mein Plan, verehrte Tante. Verstehst du jetzt, weshalb ich dich anlog?« Ich lächelte unbestimmt. Ihr Gesicht verlor zunehmend an Farbe. »Ich kam gestern hierher, zum Tee, ein netter Besuch, und habe dir eingebläut, ich hätte die letzten Tage bei dir verbracht. Ich habe dir gesagt, du hättest es vergessen, weil du manchmal Dinge vergisst. Ich habe dir geschickt eingetrichtert, du wärest mittlerweile so dement, dass du dich nicht mehr daran erinnerst, wenn dich dein Lieblingsgroßneffe für mehrere Tage besuchen kommt. Es tut mir leid, aber ich musste das tun.

Ich musste nach diesem Verräter suchen, der all meine Pläne zu Fall bringen kann, und auch wenn ich ihn noch nicht gefunden habe, brauchte ich eine Geschichte, die mich vor meiner Mutter decken würde. Ich kam also hierher und behauptete vor dir, dass ich die letzten Tage schon hier gewesen war, damit du es meiner Mutter in London erzählst. Ich tat erstaunt, dass du dich nicht erinnerst, und du dachtest, dein Alzheimer hätte sich verschlimmert. Aber keine Angst, Tante, du erinnerst dich genau. Ich *war nicht hier,* ich war in London und habe darauf gehofft, Spuren zu Evan zu finden. Ja, ich gebe es zu, ich schlittere ein wenig zwischen dem Leben und dem Tod hin und her, und ich habe etwas zu viel Kokain gezogen und wurde daher recht ungemütlich, aber von all dem hast du nichts mitbekommen, denn ich war weit weg.« Ich streichelte sanft über die alte Haut an ihrem Arm, damit sie sich etwas beruhigte. Sie sah nicht danach aus, als ob das funktionierte. »Es gibt absolut keinen Grund für dich, dich mit Schlaftabletten umzubringen, werte Tante. Dein

Selbstmord war etwas übereilt. Es gibt nichts, das du vergessen haben könntest. Ich habe dich angelogen, in Ordnung? Und weißt du, was ich jetzt tun werde, Tante Augusta?«

Es schien, als hätten meine Worte die Schwester der verstorbenen Queen letztendlich doch getötet, so starr und blass blickte sie zu mir hoch.

»Ich werde diesen kleinen Verräter Evan finden, denn die einzige Frau, die ihm etwas zu bedeuten scheint, befindet sich in der Hand meines Dieners. Und wenn ich ihn finde, werde ich dafür sorgen, dass er mitsamt seinem Wissen verloren geht. Aber keine Angst, *dich* werde ich nicht töten, denn du wirst mein Geheimnis bewahren, nicht wahr, Tante Augusta? Nicht nur, weil dir keiner glauben würde, sondern auch, weil du mich unterstützt, ist es nicht so? Kämpfen wir mit unserem blauen Blut nicht schon Jahrhunderte dafür, dass Großbritannien ein großes, starkes Land wird? Wir wollen doch nur das Beste für unser Volk. Und glaub mir, Tante Augusta, *ich* bin das Beste für dieses Land. Es fällt nur schwer, das von außen zu erkennen, denn meine Regierung ist nah am Volk und sehr direkt. Aber so was brauchen sie, oder nicht? Die Nähe. Die Freundschaft. Erst, wenn sie glauben, dass wir ihre Freunde sind, werden sie uns tolerieren. So wie es unsere Familie seit der Einführung der Demokratie versucht. Freundschaft. Süße Babyfotos in der Klatschpresse. Das ist die Art und Weise, wie wir sie von uns überzeugen, nur dass das nicht länger funktionieren wird. Ich bin ein Feind der Monarchie. Der Erste aus unserer Reihe, der sich traut, dazu zu stehen. Und meine Armee wird größer, Tante Augusta, während das Volk längst vergessen hat, warum genau sie die royale Familie lieben sollten. Das Haus Walford eine fette Made, die sich auf alle anderen setzt und sie aussaugt, während das Geld für die wirklichen Probleme dieses Landes fehlt. Irgendwann wird die Liebe unseres Volkes für unsere Familie vergehen, Tante. Sehr bald sogar.« Ich strich ihr eine Strähne beiseite, bevor ich mich aufrichtete und ihren Arm losließ. »Denn ich werde dafür sorgen.«

FLORENCE

EINE WEISSE HAND WÄSCHT SIE LÄNGST NICHT REIN.

Der Wolf und die sieben Geißlein

Ich drehte den Schlüssel im Schloss, drückte mit der Schulter leicht gegen die Tür, da sie sich im Winter ständig verzog und es schwerer wurde, sie zu öffnen, und stieß sie mit einem Ruck auf. Mein Stiefvater saß auf dem Sofa und schaute fern. Eine Pizza vor sich auf dem Couchtisch, die Bierflasche in der Hand.

Als wäre ich keinen einzigen Tag fort gewesen, dabei fühlte es sich an wie Wochen.

»Danke«, sagte ich leise zu Davies und wollte ihm meine Reisetasche abnehmen, die er den ganzen Weg vom Busbahnhof zu unserer Wohnung getragen hatte, doch er hielt sie fest.

»Ich komme mit rein«, informierte er mich lächelnd, aber seine grünen Augen blieben wie die ganze Reise über ungewohnt kühl.

»Das geht nicht«, sagte ich sofort. Ich wollte Ruhe haben,

Abstand gewinnen, glauben können, dass die letzten vierundzwanzig Stunden nicht wirklich stattgefunden hatten. Er sollte verschwinden und mir meine Tasche geben.

»Hmm«, sagte er mit seiner samtenen Stimme und doch hatte ich das Gefühl, als wäre er innerlich hart. »Das war keine Bitte, es war ein Fakt. Geh vor.«

»Was?«, fragte ich verdutzt.

Er lächelte etwas breiter, aber noch immer freudlos.

»Davies, ich will einfach –«

Er hob eine Braue und ich entschloss mich dazu, auf ihn zu hören. Mittlerweile spurte ich, wenn er mich so ansah. Es war wie ein innerer Impuls, dem ich Folge zu leisten hatte. Zu groß war die Angst vor dem, was er mit mir anstellen würde, wenn ich nicht tat, was er verlangte. Gerade jetzt, da wir zurück in London waren und ich nicht darauf hoffen konnte, dass es etwas zwischen uns verändert hatte, nur weil wir auf einem Road Trip gewesen waren.

Und Sex hatten.

»Ich habe noch nie so einen Typen wie dich mit zu mir reingenommen. Kannst du bitte etwas harmloser aussehen?«

Davies sah mich für einen Moment ratlos an, als ob er nicht wüsste, was die Vokabel ›harmlos‹ bedeutet, dann griff er nach meiner Hand und verschränkte unsere Finger ineinander, bevor ich etwas dagegen unternehmen konnte. »Besser?«

»Nein!« Was für ein Blödsinn.

»Männer, die die Hand von Frauen halten, wirken auf mich immer besonders harmlos. Mehr kann ich nicht für dich tun.«

Ich verdrehte seufzend die Augen, schüttelte seine Hand ab und ging in die Wohnung. Ich hoffte darauf, dass Raymond uns nicht bemerken würde. Aber als Lee Davies eintrat, ein breiter, muskulöser, unheimlicher Typ, dessen Haut nur deshalb nicht weiß wirkte, weil sie mit Tattoos an den Armen überzogen war, bemerkte mein Stiefvater ihn doch.

»Hi Flory, wie …« Was auch immer er mich fragen wollte, etwas in seinen Gedanken hinderte ihn daran, den Satz zu Ende zu führen. Er starrte Davies an, der, die Hand ausgestreckt, freundlich lächelnd auf ihn zuging.

»Guten Abend, Mr Reids. Davies, Lee Davies. Entschuldigen Sie die späte Störung, Sir, ich wollte, dass Florence sicher nach Hause kommt.«

Raymond nahm die Hand vollkommen perplex entgegen und ließ sie von Davies schütteln. Auch ich starrte Davies an und fragte mich, was das sollte. Wenn er nicht verdächtig wirken wollte, so hatte er gerade das genaue Gegenteil bewirkt.

»Freut mich, Junge«, brachte Raymond hervor und war sichtbar froh, Davies' Hand wieder loslassen zu können. Ich sah die zehn Fragezeichen, die um seinen Kopf herumschwirrten, aber ich konnte ihm keines davon beantworten.

Ja, Daddy, das ist einer der schlimmsten Junggesellen Londons, ein Mörder und Sadist, und ich habe mich von ihm und seinem ›Vorgesetzten‹ aus nicht verständlichen Gründen durchvögeln lassen, bis ich nicht mehr wusste, wer ich war. Klingt total bescheuert? Ist es.

»Deine Mum schläft schon«, brummelte Raymond in sein Doppelkinn und schaffte es nicht einmal, seine Augen wieder zur Mattscheibe zu richten.

»Mhm.«

»Wann kommt'n Nike nochma zurück?«

»Ahm, Sonntag«, nuschelte ich und verschwand mit

Davies zügig in meinem winzigen Zimmer. Als er hindurchgetreten war, stieß ich die Tür in seinem Rücken zu und blieb daneben stehen. Ich wollte mich nicht zu ihm herumdrehen und herausfinden, warum er mich unbedingt hineinbringen wollte. Ich wollte nicht daran zurückdenken, was in Schottland geschehen war.

Davies stellte, den Geräuschen nach zu urteilen, unsere beiden Reisetaschen auf den Boden ab, streifte seine Stiefel ab und … warf sich aufs Bett.

Ich fuhr herum. Das war genau das, was ich gerade *nicht* wollte!

»Hast du ein Handtuch für mich?«

»Bitte?!«

Er hatte die Hände hinter dem Kopf verschränkt und die Augen geschlossen. »Duschen«, antwortete er knapp.

»Kannst du nicht zu Hause duschen?«, fragte ich verstört. *Was tat er hier?* Ich hätte mit allem gerechnet, aber nicht damit, dass er sich in mein Bett legen würde, als würde er hier wohnen – ohne eine einzige sexuelle Anspielung. Dann fiel mir auf, dass ich keine Ahnung hatte, wo jemand wie Davies wohnte. Ein zweites Schlafzimmer hatte sich neben dem des Prinzen im Club Black Butterfly befunden – seines?

»Ich denke, es ist besser, wenn wir hier bleiben«, sagte er ruhig. »Handtuch?«

»Wieso …« Ich presste die Lippen für einen Moment aufeinander, bevor ich weitersprach. »Vergiss es. Kannst du einfach gehen?«

Er schlug die Augen auf und das Grün traf mich kalt. »Leider nicht. Glaub mir, Beauty, ich kenne tausend bessere Orte, an denen ich jetzt gerne sein würde, aber du brauchst Schutz und den kann nur ich dir geben. Also bleiben wir hier.«

»Schutz?«, fragte ich spöttisch. »Niemand weiß, dass wir …«

Er sah weiter zu mir hoch, vollkommen ungerührt. »Auf uns wurde geschossen, es gab ein paar Leichen in ein paar zu wenigen Tagen und wir wissen noch immer nicht, woher dein kleiner Bruder das Kokain hatte. Ich an deiner Stelle würde mich freuen.«

»Ich freue mich nicht.«

Er lächelte kurz. »Das ist dann nicht mein Problem.« Er schloss die Augen wieder und machte es sich weiter bequem. »Ich muss auch nicht duschen, ich war bei der Army …«

»Davies!«

Er reagierte nicht mehr.

Oah, Gott! Ich drehte mich zu meiner Kommode, zog ein großes Handtuch hervor und warf es auf seine Brust. Wenn er in der Dusche war, hatte ich wenigstens *ein paar* Minuten Zeit für mich.

Er stand tatsächlich auf, nachdem er nach dem Handtuch gegriffen hatte, und ich musste ihm Platz machen, damit er an mir vorbeigehen konnte.

Aber er blieb vor mir stehen, viel näher, als er es müsste, und schaute auf mich herab. Er war einen Kopf größer als ich. Anstatt etwas zu sagen, schwieg er und ließ seinen Blick ungeniert meinen Körper entlang wandern.

»Was?«, fragte ich.

Er bewegte seinen Kiefer, als würde er ein Lächeln unterdrücken wollen. »Nichts.« Damit ging er hinaus und ließ mich zurück.

Großartig. Was sollte das jetzt alles? Ich brauchte Schutz? Davon hatte Alec kein Wort gesagt.

Vermutlich, weil er es hatte vermeiden wollen, dass ich

mich darüber beschwerte. Wenn er Davies vorschickte, musste er sich mir gegenüber nicht erklären. *Wie einfach.*

Sollte das jetzt heißen, dass Davies hierbleiben würde. *Die ganze Nacht?!*

Gott … Ich holte von meinem Schreibtisch eine Schachtel Kippen und öffnete meine Balkontür. Gerade in diesem Moment klingelte mein Handy, das sich noch in meiner Reisetasche befand.

Wer auch immer das war, er konnte mich vielleicht von der Misere ablenken, in der ich seit einer Woche steckte. Unbekannte Rufnummer. Plötzlich wurde ich nervös, weil das nur eines bedeuten konnte, und ich ging schnell auf den Balkon.

Wenn *er* das war, wollte ich nicht, dass Davies unser Telefonat unterbrach. Und im nächsten Moment fiel mir auf, wie bescheuert dieser Gedanke war. Trotzdem überlegte ich mir im Geiste, was ich ihm alles vorwerfen würde, da er mich nicht in seine ›Pläne‹ eingeweiht hatte.

Ich zündete meine Zigarette an und ging ran. »Bevor du irgendwie auf die Idee kommst, mich etwas zu fragen, will ich eine Antwort.«

»Okay, ich komm vorbei.«

Mir fiel die Zigarette beinahe aus der Hand. »Eve!«

»Bis gleich.«

»Eve, warte!«

»Hm? Ich sollte ja keine Fragen stellen.«

»Aber …«

»Girl, du hattest dein Handy zwei Tage ausgeschaltet, Toby hat ein paar ganz bescheuerte Bemerkungen gemacht, und deswegen komme ich jetzt vorbei. Du bist doch zu Hause, oder?«

Ich dachte panisch darüber nach, wie ich Eve von ihrer Idee abhalten könnte. »Nein, eigentlich …«

»Ich seh dich auf dem Balkon stehen!«, rief sie fröhlich. »Bis gleich!« Sie legte auf.

Ich drehte mich um und seufzte. Eve wohnte in einem der Betonklötze, die man von meinem Zimmer aus sehen konnte, und tauchte ständig unangekündigt vor meiner Haustür auf, wenn sie mich draußen auf dem Balkon rauchen sah.

Was so ungefähr jeden Abend geschah, selbst wenn ich nicht rauchte. Allerdings hatte ich heute Abend keine Nerven übrig, um mich von ihr ausfragen zu lassen. Sie würde wissen wollen, wo ich die letzten achtundvierzig Stunden gewesen war – und wenn sie Davies in meiner Wohnung treffen würde, würde sie auch genau wissen wollen, was ich in diesen achtundvierzig Stunden getan hatte.

Wir sind nach Schottland zu Nike gefahren, ich habe einem Gangster, der sich ›Dark Prince‹ nennt, für viertausend Pfund einen geblasen und mich von seinem Lakaien, der kurz zuvor zwei Kinderhändlerinnen abgestochen hat, vögeln lassen, um dann von Nike zu erfahren, dass das Kokain, das ich in seinem Zimmer gefunden habe, seiner Meinung nach nur Mehl war – während auf den Prinzen geschossen wurde und man ihn verletzt hat. Ich habe keine Ahnung, warum diese Dinge geschehen sind, und es wundert mich im Nachhinein, weshalb diese Verbrecher mich so sehr faszinieren. Und trotzdem will ich absolut gar nichts mit dem Zeug zu tun haben, aber ich stecke in der ganzen Sache schon drin.

Ich stecke drin, denn einer von ihnen steht gerade in meiner Dusche. Ein gesuchter Exsoldat, dessen Verbrechen ich gar nicht alle kenne und kennen will.

Was meinst du, Eve? Gehen wir heute in den Irish Pub und machen ein bisschen Party?

Ich würde ihr nichts Befriedigendes erzählen können. Und das würde sie erst recht dazu bringen, mich zu löchern. Shit.

Zehn Minuten später klingelte es unheilverkündend an der Haustür. Elf Uhr. Für Eve war Höflichkeit ein Fremdwort. Bevor sie auf die Idee kam, gleich ein zweites Mal zu klingeln, ging ich schnell zur Tür und öffnete.

»Patrick hat sturmfrei und macht ne Party«, begrüßte sie mich und gab mir einen beiläufigen Kuss auf die Wange, bevor sie Abstand nahm und mich kritisch musterte. »Und du kommst mit. Aber ohne diese Treter da.«

Ich trug noch immer meine Chucks. »Heute nicht.«

»Äh, klar!« Ihre Augen weiteten sich. Dann sah sie Raymond hinter der Glotze sitzen und hob die Hand. Sie kaute Kaugummi. »Hi, Mr Reids!«

Er hob die Hand, ohne zu ihr zu sehen.

»Morgen, versprochen, ja?« Ich nahm den Knauf der Haustür wieder in die Hand.

Eve, mit die einzige Freundin, die ich in diesem Viertel hatte, schüttelte den blonden Kopf. Wie ich es befürchtet hatte, würde sie sich nicht damit zufrieden geben, dass ich sie wieder wegschickte. Sie drückte sich an mir vorbei durch die Tür und stolzierte in mein Zimmer.

Warum besaß ich nichts von Alecs und Davies' Dreistigkeit, mit der ich sie jetzt einfach hätte wegschicken können?

Als sie meine Tür erreichte, blieb sie mitten im Türrahmen stehen. Wie angewurzelt.

Ich trat hinter sie und erkannte den Grund.

Davies. Mit dem nackten Rücken zu uns stand er mitten in dem winzigen Raum, in den nur eine Kommode, mein Bett, ein Regal und mein Schreibtisch passten. Wir blickten gleichzeitig auf seinen fantastisch durchtrainierten Rücken, der mit zahlreichen Tattoos überzogen war. Stark und stählern, kraftvoll und selbstsicher. Ich spürte, wie sich etwas in mir regte.

Dann drehte er sich leicht in unsere Richtung und sah uns an. Obwohl mein Kopf es ganz und gar nicht wollte, traf mich sein Aussehen wie eine Fackel, die mich entzündete, und mein Körper erinnerte sich sehnsuchtsvoll an den dominanten Sex und seinen Schwanz zwischen meinen Lippen.

Fuck.

Aber anstatt mich, betrachtete er Eve, die verunsichert, so wie ich sie noch nie erlebt hatte, stammelte: »Hi, bist du nicht der, der …«

Davies ließ das Handtuch sinken, mit dem er sich abgetrocknet hatte. Er trug eine weite Jogginghose und sah damit friedlicher aus als mit seinen schwarzen, zerrissenen Jeans und den Stiefeln. »Lee Davies, Eve«, sagte er ungewöhnlich sanft.

Sie sah kurz zu mir. »Seid ihr, ich meine, seid ihr, jetzt, also …«

Ich schüttelte panisch den Kopf.

»Ja«, erklärte Davies weich, warf das Handtuch aufs Bett und drehte sich ganz zu uns herum. Dass ich nun einen Blick auf seinen gesamten, nackten Oberkörper hatte, machte es nicht besser. Dusche. Pool. Seine rauen Hände an meiner Haut. Ich begann zu glühen und verpasste es beinahe, mich über seine Antwort zu wundern.

Hatte er gerade ›Ja‹ gesagt?

»Oh, dann … ehm …« Eve drehte sich hilflos im Kreis und stieß dabei gegen meine Reisetasche, die auf der Kommode lag. Ihr dürfte nicht entgangen sein, dass Davies sie unverhohlen anblickte, als würde er sie scannen. Ich kannte diesen Scan, er ging absolut unter die Haut. Sie wurde rot. »Dann kommt doch trotzdem … mit?«

»Nein, Eve …«

»Auf eine Party?«, fragte Davies interessiert.

Ich sah ihn mit hochgehobenen Brauen an.

»Ja, genau«, sagte Eve etwas mutiger. »Bei nem Kumpel von mir. Es kommen vielleicht so zwanzig Leute und danach wollten wir noch in eine –«

»Alles klar.« Davies holte ein frisches T-Shirt aus seiner Tasche und steckte die Hände durch die kurzen Ärmel, bevor er es sich über den Kopf streifte. »Wir kommen mit.«

»Wie bitte?!«, fauchte ich. »Davies …«

Er lächelte mich kühl, aber auch ironisch an. »Wir kommen mit«, wiederholte er.

Ich verschränkte die Arme vor der Brust und sagte nichts. Keine zehn Pferde würden mich auf diese Party schleifen.

Eve stammelte wieder. »Also … dann … warte ich draußen bei Raymond, okay?« Sie tat so, als würde sie Davies' Blicke nicht bemerken, in dessen Augen eine Gier stand, die mir nur allzu bekannt vorkam, und ging an mir vorbei nach draußen.

»Bis gleich, wir ziehen uns nur um!«, rief ich zuckersüß und schloss hinter ihr die Tür. Dann fuhr ich zu Davies herum, dessen Miene ebenso stahlhart war, wie meine sich anfühlte. »Ich gehe heute nirgendwohin, keine Ahnung, was dir einfällt, und warum du sagst, wir wären zusammen, denn ich will wirklich nicht, dass das irgendjemand von uns denkt.«

»Das ist überaus schade«, sagte er genervt und stieg in seine Stiefel, »denn die ganze Welt wird es erfahren.«

Ich lachte spöttisch. *Niemals.*

Er griff nach seinem Smartphone, steckte es sich in die Hosentasche und machte eine Handbewegung zur Tür. »Geh.«

Ich presste den Kiefer zusammen. »Nein«, zischte ich.

Er sah auf und sein eiskalter Blick ließ mich zusammenzucken. Dann war er plötzlich bei mir, packte in meinen Nacken und drückte mich herum.

Ich schrie erstickt auf, als er mich gegen die Tür drückte und meine Wange das Holz berührte. Verdammte Scheiße!

»Hör mir gut zu, Beauty«, knurrte er an meinem Ohr. »Es ist mir verfickt egal, was sich dein Prinzessinnenhirn ausgedacht hat, wenn ich etwas sage, dann wirst du gehorchen. Es ist nicht meine Lieblingsbeschäftigung, komplizierte Frauen wie dich zu beschützen, aber ich werde gut dafür bezahlt, also tue ich es. Akzeptiere das.«

Ich wurde nur noch wütender, aber wieder einmal hatte er mich mit seinem Körper so eingekeilt, dass ich mich nicht bewegen konnte. »Warum bezahlt er dich dafür«, presste ich hervor.

»Weil er seinen kleinen Narren an deinem verführerischen Lächeln gefressen hat und das bedeutet, dass ganz London nur darauf wartet, dass du seinen Feinden in die Hände fällst, damit der Krieg losgehen kann. Er hatte nie einen Schwachpunkt. Jetzt hat er einen.« Ich wollte ihm nicht so recht glauben. »Dich.«

»Das ist Schwachsinn!« Ich wehrte mich gegen seinen Griff, doch er drückte nur fester zu. Sein gesamter Oberkörper presste mich gegen die Tür.

»Hör auf, so zu tun, als hättest du nicht mitbekommen, was um dich herum geschieht. Deswegen werden wir auf diese bescheidene Party gehen und vor allen Leuten so tun, als wärest du mit mir zusammen – nicht mit ihm. Das wird sich herumsprechen und du bist außer Gefahr.«

Ich wusste nicht, was ich dazu sagen sollte.

»Geht doch.« Er ließ mich abrupt los, stellte sich an meine Seite und lächelte mich an. »Du solltest dich daran gewöhnen, dass ich für alles gute Begründungen habe. Ich bin nämlich nicht mehr lange so geduldig wie jetzt. Vor allem, wenn ich die nächsten Tage deinen Babysitter spielen muss. Am besten du fügst dich, dann kriegen wir keine Probleme.«

»Ich hasse dich.« Mit diesen Worten riss ich die Tür auf und fand mich mit meinem Schicksal ab. *Wieso war ich in Evans Wohnung ausgerechnet an Alec geraten?! Und warum musste sein ›erster Mann‹ so ein Wichser sein?*

DER PRINZ

ICH WOLLTE NIEMALS DEN SCHWAN.

Das hässliche Entlein

Der Winter brach über Schottland herein. Ich konnte keinen Winter gebrauchen. Er machte die Straße noch härter, den ständigen Regen kälter. Auch das Freerunning war auf Eis nicht möglich und so blieben mir viele geheime Wege in Londons Außenbezirke verwehrt.

»Du bist so nachdenklich.«

Ich neigte den Kopf in Camilles Richtung, die sich leise genähert hatte. Meine Familie saß einen Raum weiter im royalen Esszimmer und unterhielt sich gedämpft. Ich hatte keinen Appetit auf den Nachtisch. Ich hatte das gesamte Essen hinunterwürgen müssen.

»Wundert dich das?«, fragte ich charmant, kippte meinen Whisky hinunter und drehte mich ganz zu ihr herum. Camille war eine meiner entfernteren Cousinen, die hier in Schottland lebte, und die ich daher noch seltener zu Gesicht bekommen hatte als alle anderen. Sie war mir als schüchternes, blasses Mädchen in Erinnerung geblieben, aber jetzt glich sie einem Schwan. Zwanzig Jahre, kurz davor, erwachsen zu werden, und wenn es sich mit der königlichen Familie weiterhin so verhielt wie zurzeit, würde sie immer mehr in den Fokus der Öffentlichkeit geraten. Sie war die perfekte Prinzessin. Eine Identifikationsfigur, eben weil sie so schüchtern sein konnte. So wie jetzt. Ihre Wangen erröteten, als ihr bewusst wurde, wie intensiv ich sie musterte. Camille begann, mit ihrem Ring am Mittelfinger zu spielen, und sah zu Boden.

»Es tut mir leid«, sagte sie schüchtern und fuhr sich mit der Zunge über die Unterlippe. »Natürlich sollte es mich nicht wundern.«

»Meine Tante Augusta und mich verbindet viel«, klärte ich sie unnötigerweise auf und betrachtete ihre Lippen genauer. Was, wenn ich heute Abend eine weitere meiner Regeln brach? Ich brauchte Ablenkung, bevor ich zurück in meinen Alltag in London finden konnte. Außerdem spürte ich das Verlangen danach, jemanden zu dominieren, nachdem Florence die letzten zwei Tage dafür gesorgt hatte, dass eben dieses Verlangen größer geworden war als jemals zuvor. Noch nie hatte ich so viel Gefallen daran gefunden, einer Frau zuzusehen und zu beobachten, was sie sich als nächstes in den Kopf setzte. Sie in Davies Händen zu wissen, behagte mir nicht. Ich wusste, wie aggressiv es ihn machen würde, auf sie aufzupassen, und das vielleicht über Wochen hinweg. Er war wie ein Kampfhund, der Auslauf brauchte, damit man in ruhigen Momenten auf seine Zutraulichkeit setzen konnte, und daher war er für diese Aufgabe im Grunde der Falsche.

Florence würde sich nicht unterkriegen lassen – natürlich nicht – aber vielleicht würde er sie mehr verletzten, als mir das recht war, und auch dieser Gedanke ärgerte mich und ich wischte ihn schnell beiseite.

»Wie geht es dir, Camille?«, fragte ich sie interessiert und ging näher. *Fick niemals eine deiner Cousinen*, brannte in großen Lettern über ihrem blonden Schädel auf, aber die devote kleine Zwanzigjährige war der perfekte Ausgleich für die letzten Tage. Ich hatte wieder Hoffnung, weil Florence' Bruder Nike mir offenbart hatte, dass ausgerechnet sie die Exfreundin von Evan war – meinem derzeitigen Erzfeind, der ganz London zum Zusammenbrechen bringen könnte – und trotzdem stand mein Leben noch immer auf der Kippe. Solange ich Evan nicht fand, der für meine Leute nur ein kleiner, unbedeutender Drogendealer war, aber für mich die größte Gefahr bedeutete, konnte ich mich nicht so bewegen wie früher, denn in jeder Ecke lauerte ein möglicher Verrat.

Am Mittwoch waren wir in einem Kaff Schottlands von einem fremden Lehrer beschossen worden – möglicherweise stand dahinter bereits ein Versuch von Evan, mich zu töten. Und mittendrin eine schwarze Schönheit, an die ich jede halbe Stunde denken musste – nein, Camille musste dafür herhalten, den immensen Druck auf meinen Schultern in etwas Befreiendes umzuwandeln.

»Ich bin genauso wie du besorgt«, sagte sie ausweichend. Mein Blick musste auf ihrer Haut brennen und ich stellte sie mir bereits nackt und schutzlos vor. »Ich hoffe, dass es Augusta bald wieder besser geht.«

Und ich hoffe, dass sie sehr bald stirbt. »Ja, ich auch.« Ich bot ihr den Arm an und sie hakte sich zögerlich ein. »Begleitest du mich auf mein Zimmer, werte Cousine?«

»Oh, ich …« Ihr Gesicht entflammte vor Röte.

»Ich brauche etwas Ruhe«, beschwichtigte ich sie. »Wir können uns vor den Kamin setzen und uns unterhalten.« Oder anders: Ich werde dich an mein Bett fesseln und durchficken, dann wird dir genauso warm.

»Das ist eine schöne Idee«, sagte sie lächelnd. Sie konnte

sich vielleicht denken, was ich mit ihr vorhatte, und ja, vielleicht legte sie es darauf an, dass ich sie verführte, denn als wir den Korridor mit den Gästezimmern erreichten, fragte sie beiläufig: »Wird Angelica morgen kommen?«

»Ich habe sie gebeten, in London zu bleiben.« Aus verschiedenen Gründen, die Camille nicht erfahren musste.

»Oh, und ... seid ihr denn noch ...?«

Fändest du die Vorstellung nicht noch erregender, wenn ich dich in meinem Bett poppe, wo in London doch die Frau wartet, der ich nahezu versprochen bin?

»Camille«, sagte ich sanft und geleitete sie durch die Tür in mein Zimmer. »Wir sind nicht in London, wir sind hier.«

Sie trat ins Zimmer und sah mich fragend an. Dann schloss ich die Tür in meinem Rücken und musste ein weiteres Mal an *sie* denken, als ich mein Bett sah. Sie glaubte vielleicht, sie sei eine von hunderten gewesen, aber das war nicht der Fall. Noch nie hatte ich eine Frau wie Florence in meinem Bett gehabt und sie gewollt. Mein Leben beruhte nicht auf der Erfüllung meiner Gelüste, es ging mir nicht um wilden Sex an allen Orten, mir war normalerweise scheißegal, mit welcher Frau ich es wann trieb, und wenn es eben Shania war, dann war das so. Mich hatte es nicht gestört, ihr treu zu sein, aber jetzt hatte ich diese Regel gebrochen. Ich wollte Florence nicht zu etwas Besonderem machen, indem mein Betrug mit ihr einmalig war. Ich hatte eine Grenze überschritten, also würden weitere folgen, damit es an Bedeutung verlor.

Und Camille war dafür perfekt.

»Leg dich aufs Bett.«

»Was?« Sie sah mich groß an.

»Zieh dich aus und leg dich aufs Bett.« Ich drehte den Schlüssel um und schloss die Tür damit ab. »Tu es.«

»Aber …«, sagte sie bibbernd und erst, als sie meinen Blick sah, gehorchte sie blind. Damit hatte sie nicht gerechnet und ich konnte ihr nicht versprechen, dass es ihr gefallen würde. Ein One-Night-Stand mit der schüchternen Camille würde sich nicht herumsprechen und das war der Grund, weshalb ich es tat. Jedes Hausmädchen wäre riskanter gewesen.

Sie setzte sich aufs Bett und sah verunsichert zu mir hoch.

»Ausziehen.« Ich nickte zu ihrer Bluse und griff an meinen Gürtel. »Ganz.«

»Und was ist, wenn uns jemand …?«

»Es wird uns niemand hören.« Ich schob meine Jeans nach unten. Wenn sie weiter so dämliche Fragen stellte, könnte ich ihr den Mund auch einfach stopfen.

»Aber Alex …«

Ich griff an ihren Hals, zog sie zu mir heran und gab ihr einen Kuss auf die vollen Lippen. Das überzeugte sie zwar, aber mich widerte es gleichzeitig an. Es war der Kuss, der nötig war, um sie zu überzeugen, aber er fühlte sich so falsch an wie die gesamte Situation an sich.

Ich spürte, wie ihr Atem beschleunigte, und nahm langsam wieder Abstand. Sie sah mir in die Augen. Camille war nervös und aufgeregt. Vermutlich hatte sie mich insgeheim immer schon angehimmelt und ich war nicht der Typ, der das ausnutzte. *Bisher jedenfalls nicht.*

»Ich komme gleich wieder.« So grob, wie ich sie gepackt hatte, so grob ließ ich sie auch los, schloss meine Hose, griff nach meinem Handy und der Schachtel Zigaretten, die auf dem Kirschholztisch bei den Sesseln lagen und verließ das Zimmer durch die Balkontür. Es war eine sternenklare und arschkalte Nacht in Schottland. Innerhalb weniger Stunden war die Temperatur um einige Grad gefallen. Aber ich fror nicht.

Meine Gedanken waren woanders, mein Körper interessierte sich nicht für die Kälte.

Ich zündete mir eine Zigarette an, lehnte mich mit den Unterarmen aufs steinerne Balkongeländer und ließ meinen Blick über die Parkanlage schweifen, bevor ich mich nicht mehr davon abhalten konnte, *es zu tun.*

Ich tat es.

Und es war mein Ende.

»Ja?« Florence' Stimme klang verzerrt durchs Handy. Im Hintergrund war es laut, Leute unterhielten sich, eine Party. »Eve? Bist du das? Wieso hast du eigentlich eine neue Nummer? Wo steckst du denn, verdammt?«

»Hi.« Ich ließ den Rauch durch meinen Mund entweichen und stellte sie mir vor. Auf einer Party, in einem engen, schwarzen Kleid, das ihre Hüften und die prallen Brüste betonte, dazu ihre Chucks. Die welligen, langen Haare, die perfekt dafür waren, hineinzugreifen und sie nicht mehr gehen zu lassen. Ihre geschwungenen, vollen Lippen, die kein Make-up brauchten, um hervorzustechen, ihre braunen Augen, die meinem Blick mit einem Trotz standhalten konnten, den ich zuvor noch nie erlebt hatte.

»Wer ist da?«, fragte sie. Sie musste rufen, ihre Stimme war laut.

Ich ließ mir Zeit, bevor ich antwortete. Im Hintergrund wurde es ruhiger, vermutlich ging sie an einen Ort, an dem weniger los war. »Du bist zurück und das Erste, was du tust, ist natürlich eine Party.«

Stille. »Du Wichser.«

Ich schmunzelte.

»Warum hast du Davies gesagt, er solle auf mich aufpassen? Was soll der ganze Scheiß mit, ›ich bräuchte Schutz‹? Ich will keinen Schutz und schon gar nicht den von Davies! Ich will euch beide einfach nie wieder sehen, okay?«

»Du willst keinen Schutz?«, fragte ich interessiert. Ihr war nicht klar, in welchen Strudel aus Gewalt, Krieg und Intrigen sie geraten war. Sie würde nicht mehr so einfach in gewisse Viertel vordringen können, wie sie das bisher gewohnt gewesen war. Das Londoner Gesetz der Straße war eisern und nicht überall betete man mich an. Immer wieder wurden neue Bandenköpfe platziert und mit Waffen und Drogen unterstützt, sodass ich kaum Chancen hatte, dagegen anzukommen. »Soll ich dir lieber einen meiner anderen Männer schicken? Der bei dir schläft und jeden Schritt mit dir geht ...«

»Ich will niemanden, der bei mir schläft!«, fauchte sie.

Oh, Baby ... Wieso musstest ausgerechnet du zwischen alles geraten? »Das steht leider nicht zur Diskussion.«

»Alec, bitte ...« Sie veränderte ihre Stimmlage, wurde sanft und geschmeidig. »Ich will nicht ihn, ich will dich. Es macht mich wahnsinnig, ihn um mich zu haben.«

Ich lachte laut. Dass sie keine Hemmungen hatte, mir etwas Derartiges vorzulügen, um das zu bekommen, was sie von mir haben wollte, machte sie nur interessanter. Es war ein Spiel, das wir seit letztem Sonntag spielten und ich fand noch immer Gefallen daran.

Zu viel Gefallen.

»Warum lachst du? Davies ist nicht einmal hier! So viel zu meinem Schutz. Stellt sich als mein ›Freund‹ vor, als würde irgendjemand glauben, dass er eine feste Freundin hat und verschwindet ...«

»Und von dir? Glauben die Leute das von dir?«

»Ob sie glauben, dass ich eine feste Beziehung eingehen würde? Du meinst, weil ich so ein sexsüchtiges Flittchen bin?«

Wieder einmal überraschte sie mich mit ihrer Selbstironie. »Nein, eigentlich …«

»Wenn es doch so wichtig ist, dass er *nicht von meiner Seite weicht*, wo ist er dann jetzt?«

»Er hat die Gegend sondiert, gönn ihm etwas Ruhe und Abstand. Er ist nicht unbedingt der beste Bodyguard dieser Stadt, aber der einzige, der weiß, wie er dich im Zaum zu halten hat.«

»Du bist grausam.«

Sie entlockte mir ein Schmunzeln. »Wirst du Montag zur Uni gehen?«, wechselte ich das Thema – es machte keinen Sinn, mit ihr darüber zu streiten, ob Davies an ihrer Seite nötig war oder nicht –, warf die Kippe fort und ging wieder hinein. »Ich kenne jemanden, der Geschichte studiert, der dich herumführen kann.«

»Deswegen rufst du an?«, fragte sie spitz. »Davies wird mich bestimmt noch zwingen, mir wieder die Ohrringe reinzusetzen, also schau doch einfach über das GPS Signal nach, ob ich zur Uni gehe oder nicht!«

»Die Diamanten gefallen dir noch immer nicht?« Ich lächelte Camille stellvertretend für Florence an. Sie saß noch immer auf dem Bett und sah fragend zu mir hoch.

»Es ist mir so was von egal, ob das echte Diamanten sind!«, fauchte Florence. Dann änderte sich wieder ihre Stimme. »Alec«, jammerte sie jetzt. »Sobald man hier auf der Party fragt, ob sie den ›Dark Prince‹ kennen, tun sie einerseits so, als wärest du ein erfundenes Phantom, andererseits halten sie so viel von dir. Wie machst du das? Warum mögen die Leute dich und zu mir bist du einfach nur scheiße?«

»Ich bin zu dir nicht im Entferntesten scheiße«, verbesserte ich sie und zeigte Camille mit einer Handbewegung, dass sie auf den Boden rutschen sollte. Sie tat es – sie konnte nicht mit mir verwandt sein. »Du bekommst seit Tagen, was du willst, selbst zu deinem Bruder durftest du uns begleiten. Wann wirst du aufhören, dich zu beschweren, und anfangen, mir dafür zu danken?«

»Dass du mir Davies auf den Hals schickst und ich nichts davon wusste?«, zischte sie. »Wow, ich bin dir so dankbar, Hoheit, ich kann gar nicht begreifen wie sehr.«

Ich öffnete meinen Gürtel. Wenn ich die Augen schloss, sah ich sie vor mir. Widerspenstig, sich windend und dann doch devot und willig. Der Gedanke daran, wie sie sich heute Vormittag im Schwimmbad des Hotels hingegeben hatte, daran, wie sich ihr Körper danach gesehnt hatte, dass wir über sie bestimmten … gepaart mit ihrer lockeren Zunge und den vielen ironischen Blicken – fuck. Ich brauchte dringend eine Möglichkeit, den Druck abzulassen. Aber das konnte ich unmöglich mit Camille tun. Sie wäre längst kein Ersatz. Es gab keinen Ersatz für Florence und ich hatte es definitiv nicht nötig, mir einen billigen für sie zu suchen. »Nicht heute«, raunte ich Camille zu.

Sie kniete vor mir und hätte es getan. Vielleicht hoffte sie, ich würde sie statt Angelica heiraten, was sie ein paar Adelslinien näher zum Thron Englands gebracht hätte.

Das war der ›Vorteil‹ daran, ein Prinz zu sein.

Und er war definitiv schäbig.

»Was hast du gerade gesagt?«, fragte Florence zweifelnd.

»Vergiss es.« Ich nickte Camille zu, zeigte auf das Handy an meinem Ohr und bedeutete ihr so, dass ich noch würde telefonieren müssen. Und sie nicht in den Genuss von dem wahren Dark Prince kommen würde. Heute Abend bekäme sie Prinz Alexander und der war eben niemand, der betrog. Ich wandte mich ab. »Hat dir der Flug mit dem Heli gefallen?«

»Ist da eine andere Frau?«, fragte sie geradeheraus.

Ich lächelte. War sie eifersüchtig? »Möglich.«

»Wirst du sie vögeln?«

»Würde dich das stören?«

Florence schwieg. Eine ganze Weile, und ich fragte mich unwillkürlich, was in ihrem Kopf vor sich ging. Würde sie versuchen, mich zu manipulieren? Mir etwas vorlügen, damit ich mich dazu herabließ, Davies zurückzupfeifen? Oder dachte sie an etwas ganz anderes?

»Ja, würde es«, kam schließlich. *Dich wird noch so einiges stören.*

»Was ist das für eine Party?«, wich ich aus.

»Von irgendeinem Loserfreund von Eve.«

»Es gefällt dir nicht?«

Camille wartete geduldig. Offensichtlich war sie begriffsstutzig und ich würde sie erst mit einer längeren Erklärung aus meinem Zimmer befördern können.

»Ich will nach Hause! In mein Bett! Bitte, Alec … Wo bist du? Immer noch in Schottland? Warum können wir nicht einfach so tun, als wären wir uns nie begegnet?«

»Möchtest du das denn?«

Wieder brauchte Florence für die Antwort zu lange. »Ja. Ich möchte es. Eure Machenschaften sind mir zuwider. Ich bin nicht so. Und ich will auch nicht so sein.«

Oh, Baby … du willst mir sagen, dir hat es nicht gefallen, gleich zwei Schwänze in dir zu haben, gleich zwei Männern den Kopf zu verdrehen? Lüg jemand anderem etwas vor. »Du bist so«, antwortete ich rau. »Und du willst auch so sein.«

Wenn sie jetzt hier wäre, würde ich sie auf der Stelle küssen, in mein Bett ziehen, durchficken und bis morgen früh nicht wieder gehen lassen, so geil machte mich ihre Stimme und das, was sie sagte. Camille war nichts dagegen. Keine Frau war etwas dagegen. Die Vorstellung, dass Davies in ihrer

Nähe war und sie sich an meiner statt nehmen konnte, störte mich zwar, aber ich ließ es zu, weil ich wusste, wie sehr ihr das gefiel. Und das war der größte Knackpunkt an der Geschichte: Meine Selbstlosigkeit kannte keine Grenzen.

Und machte auch nicht vor Florence Halt.

Was, wenn sie das erkannte und lernte, es für sich zu nutzen?

Dann würde sie zu einer meiner größten Gefahren werden.

FLORENCE

ICH BRAUCHE KEINE FÜSSE, UM AUF DIE SCHNAUZE ZU FALLEN.

Die kleine Meerjungfrau

»Du hast überhaupt keine Ahnung davon, wie ich bin und was ich sein möchte«, antwortete ich leise. Dieses Handygespräch machte keinen Sinn. Er sollte Davies zurückpfeifen und mich in Ruhe lassen! Stattdessen fragte er mich im Plauderton darüber aus, wie ich mich fühlte und was ich tat.

Warum?

Als keine Antwort kam, stellte ich genervt fest, dass mein Handyakku mitten im Gespräch den Geist aufgegeben hatte. Ich hätte vorhin aus lauter Langeweile nicht so viel surfen sollen. Mir war klar, dass ich normalerweise nur hätte trinken müssen, und die Langeweile, die Anspannung, die Wut und alles wäre verpufft. Aber ich wollte nicht zurück in ein Leben, in dem ich trinken musste, um es zu ertragen, das war nie wirklich ein Teil von mir gewesen. Also hatte ich die Zeit genutzt und mich tatsächlich damit beschäftigt, welche Kurse ich mit meinem neuen Zugang besuchen konnte. Wenn ich ehrlich war, wäre ich am liebsten morgen schon, an einem Sonntag, zur Universität gefahren – oder am besten noch jetzt gleich – und ich schaffte es sogar, auszublenden, dass nur Alec mir das ermöglicht hatte.

Warum sollte ich sein Angebot auch nicht annehmen? Nur weil er ein arroganter Arsch war, von dem ich mich besser fernhalten sollte? Die viertausend Pfund hatte ich schließlich ebenfalls ohne große Widerworte behalten. Und ich würde noch mehr annehmen, wenn er darauf bestand. Solange er keine Gegenleistung erwartete – und so war es mir nicht vorgekommen – würde ich mir mein gesamtes Leben bezahlen lassen, wenn es ihm Spaß machte.

Frustriert steckte ich mein Handy zurück in meine Handtasche und machte mich auf den Weg, nach Davies zu suchen. Dafür, dass er eigentlich auf mich aufpassen sollte, war er seit zwanzig Minuten ziemlich vom Erdboden verschwunden. Ich stellte mich in den Türrahmen zum Wohnzimmer und ließ meinen Blick schweifen. Er war nicht zu sehen.

Was ich Alec vorhin am Telefon gesagt hatte, stimmte. Die Leute hier kannten den Dark Prince – nicht alle, aber genügend – und sie hielten ihn für eine Art Gott und gleichzeitig einen installierten Rächer, der für ›Recht und Ordnung‹ sorgte. Man schrieb ihm die Entwicklung Hackneys zu. Bis vor ein paar Jahren mit eines der hässlichsten und gefährlichsten Stadtviertel Londons, heute hip, modern, familienfreundlich und teuer. *Das* sollte der Dark Prince bewerkstelligt haben?

Womit? Mit Drogen, Partys und illegalen Geschäften? Kaum vorstellbar, vielleicht hatte er selbst das Gerücht gestreut …

Als ich Davies auch nicht in einem der zwei Schlafzimmer fand, in denen die Partygäste ihre jeweilige Lieblingsmusik abspielten und dazu tanzten, entschied ich mich dazu, einfach zu gehen. Ich wollte ins Bett. Er war nicht da. Was kümmerte es mich?

Sein Gefasel, ich bräuchte Schutz, nahm ich nicht ernst. Allerhöchstens brauchte ich vor *ihm* Schutz, vor Davies und Alec, den zwei schlimmsten Männern, die mir in Bethham begegnen konnten …

Ich hörte ein lautes, abgehacktes Stöhnen und eine mir wohlbekannte Stimme, die seufzend schrie. Sie kam aus dem Bad neben der Haustür und war so hoch und teils so wehklagend, dass ich mich kurzerhand dazu entschloss, wenigstens durchs Schlüsselloch zu linsen, ob es Eve da drinnen gut ging. Ich bückte mich, hielt mein Auge vor das kleine Loch und brauchte einen Moment, um zu begreifen, was ich sah.

Dann fuhr ich zurück in den Stand, spürte, wie sich mein Herzschlag ohne mein Zutun beschleunigte, und öffnete probeweise die Tür – als würde mich eine fremde Stimme dazu verleiten, etwas mitanzusehen, das sehr wehtun würde. Nicht nur Eve, vor allem mir.

Die Tür glitt auf – natürlich. Vermutlich geilte sich Davies daran auf, dass er jederzeit Zuschauer haben könnte und hatte daher gar nicht erst abgeschlossen. Eve lag nackt mit dem Bauch auf der Waschmaschine, die Hände hilflos nach vorne ausgestreckt, die Augen mit etwas Grauem verbunden – dem Gürtel eines Bademantels. Ihre helle Haut war an jeder mir sichtbaren Stelle knallrot und ihr aufgegeiltes, aber auch schmerzhaftes Stöhnen ging mir durch Mark und Bein. Davies stand hinter ihr und fickte sie hart.

Ausatmen. Es war nur Sex. Es war Eve. Es war so unfassbar typisch für sie, dass sie sich an jemanden wie Davies ranschmiss und sich durchvögeln ließ, aber es tat trotzdem weh, sie so zu sehen. Denn die Art und Weise, wie Davies es mit ihr tat – die Hand grob auf ihrem Mund, die andere auf ihrem wunden, geröteten Arsch, erinnerte mich.

An gestern Nacht. War es wirklich gerade mal vierundzwanzig Stunden her, dass ich *so* vor ihm gelegen hatte? Warum hatte ich das zugelassen? Was hatte ich daran geil gefunden?

Jetzt stieß es mich ab. Ich fand es nicht erotisch, ich empfand es als abartig. Ich konnte mir auch nicht vorstellen, dass Eve daran Gefallen fand, ich *wollte* nicht, dass sie daran Gefallen fand – Shit.

Wie in Trance gefangen, starrte ich auf Davies' Körper, den entblößten, starken Rücken und seine Bewegungen, mit denen er Eve zum Höhepunkt trieb. Ob er sie kommen lassen würde? Wie oft?

Fuck! Warum dachte ich so etwas? Es war doch richtig und gut, dass er sich mit einer anderen vergnügte, bevor er auf die Idee kam, sich diesen Scheiß bei mir zu holen. War es doch, oder?

War es?

Als hätte Davies meine Anwesenheit im Raum gespürt, drehte er sich plötzlich mit dem Oberkörper zu mir herum. So weit, wie es ihm möglich war, ohne seinen Schwanz aus Eves Fotze hervorzuziehen. Ich versuchte, meine Emotionen, die sich in meinem Körper zu einer wilden Horde Tiere verdichteten, von meinem Gesichtsausdruck zu wischen, aber allein die Tatsache, dass ich hier stand und zu ihm starrte, verriet mich.

Davies verdrehte die Augen und machte weiter.

Er verdrehte die Augen.

»Du bleibst hier, Beauty, bis ich fertig bin«, befahl er knurrend und zog Eves Arsch ein weiteres Mal zu sich heran.

Wie bitte?!

Eve, die erst jetzt bemerkte, dass jemand eingetreten war, drehte ebenfalls den Kopf. Schweiß stand ihr auf der Stirn und sie zog den Bademantelgürtel ein Stück weit von ihren Augen. Als sie mich sah, stahl sich ein entschuldigender Gesichtsausdruck auf ihr Gesicht – Davies und ich hatten uns auf der Party als Paar vorgestellt und sie vögelte ihn ohne meine Rücksprache trotzdem – dann machte ich schleunigst kehrt und verbannte das Bild des SM-Ficks aus meinem Kopf.

Jedenfalls versuchte ich das, als ich die Haustür hinter mir zuschmiss, die Treppen hinunterhechtete, auf die Straße rannte. Zum Glück war es kalt draußen. Kalt genug, um mir diese Gedanken fortzuwischen, mich klarer werden zu lassen.

Ich biss mir auf die Lippen und verlangsamte meinen Schritt. *Ruhig.* Es ist alles gut. Alles ist wundervoll. Davies kann vögeln, wen er möchte. Der Dark Prince kann ebenfalls vögeln, wen er möchte. Niemand soll sie dabei stören, ich schon gar nicht. Was bildete ich mir ein? Warum freute ich mich nicht einfach für Eve, dass sie einmal in den Genuss von Davies' durchtrainiertem Körper und der astreinen Bestückung gekommen war?

»Florence!«

Ich biss die Zähne aufeinander und ging weiter. Es freute mich. Ich freute mich für Eve. Ich freute mich für mich selbst. Es war alles gut.

»Bleib verfickt noch mal stehen!«

Atem entwich meinem zusammengepressten Kiefer und ich gehorchte. Es war ein schwacher Trost, dass er mir hinterhergelaufen kam. Er tat es nur, weil er es musste. *Und das enttäuschte mich jetzt?! Was war bloß los mit mir?*

»Verfickte Scheiße.« Davies erreichte mich, sein Atem ging schwer und er zog mich, so wie ich es erwartet hatte, grob an meinem Arm zu sich herum. »Wenn ich dir sage, dass du –«

»Nimm sofort deine Finger von mir«, sagte ich leise und mit aller Wut, die ich empfand.

Er hielt tatsächlich inne. Seine grünen Augen weiteten sich leicht, sein Blick scannte mich. »Wenn ich dir sage, du sollst warten, wartest du«, ergänzte er ebenso ruhig und hielt mich weiter fest. »Und wenn ich deine Mutter in den Arsch ficke. Du bleibst.«

»Nimm deine Hand da weg«, wiederholte ich.

Er senkte die Brauen. »Nein.«

»Du hattest sie gerade in Eves Arsch, ich will meine Jacke nicht in die Reinigung geben müssen.«

Davies lachte freudlos auf. »Sag mal …« Er grinste plötzlich und ließ mich tatsächlich los. »Bist du eifersüchtig, Beauty?«

»Ja!«, blaffte ich ihm ins Gesicht. *Scheiße.* Wie war mir das jetzt über die Lippen gekommen?

Davies schüttelte erstaunt den Kopf. Wir standen direkt unter einer milchigen Straßenlaterne inmitten des grauen Meeres aus Häusern, in dem ich wohnte, und wir waren die einzigen Leute auf dem Gehweg weit und breit. »Das ist für mich kein Begriff.«

»Ach nein?!«, fauchte ich. »Dann müssen wir auch nicht darüber reden. Erwarte nur nicht, dass ich dir beim Ficken zusehe, *weil du auf mich aufpassen musst*. Du bekommst schließlich Geld dafür, nicht ich. Können wir dann nach Hause gehen? Ich gehe mal davon aus, dass du bei mir schläfst? Ich hoffe, du hast irgendeinen Schlafsack dabei? Oder soll ich Eve bitten, mitzukommen? Wenn sich irgendwer gut als Matratze eignet, dann sie.«

Davies lachte wieder und es klang zum ersten Mal an diesem Abend echt. »Wie kann ein Mädchen wie du eifersüchtig auf eine wie Eve sein?«

»Hm?«, fragte ich zickig, steckte die Hände in die Taschen meiner schwarzen Winterjacke und ging vor. Warum auch immer ich es hatte zugeben müssen, darüber reden musste ich deswegen nicht.

»Beauty«, summte Davies fröhlich und ging einen Schritt hinter mir. »Wenn du nicht willst, dass ich mir billigen Ersatz suche, sag es einfach.«

»Was bitte?!«, fragte ich genervt. »Eve ist meine Freundin und ganz bestimmt kein –«

»Sie ist ein billiger Ersatz«, fiel er mir ins Wort. *Aha.*

Diese Antwort besänftigte die Raubkatzen in meiner Brust und ich hätte mir gerne jede einzelne davon vorgeknöpft und sie gefragt, was zur Hölle sie sich dabei dachte, froh zu sein, wenn man für einen wie Davies mehr war als ein ›billiger Ersatz‹. Wow. Ich wollte studieren, etwas aus meinem Leben machen, Nikes und meine Zukunft sichern, und alles, was mich beschäftigte war die Rangfolge in Lee Davies' Gehirn?

Ich hatte sie nicht mehr alle.

»Es hat dir also gefallen, hm?«, fragte er samten.

Ich wollte am liebsten herumfahren und ihm zwei hintereinander knallen, aber ich konnte mich gerade so beherrschen. Meine Schritte gingen klackernd über den Beton, ich beherrschte mich.

»Warum versuchst du ständig, die Eiskönigin zu spielen?« Plötzlich war Davies wieder hinter mir und umschloss mich mit seinen Armen. Mein Körper verhielt sich verräterisch und zerfloss in seinem Griff, mein Kopf schrie. Seine rechte Hand drückte sich gemächlich über meinen Bauch in Richtung meines Schrittes, die linke griff an mein Kinn und neigte es zur Seite, damit er ungehindert an meinen Hals gelangen konnte.

Ich wollte nicht. Und ich wollte es.

»Du kannst auch einfach zugeben, dass es dich erregt, mich bei dir zu haben …«, murmelte er und senkte seine Lippen auf meine Haut. Augenblicklich sank ich mehr in mich zusammen und ich wusste auch genau, woran das lag. Davies verkörperte Stärke und Sicherheit.

Und Stärke und Sicherheit waren alles, was man in diesem Viertel zum Überleben brauchte.

»Wir können uns die Zeit sehr viel erträglicher machen, wenn ich dich Tag und Nacht vögle. Aber wirst du dabei an mich denken? Oder an ihn …?« Er fuhr mit seiner Lippe über mein Ohrläppchen und ich begann zu wimmern. »Vielleicht sollten wir warten, bis er zurück ist und dich dann ins Paradies entführen, bevor es nur halb so gut wird.«

»Ich will nicht«, log ich schwach.

Er lachte wieder. »Das spüre ich.«

»Und schon gar nicht ihn!«, antwortete mein Kopf und ich presste die Augenlider aufeinander, weil ich mir dann einreden konnte, dass nichts hiervon wirklich geschah.

»Aber mich?«, raunte Davies sanft und glitt mit einem Finger in meinen Schritt. Oh Gott! »Mich willst du?«

»Nein!«, fauchte ich und der Gedanke daran, wie er eben noch mit Eve das getan hatte, was mein Körper sich jetzt wünschte, ließ mich mich endgültig befreien. »Du arbeitest. Ich ignoriere dich. Das wird wunderbar funktionieren.«

Davies stöhnte leise auf, aber ich drehte mich nicht zu ihm um, um zu sehen, was er tat. Stolz und aufrecht ging ich weiter nach Hause. Ich würde mich nicht zwischen Eve und den anderen tausend Frauen, die Davies haben konnte, einreihen.

Und wieso nicht?, summte eine Stimme in meinem Kopf.

Sie hatte recht. Normalerweise störte es mich nicht, wenn ein Typ eine andere hatte, denn mir ging es nicht um Gefühle und viele der Männer, mit denen ich es in den letzten Jahren seit Evan getan hatte, sahen das genauso. Ich wollte auf keinen Fall eine Beziehung. Und ich wollte auf keinen Fall auf Sex verzichten. Also warum störte es mich dann bei Davies?

Als wir die Hochebene vor meiner Wohnung erreichten, glitt Davies wie ein Schatten um mich und näherte sich meinem Ohr. »Geh vorne durch, mach mir deine Balkontür auf, ich gehe hinten rum.«

Hinten rum?, wollte ich fragen, aber da war er schon losgelaufen. Staunend sah ich ihm dabei zu, wie er die Hauswand unserer Nachbarn spielend leicht erklomm, als wäre sie ein Klettergerüst, und nur ein paar Sekunden später das Dach erreichte. Er blickte auf mich hinab, zeigte zur Haustür und blieb dort oben stehen, bis ich sie erreicht hatte.

Mir wurde schummrig.

Mein Stiefvater sah noch immer fern.

»War die Party nett?«, fragte er, ohne aufzusehen.

»Mhm.«

»Haste mir was mitgebracht?«

»Keinen Alk, Dad.«

Er grummelte ein ›Schade‹ und ich verschwand zügig in meinem Zimmer. Davies stand bereits auf dem Balkon und wartete auf mich. Anstatt ihm zu öffnen, blieb ich vorerst im dunklen Zimmer stehen und sah ihn mir an. Es war nicht nachzuvollziehen, warum ich etwas Besonderes für diesen Typen sein wollte. Natürlich, auf seine Art war er attraktiv. Er war stark, muskulös und hatte doch etwas Sanftes an sich. Ja, er war der perfekte Beschützer, aber wollte er auch einer sein?

»Was hat das so lange gedauert?«, blaffte er mich an, als ich die Tür schließlich öffnete. Es hatte ausgerechnet jetzt angefangen zu regnen.

»Oh, ist der große Junge nass geworden, hm?«, neckte ich ihn und trat zur Seite, um ihn hereinzulassen.

Er würdigte mich keines Blickes und zog seine Stiefel aus. »Ich habe keine Lust auf deine Spielchen, Florence. Für mich gelten klare Worte, einfache Regeln, ein Ja oder Nein.« Er zog sein feuchtes Shirt aus und warf es auf seine Reisetasche. »Ich laufe keiner kleinen Bitch hinterher, die sich nicht fürs Eine oder Andere entscheiden kann. Wo schläfst du?« Er sah von mir zum Bett. Es war schmal und Davies wirkte nicht so, als ob er sich freiwillig auf den Boden legen wollte. »Überleg es dir, ich gehe duschen.«

Damit schob er sich an mir vorbei und verließ das Zimmer. Ein zweites Mal an diesem Abend war ich allein. Die Stille fühlte sich gut an und ich spürte mit einem Mal, wie müde ich war. Ich sortierte meine Reisetasche aus, während Davies unter der Dusche stand, zog mir einen Longsleeve und Leggings zum Schlafen über und holte zwei Decken aus dem Wohnzimmer. Vermutlich würde er sich neben mein Bett auf den Boden legen, auch wenn er sauer war – ich hatte ihn schließlich nicht zu mir eingeladen.

Ich breitete eine der Decken auf meinem Teppichboden aus, legte eine weitere dazu und schmiss eines meiner Kopfkissen auf die Mitte dieser Ansammlung, dann legte ich mich ins Bett und hoffte darauf, zügig einschlafen zu können. Sobald ich allerdings die Augen schloss, waberten die Bilder der letzten Tage vor meinem Geist auf und ich konnte sie nicht verdrängen. Davies raues Lachen, Alecs dunkler Blick, seine Lippen, wenn er sich meinen näherte, der Sex, das Spiel am Piano, Davies, der sich im Hintergrund gehalten hatte … Verflucht! Ich wälzte mich von einer Seite zur anderen und war noch immer hellwach, als Davies zurückkam.

Ich hörte, wie er seine Sachen in der Reisetasche verstaute, dann herrschte für einen Moment Stille. *Was würde jetzt geschehen?*

Einen Augenblick später spürte ich seine Hand an meinem Körper und zuckte zusammen.

»Ich werde nicht wie ein Hund auf dem Boden schlafen«, raunte er und legte sich zu mir.

Ich rutschte, so weit ich konnte, an die Wand, dennoch berührte seine gesamte linke Seite die meine. »Kannst du nicht aufs Sofa gehen?«, schlug ich mürrisch vor.

»Nein«, war die Antwort. »Ein Paar schläft nicht in getrennten Betten. Deine Eltern werden morgen erfahren, dass wir zusammen sind.«

Zusammen … Lee Davies und ich! »Wenn man ein Paar ist, vögelt man auch nicht die beste Freundin.« Konnte ich mein Mundwerk nicht mal geschlossen halten?!

Davies drehte sich auf den Rücken, die eine Hand unter seinem Kopf, und sah zur Decke. »Ich werde mir nehmen, was ich brauche, komm damit zurecht.«

Wieder ein Schlag in meine Eingeweide und wieder ärgerte mich dieses Gefühl. »Und warum tust du das alles?«

»Was?«

Ich versuchte, so viel Luft zwischen uns zu lassen wie möglich. »Alec sagt: ›Pass auf Florence auf‹, du tust es. Er sagt: ›vögel sie‹, du tust es. Er bringt dich dazu, Leute zu töten! Und du machst das alles nur … für ihn?«

Davies sah schweigend zur Decke und ich dachte schon, er würde gar nicht mehr antworten, als seine Augen plötzlich in meine glitten. Sie waren warm. »Du willst reden?«

»Was möchtest *du* denn tun?« An Schlaf war bei so einer Haltung nicht zu denken.

Er grinste. »Mir gefällt die Florence, die mich um Sex anbettelt, tatsächlich besser.«

»Ich bettle …!« Okay, ich hatte es getan. Ach, verdammt. Und wenn ich es einfach tat? Wenn *ich* mir holte, was ich brauchte? »Klare Ansagen, meintest du, ja?«, fragte ich gezielt.

Er nickte.

»Dann nimm mich in den Arm.«

Davies hob eine Braue.

»War das nicht klar genug?«, fragte ich kühl.

Er lachte leise auf, bevor er sich tatsächlich drehte, sodass ich mit dem Rücken an seine Brust rutschen konnte, und er einen seiner starken Arme um mich legte.

Dankbar schmiegte ich mich an ihn. Wenn ich wollte, könnte ich mir jetzt einreden, dass alles gut war. Ich spürte, wie er meine Locken beiseite strich. Die Berührung seiner Finger war elektrisierend und ich spürte seinen härter werdenden Schwanz an meiner Hüfte.

»Warum tust du einfach, was ich sage?«, fragte ich wispernd.

Sein Atem traf die Haut in meinem Nacken und ich war mir ziemlich sicher, dass sich dort die Härchen aufstellten. »Weil du es willst.«

»Das ist keine Antwort.«

»Für mich reicht sie aus.«

»Küss mich am Nacken.«

Er senkte seine Lippen auf meine Haut und ich zuckte zusammen. Gott! Seine Lippen waren wundervoll. Weich, zärtlich … Er strich mit ihnen über meinen Nacken, hoch zu meinem Ohr.

»Wie passt das hier mit gestern Nacht zusammen?«, fragte ich nervös. Viel zu gerne hätte ich mich fallen gelassen, endgültig, und wäre vor morgen früh nicht wieder aufgewacht. Kein Sex, kein Petting, nur sein starker Arm und die Lippen an meinem Hals.

»Ich kann auch grob sein, wenn du darauf bestehst«, sagte er und ich spürte, wie er an meiner Haut lächelte.

»Gab es nie eine Frau, die deiner sanften Ader verfallen ist?«

Er lachte leise. »Meiner sanften was?«

»Diesem …« Ich schmiegte mich enger in seinen Arm und genoss seine Berührungen. Es war herrlich, ihn an meinem Hals zu spüren, an meinem Ohr, die Nasenspitze an meinem Haaransatz … Etwas, das ich noch nie erlebt hatte – bis auf die paar Minuten nach dem Sex mit Alec. Er hatte mich auf eine ähnliche Art und Weise geküsst, aber nicht, weil *ich* es wollte, sondern weil *er* es wollte. Alec hätte mir den Vogel gezeigt, wenn ich ihn zu irgendetwas aufgefordert hätte. So ähnlich wie sich die beiden Männer waren, so sehr unterschieden sie sich doch in ihren Eigenheiten. *Und ich benahm mich wie eine Schlampe zwischen ihnen …*

»Es gab noch nie eine Frau, die ich beschützen musste«, erklärte Davies ruhig.

»Und auch nie eine, die du beschützen wolltest?«

»Was ich selbst will, interessiert mich schon lange nicht mehr.« Er blieb mit seiner Hand auf meinem Bauch ruhen. Eine Berührung, die Geborgenheit versprach.

»Du tust nur noch, was er von dir verlangt?«, flüsterte ich. Neugierde hatte mich befallen, sie stand vor allem anderen.

»Die meiste Zeit.«

»Und gestern Nacht? Da auch?«

»Da nicht.«

Ich spürte, wie sein Körper sich verkrampfte. Er hielt mit seinen Bewegungen inne. »Warum?«, fragte ich stimmlos.

»Ich bin kein Mann für die Frage ›Warum‹. Lass uns schlafen.«

»Aber …«

»Im Gegensatz zum Dark Prince brauche ich meinen Schlaf«, sagte er knurrend. Davies legte seinen Kopf hinter meinen, den Arm weiterhin um mich gelegt.

»Und –«

Er drückte mir seine Hand auf den Mund und ich stöhnte wütend dagegen. »Es ist ganz einfach. Du sagst mir, was du willst. Ich überlege, ob es sich einrichten lässt. Sage *ich* dir hingegen, was ich von dir verlange, wirst du gehorchen. Kein Aber. Kein Wort dagegen. Du hast die Angst vor mir verloren, weil ich nicht immer welche in dir wecke, aber das war vielleicht nicht besonders schlau von dir.«

Ich stöhnte eine Erwiderung, aber sie ging in seiner Hand unter. Gott verflucht!

»Und jetzt schlaf, außer du willst, dass wir deine Eltern mit deinen Schreien wecken.«

Mein Herzschlag galoppierte los und irgendeine dämliche Stimme in mir wollte darum bitten, genau das zu tun. Zum Glück kam sie nicht zu Wort. Zum Glück konnte ich mich beherrschen. Auch wenn alles in meinem Schritt vor Verlangen brannte.

NIKE

WER IST DER GEFÄHRLICHSTE IM GANZEN LAND?

Schneewittchen

»Wo ist der Barren jetzt?«

»Wie ich es dir schon gesagt habe, mitten in der Höhle …«

»Im verschissenen Butterfly Club?«, zischte die Stimme am anderen Ende der Leitung. »Kid, das ist schlimmer als alles!«

»Meine Schwester hat das Zeug in meinem Zimmer gefunden.« Nike fuhr sich angespannt durchs blonde Haar. Einer seiner ›Freunde‹ winkte ihm, bevor er aus dem Bus stieg. Die meisten anderen seiner Mitschüler waren von ihren Eltern auf dem Schulparkplatz abgeholt worden. »Die hat irgendwie Stress mit den Bullen gekriegt und wollte aufräumen, da hat sie's gefunden.«

»Gottverdammt.«

»Hör mal … das war vielleicht eh keine gute Idee …«

»Du musst dir was einfallen lassen, Kid! Ich bin tot ohne das Geld! Ich konnte es nicht mitnehmen, das hab ich dir doch erzählt?! Wie soll ich untertauchen, wenn ich darauf angewiesen bin, zu ticken?«

Nike presste den Kiefer zusammen. »Das war noch nicht alles«, sagte er zähneknirschend und warf ein weiteres Mal einen Blick auf die Zeitung, die er möglichst unauffällig auf Seite sieben geöffnet hielt.

Lehrer einer Privatschule auf mysteriöse Art verschwunden – reicht der Arm der Drogenmafia mittlerweile bis in die höhere Gesellschaft?

»In der Sun ist ein Artikel über Mr Henderson …«

»He?«

»In den anderen Zeitungen ist nur ne einfache Vermisstenanzeige, aber ein Reporter von der Sun muss das mit den Drogen aufgeschnappt haben.«

»Was genau steht in dem Artikel?«

»Dass Mr Henderson weg ist, man nicht weiß, wohin, und dass er vielleicht ermordet wurde – von irgendeiner namenlosen Londoner Drogenmafia. Wie immer haben sie keine Ahnung, wen sie da wirklich benennen sollen.« *Weil die Reporter weiß sind und sich gar nicht erst in die Viertel vorwagen, in denen sie Informationen sammeln könnten,* ergänzte Nike im Kopf.

»Sie haben ihn also umgelegt.«

Nikes Hände formten sich zu einer Faust. Wie immer, wenn er daran dachte. »Ja.«

Für eine ganze Weile herrschte Schweigen. Nike war längst aus dem Bus ausgestiegen und nur noch ein paar Meter von seiner Haustür entfernt, als er eine Antwort erhielt. »Kid, ohne dich bin ich aufgeschmissen, Mann. Du musst dir was einfallen lassen, notfalls schick deine Schwester vor. Sie muss das Geld zurückkriegen. Der Prinz nimmt normalerweise keine Drogen ab und behält sie dann. Normalerweise.«

»Und was soll ich genau tun?«, fragte Nike genervt und gleichermaßen nervös. Er hatte die ganze Fahrt von Schottland zurück nach London darüber nachgedacht, wie er an die Drogen kommen sollte, aber ihm war nichts eingefallen. Der Dark Prince hatte sie kassiert und Nike kannte niemanden, der ihn dafür rächen würde. Also war er aufgeschmissen.

Er könnte versuchen, sich in eine der Banden in Brixton einzuschleusen, aber das war zu riskant. Nike wollte helfen – nicht bei dem Versuch zu helfen mit einer Kugel in der Stirn enden.

»Hör zu, Kid.« Die Verbindung wurde schlechter. »Du kommst jetzt erst mal zu Hause an. Dann quatschst du mit deiner Schwester. Versuch herauszufinden, was das alles sollte und wie viel der Dark Prince von ihr weiß. Dann telefonieren wir noch mal.«

»Okay.«

»Ich ruf dich an, Kid. Bye.« Er legte auf.

Nike steckte den Schlüssel ins Türschloss, lehnte sich gegen das Holz der Tür, damit sie aufschwang, und blieb wie angewurzelt im Türrahmen stehen.

»Shit«, brachte er leise hervor und versuchte, seinen panischen Herzschlag zu beruhigen. In seiner Küche stand ein Mann. Seine Tattoos, die Kleidung, die Stiefel. Es war unverkennbar er.

Nike versuchte sich nichts anmerken zu lassen, als Lee Davies sich langsam zu ihm umdrehte. Er lehnte an der Küchentheke, aß zufrieden einen Apfel und hob freundlich die Hand zum Gruß.

Lee Davies. Der allerschlimmste Killer, den London seit Jahren zu sehen bekommen hatte.

Er stand mitten in Nikes Wohnung. Bei ihm zu Hause. Und Florence war in seinen Fängen.

»*Was* tut er hier?«, fragte Nike leise, als er Florence dabei half, den Tisch abzuräumen.

»Wieso?«, fragte sie unschuldig. Sie hatte ihre Stimme verstellt und Nike ahnte, dass sie sich beobachtet fühlte. Dabei unterhielt sich Davies mit Raymond und Cynthia und dürfte sie nicht hören.

»Du bist mit ihm zusammen?«, hakte Nike nach. »Wirklich?«

»Ahm«, machte Florence unschlüssig und sah zum Tisch. Nike hatte seine Schwester noch nie mit einem Typen ›zusammen‹ gesehen. Nicht seit Evan. Kein einziges Mal. »Seit kurzem, ja.«

»Du weißt schon … wer er ist? Ich meine, du hast doch Donnerstag noch gesagt …«

»Nike, nicht jetzt«, sagte sie unwirsch und öffnete den alten Geschirrspüler. Die Klappe war kaputt, weshalb sie gefährlich nah vorm Boden hing und man mit einer Hand das Gitter festhalten musste, um ihn zu beladen. »Komm doch erst mal zu Hause an.«

Was war bloß in sie gefahren?! »Das würde ich ja gerne!«, zischte Nike und beugte sich zu ihr herunter, um einen Teller einzusortieren. »Aber an unserem Tisch sitzt ein Killer!«

Florence schnellte hoch und starrte ihn an. »Wieso … woher …«

Seine Schwester war bildhübsch. Vermutlich wusste sie das nicht und blendete diese Tatsache aus, aber sie war es. Ihre natürlichen Locken umrahmten die dunklen Züge ihres

Gesichts, das durch den Einfluss ihrer gemeinsamen Mutter mehr europäisch als afrikanisch wirkte. Ihre Lippen waren voll, aber nicht dick, ihre Nase schmal und ihre Augen groß und dunkel. Nike wusste, dass viele ihn nur deshalb in der Schule kannten, weil sie seine Schwester von weitem beobachtet hatten. Man sah sie und sie blieb einem im Gedächtnis. Er hätte niemals damit gerechnet, dass sie einmal an einen wie Davies geraten würde. Niemals. Obwohl sie mit ihrem Charme und Aussehen auch den nächstbesten Businessaffen hätte heiraten können, verbarg sie ihr Äußeres so gut sie konnte, arbeitete und kämpfte für etwas Besseres, ohne den einfacheren Weg zu gehen.

Das mit Davies passte nicht. So etwas würde seine Schwester niemals tun.

»Nike«, murmelte sie eindringlich. »Woher glaubst du, Davies zu kennen?«

Nike hätte am liebsten die Augen verdreht. Nur weil seine Schwester nahezu blind durch Bethham marschierte und von dem Dreckmist nichts mitbekam, der um sie herum geschah, galt diese Tatsache nicht für ihn. Doch er wollte sich vor ihr nicht verraten – schon gar nicht, wenn Davies bei ihnen am Tisch saß – und erzählte ihr nur das, was Davies ihr auch hätte sagen können. »Sie waren am Donnerstagvormittag bei mir im Zimmer. Haben mich ›ausgefragt‹. Wegen dem … Mehl. Unser Lehrer ist verschwunden und die beiden haben ganz sicher etwas damit zu tun!«

Sie ließ den Teller in ihrer Hand beinahe fallen. »Sie waren bei dir?«, fragte sie panisch.

Nike nickte. Damit hatte sie nicht gerechnet.

»Shit, was haben sie gemacht?«

»Mir Angst eingejagt.«

»In der Herberge?«

»Haben mich in mein Zimmer gelockt und ausgefragt.«

Im Raum wurde es still. Florence strich sich nervös eine Strähne hinters Ohr. »Haben sie dich … haben sie dir irgendetwas getan?«

»Haben sie *dir* etwas getan?«, fragte Nike beunruhigt.

Florence schüttelte den Kopf. Sie log.

Der Dark Prince und sein Lakai von einem Killer hatten sie in ihrer Hand. Fest in ihrem Griff und Nike wusste nicht, was er dagegen hätte tun können. Half es ihr weiter, wenn er jetzt aufgab? Oder musste am Ende er dafür sorgen, dass die kaltblütige Regierung Bethhams endlich fiel und es keinen Dark Prince mehr gab, der sich über andere erhob?

Ein Blick zum Tisch verriet ihm, dass Davies ihn nicht einmal beobachtete. Er war sich seiner Sache verdammt sicher und hielt Nike nicht einmal davon ab, seiner Schwester alles zu erzählen.

Das zeigte, wie unangreifbar er war.

Shit.

Nike sortierte gedankenverloren den letzten Teller in die Maschine. Seine Schwester brauchte seine Hilfe. Wie schnell würde er ihr welche geben können?

DER PRINZ

DER KAISER IST DER WAHRE BETRÜGER.

Des Kaisers neue Kleider

»Alexander?« Stühlerücken. »Ich möchte mit dir sprechen.«

Ich möchte nicht mit dir sprechen, Vater. Nur widerwillig blieb ich im Türrahmen stehen. »Worüber, Vater?«, fragte ich unterwürfig und kotzte in Gedanken das Abendessen auf das teure Parkett.

»Setz dich.« Mein Vater, der einzige Nachfahre des Herzogs von Northamptonshire, vollführte eine knappe Armbewegung und wies auf den hochlehnigen Stuhl neben sich. Ein Bediensteter füllte ihm Wein nach und mir Wasser. Ich bestand darauf, in Gegenwart meiner Familie nicht zu trinken. Schon gar keinen Wein, den ich in letzter Zeit ausschließlich dafür verwendet hatte, vom Koks runterzukommen.

Mir blieb nichts anderes übrig, als mich zu meinem Vater zu setzen. Keine Ausrede wäre passend und auch Camille, die ich wie gestern Abend in mein Zimmer bestellt hatte, wäre kein funktionierendes Argument.

»Du denkst an das Mädchen, oder?«, fragte er scharf.

Ich hob den Blick und richtete meine Augen auf ihn. *Ich dachte immer an sie.* »Welches?«

»Tu nicht so, als wäre ich blind, Sohn!«, fuhr er mich ungeduldig an.

Fuck, Camille. »Ich kann dir nicht folgen.«

»Du lügst mir mitten ins Gesicht«, stellte er fest und schwenkte bedrohlich sein Glas Wein. »Mein Sohn wird erwachsen, wie lange habe ich darauf gewartet.«

Ich wäre gerne aufgesprungen und hätte ihm seinen dämlichen Wein in die ausgestochenen Augenhöhlen gekippt, aber ich blieb ruhig. »Erwachsen, Sir?«

»Dass du nebenher auch andere in dein Bett holst«, raunte er, als wäre ich begriffsstutzig. »Ich habe mich immer gefragt, wie du es mit der Jungfrau Angelica aushältst. Auch wenn ich stolz darauf bin, dass du dir ihrer Zuneigung noch immer sicher sein kannst. Aber ein echter Mann pflegt echte Beziehungen.«

Anschließend würde ich mir eines von Davies' Messern leihen und ihm sehr langsam die Kehle aufschlitzen, sodass es schmerzte und lange brauchte, bis er verblutete. »Du dachtest, ich sei schwul.« Ein mutiger Satz. Prinz Alexander wagte es durchaus, einleuchtende Zusammenhänge laut auszusprechen. Aber eigentlich log er die meiste Zeit.

Mein Vater strich sich nervös über die Krawatte. Er trug einen grauen Anzug. Woher auch immer er kam, er hatte nicht die Muße gefunden, sich für das Abendessen mit seiner angeheirateten schottischen Sippschaft umzuziehen. Momentan trugen wir bis zur Beerdigung der Queen schwarz. »Davon bin ich nicht ausgegangen, nein.«

Mit offener Kehle wären alle seine Worte undeutliches Geblubber. »Vater, was auch immer du von mir glaubst, ich muss dich enttäuschen. Ich ziehe Ehrlichkeit und Treue dunklen Gelüsten vor.« Wie ich es aushielt, so bescheuert zu reden? Jahrelanger Drill. »Wie immer schon.«

»So?«, fragte er und hob eine Braue. Man könnte ihm die Haut vom Schädel abziehen. Langsam, sehr langsam, bis nur noch der Knochen darunter zu sehen war. »Dann waren Camilles nervöse Blicke vorhin am Tisch reine Einbildung, schätze ich.«

»Schätzungsweise, ja.« Ich würde ihm einen Spiegel vors zerschundene Gesicht halten. Und einen Eimer, damit er sich übergeben konnte, weil er sein wahres Ich nicht ertrug.

»Gut.« Mein Vater räusperte sich und schob den Wein beiseite. »Was auch immer du mit Camille getan hast, es ist nicht akzeptabel, wenn jemand Mutmaßungen in diese Richtung anstellen kann. Deine Weste ist weiß und rein, und sie bleibt es auch.«

»Ich verstehe, Sir.« Wenn das alles war, könnte ich jetzt aufstehen. Das ewige Geplänkel des Hofes. Außenwirkung vor inneren Bedürfnissen, das Abbild von Perfektion vor Wahrheit und Realität. Das war meine Familie. Ich liebte sie abgöttisch.

»Du verstehst noch gar nichts, Sohn«, knurrte er und ich ließ mich zurück auf den Stuhl sinken. Mein Vater verkörperte das perfekte Auftreten eines Royals. Breite Schultern, ergraute Haare, das Gesicht eines in die Jahre gekommenen Mannes wie hunderte andere. Austauschbar. Gleich. Ein Offizier, der sich daran gewöhnt hatte, dass alle im Haus Walford auf seinen Befehl hin reagierten. »Unsere Familie verändert sich wie nie zuvor. Darüber werden wir heute Abend sprechen. Über Veränderung.«

Ich setzte einen gleichgültigen Blick auf. Wenn ich auf ihn schießen müsste, würde ich das ganze Magazin leeren, bis ich den alles entscheidenden Schuss inmitten seiner Stirn absetzte.

»Dich interessiert das Königshaus nicht«, stellte mein Vater missgelaunt fest.

»Ein Ergebnis der Erziehung Eurer Ehefrau, Sir.«

»Es wird dich aber interessieren, wenn ich dir sage, dass Eloise keine Kinder bekommen kann.«

Nur mit Mühe schaffte ich es, nicht abfällig zu lächeln. »Mein Beileid.«

»Weißt du, was das für uns bedeutet?«, fragte er drängend.

England muss auf süße Babyfotos von Cousine Eloise verzichten?

»Unsere Familie kommt ins Spiel.«

Ich lächelte freundlich. Was wollte er sagen?

»*Du* kommst ins Spiel.«

»Ich verstehe nicht ganz …« Das tat ich tatsächlich nicht. Ich stand in der Thronfolge zwar irgendwo an siebter Stelle, aber wenn mir eines klar war, dann war es die Tatsache, dass meine Mutter es niemals zulassen würde, dass unsere Familie ein weiteres Mal in den Fokus der Öffentlichkeit geriet. Sie würde auf die Thronanwartschaft verzichten. Ein Wunder, dass sie es bis jetzt noch nicht getan hatte. »König Edmond hat zwei Töchter und Tante Agatha hat einen Sohn, wieso sollte …«

»Deine Tante würde zu deinen Gunsten verzichten. Dein Cousin ist letztes Jahr aus der Thronfolge ausgestiegen.«

Stimmt. Fuck. *Was hatte Chester bloß dazu gebracht?*

»Deine Cousine Rosaline ist nicht als Thronfolgerin geeignet.«

Es ist niemand aus meiner Familie als Thronfolger geeignet.

»Zu viele Skandale, zu viel schlechtes Image. Das mag die Klatschpressen füllen und das Volk erfreuen, aber eine Thronfolgerin muss sich als Sympathieträgerin erweisen, durch und durch. Das ist alles, was wir heute noch haben. Sympathien.«

Mein Vater, der Sympathieträger? »Sie wird nicht zurücktreten.« Ich kannte meine Cousine. Sie war ein niedliches Biest, das die Steuergelder dafür verwendete, sie in sinnlose Güter umzutauschen und die es genoss, eben genau dafür in der Zeitung zu landen.

»Sie wird«, behauptete mein Vater. »Sie hat gut funktioniert, aber niemand wird zulassen, dass sie das Überleben der gesamten Dynastie gefährdet.«

»Du möchtest also andeuten …« Meine Welt geriet aus ihren Fugen. So nah am Thron aufgewachsen, hatte ich Chesters – bisher inoffiziellen – Rücktritt letzten Sommer schlicht verdrängt?

»Deine Cousine Eloise wird ein Kind adoptieren. Sie hat sich mir anvertraut, niemand weiß bisher davon. In diesem Zuge wird auch sie verzichten, und sie ist sich bewusst, dass man dem Volk nicht zu viel zumuten kann, also wird sie es gemeinsam mit ihrer Schwester tun. Dein Onkel hingegen …«

Er war zwar durch und durch ein ungeeigneter Aristokrat, aber meinem Vater das Feld räumen? Undenkbar.

»Ist ebenso sehr an dem Erhalt der Dynastie interessiert wie ich.«

»Eine Sache, in der ihr euch ausnahmsweise einig zu sein scheint«, kommentierte Prinz Alexander in mir.

Mein Vater lächelte. »Wir sind beide der Meinung, dass du der Richtige wärest. Der Richtige für das Volk. Das, was es jetzt braucht. Einen neuen Prinzen und Thronfolger in der Öffentlichkeit. Jung, dynamisch, gut aussehend, gebildet.«

Wie es wohl aussehen würde, wenn man ihm sämtliche Zähne aus seinem Lächeln schlagen würde? »Ich bin nicht für die Öffentlichkeit geschaffen«, sagte ich tonlos. So desinteressiert, wie ich nach außen wirkte, so stark brodelte es in mir. *Sie wollten, dass ich in die Nähe des Thrones rückte.* Des Thrones von England. Des gigantischen Commonwealth'. Wie lange würde ich leben? Hundertzehn Jahre? Wann würde meine Mutter sterben und ich König werden? Mit achtzig? Bis dahin war diese verfickte Monarchie hoffentlich längst abgeschafft, wollte das Volk denn nie aufwachen? Wer rechnete noch damit, dass sie es bis in alle Zeiten akzeptieren würden, für ein fettes Wabennest aus Royals aufzukommen? Tradition und blaues Blut würden durch die Einwanderungsstrukturen zunehmend an Bedeutung verlieren. Für einen Allah gab es keinen englischen König. Die Monarchie war ein einziger Kampf gegen die Zeit, längst überholt und eingetrocknet. Man legte sich faul zurück und begnügte sich mit Charityaufgaben, die nichts dagegen waren, was *ich* in den Außenbezirken Londons tat. Dort herrschte ein ähnliches System, mein Wort war Gesetz. Aber für diese Art von Regierung brauchte ich weder eine Blutlinie noch die Kirche, die meine Krönung weihte. Es brauchte ausschließlich mich und ein faires Gesetz, an das ich mich genauso wie alle anderen hielt.

Nie im Leben würde ich das für ein paar Abbildungen in der Presse aufgeben. Ich würde mich nicht zu einer Spielfigur machen lassen, einem Pferd auf dem Schachbrett, das man gar nicht erst in die Nähe des Königs lassen würde, um ihn schachmatt zu setzen.

Nein. Der Thron würde an mir vorbeiziehen, so wie mein gesamtes ›royales‹ Leben seit dem Tod meiner Schwester.

»Das ist für mich keine Option, Vater«, stellte ich kühl fest. »Ich bin nicht dafür geschaffen«, für deine Machtgier herzuhalten und mich benutzen zu lassen. »Das Volk sucht jemand anderen.«

»Das Volk sucht jemanden wie dich, Sohn«, hielt er dagegen und seine dunklen Augen blitzten auf. »Es sind immer diejenigen, die nicht nach der Macht streben, die sie letztendlich bekommen. Niemand in unserer Familie ist so beliebt wie du. Ich bin stolz auf dich. Zerstör diese Beliebtheit nicht, indem du dich mit Camille begnügst. Es gibt Besseres als das. Du hast es bisher nur nicht erkennen wollen.«

Am befriedigendsten wäre es wohl, wenn ich ihm den Kopf auf dem Hals umdrehen könnte, sodass sein Genick in meinen Händen brach. Ich stand auf. »Gute Nacht, Vater.«

»Gute Nacht, Alexander.« Er trank die letzten Schlucke seines Weines. »Wir fliegen morgen zurück nach London und du wirst dir nach der Beerdigung anhören, was der König und ich dir zu sagen haben, ob du es willst oder nicht. Denk an meine Worte.«

Oh ja. Ich werde an deine verschissenen Intrigen denken, während ich Camille ins Gesicht spritze. Und wenn das gesamte Königshaus herausfindet, dass ich nicht besser bin als sie alle zusammen, so hatte ich wenigstens meine Genugtuung dabei, das auszukosten.

»Was hat dich verfickt noch mal geritten, mich am Tisch anzustarren, als wäre ich dein Nachtisch? He?« Ich riss hart an Camilles dämlichem, blondem Haar und stieß sie auf den Boden. »Was glaubst du, was das hier ist? Ein Harem, wo jeder jeden poppt und es niemanden stört?«

»Wir haben doch gar nicht …«, wimmerte sie.

»Verschwinde.« *Aus meinen Augen. Geh, lass mich allein.* Ich sank in den Sessel, den ich mir vor das bodentiefe, verstrebte Fenster geschoben hatte, und griff nach meiner Schachtel Zigaretten. Prinz Alexander rauchte nicht, jedenfalls bisher.

»Ich soll jetzt einfach … gehen?«, fragte Camille vom Boden aus.

Keine Ahnung, was sie sich dachte. »Das wäre von Vorteil, ja.« Ich zündete mir die Zigarette mit einem Streichholz an und inhalierte sehnsüchtig den Rauch. Kaum neigte ich den Kopf zurück und lehnte ihn an, sah ich sie vor mir. Mit jedem einzelnen Tag wurde es schlimmer.

»Alex, du bist so verändert …«

Deine Zähne sind so lang. Deine Haut so behaart, deine Schnauze so dunkel. Ja, Süße, ich bin der böse Wolf und ich war nie das brave Rotkäppchen. »Mich macht der Zustand von Tante Augusta schlicht nervös.« So typisch für meinen Vater, dass er sich nicht einmal nach ihr erkundigt hatte. Meine Großtante, was interessierte es ihn? »Tut mir leid, meine Hübsche«, sagte ich sanft und rauchte weiter. »Es ist kein guter Zeitpunkt für uns.«

»Oh«, hauchte sie in meinem Rücken. Komm schon, Camille, kaufst du mir das wirklich ab? »Sehen wir uns dann in London zur Beisetzung?«

Sie kauft es mir ab *und* stellt blöde Fragen. »Angelica kommt.«

»Oh.«

»Geh jetzt.« Ich zückte mein Smartphone.

»Dann …« Sie verhaspelte die letzten Worte und verschwand schüchtern aus meinem Zimmer. Ich hätte sie nie für meine schlechte Laune benutzen sollen. Was verdammte Scheiße war nur mit mir los?

Ich wusste im nächsten Moment, was mit mir los war. Von Evan gab es noch immer kein einziges Lebenszeichen. Er meldete sich nicht, er tauchte nirgends auf, er war wie vom Erdboden verschluckt und wartete nur darauf, im richtigen Moment zuschlagen zu können.

Was hatte er mit Florence zu tun? Und war Florence vielleicht diejenige, die etwas Wesentliches verschwieg?

FLORENCE

DU WILLST DEN WOLF NICHT ERKENNEN.

Rotkäppchen

Geschichte des achtzehnten Jahrhunderts wurde schlecht besucht. Der Professor sprach schnell und undeutlich, der Übungsleiter warf unscharf die Folien mit dem altmodischen Overheadprojektor an die Wand, kritzelte unleserliche Stichpunkte darauf und die meisten meiner … ›Kommilitonen‹ schliefen. Ich hingegen war hellwach und sog jedes Wort auf. Es war der Inhalt des Vortrages, der mich so gefangen nahm. Jemand redete ohne Punkt und Komma über etwas, das ich vielleicht nicht einmal in Geschichtsbüchern und schon gar nicht bei Google finden konnte, und zog dabei so viele Parallelen zu anderen Epochen und Zeitaltern, dass mir ganz schwindelig wurde. In dem Mann vor mir steckte eine gewaltige Enzyklopädie und das Beeindruckende daran war, dass er, anders als ein Computer, Verknüpfungen herstellen konnte, die man unter Umständen sonst niemals erkennen würde.

Ich hing an seinen Lippen und vergaß die Zeit vollkommen. Wie hatte ich es ausgehalten, die letzten drei Jahre kein einziges Geschichtsbuch aufzuschlagen? Wieso war ich nie selbst auf die Idee gekommen, mich in meiner Freizeit weiterzubilden? Hatten mich die Doppelschichten im Belaggio tatsächlich so beschlagnahmt? Oder war es die Hoffnungslosigkeit gewesen, die einen in Bethham früher oder später wie ein giftiger Pilz beschlich? Eine Mischung aus allem. Bestimmt.

Nichtsdestotrotz war ich jetzt hier. Unter merkwürdigen Umständen zwar – Davies wartete draußen und kontrollierte auf seine Art jeden, der mir in den Raum folgte, und außerdem hatte ich meinen Studentenausweis dem Dark Prince zu verdanken – aber ich studierte. Und das war es doch, was zählte, oder?

Der Typ neben mir bewegte sich. Er hatte mit dem Kopf auf seinen Unterarmen geschlafen. Warum kam man als Student hierher, wenn man doch nur schlief? Er sah etwas verwahrlost aus, die Jacke zu weit, das Cappy tief in die Stirn gezogen, auf der Pultreihe neben sich nur ein einzelnes Blatt Papier und ein stumpfer Bleistift. Er hatte kein einziges Wort mitgeschrieben – wobei, ich auch nicht. Ich glaubte noch nicht daran, dass ich wirklich an einer Prüfung würde teilnehmen können. Credits würde sammeln können, einen Bachelor … nein, das war absolut außerhalb meines Vorstellungsvermögens. Dafür ging alles viel zu schnell.

»Sag mir jetzt bitte, was dich daran nicht langweilt.«

»Oh mein Gott«, keuchte ich und fuhr mit meinem Kopf herum.

»Sieh mich nicht an, sieh nach vorn.«

»Oh Gott!« Ich sah ihn direkt an. Das war unmöglich.

»Sieh mich nicht an«, wiederholte er scharf. »Sieh nach

vorn. Gottverdammt, was muss ich noch tun, damit Davies dir endlich Gehorsam beibringt?«

Ich drehte meinen Kopf zurück zum Professor.

»Gut«, sagte Alec zufrieden und streckte sich. »Jetzt flirte die zwei Typen schräg hinter mir an.«

»Was?«, zischte ich Richtung Tafel.

»Du wirst mit ihnen gemeinsam rausgehen«, raunte er zurück. Alec saß zwei Plätze weiter. Er hatte die gesamte Vorlesung über neben mir geschlafen. Oder so getan. Unmöglich! »Das wird Davies ablenken. Er darf mich nicht sehen.«

»Er darf dich nicht …?« Beklommen richtete ich meinen Blick auf die zwei Studenten in der Reihe über mir. Sobald der eine von ihnen meinen Blick bemerkte, lächelte er mich an. Er und sein Freund sahen gut aus, zwei weiße Typen, die man in dieser Gegend öfter zu sehen bekam. Sie spielten mit ihren Smartphones, erstes Semester, viel zu jung.

Alec rückte näher. Das monotone Nuscheln des Professors erfüllte weiterhin den Raum und vor allen anderen wirkte es so, als wolle er mir eine Frage zu dem Thema stellen. Ich traute mich nicht, zu ihm zu sehen – vor allem aus Furcht, vom Übungsleiter entdeckt und ermahnt zu werden. In der Schule war ich schon immer die strebsame Schisserin gewesen. »Wie gefällt es dir hier?«

»Alec.« Ich konnte ihn zwar nicht sehen, aber ich konnte ihn riechen. Unter dem weiten Parker steckte unverkennbar derselbe Mann, dem ich nahe gekommen war. Der mit mir sein Motelzimmer geteilt hatte. Und … »Was willst du hier?«

»Ich brauchte meinen Schlaf.«

Im Augenwinkel sah ich ihn mir genauer an. Der Dark Prince hatte sich maskiert. Das Cappy, eine Sonnenbrille, ein wuchtiger Schal um seinen Hals. Wenn ich es nicht besser wüsste, würde ich ihn für einen schludrigen Studenten halten, nicht für den jungen Mann, der sich wie ein Men's Health Covermodel kleidete.

»Und dafür kommst du hierher?«

»Flirte die beiden Loverboys an. Benutz deinen gesamten Charme. Dann folg mir nach oben in den Technikraum.«

»Und wieso …?«

»Hinterher wirst du mit ihnen rausgehen«, wiederholte er. »Bis gleich.«

»Wieso darf Davies dich nicht sehen?«, hielt ich ihn zurück.

»Niemand darf wissen, dass ich hier bin. Er schon gar nicht«, antwortete Alec geheimnisvoll.

»Was ist das zwischen euch?«, fragte ich beunruhigt. »Ich dachte, er sei dein engster Vertrauter?«

Alec lächelte mich von der Seite ironisch an. Wir sprachen gedämpft und der Vorlesungssaal war so groß, dass man uns nicht hörte. »Er ist mein Wachhund, doch kein Vertrauter. Hältst du ihm die falsche Duftmarke vor, springt er sogar sein Herrchen an. Und ich trage gerade so was von die falsche Duftmarke, Baby. Wir treffen uns oben.« Er rückte ab.

Oh Mann … Konnte er mich nicht wenigstens in meiner ersten Uniwoche in Ruhe lassen? An Davies' Anwesenheit mochte ich mich gewöhnt haben, es gab schlichtweg kein Entkommen, aber ich hätte nicht damit gerechnet, dass ich Alec ebenso schnell wiedersehen würde.

Trotzdem hielt mich meine Neugierde dazu an, auf ihn zu hören, den zwei Typen mein breitestes Lächeln zu schenken und Alec zwei Minuten später zu folgen. Er war gekommen, weil er etwas von mir wollte. Und wenn selbst Davies nicht erfahren durfte, was es war, musste es verdammt wichtig sein. *Wieso weihte er dann gerade mich ein?*

Als ich die Tür zum Technikraum aufstieß, die zum Glück

seitlich am oberen Ende des Hörsaals lag, sodass niemand von unten sie einsehen konnte, wollte ich doch so schnell wie möglich zurück an meinen Platz.

Vor mir stand der Dark Prince. Der siegesgewisse, arrogante, gefühlskalte Wichser, den ich an mich herangelassen hatte, obwohl ich nichts Dämlicheres hätte tun können. Er hatte seine Maskerade abgelegt, die Jacke, das Cappy, die Brille, und stand jetzt nur in Hemd und Anzughose vor mir. Und was für ein Hemd und was für eine Anzughose das waren. Holy shit.

Holy shit! Wie brachte es jemand wie er fertig, dermaßen perfekt auszusehen? Das schwarze Hemd spannte sich im genau richtigen Maß über seinen schlanken, muskulösen Oberkörper, seine Hose fiel wie angegossen seine Beine entlang, sein Gürtel saß perfekt und die Uhr, an dessen Ziffernblatt er mit der anderen Hand spielte, zeigte, wie viel Geld er mit dem verdiente, was er tat. Sein Auftreten bewies, wie mächtig und reich er war.

Und dass er alles verkörperte, was ich nicht wollte.

Er sah auf und unsere Blicke trafen sich. Für einen Moment sagte niemand ein Wort, der Professor in meinem Rücken, das Ticken seiner Uhr, irgendwo eine Fliege, die sich durch den Lüftungsschacht kämpfte. Dann fiel die Tür in meinem Rücken zu und er war bei mir.

Oder ich bei ihm. Ich wusste es nicht. Seine Hand war schneller in meinem Haar, als ich darüber nachdenken konnte, ob ich das wollte, viel schlimmer noch, meine Finger gruben sich direkt in seines, und dann presste er mir schon seine Lippen auf meinen Mund und ich seufzte auf.

Lange und sehnsuchtsvoll. Fuck!

Seine Zunge glitt zwischen meine Zähne und er vereinnahmte mich mit seinem Kuss, so total und unabdingbar, dass mein Kopf gar nicht anders konnte, als ›mehr‹ zu schreien. Ja, dieses Mal war mein Kopf eindeutig mit von der Partie und er brachte mich auch dazu, an Alecs Gürtel zu gehen. Mit den Händen. Um ihn zu öffnen.

Alec hielt kurz inne und sah mich an. Sein Blick war dunkel wie eh und je, ungebrochen düster und ich hatte keine Ahnung, was in ihm vor sich ging. Aber das war auch egal. Im nächsten Moment drängte er mich gegen die Wand, küsste mich stürmisch weiter und hielt mit seiner Hüfte gerade so viel Abstand, dass ich mit meiner Hand leicht den Gürtel öffnen konnte.

»Ich habe dich vermisst«, raunte er, bevor er sich ganz plötzlich in die Hocke fallen ließ, um mir meine Hose auszuziehen. Er schob meinen Pullover ein Stück nach oben, küsste die Stelle unterhalb meines Bauchnabels und zog meine Hose tiefer. So tief, dass ich mit meinen Füßen hinaussteigen konnte, dann richtete er sich wieder auf und sah von oben auf mich herab. »Ich habe noch nie eine Frau vermisst, warum dann ausgerechnet dich, Florence?«

Ich schüttelte den Kopf. Ich stand halbnackt vor ihm und ich kannte viele Gründe, weshalb ich ihn verabscheuen oder zumindest stinkwütend auf ihn sein sollte, aber ich tat es nicht. Schlimmer war es, dass er jetzt mit Romantik versuchte, allen Hass zunichte zu machen, den ich in den letzten Tagen gegen ihn aufgebracht hatte. Ich wollte kein Geschwülste, und schon gar nicht wollte ich diejenige sein, die der Dark Prince vermisste. »Ich habe dich keine einzige Sekunde vermisst«, behauptete ich kühl. Was bedeutete ›vermissen‹? Wäre er da gewesen, hätte ich ihm eine knallen können. So sah es aus!

»Keine einzige?«, fragte er lächelnd und sein Lächeln nahm mich ein. Es war fein, immer eine Spur unbestimmt und selbst für eine wie mich undurchschaubar. Ich konnte nicht dahinter sehen, dieser Mann trug zwei Gesichter und mit seinem Lächeln bewies er diese Tatsache immer wieder. Er nahm meinen Unterschenkel in die Hand und drückte ihn hoch. Sein Schwanz war hart und er schob ihn in seiner Boxershorts an meinen Schritt. »Hast du gar nicht an mich denken müssen?«

»Nur vor Wut!«, zischte ich. *Und jetzt fick mich, du Idiot! Jetzt, sofort!*

Er drückte seine Boxershorts mit der freien Hand tiefer, sodass seine Latte zwischen meine Beine gleiten konnte. Gott! Ich wollte es so sehr. *Viel zu sehr.* Er rieb sich zwischen meinen Beinen entlang. Mein Schritt war nicht vor Angstschweiß völlig nass.

»Fuck, Florence«, keuchte Alec, als auch ihm die Ausmaße meiner Lust bewusst wurden, dann drückte er mein Bein noch etwas höher und drang mit einem tiefen Stoß in mich ein.

Ich keuchte, weil es so plötzlich kam, so heftig war und es mir noch immer nicht reichte. Von meinen Gefühlen übermannt, riss ich an Alecs Kragen und zog seinen Mund zu mir heran. Er küsste mich, während er mich gegen die Wand fickte und sich fest an mich presste. Sein Mund stand halb offen und unsere Zungen tanzten gefühlvoll umeinander. Mit jedem Stoß gegen die Wand wurde er drängender und mein Stöhnen lauter.

»Sag mir, auf welche Art du kommst«, raunte er in meinen Mund und ließ seine Hand, die mich nicht hielt, in meinen Schritt wandern, um mich zu stimulieren.

Ich griff nach seinem Daumen, drückte ihn auf meine Perle und wusste, dass es nur ein paar seiner Bewegungen brauchen würde, bis ich innerlich explodierte. Alecs Daumen fuhr durch meinen Spalt und er stöhnte auf.

»Von wegen, du hast mich nicht vermisst.« Er verließ meinen Mund, drückte mich höher und fickte mich mit tiefen, harten Stößen, während er seinen Daumen durch meine Klit gleiten ließ. Wie er das alles gleichzeitig tun konnte, war mir schleierhaft. Mein Kopf rauschte, mein Herzschlag ging irre schnell und ich hielt den Orgasmus so lange in mir zurück, bis ich spürte, dass auch er sich seinem näherte. Ich wollte unbedingt gemeinsam mit ihm kommen und noch viel dringender wollte ich, dass er mir dabei in die Augen sah. Irgendwie schaffte ich es, an sein Kinn zu greifen und ihn etwas von mir zu drücken, und als könnten wir uns ohne Worte verständigen, verstand er. Seine Augen glitten über mein Gesicht, direkt in meine und ich glaubte, mich noch niemals mit jemandem so verbunden gefühlt zu haben. Wir atmeten uns ins Gesicht, die Augen wie unsere Körper ineinander verschlungen, und näherten uns gemeinsam unserem Orgasmus. Und als er sich in mir ergoss und ich in ein Paradies glitt, versuchte ich dennoch, seinem Blick standzuhalten, weil es mich berauschte, dass er es war. Alec. Der Dark Prince.

Der mich so sehr begehrte.

Mich durchstreifte ein gewaltiges Glücksgefühl, als er seine Stirn an meine lehnte, mir mit seinem erhitzten Atem ins Gesicht keuchte und sich ganz in mir entlud. Er blieb für ein paar Sekunden in mir und ich spürte, wie seine Lust in mir pochte.

Am liebsten hätte ich jetzt meine Arme um ihn geschlungen und ihn nie wieder losgelassen. Auch unten im Vorlesungssaal nicht, auch nicht auf dem Weg nach Hause und sowieso nicht in meinem Zimmer und Bett … Ich sah es kurz vor mir, wie wir dort lagen, Arm in Arm, und redeten. Uns über nichts und alles unterhielten, über seine Pläne und Geheimnisse, meine Vergangenheit und Zukunft …

Gott, was für ein dämlicher Gedanke. Ich löste mich.

»Bleib«, forderte er leise. Er bewegte sich mit kreisenden Stößen in mir – wir hatten so was von nicht verhütet und nun war es wirklich auch egal. »Stoß mich nicht wieder ab.«

»Wieso wieder?«, presste ich hervor. Es war ein schreckliches Gefühl des Widerspruchs, das mich ergriff. Ich wollte nicht, dass er sich zurückzog, und ich wollte es. »Du schmeißt mich in den Pool, wenn es dir zu nett wird, du lässt Davies seinen Gürtel schwingen, nachdem wir den schönsten Sex meines –« Mein Gott! »– nachdem wir Sex hatten. Du bist ein gefühlloses –«

»Garantiert bin ich kein Schwein oder Monster«, ergänzte er mit einem Lächeln. Mäßig drückte er mich gegen die Wand und ich schloss für einen Moment genießerisch die Augen. »Oder Arschloch. Worüber denkst du genau nach?« Alec legte eine Hand an meine Wange und fing meinen Blick derart intensiv auf, dass mir schummrig wurde.

»Über nichts.« Da war tatsächlich nicht viel. Alles war wirr und unverständlich und falsch.

Er lächelte und das ziehende Gefühl in meiner Brust verstärkte sich. »Wenn du wüsstest, was ich auf mich genommen habe, um dich sehen zu können …«

»Was dann?«, fragte ich scharf und befreite mich endgültig aus seinem Griff. Ein Teil meines Körpers, der sich zwischen meinen Beinen befand, jammerte sehnsuchtsvoll, als Alecs Schwanz aus mir hervorglitt. Ich könnte noch hunderte Orgasmen haben und ich wollte, dass er sie in mir hervorrief, und eben genau das war mein Ende.

Werd endlich wieder vernünftig! Ich hob meine Jeans auf und zog sie mir an, ohne ihn anzusehen. »Ich will nicht, dass du irgendetwas ›auf dich nimmst‹, damit du mich sehen kannst. Ich wollte dich gar nicht sehen. Es wäre mir total recht, wenn wir uns nie wiedersehen müssen.« Lüge. Lüge. Lüge. Selbst mein Herz wand sich bei dem Gedanken, dass er meinetwegen gekommen war. *Das war mir selbst gegenüber der allerschlimmste Verrat.*

Alec schwieg.

Ich schloss mit zittrigen Händen den Knopf meiner Hose und bemerkte im Augenwinkel, wie er eine Schachtel Zigaretten hervorholte, sie aber nur in den Händen drehte.

Fuck, ich hatte Schmacht. Eine Kippe würde mir vielleicht helfen, wieder klar zu werden.

»Was hat man mit dir getan, dass du so verletzlich bist?« Alec hatte seine Hose geschlossen und lehnte sich an einen der Tische, die zwischen den vielen Technikgeräten mitten im Raum standen.

Ich presste die Lippen aufeinander. Diese blödsinnige Frage konnte er sich sonstwohin stecken.

»Du stößt alles und jeden von dir ab, keiner kommt an dich heran, warum?«

»Weil die Menschen für gewöhnlich Wichser sind und einem das Gefühl geben, geborgen zu sein, nur um es im nächsten Moment zuzulassen, dass ein sadistisches Schwein wie Lee Davies einen schlägt.« Ich straffte stolz meine Schultern und sah ihm direkt ins Gesicht.

Er wirkte tatsächlich so, als ob es ihm leidtun würde. Jedenfalls legte sich seine Stirn in Falten und sein Gesichtsausdruck wurde weich. »Habe ich mich dafür nicht schon erklärt und entschuldigt?«

»Eine Entschuldigung sorgt nicht dafür, dass es nie

geschehen ist! Schlag mir ins Gesicht und entschuldige dich hinterher und dann ist es okay?! Davies hat seinen verschissenen Gürtel dazu benutzt, mir wehzutun und du standest daneben. Und dann fragst du dich wirklich, warum ich Leute wie dich nicht an mich heranlassen will? Was sollte die Frage überhaupt? Was interessiert es dich schon? Es ist nicht mehr als Sex. Es war nicht mehr als Sex. Im Pool war ich nur neugierig, das ist alles.«

Er hob eine Braue. »Ich kann ganz England ficken, aber ich schleiche mich in deine Vorlesung, weil ich dich sehen muss, und du glaubst auch nur eine Sekunde lang, es sei nicht mehr als Sex?«

Ich starrte ihn an. Diese Offenbarung schockierte mich zutiefst. Ich spürte, wie sich meine Brust zusammenzog. Was sollte das heißen?

»Das mag für dich so sein, aber dann musst du aufhören, mich beim Sex so anzusehen. Du musst aufhören, es mehr als körperlich zu wollen.«

»Ich muss gar nichts.«

Er ignorierte meinen Einwand. »Dann bekommst du den Dark Prince und ich wie gewohnt das, was ich will. Aber für gewöhnlich teile ich meine Mätressen nicht mit meinem Diener, du solltest dich also entscheiden, ›wenn es nur Sex sein soll‹.«

»Ich war nicht diejenige, die Davies darum gebeten hat, jeden meiner Schritte zu verfolgen und in meinem Zimmer zu schlafen.«

»Gebeten habe ich ihn auch nicht«, erwiderte er grinsend und bewies einmal mehr, was für ein Ekel er war. »Ich habe es ihm befohlen. Hier, für später.« Er legte mir eine Zigarette auf den Tisch neben sich. »Denk dran, mit den zwei Typen rauszugehen, die in irgendeiner Art Davies erklären werden, wieso du so durchgefickt aussiehst. Du könntest mich natürlich reinreiten und es nicht tun.«

»Eine interessante Vorstellung«, sagte ich nonchalant.

»Oder du bist mir schlichtweg dankbar, dass du hier studieren kannst, und willst es auch weiterhin.« Er griff nach seinem Parka und dem Cappy. »Es würde dir selbst mehr schaden als mir.«

»Alec …«

Er sah auf. Die geraden Brauen, das ebene Gesicht, die selbstbewusste Haltung. Fuck. Was war gerade geschehen? Es fühlte sich unwirklich an, dass er mich gerade … als ob mein Körper es nicht wahrhaben wollte.

»Geh nicht«, bat ich ihn ungewohnt hilflos. »Bitte … erklär mir irgendetwas. Wenn du jetzt gehst, kann ich mir nichts von all dem erklären.« Von diesen schrecklichen Gefühlen, die brodelnde Wut auf ihn, den Hass und die gleichzeitige Sehnsucht, die mir riet, ihn zum Bleiben zu bewegen.

»Was willst du dir erklären können?«, fragte er ruhig.

»Ist das eine ernst gemeinte Frage?«

Wieder sah er mich nur an. »Florence.«

»Du hast keine Antworten für mich, richtig?«, fragte ich spöttisch. Was hielt ich ihn überhaupt zurück? »Warum bist du hierhergekommen? War das ein Trick?«

»Warum sollte ich dich austricksen?«

»Keine Ahnung! Du trickst, du lügst, du schauspielerst, damit die Leute um dich herum so reagieren, wie du dir das vorstellst. Und ich bleibe sicherlich nicht davon verschont.«

»Baby, was ist denn los mit dir? Du bist diejenige, die mich gerade abgewiesen hat, obwohl ich dir mein Herz ausschütten wollte, und jetzt stehst du da und versuchst, mich zu hassen und weißt nicht einmal, wofür –«

»Eben genau dafür!«, rief ich aufgelöst.

Als hätte er darauf gewartet, dass meine harte Schale zerbröckelt, war er plötzlich wieder bei mir. Mein Gesicht fest in seinen Händen. Eine Geste, die er nicht zum ersten Mal wiederholte. »Ich bin für dich gekommen«, raunte er. Mir wurde schlecht und schwindelig und doch wollte ich nicht, dass er mich jemals wieder losließ. »Nur für dich. Ich wollte dich sehen, wissen, wie es dir geht. So etwas mache ich nicht, ich erlaube es mir nicht, und ich weiß nicht einmal, ob ich es schaffe, dich dazu zu bekommen, es ebenso sehr zu wollen. Das ist nicht meine Art. Ich nehme mir, was ich brauche, um weiterzukommen, und bisher geschah dieses Weiterkommen fast ausschließlich aus selbstlosen Gründen. Bis Evan verschwunden ist, habe ich nicht an mich gedacht. Ich war diszipliniert und grausam und Einzelschicksale waren mir egal. Niemals hätte ich einer einzigen Person einen Studentenausweis ausgestellt, mit welchem Recht sollte ich einen Einzelnen vor anderen bevorzugen? Was ich tue, folgt längst keiner Logik mehr. Ich komme hierher und riskiere damit alles, aber ich musste es tun. Ich *muss* dich sehen, wenn ich dich schon nicht anrufen kann, weil Davies die ganze Zeit um deinen Kopf herumschwirrt und du so sehr versuchst, mich loszuwerden, dass ich jederzeit Gefahr laufen könnte, dass du auflegst … Florence, wenn es nach dem König in mir ginge, der eine Verantwortung für eine ganze Stadt hat, hätte ich dich und Nike schon längst aus diesem Land geschafft, auf dass du mich nie wieder in Versuchung führst. Aber …«

»Was sagst du da?« Meine Stimme brach. »Was hat das alles mit Evan zu tun?«

»Weißt du, wo er ist?«, fragte er hoffnungsvoll und suchte mein Gesicht nach möglichen Hinweisen ab.

»Was wi-willst du von ihm.«

»Er ist in größter Gefahr. Meinetwegen. Wenn ich ihn nicht finde, könnte das seinen Tod bedeuten. Das Problem ist …« Er biss sich auf die Lippe, was wirklich merkwürdig an ihm aussah. Jemand wie er, verunsichert? »... es sind schon einige Leute für mich gestorben. Aber noch nie geschah das unfreiwillig. Evan trifft keine Schuld. Er hat sich nicht dafür gemeldet, für eine Sache zu kämpfen, die nicht seine ist. Was passiert, wenn ich ihn nicht rechtzeitig finde?«

»Deswegen warst du in seiner Wohnung?«

»Deswegen, ja. Ich habe dich nie gefragt, ob du weißt, wo er sein könnte, weil mich der Barren Koks, den dein Bruder angeschleppt hat, vergessen ließ, dass auch du zu seiner Wohnung kamst. Warum? Hat Evan dich dorthin bestellt? Hattet ihr Kontakt?«

»Deswegen der Fick?«, fragte ich tonlos. »Damit du mich über Evan ausfragen kannst?«

»Was?«

»Du hast nur mit mir geschlafen und diese ganze Romantik hervorgezaubert, damit ich dir etwas über Evan erzähle? Das ist der Grund?« *Wie hatte ich glauben können, dass es ihm um mich ginge!*

Er lachte überrascht auf und ließ mich los. »Blödsinn.«

»Kommt mir aber nicht so vor.« Seine Haltung verriet ihn, als fühlte er sich tatsächlich ertappt. »Du bist so ein Arschloch, Alec.«

Sein Mund öffnete sich für einen Moment. Auf irgendeine Art und Weise war er baff. Dann folgte eine schnelle Bewegung und ich zuckte zurück. Seine Faust ging auf die Wand neben meinem Kopf nieder und seine Augen verfärbten sich dunkel vor Zorn. »Ich sagte, er ist in *Todesgefahr,* und du beschwerst dich, dass ich versuche, ihn zu finden? *Das* hätte ich genauso gut am Telefon klären können, oder? Und wenn du mich nicht zurückgehalten hättest, wäre ich sogar gegangen, ohne daran zu denken, dich zu fragen. Er ist dein Ex. Was hat er dir angetan, dass du dir wünschst, er würde sterben?«

»Ich wünsche mir das nicht«, zischte ich zurück.

»Kommt mir aber so vor.« Er lächelte kurz.

»Woher weißt du, dass wir mal zusammen waren?«

»Ist das eine ernst gemeinte Frage?«

»Du wiederholst mich und findest das lustig?« Ich verdrehte die Augen. »Fick dich einfach und rette Evan allein. Ich kann dir eh nichts sagen.«

Er lachte, löste seine Faust und stützte sich mit der Hand an der Wand ab, sodass er auf mich herabsehen konnte. »Ich ficke dich gerne. Sobald er ein Lebenszeichen von sich gibt, lass es mich wissen. Er weiß vielleicht nicht einmal, was ihm droht, oder aber er fühlt sich von mir verraten.« Alec stieß sich von der Wand ab und steckte die Hände in seine Hosentaschen. »Sag ihm dann, dass ich alles dafür tun werde, ihm zu helfen.« Seine Augen wanderten einmal prüfend über meinen Körper und zurück in mein Gesicht. »Oder lass ihn in dem Glauben, dass er so gut wie tot ist, wenn dir das mehr zusagt. Nicht einmal Davies wäre so desinteressiert an anderen, aber er ist ja auch nicht durch die harte Schule der Londoner Suburbs gegangen. Vielleicht seid ihr einfach so.«

Ich verschränkte die Arme vor der Brust und schnaubte abfällig. »So was, Hoheit?«

»Primitiv.« Er brachte das Wort über die Lippen, ohne mit der Wimper zu zucken, und war sogar so dreist, mir die Tür zu öffnen, um mir zu zeigen, wie wenig ›primitiv‹ jemand wie er war.

Was für ein riesengroßes, widerliches … Argh!

Ich wusste gar nicht, wohin mit meiner Wut, als ich gezwungenermaßen an ihm vorbeiging. Ins Gesicht spucken, vor Wut küssen, die Augen auskratzen, mich noch einmal von ihm durchvögeln lassen? Wie konnten innere Bedürfnisse so widersprüchlich sein?!

»Ich ruf dich an«, sagte er säuselnd und zwinkerte.

Er verdiente sehr viele Tritte in seine aufgeblasenen Eier. »Du kannst dann ja mit Davies sprechen, während ich ihm einen blase. So primitiv, wie ich bin, tue ich den ganzen Tag leider nichts anderes.«

Bingo. Sein eingebildetes Lächeln verschwand. »Ich weiß.«

Meine Kinnlade klappte und mein Bauch rumorte von diesem verbalen Tritt. Ich dachte ja, ich sei schlagfertig, aber das ging zu weit unter die Gürtellinie.

Unglaublicherweise stellte er sich auch noch an meine Schulter, berührte mich. Dabei war ich so hilflos vor Wut, so sprachlos …

»Lass uns nicht hier weiter streiten, nicht jetzt«, sagte er sanft. Sanft und aufrichtig, als hätte er mir gerade nicht an den Kopf geknallt, dass er mich für eine Schlampe hielt. »Ich rufe dich wirklich an. Einfach so. Sieh mich als deinen Mentor, der dich mitten im Semester ins Studium einführt. Außerdem würde ich dir dringend empfehlen, mitzuschreiben. Man darf bei Prof. Collingwood alle handgeschriebenen Aufzeichnungen zu seiner Vorlesung in die Mündliche mitbringen, die du in ein paar Semestern haben wirst.«

»Ich werde mich vom Professor einfach im Technikraum ficken lassen, dann bestehe ich auch so.« *Lass mich gehen!*

Ich sträubte mich, als Alec mich zu sich herumzog, aber da die Tür bereits offenstand, ließ ich ihn gewähren, bevor uns jemand hörte. In seinen Augen funkelte Reue und seine Lippen waren ungewohnt schmal. Er öffnete den Mund, um etwas zu sagen, und schloss ihn wieder, bevor er sich blitzschnell vorbeugte und mich küsste.

Mit geschlossenen Lippen, ohne Zunge, einfach so.

Eine kurze Berührung seiner Finger an meiner Wange, das Beiseiteschieben einer meiner Locken und dieser intensive, reuevolle Blick.

»Ich weiß nicht, was ich hier tue«, murmelte er und die Worte waren mehr an ihn selbst gerichtet als an mich. Langsam ließ er seine Hand sinken, und bevor ich schwach wurde und ihm ein paar hundert meiner tausend Fragen stellte, wandte ich mich ab und floh aus dem Technikraum. Ich sah nicht mehr zurück, aber eine innere Stimme sagte mir, dass er längst verschwunden war. Er und Davies waren Schatten, die auftauchten und verschwanden, sodass es niemand mitbekam. Sie bevölkerten mein Leben.

Und ich hatte keine Ahnung, warum sie sich ausgerechnet meines ausgesucht hatten.

DAVIES

NUR WEIL DU SCHÖN BIST, LASSE ICH DIR DEIN HERZ.

Der Jäger von Schneewittchen

Die Studenten der Vorlesung ergossen sich in den Flur und gingen ihrer Wege. Davies lehnte an der Wand, ein Einpfundstück in der Hand, welches er nach oben schnippen und wieder fallen ließ. Man sah ihm an, dass er nicht hierher gehörte. Nicht in diese Uni, nicht einmal zum Team der Hausmeister oder Handwerker. Jeder einzelne Student versuchte deshalb, so weit wie möglich um ihn herumzugehen. Dabei trug er seine Waffen nicht einmal offen.

Florence ließ sich Zeit.

Er wurde ungeduldig. Nicht, dass er nicht darin geübt war, zwei Stunden vor einem geschlossenen Raum zu warten und während dieser Zeit nichts zu tun, vielmehr ärgerte es ihn, dass sie ihn absichtlich warten ließ wie einen Hund, den man vor dem Supermarkt anleinte. Sie hatte sich an seine Anwesenheit gewöhnt und behandelte ihn wie Luft. Eine Tatsache, die Davies mehr ärgerte, als er es sich eingestehen wollte.

Er überlegte, sich von der Wand abzustoßen und sie unter

Gewaltanwendung aus dem Vorlesungssaal herauszuzerren, als sie erschien und ihm klar wurde, warum sie getrödelt hatte.

Zwei geleckte Affen aus Southwark rahmten sie ein. Beide waren groß und blond und trugen diese unausstehliche Kombination aus Hipsterkleidung, die Davies aus Prinzip niemals in einen der Clubs des Dark Prince lassen würde, egal wie viel Geld sie in den Taschen hatten. Beigefarbene, spitz zulaufende Schuhe, enge, künstlich ausgewaschene Jeans, dicke Boss-Ledergürtel und mehrere Schichten aus Shirt, Hemd und Kunstlederjacke übereinander. Der eine trug sogar eine dieser quadratischen Hornbrillen.

Davies hätte ihnen am liebsten vor die Füße gespuckt.

Florence hingegen nicht. Sie lachte über ihre flachen Witze und sah irgendwie angeregt aus. Als würden ihr die Typen gefallen, was so gar nicht in Davies' Bild von ihr passte. *Die Jungs waren gerade mal in ihrem Alter und damit Kinder. Was tat sie da?*

Florence ignorierte Davies' Blick und gab den beiden ihre Handynummer. Sie verabredeten sich. Was auch immer Florence dachte, Davies würde es keine Sekunde zulassen, dass sie sich mit diesen Flachhirnen traf, während er ihren Babysitter spielen sollte. Er musste sie offenbar daran erinnern, wo ihr Platz war.

Also stieß er sich mit seinem Stiefel von der Wand ab und war nach drei großen Schritten bei ihr.

»Hi, Beauty«, sagte er sanft.

Sie stand mit dem Rücken zu ihm, um die Handynummern der beiden Vollpfosten einzuspeichern, und drehte sich erst zwei Sekunden später zu ihm um. »Hi«, sagte sie, als würde er sie gar nicht weiter interessieren.

Verdammt! Er zog sie an der Schulter zu sich heran,

bemerkte in den Augenwinkeln, wie sich die beiden Hipster-Kids wunderten, und zwang sie in einen Kuss. London sollte denken, er und sie seien zusammen. Der Befehl des Dark Prince. Und London war auch hier, in Southwark.

Florence hielt ihre Lippen fest aufeinandergedrückt und sträubte sich. Ihm fiel der fremde Geruch auf. Männerparfum. Verfickte Scheiße! Wie nah hatten die Typen die letzten zwei Stunden neben ihr gesessen?!

Er ließ sie wieder los und empfand große Lust, die Erklärungen aus ihr herauszuprügeln. »Wir gehen«, knurrte er.

Sie starrte ihn atemlos an. Es war ihr erster Kuss seit Schottland gewesen und auch ihn erinnerte er zu sehr an das, was er am liebsten mit ihr tun würde.

Davies nickte zum Seitenausgang und legte eine Hand in ihren Rücken, damit sie nicht auf die Idee kam, den Studenten noch einmal ihr strahlendes Lächeln zu schenken.

Sie ließ sich von ihm abführen. Er stellte zufrieden fest, dass die Typen aussahen, als hätte er sie gerade mit einem Messer bedroht. *Verdammte Wichser.*

Kaum waren sie durch die Tür und ein paar Meter in Richtung Bushaltestelle gegangen, drückte er Florence an die Wand der Uni. »Was sollte das, he?!«, fuhr er sie an und packte sie grob an der Schulter.

Sie sah an ihm vorbei zur Straße. Die Ecke war durch die immergrünen Büsche nicht einsehbar und Davies musste sich stark bremsen, nicht sein Verlangen über die jetzige Situation entscheiden zu lassen.

»Willst du sagen, ich darf nicht mit anderen Typen reden?«, fragte sie gelangweilt.

»Du darfst sie nicht *anmachen,* als wärest du wirklich nichts weiter als eine billige Bitch aus Bethham.«

Ihr Kopf fuhr herum. »Wir haben *Telefonnummern*

getauscht, damit sie mir ihre Aufzeichnungen zum Abschreiben leihen und wir uns über die Kurse *unterhalten* können, und du nennst mich Schlampe?«, zischte sie. »Du hast doch auf der Party letztes Wochenende erst behauptet, wir wären zusammen, um dann Eve im Badezimmer durchzupoppen. Nachdem du keine paar Stunden vorher deinen Schwanz in meinem Mund und Arsch hattest, und *du nennst mich Schlampe?*« Sie machte sich aus seinem Griff frei und schaffte es, da Davies ihn gelockert hatte. »Fick dich, Davies. Du hast kein Recht, so etwas über mich zu sagen. Mach deinen Job und lass mich in Ruhe.«

Er fuhr sich über den Mund. Sie hatte recht. Er hatte Eve geknallt, weil jemand dafür hatte herhalten müssen, dass er ausgerechnet die Person Tag und Nacht beschützen musste, für die er beinahe seine Position an der Seite des Dark Prince aufgegeben hätte. Für was? Für eine schwarze Schönheit und ein lautes Mundwerk?

Was hatte sie nur, dass sie ihn auch jetzt nicht kaltließ?

»Ich will, dass du deine Ohrringe reinsetzt.« Davies ließ sie los und trat zurück auf den Gehweg.

»Warum?«, fragte Florence kritisch. »Ich will nicht mit Diamanten in der Uni –«

»Du setzt sie rein!«, knurrte er und griff grob an ihren Arm, um sie Richtung Bushaltestelle zu ziehen. »Du hast die ganzen letzten Tage keine Widerworte gegeben. Fang nicht wieder damit an.«

»Ich bin eine Frau, Davies«, erklärte sie ihm mit ruhiger Stimme, machte sich von ihm frei und ging aufrecht neben ihm her. »Blinder Gehorsam liegt mir nicht. Warum soll ich die Diamanten reinsetzen, wenn du mich sowieso die ganze Zeit *überall*hin begleitest?«

Er musste schmunzeln. Sie hatte sich tatsächlich viel zu

sehr an seine zurückhaltende Art gewöhnt. Ob sie eine Auffrischung ihrer Erinnerung brauchte? Er sah sich um. Die einzige Tür zurück in einen der Gebäudeteile führte zu einem Treppenhaus, nur vier Schritte rechts von ihnen. *Geeignet.*

Davies packte Florence am Arm und führte sie dorthin. Die Universität war mehrere Stockwerke hoch, warf tiefe Schatten und hier auf dem kleinen Pattweg zwischen den Nebengebäuden und Vorlesungssälen war niemand zu sehen.

»Was hast du vor?«, murrte Florence, aber Davies antwortete nicht.

Er zog kraftvoll an der Tür, stieß Florence geradezu hindurch und presste sie im Treppenhaus direkt an die Wand. Mit der Brust an den Stein, sodass sie schmerzerfüllt aufstöhnte. Sie wollte sich lautstark beschweren, aber er unterband das Donnerwetter mit einem harten Kuss, indem er ihr Kinn zu sich nach hinten zog. Er spürte, wie ihr Atem beschleunigte, als sich ihre Zungen berührten. Sie schmeckte nach Kerl. Hatte sie mit einem von diesen Flachwichsern rumgemacht?

Fuck! Warum dachte sie, dass er ihr das durchgehen lassen würde?!

Er riss grob ihre Jeans nach unten, sodass der Knopf an ihrem Bund zersprang und zu Boden fiel. Als er ihre runden Arschbacken in die Hände nahm und fest in sie griff, auch wenn er sie viel lieber geschlagen hätte, stöhnte sie auf. Vielleicht sollte er auf die Züchtigungen verzichten und sich zuerst holen, was ihm zustand, danach könnte er immer noch Zeit darauf verwenden, sich ihrer Bestrafung zu widmen.

Er glitt mit einer Hand um ihren Körper herum zu ihrem Schritt und hielt sie fest im Arm, während er seine Jeans öffnete. Sein Schwanz war hart und platzte daraus hervor. Er musste sie haben. Wie letztes Mal, sie trieb ihn in den Wahnsinn und er brauchte es.

»Davies …«, keuchte sie und versuchte, sich zu wehren.

»Hast du nicht die ganze Zeit darauf gewartet?«, raunte er dicht an ihrem Ohr. Er war so geil, dass es vermutlich nicht lange brauchte, bis er in ihr abspritzte. Er fuhr sich mit der Hand über seine pralle Länge und stieß mit seiner Spitze gegen ihre Pobacken. Gleich würde er das Kondom überziehen und sie tief von hinten ficken …

»Doch, aber … nicht jetzt!«, keuchte sie getrieben. »Lass uns erst … nach Hause …«

»Nicht jetzt? Hast du Angst, dein Professor könnte uns erwischen, Beauty?«, fragte er ironisch. Noch immer hielt er sie fest in seinem Griff. Was für eine Wohltat! Er hätte sie sich viel früher nehmen sollen, ohne auf ihre Gefühle zu achten – oder auf seine. »Er wird sich bei meinem Anblick schon nicht trauen, dir schlechte Noten zu geben.« Er fuhr mit seiner Zunge an ihrem Hals entlang und sie erschauderte stöhnend. Ihr gesamter Körper schrie nach Sex. Warum sagte sie dann etwas anderes?

»Es geht nicht darum, dass wir erwischt werden könnten …«, keuchte sie. »Davies, ich will es ja, aber du … wirst es nicht wollen …«

»Und wieso?«, raunte er. »Beruhig dich, wir warten beide schon viel zu lange darauf.« Er nahm etwas Abstand, um ihre Jeans tiefer zu ziehen, dann roch er es.

Ziemlich deutlich. Wie es ihm vorher entgangen sein konnte, war ihm schleierhaft. Das Sperma zog sich ausgehend von ihrem Slip in seine Nase und er konnte nicht fassen, was das zu bedeuten hatte.

»Du hast diese Kerle gefickt?!«, knurrte er fassungslos und

zerrte sie zu sich herum. Seine rechte Faust ballte sich. Die beiden würden die nächste Vorlesung nicht überleben.

Sie biss sich auf die Lippe. »Und du bist eifersüchtig.«

Davies wollte es nicht wahrhaben, aber es war so. Es war verdammt nochmal so. »Vielleicht bin ich selbst schuld, wenn du auf solche Kids zurückgreifen musst. Wird Zeit, dass du dich daran erinnerst, wie mein Schwanz sich in dir anfühlt.«

»Ich will nicht!«, rief sie noch einmal. Jetzt konnte sie ihm ins Gesicht sehen und er konnte die Furcht, die sich darin spiegelte, erkennen. Was zur Hölle war los mit ihr? »Davies …«

»Du glaubst, ich lasse dir das durchgehen? Dich von irgendwelchen Typen durchvögeln zu lassen, aber mich abzuweisen? Du hast keine Ahnung, wie sehr ich dich begehre.« Er wollte sich zu ihr hinunterbeugen und sie küssen. Ganz egal, wer sie zuvor hatte, sie gehörte ihm. Käme sie noch einmal auf die Idee …

»Hör auf.« Sie drehte ihren Kopf beiseite, sodass seine Lippen ins Leere gingen. »Es war Alec.«

»Was?«, raunte er.

»Alec war da. In der Vorlesung. Wir haben …«

Es brauchte einige Sekunden, bis diese Information in sein Gehirn durchsickerte.

»Er hat mir gesagt, ich solle diese zwei Studenten anflirten …«

»Warum?«, fragte er ruhig. Sein Körper war wie erstarrt. Er begriff nicht. Alec?

»Damit du … denkst …« Sie presste die Lippen aufeinander und drehte ihren Kopf noch weiter zur Seite.

Mit einem Mal ließ er sie los, machte zwei Schritte zurück und schloss seine Jeans. Sie meinte das ernst. Peinlich berührt rückte sie ihre Hose zurecht und traute sich noch immer nicht, ihn anzusehen.

»Damit ich was denke?«

»Ich hätte es dir nicht sagen dürfen«, offenbarte sie ihm kleinlaut. Sie sank an der Wand zusammen, wie ein Häufchen Elend.

Davies stand da und sah sie an. In seinem Inneren tobte es. Ein Sturm aus Rätseln und unvereinbaren Emotionen. Er war die ganzen letzten Jahre, sein gesamtes bisheriges Leben, nicht an so einen Punkt gelangt. Der Dark Prince wollte nicht, dass er etwas über ihn erfuhr. Er hatte Geheimnisse vor Davies und sie waren mächtig, wenn er sogar Florence, die grottenschlecht im Lügen war, dazu anhielt, ihm etwas vorzumachen.

Außerdem hatte er sie gefickt. Und sie sich ficken lassen. Davies wusste nicht, wie er dazu stand. War es Enttäuschung? Mitgefühl? Verlangen?

»Können wir jetzt nach Hause gehen?«, fragte Florence leise.

Definitiv war es erträglicher, dass Alec sie hatte – und nicht irgendwelche dahergelaufenen Studenten. Es war wie letztes Mal. Es hatte ihn auch in Schottland nicht gestört – eher erregt.

»Wir tun so, als hättest du es mir nie gesagt«, bestimmte er und trat an sie heran. Er fasste sie an ihren Schultern und zog sie zurück in einen selbstsicheren Stand. »Er erfährt es nicht.«

Wenn der Dark Prince ihm etwas verheimlichte, so hatte es Gründe. Gute Gründe. Davies vertraute ihm, wie niemandem sonst. Er war nicht der Typ, der sich den Kopf zerbrach, er nahm Befehle entgegen, und bisher war er sich sicher gewesen, dass Alec seine Loyalität auch verdiente. Was hatte es mit dieser Geheimnistuerei auf sich?

Als Florence zweifelnd zu ihm aufsah, zog er sie kurzerhand in seine Arme und drückte sie fest an seine Brust. Sie standen in einer Universität, inmitten von London, aber es kam ihm so vor, als wäre er zurück im Nahen Osten und würde feststellen, dass seine Ideale sein Leben lang verraten worden waren. Er strich gedankenverloren durch Florence' Haar und versuchte, nicht daran zu denken, was es bedeuten würde, sollte Alec ihm etwas verschweigen, das alles veränderte, sobald er es erfuhr. Nur was?

»Er darf es nicht erfahren«, murmelte Davies leise. Florence stand ruhig in seinem Griff und nickte kaum spürbar. »Siehst du, wie sehr du mich bewegst? Normalerweise hätte ich viel früher erkannt, dass du es wirklich nicht willst.« Plötzlich spürte er etwas Bitteres in seinem Hals. Sie hatte sich von ihm in die Enge getrieben gefühlt, so sehr, dass sie ein Versprechen brechen musste, damit er nicht auf die Idee kam, sie zu vergewaltigen – was er beinahe getan hätte, jedenfalls wäre es von ihrer Seite aus nicht freiwillig geschehen. Er hatte es ignoriert. Nicht wahrhaben wollen.

Das durfte ihm nie wieder passieren.

»Ich werde dich nie wieder berühren.« Er verdiente sie nicht. Nicht so. Schon gar nicht, wenn er sich nicht länger unter Kontrolle hatte.

»Warum sagst du das?«, fragte sie wispernd und neigte den Kopf, um ihn ansehen zu können.

Vor einer Woche hatte der Dark Prince ihn gefragt, ob er mit Florence fliehen wollte. Alec hätte sie beide ziehen lassen, nach Davies' Betrug an ihm. Das war großzügig gewesen, denn den Prinzen anzulügen wurde normalerweise hart bestraft. Auf keinen Fall verdiente Davies die Freiheit und doch hätte Alec sie ihm gewährt. Davies hatte sich dagegen entschieden. Gegen Florence, für London und seine Arbeit hier. Und alles kippte, weil sie abermals dazwischengeriet?

»Ich bin nicht gut für dich«, stellte er fest und ließ sie langsam los. »Wir gehen nach Hause.«

»Davies, ich …«, wandte sie ein, doch sie verschluckte sich, als sie seinen harten Blick bemerkte. Sie presste die Lippen aufeinander und schulterte ihre Tasche. »Können wir mit dem Taxi fahren?«

»Warum?«

»Meine Hose …« Auch diesen Satz sprach sie nicht zu Ende. Die Jeans rutschte durch den fehlenden Knopf. »Ich habe noch Alecs Geld …«

»Wir können mit dem Taxi fahren.« Davies hätte sich am liebsten selbst geschlagen. Oder sie in seinen Armen nach Hause getragen. Was tat er hier? Was hatte er tun wollen?

Frustriert öffnete er die Tür und ging vor. Er war erst ein paar Meter gegangen, als er urplötzlich innehielt und erstarrte. Florence lief in ihn hinein und gab einen überraschten Ton von sich. Davies hätte sie am liebsten zurück ins Treppenhaus verfrachtet. Sie sollte nicht sehen, was er sah. *Ja, verdammt! Es konnte noch schlimmer kommen!*

»Hi-i«, stotterte Nike, machte noch ein paar krumme Schritte und sackte dann auf dem Gehweg vor ihnen zusammen. Florence sah hinter Davies Rücken hervor, schrie auf, als sie ihren Bruder erkannte, und stürzte zu ihm. »Ich brauche …« Nike hustete. Sein Gesicht war blau und wund geschlagen, sein rechter Arm hing schlaff an seinem Oberkörper herab, als wäre er ausgekugelt worden. »…das Geld …«

Davies hatte, ungeachtet des Stadtviertels, in dem sie sich befanden, seine Glock und ein Messer gezogen und ging langsam, die Umgebung scharf im Auge, auf ihn zu.

»Welches Geld?«, fragte Florence panisch und untersuchte seine Wunden.

»Für das …«, der blonde Unschuldsknabe hustete und sackte in Florence' Armen zusammen, »das Kokain … Ich brauche es jetzt sofort.« Er blinzelte Davies hilflos an. Fünfzehn Jahre. Zerschunden wie ein Erwachsener. »Sonst kommen sie zurück.«

FLORENCE

ICH FLIEGE LIEBER GAR NICHT, ALS DASS ICH FEENSTAUB DAFÜR BRÄUCHTE.

Peter Pan

»Was soll das heißen, eine Karo Vier.« Ich drehte die Karte in der Hand. Keine Notiz, kein Hinweis, nur eine blöde Karte in einem weißen Umschlag. »Was will er uns damit bitte sagen?«

Davies hielt die Augen geschlossen und stöhnte.

»Fuck!« Ich stieß ihn an der Schulter an. Seit der Sache im Treppenhaus war er nicht mehr der Alte. Er wich meinen Fragen aus, hielt ungewöhnlich viel Abstand – und er schlief freiwillig auf dem Boden, obwohl meine Luftmatratze, die ich nach unserer ersten Nacht herausgekramt hatte, löchrig war. Unter Davies' Gewicht hielt sie keine ganze Nacht stand und er schlief unbequem auf dem Teppich. Daher kam es, dass er mit geschlossenen Augen neben mir im Wartezimmer saß. Aber er konnte den Boten, den Brief und all das Zeug nicht unkommentiert lassen. Das ging einfach nicht. »Er meldet sich das ganze verfickte Wochenende nicht und schickt uns dann eine *Karte*?! Mit einem ›Boten‹?«

»Beauty, lass mich schlafen …«

»Davies!«

Er riss die Augen auf und sah mich an. In seinen grünen Iriden funkelte die Gewaltbereitschaft, die ich so gut von ihm kannte, sein Arm zuckte, aber er blieb trotzdem sitzen und rührte sich nicht. Warum auch immer er es tat, er beherrschte sich. Dieses Verhalten war noch viel schlimmer, als wenn er mir den Mund verbot. Ich kam damit nicht zurecht, es verunsicherte mich. »Es ist eine Karo Vier«, brummte er. Mittlerweile hatte er einen kräftigen Bartschatten, da er sich seit Schottland nicht bei mir rasierte. »Das heißt, deine Audienz ist an einem Donnerstag, der vierte Tag in der Woche. Und du kommst an letzter Stelle. Vier Audienzen jeden Abend, wobei auch diejenigen vor dir sind, die Buben, Joker oder Asse haben. Ist ein sehr simples System.«

»Das ist ein sehr *witziges* System«, zischte ich. Das konnte Mr Arrogant nicht ernst meinen. Das war lächerlich. Es war nicht nur lächerlich, es war kindisch, albern und erniedrigend noch dazu. »Er lässt mich bis Donnerstag warten, damit ich meine ›Audienz‹ bei ihm haben ›darf‹? Und dann schickt er mir dafür eine Karte? Das ist alles nicht sein Ernst!«

Davies zuckte die Achseln und lehnte seinen Kopf zurück an die Fensterbank hinter seinem Stuhl. Wir warteten auf Nike – beziehungsweise: Ich wartete auf Nike und Davies passte währenddessen auf mich auf. Er passte auf mich auf und ich kam nicht einmal in die Nähe des Dark Prince!

»Du hast dich letztes Mal eben daneben benommen. Ich denke, dass Shania die Karten ausgeteilt hat.« Davies' Stimme klang gleichgültig. »Du willst eben den König darum bitten, dir zuzuhören, sei froh, dass du überhaupt eine bekommen hast.«

Ich schüttelte fassungslos den Kopf. »Du verarschst mich. Das tust du. Ich kann nur nicht darüber lachen.«

Sein Mund weitete sich zu einem breiten Grinsen. »Es fing mit Billardkugeln an. Verdammt unpraktische Dinger, musst du wissen. Dominosteine verloren schnell ihren Charme. Letztendlich blieben die Skatkarten – oder Schachfiguren. Aber die hebt er sich vermutlich für eine andere Ära auf.«

»Was für eine beschissene Ära?!«

»Immer, wenn er ein neues Stadtviertel für sich eingenommen hat, wechseln ein paar der Regeln. Bis es im Black Butterfly so aussah wie heute, hat es Jahre gedauert. Bethham war am härtesten umkämpft.«

Ich presste die Lippen zusammen, bevor ich sie löste. »Okay, und worum hat er gekämpft?«, fragte ich gezwungen ruhig.

Davies ließ seinen Blick durch das Wartezimmer gleiten und schloss wieder seine Augen. »Um Freiheit. Mehr werde ich dir hier nicht erklären.« Im Raum befanden sich bis auf uns noch eine alte, schrullige, schwarze Lady und ihr ebenso schrullig wirkender Mann. Bestimmt hörten sie einen gar nicht, wenn man sie nicht anschrie. Davies und ich unterhielten uns gedämpft, kein Grund also, nicht ausführlicher zu werden.

Aber Davies hatte sich die letzten Tage in Granit verwandelt, aus ihm war nichts herauszubekommen.

»Davies, wieso schickt mir Alec so eine tiefe Karte?« Ich konnte es nicht lassen. »Wieso nicht wenigstens Pik? Nike wurde zusammengeschlagen, wir sitzen gerade *seinetwegen* beim Arzt. Alec hat die fünfzehntausend Pfund für die Drogen wieder aus meinem Zimmer verschwinden lassen und nicht einmal du weißt, wie er das angestellt haben soll, ohne es dabei zu verwüsten –«

»Du wurdest Tag und Nacht beobachtet, so hat er es angestellt.«

»Und wie kam er rein?!«, fuhr ich ihn an.

Wieder schlug er seine Augen auf und dieses Mal funkelten sie verlangend. Grün wie glitzernde Opale und die Intensität setzte sich mitten in meinen Magen. »Tu mir einen riesigen Gefallen, Beauty, und hör auf, dich zu beschweren. Ich habe mir geschworen, dich nicht mehr anzurühren, aber du machst es mir verdammt schwer, wenn du mich ständig geradezu anflehst, dich zurechtzuweisen.«

Ich hatte so riesige Lust, ihn zu schlagen.

»Wirst du immer so zickig, wenn man dich nicht ab und zu tief durchfickt?«

Ich atmete bebend Luft ein. Und unterdrückte jedes Gefühl. »Nike. Wurde. Verletzt.«

»So wie hundert andere Kids in London diese Woche, die sich in Drogengeschäfte verwickeln ließen. Er kann sich nicht um alle kümmern.« Ich wollte etwas sagen, doch er unterbrach mich. »*Du* hast wenigstens deine Karte. Du hast noch nicht verstanden, wie er regiert.«

»Er ist *kein* König!«, schrie ich ihn wutentbrannt an. »So etwas Bescheuertes aus deinem Mund! Ich dachte, das seien alles Witze gewesen! Das ständige ›Hoheit‹ und ›Majesty‹! Alec ist nichts weiter als ein aufgeblasener Proll, der ein paar Drogengesch-«

Seine Hand schnellte vor und legte sich auf meinen Mund. Er lächelte – bitter. »Halt deine süße Fresse und zwar *jetzt sofort.*«

Ich war so wütend, dass es mir unglaublich schwerfiel, Davies nicht in die Hand zu beißen und ihn weiter anzuschreien – und damit der gesamten Arztpraxis zu verraten, dass meine Begleitung sich weit über der Grenze zur Illegalität bewegte. Davies. *Ein Mörder.* Der erste Mann des mächtigsten Drogendealers ganz Englands. Alec. Ein Dieb, und was er sonst noch alles war. Aufgeblasen und unverschämt anziehend und gefährlich und ein riesiges Kind, das Hofstaat spielte, und dem alle gehorchen mussten, weil seine Position durch irgendetwas, das ich noch nicht verstand, so mächtig war.

Er konnte mich nicht in der Vorlesung besuchen, mir irgendetwas davon vorschwärmen, dass er für mich gekommen wäre, und mir dann durch einen jugendlichen Boten, der durch die Tür der Arztpraxis gekommen war, mir den Umschlag gereicht und sich anschließend stumm verkrochen hatte, mitteilen, dass ich nicht viel mehr als eine bescheuerte Karo Vier wert war.

Ich würde nicht bis Donnerstag warten, bis er mir sagte, wie wir Nikes Bedrohung loswurden. Auf keinen Fall.

Mit jeder weiteren Minute festigte sich mein Entschluss. Und als Nike aus dem Arztzimmer kam und wir zurück nach Hause gingen, schwieg ich. Auch als ich die Wohnungstür aufschloss und in mein Zimmer ging, sagte ich kein Wort.

Raymond und Mum hatten wir nicht verheimlichen können, dass Nike in Schwierigkeiten steckte, aber Davies hatte sie durch seine bestimmende und zugleich sanfte Art beruhigt. Er würde weder mich noch Nike aus den Augen lassen, so seine Worte. Und auch Raymond und meine Mum wussten instinktiv, dass diese Art Schutz der beste in ganz London war. Niemand wagte sich an Davies heran – auch wenn er es durchaus schaffte, sich normal zu verhalten, sein Körper, sein Auftreten und auch die feine Narbe in seinem

Gesicht zeigten jedem, dass man sich mit ihm besser nicht anlegte.

Ich öffnete meine Kommodenschubladen und brauchte weniger als ein paar Minuten, bis ich mich für mein Outfit entschieden hatte. Das Minikleid hatte ich zuletzt vor sechs Jahren getragen und da ich in der Zwischenzeit einige Zentimeter gewachsen war, würde es besonders knapp ausfallen. Ein Strom elektrisierte mich, als ich daran denken musste, wie Alecs Gesicht aussah, wenn er mich begehrte … und wie wütend es ihn machen würde, wenn ich so im Club erscheinen würde.

Er würde mir nicht widerstehen können und ich wollte auf keinen Fall, dass er mir widerstand.

Davies gesellte sich wie die anderen Abende zu Raymond aufs Sofa und sah gemeinsam mit ihm Sport, während ich mich fertigmachte. Ich ließ mir Zeit. Schminkte mich aufwändig, probierte meine vier Paar High Heels durch, entschied mich für auffälligen Schmuck und steckte meine Locken voluminös nach oben, sodass nur einzelne Strähnen auf meine nackten Schultern fielen. Das Kleid reichte gerade so über einen meiner teuersten und besten Push-ups, den ich bisher noch nie getragen hatte, und nur knapp über meinen Po.

Ich drehte mich vor dem Spiegel. Meine Hüften waren nicht breit genug, um den Afrikanern meines Viertels zu gefallen. Ich hatte unterhalb meiner Oberweite die schmale Statur von Eve, andererseits war ich längst nicht so dürr und mager wie sie. Nein, ich sah aus wie eine Sexbombe, und seitdem mich gleich zwei Männer begehrten, fühlte ich mich auch so.

Zufrieden legte ich mir meine glänzende Jacke um, damit Raymond nicht zu meinen nackten Beinen auch noch meine halbnackten Brüste bemerkte, und öffnete schwungvoll die

Tür. Bevor ich ins Wohnzimmer trat, vergewisserte ich mich, dass Nike in seinem Zimmer vor seinem Rechner saß und die Rollläden geöffnet waren – damit der Scharfschütze, der Davies zufolge unsere Wohnung Tag und Nacht bewachte, einen Blick auf ihn hatte, sollte sich ihm jemand Gefährliches nähern.

An das beklemmende Gefühl dieser Situation hatte ich mich längst gewöhnt. Es war nicht viel beklemmender als die betonierten Kellergänge, die man auch nachts als Abkürzung nutzte. Es war nicht beklemmender als die Vorstädte Londons im Allgemeinen. Ein Scharfschütze gehörte bei all den Morden, illegalen Waffenverkäufen und Drogenjunkies doch dazu.

Oder nicht?

»Ich geh aus, Nike«, informierte ich ihn. Wieder einmal spürte ich das Band um mein Herz, das sich bei der Vorstellung, Dealer würden Nike ein weiteres Mal zu Boden schlagen, zuzog. »Ich werde mit ihm sprechen.«

Nike sah mich, durch seinen altmodischen Computerbildschirm gespiegelt, und pausierte ungläubig sein Spiel. Seine Kinnlade klappte herunter, als er mein Auftreten bemerkte, und er brachte kaum eine Erwiderung über die geschwollenen Lippen. »Du wirst dich aber … a-aber nicht …«

»Prostituieren?«, fragte ich mit einem Grinsen. »Nur … ein wenig.« Ich zwinkerte, dann wandte ich mich ab.

»Florence!« Nike sprang auf. »Bleib mal einen Moment hier. Lass uns reden.« Er lugte an mir vorbei ins Wohnzimmer. »Ist er beschäftigt?«, fragte er flüsternd.

»Ich glaube, du schätzt ihn falsch ein«, gab ich wispernd zurück, trat ins Zimmer und lehnte die Tür in meinem Rücken an. »Oder ich schätze ihn falsch ein. Ich werde heute Abend herausfinden, warum dein Lehrer gestorben ist, in

Ordnung? Sie werden mir Antworten geben, irgendwie habe ich das im Gefühl.«

»Während du dich von ihnen … vögeln lässt?«

Ich zuckte zusammen.

»Also liege ich richtig«, erkannte mein kleiner, schlauer Bruder und verschränkte die Arme vor der Brust. Seine Wunden waren längst nicht verheilt. Die Typen hatten ihn auf dem Schulweg überfallen und verprügelt. Er behauptete, sie nicht zu kennen. Und alles, was sie ihm deutlich gemacht hatten, war, dass sie das Geld oder die Drogen zurückhaben wollten. »Hast du mit beiden was? Nicht wirklich, oder?«

Ich schaffte es nicht, ihn anzulügen.

Seine Augen weiteten sich. Dann fluchte er plötzlich ausgiebig. »Du bist meine Schwester, Flo! Du machst so was nicht! Du bist …« Ich bemerkte, wie er die Fäuste ballte und Schwierigkeiten damit hatte, sie wieder zu lösen. »Erhoffst du dir wirklich etwas davon? Glaubst du, sie vertrauen dir etwas an, nur weil sie dich ins Bett kriegen wollen? Das sind *Mörder.* Und *Verbrecher.* Sie kennen *keine Gesetze.* Und du glaubst, du kannst es mit ihnen aufnehmen?«

Etwas in mir richtete sich voller Stolz auf und wollte ›Ja‹ rufen. Sie wollten mich beide. Und sie waren bereit, einiges dafür zu investieren. Alec kam in die Vorlesung, log sogar Davies an. Davies log Alec an und rührte mich seit dem Vorfall in der Uni nicht mehr an, aus Angst, die Kontrolle zu verlieren. Keine andere Frau besaß diese Macht über ihn, das wettete ich.

»Du bist verrückt«, flüsterte Nike fassungslos.

Er hatte recht. Er hatte so was von recht. »Vielleicht«, gab ich kleinlaut zu.

»Du musst raus da. Hol einfach das Geld zurück, komm

wieder. Und dann schläfst du ab sofort hier bei mir im Zimmer. Ich will nicht, dass dieser Typ dich … dich …«

»Ich gehe, Nike. Ich hab dich lieb.«

Eilig floh ich nach draußen und ließ ihn in seinem Zimmer zurück. Von Prostitution konnte man nicht sprechen, dafür wollte ich es selbst viel zu sehr. Andererseits setzte ich bewusst meinen Körper ein, um meine Ziele zu erreichen – so wie es wohl die meisten Frauen auf dieser Welt taten. Musste ich mich dafür verurteilen?

Ich durchschritt das Wohnzimmer und warf im Gehen Davies nicht einmal einen Blick zu. »Wir treffen uns mit Eve, Dad, und gehen tanzen.«

»Jo, viel Spaß«, murmelte er abwesend. »Wie war die Uni?«

»Super!«, rief ich und öffnete die Tür.

»So gehst du nirgends hin.« Davies. Seine Stimme brodelte und dass mein Aussehen auch mit ihm etwas anstellte, beflügelte mich ebenso wie der Gedanke an Alec.

»Wieso nicht, *Schatz?*«, fragte ich zuckersüß. »Wolltest du nicht mitkommen?«

»Du ziehst dir …«

Ich drehte mich zu ihm um.

»Fuck.« Er fuhr sich über den Mund, sah zu Raymond, wieder zu mir und stand fluchend auf. Er sah so aus, als ob er mich schlagen wollte, aber ich war mir sicher, dass er es sich wie die letzten Tage nicht traute. *Wollte ich ihn wirklich herausfordern?* »Und wo willst du so hin, Prinzessin?«, fragte er übellaunig.

»Auf eine Party«, wiederholte ich breit lächelnd. *Wenn du mir keine Antworten geben willst, werde ich sie mir holen!*

»Auf welche?« Er wurde misstrauisch.

»Die beste dieser Stadt«, erwiderte ich geheimnisvoll und

huschte durch die Tür, ehe er mich davon abhalten konnte. Draußen war es arschkalt. Der Winter näherte sich in großen Sprüngen und griff wie ein hungriges Tier nach meiner nackten Haut.

Die Tür fiel hinter mir zu. Davies war mir gefolgt. Seine Augen überprüften ungeniert mein Outfit und blieben an meinen Beinen hängen. »Du willst mich herausfordern«, erkannte er.

»Ich werde zu Alec gehen«, sagte ich leicht nickend. »Wenn du mitkommst, erleichtert es mir den Eintritt.«

Davies lachte über meine Unverfrorenheit. Dann wurde er ganz plötzlich ernst, umfasste meine Hand und zerrte mich mit sich. »Niemals lasse ich dich auch nur in die Nähe des Black Butterfly in diesem Aufzug.«

Es war nicht gerade leicht, ihm in meinen High Heels zu folgen. Ich stolperte mehr über den Hochgehweg, als dass ich ging. »Ich sehe aus wie alle anderen dort.«

Wieder lachte er. Erst als wir eine Treppe erreichten, die er mich ebenso willensstark nach unten zerrte, antwortete er. »Du bist verflucht bescheiden. Keine Einzige dort sieht so aus wie du.«

»Blödsinn.« Wollte er mir ein Kompliment machen?

Davies hielt vor einem an der Straße parkenden Auto inne. Sein Atem ging bebend, sein gesamter Körper war angespannt. Wir standen in einer riesigen Unterführung. Hier gab es nur Straße, ein paar parkende Autos und alle paar Meter die Treppen, die zu den Wohnblöcken eine Etage höher führten. Es war menschenleer, Pfützen hatten sich an den Rändern gesammelt, der Abend war ungemütlich.

»Öffne deine Jacke.« Der Befehl schnalzte durch die Luft. In seinen Augen glänzte die Gier.

»Sicher?«, fragte ich lasziv und griff an meinen Reißverschluss. Ohne auf eine Antwort zu warten, zog ich ihn langsam herunter. Bis der Ansatz meiner Oberweite zum Vorschein kam.

»Weiter«, knurrte Davies dominant.

Die Lust in mir wuchs. Meine Brüste kamen zum Vorschein, mein Bauch.

Er berührte mich nicht, sondern beobachtete meine Finger dabei, wie sie die Jacke öffneten. Langsam ließ ich den Reißverschluss los, wanderte mit meinen Fingern höher und strich sanft über mein Dekolletee.

»Schieb das Kleid tiefer«, befahl er rau.

Ich gehorchte und drückte den Stoff über meine Brüste. Mein schwarzer Push-up blitzte auf.

Davies starrte auf meine Brüste und meine Hände, die sie streichelten. Seine Lippen wurden schmal. Ich genoss es über alle Maßen, dass er mich so sehr begehrte. Doch er zögerte noch immer.

»Fick mich«, hauchte ich. Es kam aus meinem Inneren und doch wunderte es mich, woher ich den Mut nahm, so etwas zu fordern.

»Und wie«, knurrte er. Davies trat näher, umfasste meine Taille und schob mich auf die Motorhaube eines in der Nähe stehenden Fords. Er drückte meine Beine auseinander, schob seine Hand zwischen meinen String und riss ihn ab. *Verflucht!* Doch ich konnte mich nicht mit der Frage auseinandersetzen, wie ich nun ohne Slip in das Black Butterfly kommen sollte, da Davies seine Hand durch meinen Spalt gleiten ließ und mit einem Finger in mich eindrang. Ich stöhnte auf.

»Wieso hast du darauf so lange gewartet?«, wisperte ich und sah ihm direkt ins Gesicht.

»Was willst du von mir?«, knurrte er. Mit der anderen Hand zog er ein Kondom und drückte es mir in die Hand.

»Sex ist für mich nicht das, was es für dich ist.« Er schob einen zweiten Finger in meinen Gang. »Hol deine Brüste raus.«

Ich schluckte den vielen Speichel hinunter, der sich in meinem Mund gesammelt hatte, und gehorchte, während er mich fingerte. Ich hielt seinem Blick stand, als ich die Körbchen meines Push-ups nach unten drückte und meine Brüste freilegte. Dass er es geil fand, mich anzusehen, sorgte für ein verrücktes Ziehen in meinem Schritt.

Davies zog seine Finger zurück und leckte sich meinen Saft ab. Er lächelte. »Du bist so versaut, Beauty. Wer hätte das von dir gedacht?«

»Die Motorhaube des Autos ist ziemlich kalt.« *Rede nicht so viel!*

Er lachte laut auf, bevor er etwas tat, womit ich nicht gerechnet hätte. Er zog sein T-Shirt aus, zeigte mir damit seinen perfekt gestählten Oberkörper, rückte wieder heran und hob meinen Hintern an, um das T-Shirt darunter zu legen.

Er atmete mir ins Gesicht und öffnete seinen Gürtel. »Findest du nicht auch, dass es Vorteile hat, jemand wie ich zu sein?« Er riss mir das Kondom aus der Hand, öffnete es selbst und schob es sich über seine beachtliche Länge. »Ich kann dich auf offener Straße ficken und niemand wird kommen und etwas dagegen sagen.«

So etwas Ähnliches käme auch vom Dark Prince.

»Los, leg dich zurück.«

Ich ließ mich nach hinten fallen und erschauderte, als das kalte Metall meinen Rücken berührte. Er spreizte mit festem Druck meine Beine, dass ich keine Möglichkeiten mehr hatte, mich dagegen zu sträuben, auch wenn mir eine Stimme dazu riet. Mir gefiel es, ihn herauszufordern, ihn anzumachen, seine Lust zu wecken, aber Sex in der Öffentlichkeit …?

Erst als ich seine Spitze spürte, wurde mir klar, dass es wirklich passieren würde, und mein Atem beschleunigte sich nervös.

Langsam drang er in mich ein. Mit jedem Zentimeter dehnte er mich und glitt schubweise in mich hinein. Er fickte mich vorerst nur mit seiner Spitze, als würde er es auskosten wollen, bevor er tief in mich stieß. Mein Körper sehnte sich so unermesslich nach ihm, dass ich meine Gefühle kaum noch kontrollieren konnte.

Seine Hand strich zärtlich über meinen Bauch, und als ich aufsah, bemerkte ich, dass sein Blick auf meine nackten Brüste gerichtet war. Ihn so anzusehen, trieb meine Erregung noch höher. Dieser düstere Mann, der volle Bart, die vielen Tattoos. Fuck! Und er begehrte mich? Ausgerechnet mich?

Immer tiefer glitt er in mich, doch mir war es längst nicht genug.

»Davies … bitte …«

Ich hörte sein Lachen, rau und hart. »Genieß es, dass ich es auskosten muss.«

Auskosten … Jemand wie er, der es mit mir auskostete? Ich konnte kaum glauben, dass es Davies war, der so etwas zu mir sagte. Hatte ich ihm den Kopf verdreht? Er war deshalb so zurückhaltend gewesen, oder?

Meine Gedanken brachen ab, als er sich nach einigen weichen Stößen plötzlich bis zum Anschlag in mir vergrub. Holy shit! Es fühlte sich so gut an, so männlich. Und doch fand ich durch seine Worte nicht wirklich zurück. Die Straße? Wenn uns jemand sah …?

Ich schloss die Augen und blendete es aus. Konzentrierte mich allein darauf, was sein Schwanz mit mir anstellte. Ich genoss jede Berührung, jedes Vorstoßen und drückte mich ihm so entgegen, dass er bei jedem weiteren Stoß in meinen Gang meinen G-Punkt berührte. Dann war es plötzlich ganz leicht und ich verlor mich in einem Sog aus Lust und Verlangen, bis ich mich dem Höhepunkt näherte, ihn erreichte und die Ekstase in die Nacht hinausstöhnte.

Hmm ... das fühlte sich himmlisch an. Davies konnte so sanft sein, so perfekt, und büßte dennoch nichts von seiner Männlichkeit ein. Gerade dieser Widerspruch gefiel mir so sehr. Er stieß sich noch zwei weitere Male in mich vor, dann kam auch er.

Als ich dalag und spürte, wie seine Lust in mir nachpochte, dachte ich an unseren Blowjob beim Pool zurück. Er sagte, er wäre lange nicht mehr so gekommen. War ich tatsächlich eine der wenigen, die in den Genuss seiner sanften Ader kam? Auch wenn ich drauf stand, wenn er mir lustvolle Schmerzen bereitete, jedenfalls fürchtete ich mich nicht mehr davor, sonst hätte ich ihn nicht verführt, berührte mich die Vorstellung, dass ich eine der wenigen war, denen er sich öffnete.

Vielleicht stand ihm ansonsten nur der Dark Prince näher.

Als ich die Augen öffnete, sah ich in seinen die Gefühle gespiegelt, die ich empfand.

Er blieb in mir, zog sich eine ganze Weile nicht zurück. Auch nicht, als ein Auto vorbeirauschte, wir ignorierten es völlig. »Du willst immer noch ins Black Butterfly?«

Ich nickte.

Ein Lächeln zog sich über seine Lippen. Ironie gepaart mit Bewunderung. »Dann werde ich zum ersten Mal in meinem Leben behaupten, eine Freundin zu haben, um dich durchschleusen zu können.« Er zog sich aus mir zurück.

Ich wollte ihn fast bitten, noch auszuharren. Was meinte er damit? Wieso wollte er mir nun doch helfen? Ich richtete mein Kleid und schob meine Brüste zurück in den BH. »Du willst … geht es dir um ihn?«

Davies warf das Kondom zwischen die Autoreifen, schloss seine Hose und grinste mich gut gelaunt an. »Nein. Es geht mir um dich. Du sollst endlich lernen, dass man nicht mit Feuer spielt, wenn man Öl ist.«

DER PRINZ

DER FEIND DER DEMOKRATIE IST EIN GUTER KÖNIG.

»Und dann haben sie mir einfach gekündigt, das ganze Geschäft dicht gemacht. Es gibt jetzt nur noch die großen Supermärkte, die aber hinter der Brücke liegen, und das ist fremdes Gebiet, da können unsere Jungs nicht rein, ich bin da selbst als Kind nie rein, und heute jagt es mir noch ne Scheißangst ein. Aber wir haben ja keine Wahl mehr! Alle Supermärkte unseres Viertels sind tot, mich beliefert niemand mehr, als hätte die Polizei das im Sinn gehabt. Ich hab sie gefragt, was das soll! Hab ich! Ob sie sich denn vorstellen können, was das für unsere Kids bedeutet. Sie haben nur mit den Schultern gezuckt, ist nicht ihr Problem. Von dem einen weiß ich, dass er Familie in Kensington hat.« Omar schloss seinen Monolog und sah mich flehend an. »Bitte, Sir … ich weiß, dass Sie eingreifen werden.«

Ob man das Problem nicht damit löste, alle Straßenkinder einzusammeln und nach Australien zu verschiffen? Raus aus dem Elend, hinein in die Sonne? Dort würde ihnen endlich aufgehen, dass man keine Probleme zum Überleben brauchte, schon gar nicht ihre dämlichen Bandenrivalitäten. Im Grunde war es lächerlich, aus England heraus zu regieren. Dieses Land brachte zu viel Unrat und schlechtes Wetter hervor.

Das mit den geschlossenen Supermärkten nervte mich besonders.

»Wir führen immer noch einen Krieg«, erinnerte ich Omar. Strategisch gesehen ergab es Sinn, die Brücke und das dahinterliegende Viertel einzunehmen, da sich die Supermärkte nur mit den Kunden beider Blöcke halten konnten. Allerdings gab es gefühlte fünfzig dieser Brücken in London, die einen Stadtteil von seinem verfeindeten abgrenzten, und ich konnte mich nicht um alle gleichzeitig kümmern. Wechselte man mit der falschen Gangzugehörigkeit die darunterliegende Straßenseite, war man in Gefahr.

Das war London. Und jeder in der Welt ignorierte es.

»Es macht daher keinen Sinn, deinen Supermarkt an dieser Stelle wieder aufzubauen, Omar. Loyd?«

Einer meiner Männer drehte den Kopf. Er saß an dem zweiten Schreibtisch im Raum und schrieb mit. Ein Türsteher, der schreiben konnte. Verdammt seltenes Exemplar.

»Haben wir irgendwo eine Geschäftsstelle, die Omar beziehen könnte?«

»Drei Meilen weiter, Sir.«

»Drei Meilen?«, fragte ich zweifelnd. »Das ist nichts.« Ich wandte mich zurück an den Türken. »Ich biete dir an, umzuziehen. Du hast dein Geschäft gut geführt, ich vertraue dir. Jemand von meinen Leuten wird dir Sicherheitskameras installieren und dir beim Umzug helfen, dafür verzichtest du sechs Monate auf ein Gehalt über zweitausend Pfund. Alles darüber fließt zurück zu mir. Deckt es die Schulden nicht, bist du dennoch nach den sechs Monaten frei. Sollte ich herausfinden, dass du diese Regelung ausnutzt, übergebe ich den Markt an eine Person, die mein Vertrauen wert ist.«

Omar nickte ergeben und neigte seinen Kopf. »Danke, danke, Sir …«

»Du lässt deinen Bruder die Geschäftsstelle öffnen, dann haben wir ein Problem weniger mit der Polizei.«

Er neigte seinen Kopf tiefer. Auf seinem Schädel thronte eine Glatze. »Ja, Sir …«

»Und Omar?«

Er sah wieder auf.

»Vergiss nicht, deinen Jüngsten in der Schule anzumelden, wie beim letzten Mal.«

»Ja, okay, es tut mir leid, Sir, danke, Sir …« Er wich rückwärts aus dem Raum. Jemand öffnete ihm die Tür, er ging stotternd hindurch, dann herrschte Stille.

Fuck. Mein Kopf dröhnte. Omars Einzelschicksal konnte ich retten, aber wo blieben die Lösungen fürs große Ganze?

»Wie viele warten draußen?«

»Er war der Letzte, Sir.« Loyd.

Ich lehnte mich zurück. Die letzte ›Audienz‹, wie Davies diese Arbeit hier nannte, aber noch lange kein Ende in Sicht. Kurz darauf öffnete sich die Tür ein weiteres Mal und fast ein Dutzend Männer ergoss sich in den Raum.

»Die Herren«, begrüßte Loyd sie in einer Mischung aus Unterwürfigkeit und Ironie. Die grobschlächtigen Kämpfer, Bandenköpfe und Drogenbosse konnten mit der Bezeichnung ›Herr‹ wenig anfangen, aber Loyd ignorierte diese Tatsache allzu gerne. »Setzen Sie sich.« Er wies mit seinem mächtigen Arm zum langen Tisch.

Ich griff nach einem Apfel aus der Obstschale, die ich für gewöhnlich zur Dekoration aufstellen ließ, und drehte ihn in meinen Fingern, während ich aufstand und mich dem Kopfende des Tisches näherte.

Ich sah jedem meiner Gefolgsleute ins Gesicht. Jeder

Einzelne war mir treu ergeben. Weil ich es geschafft hatte, jeden Einzelnen vor der unsichtbaren Hand der Regierung zu bewahren, die nach ihnen gegriffen und sie zu Unrecht für Dinge verurteilt hatte, für die sie nichts konnten.

Die meisten von ihnen hatte ich aus dem Gefängnis herausgeholt. Ihnen eine Waffe zugeschoben, wenn ich einem meiner entfernteren Onkel, irgendeinem Richter oder Polizeikommissar, bei der Arbeit ›zusehen wollte‹. Andere hatte ich vor Attentaten gerettet – denn man entledigte sich gerne Bandenköpfen, die nicht länger kooperierten, und ersetzte sie durch neue. Und da man nicht jeden vor Gericht schleifen konnte, tat man eben das, was Londons Innenstadt eh nicht interessierte: Man legte sie um.

Jeder einzelne Mann verdankte mir sein Leben. Und sie saßen hier, weil sie bereit waren, ihres für meine Ideale zu opfern. Die Ideale, die auch zu ihren geworden waren.

Denn wir kämpften für dieselbe Sache.

»Wo ist die Karte?«, fragte Ward grunzend. Er war der Kopf einer gut aufgestellten Rockergang. Wahnsinnig wichtig für mich, denn seine Leute waren die besten Türsteher der Stadt. Er sah ein wenig so aus, wie ich mir Davies in dreißig Jahren vorstellte. Tattoos, mächtige Oberarme und ein Vollbart, der die Falten verbarg.

»Ich hab sie«, antwortete ein anderer. Morris, der dafür bekannt war, sich hunderte Namen und Gesichter genau zu merken, weshalb es ihm früher besonders leicht gefallen war, Schutzgeld einzufordern. Heute nutzte ich es dafür, ihn durch die Stadt ziehen zu lassen und die Bandenstrukturen zu kontrollieren. Kein Undercovercop war vor ihm sicher, er entlarvte sie alle auf einen Blick. Er breitete die Londoner Stadtkarte auf dem Tisch aus. Das Murmeln der Männer war unruhig. Ich hatte lange Zeit keine Besprechung mehr einberufen. Die Männer mochten sich nicht, ihre einzige Verbindung untereinander war ich.

Bevor ich sie befreite, hatten sie gegeneinander gekämpft.

Das war praktisch für meine Sippschaft und für den Premierminister gewesen: Wenn sich diese zehn Männer damit beschäftigten, sich gegenseitig zu bekriegen, waren die wahren Verbrecher wie die englische Politik fein raus. Teile und herrsche.

Ja, so wurde es auch heute noch gemacht, aber niemand wollte das erkennen.

Das oberste Prinzip dieses Landes. Dieser Monarchie.

Aber es ging auch anders. Ich biss in meinen Apfel und spürte die Säure, die sich in meinem Mund verbreitete. »Ich habe gerade erfahren, dass man versucht hat, die Supermärkte im südlichen Teil von Bethham auszurotten«, begann ich kauend und alle verstummten schlagartig und sahen zu mir auf. »Und man hat es sogar geschafft.«

»Der Wasserschaden war ein verschissener Angriff, Alec!«, donnerte Brownwalker, ein echter Rowdy. Ein Einzelgänger, der mehr in Wohnungen lebte, in die er einbrach, als woanders. »Sie wollen die Gang zermürben, damit ihre Mitglieder überwechseln.«

»Was durchaus passieren wird«, sagte ein anderer mit knirschenden Zähnen.

Und dann stieg noch ein weiterer ein. »Wir müssen diese dreckige Barriere durchdringen. Wir schlagen zurück.«

Ich ließ sie geschlagene zehn Minuten diskutieren und dachte nach. Was die Männer vor mir ignorierten, war die Tatsache, dass wir bereits stark genug waren, uns ganz London anzueignen. Gegen die geballte Kraft aus Gefolgsleuten und Gangmitgliedern und Polizisten, die auf meiner Seite waren, hatte niemand eine Chance.

Dennoch war die Gefahr groß, dass Evan mir genau dann in die Quere kam, wenn mein Sieg am triumphreichsten war. Deshalb hielt ich mich zurück. Und die Gegenseiten ruhten nicht. Sie glaubten, ich wäre zerfallen, und schlugen mit noch härteren Mitteln zu.

»Wir packen sie an der Bridge of Aberdeen«, unterbrach ich die hitzige, lautstarke Diskussion am Tisch. »Wir –«

Das Öffnen der Tür unterbrach mich.

»Verfickte Scheiße«, murmelte ich. Was glaubten die, was das hier war? Eine Kirmes?

»Hoheit.«

Ungläubig nahm ich zur Kenntnis, dass Davies eingetreten war. Was leider auch bedeutete, … Florence tauchte hinter ihm auf. Für ein paar zu lange Sekunden konnte ich nichts weiter tun, als sie anzustarren. Sie war gekleidet wie eine billige Nutte. Ich wusste nicht, dass es möglich war, etwas so Schönes so hässlich zu verpacken. Einzig ihre Haare, die sie hochgesteckt trug und die daher einen Blick auf ihren nackten Hals und die Schultern offenbarten, waren ansehnlich. Alles andere an ihrem Auftreten wirkte so billig und verbraucht wie das aller Frauen, die in diesen Club kamen.

Wieder verstummten die Männer. Wenn sie sich untereinander verabscheuten, so waren sie sich neben der Loyalität mir gegenüber noch in einer weiteren Sache einig; sie fürchteten Davies. Niemand von ihnen war auch nur im Ansatz so grausam und skrupellos, wie Davies es war.

Keiner würde es jemals wagen, ihn auch nur schief anzugucken, so sehr fürchteten sie sich davor, was er mit ihrer Haut oder dem Körper ihrer Frauen anstellen würde, wenn sie ihn erzürnten. Das war natürlich nichts weiter als Show – Davies suchte sich seine Opfer penibel aus und wurde nur denen gegenüber wirklich brutal, die Kinder oder Tiere misshandelt hatten. Aber es war dienlich, dass mein erster Mann diesen Ruf besaß. Dann war ich nicht nur der Gönner, der jedem half, der um Hilfe bat, ich war auch ein knallharter Diktator.

Und das funktionierte auf der Straße nun mal so viel besser als Demokratie.

»Wir brauchen dich heute nicht«, erinnerte ich ihn angespannt. So, wie er halb vor Florence, halb neben ihr stand, wirkte es so, als wären sie eine Einheit – als ob er wollte, dass man das von ihnen dachte. Und das bedeutete auch, dass er ihr Auftreten nicht nuttig, sondern sexy fand. *Amerikaner.* Wahrscheinlich hatte er sie gerade gefickt, so wie sie aussah und meinen Blick mied. Sie traute sich noch immer nicht dazu zu stehen, dass zwei Männer sie teilten.

»Ich weiß«, sagte Davies. »Wir hören zu.«

Ich lachte vollkommen perplex auf. »›Wir‹?«

Auch er konnte ein feines Schmunzeln nicht verbergen. *Vertrauensfördernde Maßnahmen.*

Ich fürchtete, dass mein Gesichtsausdruck mir entglitt. Wozu brauchte ich ihr Vertrauen? Es reichte, dass sie mindestens einem von uns zur selben Zeit aus der Hand fraß.

Also konnte es darum nicht gehen. Nein … Davies hatte ihr einen Gefallen tun wollen. Florence wollte mit mir über Nike sprechen. Und sie würde nicht locker lassen, bis sie die Hilfe bekam, die sie brauchte. *Nicht nur Florence fraß uns aus der Hand, auch Davies war ihr verfallen. Grandios!*

»Also gut.« Wenn ich sie rausschickte, würde ich nicht aufhören können, an sie zu denken. Erträglicher war es, sie bei mir zu wissen. Auch wenn sie ein nervenzerreißender Störfaktor war. »Florence ist heute Abend unser Ehrengast. Sie setzt sich aufs Sofa. Davies kommt zu uns an den Tisch.«

Auch Davies reagierte überrascht.

»Alec, ich will mit dir sprechen!« Florence konnte es nicht lassen und trat hinter Davies' Rücken hervor.

»Setz dich und sei froh, wenn ich dich am Ende der Besprechung nicht versteigere.«

»Nike wurde angegriffen und du tust so, als wäre das gar nicht geschehen!«

Ich wahrte mein Gesicht und drehte mich lächelnd vor die Männer. »Tausend Pfund, wer ist dabei?«

Brownwalker hob sofort die Hand. »Ich zahl in Raten!«

Die Runde lachte.

»Alec!«, rief Florence.

»Es müsste vorher aber jemand ihr Maul stopfen«, sagte ein anderer grinsend.

Ein korpulenter Afrikaner, ein korrupter Polizist, der alle anderen korrupten Polizisten kannte, warf mir einen leicht verunsicherten Blick zu, bevor auch er sich traute, schmierig zu grinsen. »Mir fällt auch schon ein, wie.«

Wieder lachte die Runde. Bei der Vorstellung seines Schwanzes zwischen Florence' Lippen wurde mir schlecht. »Mir auch«, sagte ich daher schnell. »Was ich zu den Supermärkten sagen wollte …« Ich trat zurück vor den Tisch und betrachtete die Karte von London eingehend. Nebenbei bekam ich mit, wie Davies Florence dazu brachte, zu gehorchen. Wenigstens etwas Einfluss hatte er auf sie.

Florence ging in meinem Rücken die Treppe nach oben und setzte sich auf das Sofa. Davies nahm den elften Platz, ich erklärte.

»Wir kappen ihre Versorgungen und greifen die LKWs an. Die Trucks werden angehalten, die Ware auf den Bürgersteig gestellt, das Essen auf der Straße verschenkt. Wir gehen vorsichtig vor, stören keine Versorgungsroute zweimal hintereinander. Die Truckfahrer fragen wir nach den Telefonnummern ihrer Chefs und melden uns persönlich, damit die Firmen nicht auf die Idee kommen, ihre Leute unseretwegen abzumahnen. Wir verbreiten über Twitter und Facebook auf gehackten Profilen, wann wir wo einen Lebensmitteltruck lahmlegen, sodass immer genügend Leute da sind, um die Ware anzunehmen.«

»Und der wirtschaftliche Schaden?«, fragte Davies.

»Der kleineren Supermärkte und Zulieferer? Den nehmen wir in Kauf.« Mir war Florence' Blick in meinem Nacken äußerst bewusst und ich fragte mich unwillkürlich, was sie über mich dachte. *Shit. Wieso hatte Davies sie hierher geschleift?* »Wir positionieren uns neu. Der Dark Prince ist nicht länger im Untergrund und beherrscht die Clubszene. Wir zeigen, dass es für uns keinerlei Probleme bereitet, so einen Gegenschlag zu organisieren.«

»Das ist doch Kindergarten!«, grunzte Ward und schlug mit der geballten Hand auf den Tisch. »Wir sind endlich aufgestellt, wir sitzen zusammen, Zeit, alles zu beenden.«

»Es ist noch nicht an der Zeit für das Finale«, betonte ich langsam. Es war nicht unbedingt einfach, ein bewaffnetes Heer, das sich nach dem Krieg und der Eroberung sehnte, zu vertrösten. Aber besser so, als wenn meine gesamte Idee wegen Evan scheiterte. »Bald. Aber noch nicht.«

FLORENCE

DU SUCHST DEN WEG, ABER KENNST DU DAS ZIEL?

Alice im Wunderland

Es kam mir surreal vor. Beeindruckend, beängstigend, verwirrend, alles zugleich. Alec stand vor elf Männern, die am Tisch saßen, und studierte mit ihnen eine Londoner Stadtkarte. Er plante Angriffspunkte, ließ Routen recherchieren. Es wurden Absprachen getroffen und Aufgaben verteilt. Erst seitdem ich saß, spürte ich die düstere Ausstrahlung jedes einzelnen Mannes, der sich am Tisch unterhielt, und sie machte mich still und ehrfürchtig. Keinem von ihnen wollte ich auf offener Straße begegnen, jedenfalls nicht nachts. Und doch sprachen sie darüber, wie sie Lastwagen auf der Straße anhalten und das Essen verteilen würden. Das tat kein Gangster.

So etwas taten nicht einmal Heilige. Jedenfalls keine, die heute noch lebten.

Einer von ihnen, ein großer, breit gebauter Rocker mit vollem Bart, warf sogar bedenkend ein, dass die Trucks auch

Alkohol und Tabak geladen haben könnten. Ob es ratsam wäre, den herauszugeben.

Ich sah, wie Alec lächelte, ein stummes, inneres Lächeln, bevor er ihm mit einfachen Worten erklärte, dass nichts dagegen sprach, auch diese Dinge zu verteilen. Warum er so dachte, erklärte er nicht. Immer wieder nahm er sein Handy in die Hand und schrieb Nachrichten. Das Thema wechselte. Es wurde strategischer und irgendwann sprachen sie in so vielen Abkürzungen und Codewörtern, dass ich so gut wie nichts mehr verstand. Davies hörte vertieft zu und war bis auf einzelne Fragen der Stillste am Tisch. Alec hingegen setzte sich auch nach zwei Stunden nicht, sondern stand aufrecht und erhöht vor allen anderen. Er warf mir mit zunehmender Häufigkeit Blicke zu, die ein Kribbeln unter meiner Haut erzeugten, und als ob er wissen würde, wie sehr mich all dies hier überraschte, lächelte er ironisch. *Habe ich dir nicht immer gesagt, dass ich für das Gute kämpfe?*

So wie es schien, tat er das, aber ich durchschaute noch nicht ganz, was die wahren Hintergründe davon waren. Was planten diese zwölf Männer? Wofür planten sie es? Sie waren mächtig, allesamt besaßen sie Einfluss. Was genau war also ihr Vorteil, wenn sie eine Supermarktlieferung in ein zweites Stadtviertel kaperten? Und all die anderen Dinge taten, von denen ich nichts verstand?

Nach einer weiteren Stunde löste sich die Tischrunde auf. Es wurden keine Hände geschüttelt, keine Floskeln gesprochen. Sobald die Männer standen, hatte man das Gefühl, dass sie nicht viel mehr miteinander verband als eine Idee, die Alec verkörperte.

Wie hatte er es geschafft, sie für sich einzunehmen? Warum vertrauten sie ihm blind?

Alec unterhielt sich gedämpft mit einem der zwei Rocker,

die am Tisch gesessen hatten, und Davies blieb auf seinem Stuhl sitzen, während alle anderen den Raum verließen. Er beobachtete mich, als hätte er mich die ganze Zeit über nicht aus den Augen gelassen. Seine Miene war glatt und mein Gesicht wurde heiß, als ich an unseren Fick zurückdachte. Wieso hatte er mich nicht nur ins Black Butterfly an der Schlange vorbeigeschleust, sondern auch hier in diesen Raum? Ich hätte niemals damit gerechnet, dass Alec es dulden würde, wenn ich zuhörte.

Womit hing das alles zusammen?

Ich wollte gerade den Mund öffnen, um ihn zu fragen, da hörte ich eine Stimme und meine Mageninnenwände drehten sich vor Abscheu um.

»Was tut sie schon wieder hier?«

Die Temperatur im Raum sank um einige Grad. Shania, Alecs ›Freundin‹ betrat den Raum und starrte mich anklagend an.

Alec drehte sich langsam zu mir, als würde er erst jetzt realisieren, dass ich da war.

Shania stapfte in ihren High Heels auf ihn zu. Ihr Outfit glich dem meinen, wie mir peinlich bewusst wurde. Ein zu knappes Kleid, sagenhaft hohe High Heels und einen dick gepolsterten Push-up-BH, der ihre Brüste nach oben drückte. Ein weißer Tourist würde uns sicherlich verwechseln, wären da nicht ihre geflochtenen Haare und meine natürlich gewellten Locken. Oder die unterschiedlichen Hauttöne. Aber für viele weiße Touristen war man eben einfach nur schwarz.

»Ich will nicht, dass sie ...!«, begann sie zu lamentieren, als sie Alec, der am Tischende stand, erreichte, doch er ließ sie nicht aussprechen und griff hart nach ihrem Handgelenk, hob es an und zog sie an sich.

»Hast du mich vermisst?«, fragte er ruhig.

»Warst du mit ihr unterwegs?« Ihre Stimme verlor an Schärfe und wurde weinerlicher.

»Sie gehört zu mir, Shania«, rief Davies von seinem Stuhl aus. Er wirkte unbeteiligt, so sehr, dass sie ihm diese Lüge abnahm.

»Da siehst du's«, sagte Alec leise und streichelte zärtlich Shanias Wange. »Deswegen ist sie hier.«

»Zu Davies?«, fragte Shania verwirrt. Ganz plötzlich empfand ich ihr gegenüber Mitleid.

»Zu Davies, und du gehörst zu mir.« Der Dark Prince beugte sich zu ihr hinunter und küsste sie auf ihre vollen Lippen. Fuck, ich wusste ja, dass er ein Arsch war, und ich wusste, dass ich mir weder von ihm noch von Davies etwas zu erhoffen brauchte, aber Shania schien das nicht zu wissen. Sie ließ sich von beiden einwickeln und glaubte auch noch daran. Ob ich enden würde wie sie? Blind verfallen? Der Kuss verstärkte sich und sie umschlang seinen Nacken mit ihren Armen. Ich wusste, wie es sich anfühlte, so von ihm geküsst zu werden. Ich wusste, was er dabei mit einem anstellte, und ich wollte nicht sehen, dass er es bei einer anderen tat. War es auch bei mir nur Show gewesen? Nur Spiel? Warum hatte es sich dann nicht so angefühlt, warum fühlte es sich für Shania nicht so an?

Ich biss mir auf die Lippe und sah woanders hin. Das turtelnde Pärchen lachte und ich bekam, auch ohne hinzusehen, immer mehr das Gefühl, dass er mich benutzt hatte und in Wirklichkeit sie liebte.

Das ergab zwar keinen Sinn, aber ich weigerte mich, es beflügelnd zu finden, dass ausgerechnet der Dark Prince seine Freundin mit mir betrog. Ja, in Schottland mochte das erregend gewesen sein, und ja, Shania schien extrem eifersüchtig und nicht besonders sympathisch zu sein. Aber jetzt, hier?

Wünschte ich, der Dark Prince würde sich seine Ische nehmen, mit ihr sein Leben lang vögeln und mich in Ruhe lassen. Nachdem er mir das Geld wiedergab, das Nike den Schlägertypen schuldete.

Ein Stühlerücken riss mich aus meiner Trance. Davies steckte sein Handy in die Hosentasche, das er zuvor überprüft hatte, und stand auf. »Komm, wir gehen.«

Oh Gott. Nur zu gerne. Ich sprang vom Sofa auf und stöckelte so zügig wie möglich auf Davies zu. Bloß weg hier. Alec hatte mich dazu benutzt, seine Freundin zu betrügen, obwohl ich das nie gewollt hatte. Noch immer standen sie voreinander und ignorierten uns, während wir zur Tür gingen. Shania lächelte bei Alecs Worten, Alec sprach murmelnd, und was auch immer er ihr sagte, es machte sie glücklich.

Shit. Scheiße, Scheiße, Scheiße! Tat es weh? Beinahe. Ich sollte fliehen, jetzt endgültig, bevor es wirklich schmerzhaft werden würde.

Ich ging mit Davies aus dem Raum, durch den edlen, royalen Flur, in dem die Kameras und die schillernden Kronleuchter von der Decke blinzelten, und folgte ihm in einen Raum, den ich ebenfalls bereits kannte. Ein Schlafzimmer, ein hoher, schwarzer Schrank mit modernen Milchglastüren, kein Fenster, die Wände nackter Beton.

Davies ging ins Badezimmer nebenan, machte Licht und kam zurück. So war das Schlafzimmer nicht wirklich hell und doch ausreichend beleuchtet.

»Wohnst du hier?«, fragte ich zweifelnd. Es gab nicht einen persönlichen Gegenstand im Raum. Es war spärlicher eingerichtet als ein Hotelzimmer.

»Ich schlafe hier.« Er trat näher und überraschte mich damit, dass er sich zu mir herunterbeugte und seine Lippen auf meine legte. Sanft, vertrauensvoll. Etwas überrumpelt ließ ich es zu. »Ich kann dir ebenfalls fünfzehntausend Pfund geben.« Er löste sich und glitt mit seinen grünen Augen tief in meinen Blick. »Für deinen Bruder. Wir brauchen die Hilfe des Prinzen nicht.«

Mein Mund öffnete sich. Das war ein Angebot, das ich … das ich niemals von ihm erwartet hätte.

Er trat zur Seite, öffnete seinen Schrank. Sämtliche Kleidungsstücke darin waren schwarz. Im untersten Fach stand ein kleiner Safe. Er bückte sich, gab einen Pincode ein und öffnete die Tür mit einem sanften Zug. Darin stapelten sich Bündel aus Bargeld, nichts sonst.

Er nahm drei davon heraus, verschloss ihn wieder und stand auf. »Wir geben es Nike.« Davies steckte das Bargeld in einen Rucksack, der neben dem Schrank an einem Haken hing. Auch dieser war schwarz und gut gefüllt. Womit genau, konnte ich nicht sehen. »Sollen sie das Geld erst mal nehmen, damit sie Nike in Ruhe lassen. Ich hole es mir später zurück.«

»Woher hast du so viel Geld?«

»Ich habe gearbeitet und es nie ausgegeben.« Er verschloss seinen Rucksack und trat zurück vor mich. »Ich habe dir ja gesagt, es bringt nichts, hierherzukommen. Er kann sich nicht um dich kümmern. Und wird es auch nicht tun.« Er streckte eine Hand nach meiner Wange aus und berührte sie ganz leicht. »Du dachtest, er wäre ein Freund geworden«, raunte er, »aber er hat keine Freunde.«

»Auch nicht dich?«

Sein grüner Blick wurde dunkler. »Mich vielleicht.«

Ich zögerte. »Warum tust du das alles?« Es war dieselbe Frage, die ich Alec in Glasgow gestellt hatte. Seine Antwort: ›Weil es sonst niemand tut.‹ »Du denkst wirklich, er sei ein Robin Hood der Neuzeit, oder?«

Davies lächelte. »Mit dem Unterschied, dass sein Pfeil und Bogen nicht aus Holz ist, Beauty. Es gibt niemanden in England, der meine Loyalität mehr verdiente als er.«

»Wie genau hat er sie verdient?«

»Das solltest du ihn selbst fragen.«

»Er sagte etwas davon, dass man dir vorgeworfen hätte, ein junges Mädchen vergewaltigt zu haben ...«

»Was ich nicht getan habe.«

»Wer sonst?«

Seine Miene verschloss sich. Und dennoch hatte ich das Gefühl, ich wäre kurz davor, mehr über ihn zu erfahren. Über Lee Davies' Innerstes.

»Weißt du es?«, wisperte ich. Wenn er es herausgefunden hatte, hatte er sich garantiert gerächt. War die Person tot? So wie die Prostituierten, die Kinder ohne englischen Pass in eine Hölle aus Pornos, Sexvideos und Prostitution gezwungen hatten? Keine Gnade, ein Gesetz der Todesstrafe, das es lange schon nicht mehr in England gab ... Er war Amerikaner. Aus welchem Bundesstaat auch immer er kam, er könnte anders über Gesetze denken als wir in England. »Hast du ihn ... getötet?«

»Nein.« Er verbarg etwas vor mir. Die ganze Antwort. »Aber ich werde es nachholen. Du willst meine Geschichte hören? Warum interessierst du dich dafür?«

»Ich bin seit über einer Woche Tag und Nacht mit dir zusammen, es interessiert mich eben.«

»Ist es reine Neugier?«, fragte er mit gehobener Braue, dann lächelte er. »Oder hoffst du darauf, mir näher zu kommen als alle zuvor?«

»Wirst du mir antworten?«

»Wenn es dich interessiert ...«

»Es interessiert mich.«

Er atmete tief durch, holte sein Smartphone hervor und überprüfte das Display. Bevor ich sehen konnte, was sich darauf befand, steckte er es wieder zurück. »Er hat damals Waffen organisiert und sie uns zugeschoben, wenn wir auf dem Weg in den Gerichtssaal waren. So konnten sich viele der damals zu Unrecht Verurteilten befreien. Viele seiner treuesten … sagen wir Unterstützer stammen aus dieser Zeit. Er kam ins Gefängnis, zu meiner Besuchszeit. Ich ahnte vom Hörensagen, wer er war, und als er schließlich vor mir saß, dachte ich zuerst, man hätte mir einen gewaltigen Scheiß aufgebunden. Er war zu jung. Hatte ein Babyface. Gerade den einundzwanzigsten Geburtstag hinter sich.« Er lächelte ironisch. »Eine Lachnummer. Aber als er zu reden begann, wusste ich, dass ich mich täuschen ließ. Er war kein Vergleich zu anderen jungen Männern. Er war nicht mal ein Vergleich zu mir.«

Ich fragte mich unwillkürlich, wie alt Davies sein mochte. Ich schätzte ihn auf um die dreißig. Aber vielleicht täuschte es.

»Er erklärte mir, wo ich im Gericht an die Glock gelangen und dass ich mich mit dieser befreien könnte. Er war der Einzige, der an meine Unschuld glaubte. Er machte mir klar, dass er mich suchen und finden würde, wenn ich auf die Idee käme, die Waffe nicht nur als Drohmittel zu verwenden, sondern um jemanden zu erschießen. Es ging ihm um Gerechtigkeit, aber Unschuldige, selbst Cops oder dreiste Anwälte, dürften dabei nicht draufgehen. Im letzten Satz deutete er an, dass er wusste, wer ich wirklich war. Und er sagte, wenn ich mich jetzt nicht befreite, wäre die Navy in ein paar Wochen hinter mir her und würde mich zurück in die Staaten beordern, nur um die Genugtuung zu haben, mich für meine Verbrechen zu grillen. Ich hatte also gar keine andere Wahl, als ihm zu vertrauen.«

»Warum ist die Navy hinter dir her?«

Er grinste, seine Augen blieben kühl. »Ich habe zu vielen meiner Vorgesetzten im Irak die Kehle aufgeschlitzt und alles, was ich wusste, an die Gegenseite verraten, damit sie mir halfen, das Land zu verlassen. Ich habe nichts verraten, was sie nicht eh schon wussten – dass ihr Kampf gegen den Westen aussichtslos ist und amerikanische Soldaten, so wie ich, einer Gehirnwäsche unterzogen wurden, die sie brutal und unberechenbar vorgehen lassen. Wir, meine Einheit und die Jungs, die unter uns standen, waren allesamt sadistische Vollbekloppte, die sich über erschossene Kämpfer der Gegenseite lustig gemacht haben, als wären sie computeranimiert. Ich will nicht sagen, dass irgendjemand da unten besser ist als die Amerikaner. Aber die Amerikaner sind eben auch nicht besser. Ich habe mich verraten gefühlt. Also wurde ich ein Verräter. Und die Staaten gehen nicht gerade freundlich mit Verrätern um, Prinzessin. Für die zählen ein paar Menschenleben aus den eigenen Reihen nichts.«

»Das hat Alec auch gesagt«, erwiderte ich leise. »Einzelne Menschenleben zählen für ihn nichts … Er hat mich vor sechs Jahren im Black Butterfly für die Übernahme nur benutzt. Selbst wenn ich dabei erschossen worden wäre. Es wäre ihm egal gewesen.«

Davies lachte. »Das hat er dir gesagt? Er wusste, dass Carl nicht schießen würde. Er will vielleicht so tun, als ob er ein risikofreudiger Spieler wäre, aber er *wusste,* dass weder dir noch ihm etwas geschehen würde. Sonst hätte er es nicht getan. So lebensmüde war er nie. Bisher jedenfalls.«

»Was willst du andeuten?«

»Ich will andeuten, dass er sich von einer kleinen Negerin

in seinem Schlafzimmer beinahe hätte erschießen lassen. Keine zwei Wochen her.«

Ich lachte spöttisch. Seine unterschwellige Beleidigung entging mir nicht. »Glaubst du, ich hätte eine Chance gegen ihn gehabt?«

»Er war auf Drogen und hatte zu viel Wein intus«, erinnerte er mich tonlos. »Es war riskant. Vielleicht hat er ja darauf gehofft, dass du abdrücken würdest.«

»Und warum sollte er so etwas gehofft haben?«

»Willst du über ihn reden? Dann frag ihn selbst.«

»Er hört mir ja nicht zu!«

»Vielleicht nicht heute, aber irgendwann.«

»Auf dieses ›irgendwann‹ kann ich nicht warten.«

»Das ist schade, denn Geduld zahlt sich aus.« Sein Blick wurde intensiver.

»Würde er dir helfen? Wenn du seine Hilfe bräuchtest? Oder bekämst du auch nur eine Karte?«

Seine Mundwinkel weiteten sich abermals zu einem Grinsen. »Erwartest du, dass er mich auf dieselbe Stufe wie eine kleine Göre aus Bethham stellt?«

»Hör auf, mich die ganze Zeit zu beleidigen!«

»Hör auf, so zu tun, als würde er dich nur wegen ein wenig Geficke über andere stellen. Hier geht es um deutlich mehr als deine Gefühle.«

»Okay«, erkannte ich säuerlich. »Mein Fehler. Und du? Warum gibst du mir fünfzehntausend, wenn ich doch eine wertlose Negerin bin? Die falsche Hautfarbe habe? Nicht blond genug? Behalt doch dein Scheißgeld, wenn du es nicht erträgst, mir –«

Davies griff hart in mein Haar, zog mich an sich heran und presste seine Lippen auf meine. Ich stöhnte wütend, aber gegen seine Kraft hatte ich keine Chance. Er drückte mir seine Zunge zwischen die Zähne und es war ein Kuss vermischt mit Trotz und Wut.

»Ich hasse und liebe deine lockere Zunge«, knurrte er in meinen Mund und ließ mich nicht entkommen. Langsam schob er mich rückwärts, meine Haare in seinem Griff. »Was wird das hier zwischen uns? Worauf soll es hinauslaufen?«

»Ist das nicht normalerweise etwas, das die Frau fragt?«

»Dann beantworte ich es dir. Ich will, dass das hier *weiter* geht. Ich will, dass du dich nicht mehr sträubst, mir vertraust. Ich will deinen Willen, dein Verlangen, deine Hingabe. Deine Unterwerfung.«

Ich stieß mit meinen Waden ans Bett. Mein Herzschlag hallte von innen gegen meine Brust.

»Ich will nicht länger so tun, als wäre es mir möglich, dich zu umgeben, ohne an deinen Körper zu denken. An deine Haut unter meiner Hand. An deine Schreie, wenn ich dich schlage. Ich will eine Vereinbarung. Gehst du sie ein, werde ich es nicht länger als Job sehen, dich zu beschützen. Sondern als Pflicht. Dafür erwarte ich, dass du mir folgst, sobald ich es für richtig halte, zu führen.«

»Was für eine Vereinbarung soll das genau sein?«, fragte ich wispernd.

»Das sagte ich gerade.«

»Aber was … ich meine …«

»Ich bin zukünftig der Rahmen, in dem du dich bewegst.«

»Ich brauche keinen Rahmen.«

Er lockerte langsam den Griff in meinem Haar und wanderte mit seiner Hand über meinen Hals hin zu meinem Dekolletee. »Ich fürchte doch.«

Etwas glühend Heißes rieselte meinen Nacken hinab. »Warum sollte ich ausgerechnet dir vertrauen?«

»Wem, wenn nicht mir?« Seine Stimme war so tief und

geschmeidig wie Samt. »Ich möchte es hier in meinem Bett mit dir tun. Ich will dich für mich. Ganz. Lass dich darauf ein, die Kontrolle abzugeben, und ich entführe dich in eine Welt, die du bisher nicht kanntest.«

Ich biss mir auf die Unterlippe. »Es geht dir also nur um Sex.«

»›Nur um Sex‹«, wiederholte er spöttisch. »Das, was wir bisher hatten, war ›nur Sex‹. Ich will weiter gehen.«

»Ich soll also für dich und deinen Schwanz herhalten, aber du darfst vögeln, wen du willst? Irgendwelche Huren, die du hinterher tötest? Das ist deine Vorstellung von einer Vereinbarung?«

»Ist das deine Bedingung?«, fragte er rau und seine Mundwinkel bewegten sich schmunzelnd. »Wenn ich niemanden sonst habe, lässt du dich darauf ein?«

Ich sah ihn zweifelnd an. »Und wenn sie das wäre?«

»Könnte ich damit leben.«

Eine neue Welle der Unsicherheit breitete sich in mir aus. Ich verstand nicht genau, wovon er sprach. Was er mir vorschlug, und schon gar nicht, was er von mir wollte. »Ich dachte, in deinem Kopf gäbe es keine Monogamie.«

Seine Lippen weiteten sich. »Ich habe für dich schon hunderte Ausnahmen gemacht. Außerdem werde ich dich noch immer teilen. Es gibt kein Szenario in der nahen Zukunft, in dem er dich nicht haben wollte. Er wird dich aufsuchen und für sich beanspruchen und du wirst dich ihm hingeben wollen, weil du es gar nicht anders kannst. Aber alles neben ihm wäre nicht mehr möglich. Keine Studenten.«

»Ich habe sie ja gar nicht …«

»Oder Feiglinge wie Lucas.«

»Ich verstehe nicht ganz, worauf ich mich da einlassen soll.

Normale Menschen würden vermutlich einfach fragen, ob man mit ihnen …«

Er grinste. »Ja, was?«

»Mit ihnen gehen will oder so.«

»Mit ihnen gehen?«, fragte er stutzend.

»Na, du weißt schon … Ahm. Eine … Beziehung führen …«

Er lachte schallend auf. »So weit sollte mein Angebot nicht reichen. Ich werde dich nicht heiraten.«

»Schon klar …«

»Was ist dir dann nicht klar?« Er trat einen Schritt zurück

»Und wenn ich mich darauf einlassen würde … Ich meine, wer sagt mir, dass du mich nicht verrätst, sobald er es von dir fordert? Du wirst mich niemals über ihn stellen.«

»Dass du danach fragst, zeigt, dass du noch nicht verstanden hast, worum es ihm geht. Warum sollte ich dich über ihn stellen, jemanden, der alles dafür tut, Interessen umzusetzen, die uns beiden nur helfen können? Es wäre ein Fehler, ihn nicht zu unterstützen, ja, es wäre sogar fatal. Indem ich auf ihn höre, sorge ich auch für dein Leben. Es ist ganz einfach.« Er wandte sich zurück zu dem Schrank, öffnete ihn abermals, sodass seine Gestalt für einen Moment hinter der geöffneten Schranktür verschwand, und holte etwas hervor. Ein schwarzes, seidiges Band. Zwei.

Ich überlegte, ihn zu fragen, ob er Familie hatte. Ob es jemanden gab, an den er denken musste, für den er all das hier tat. Ich tat es für Nike. Für wen tat er es? Für wen tat der Dark Prince es? Was war unsere jeweilige Motivation? Fünfzehntausend Pfund. Ich hatte sie schon einmal in der Hand gehalten, ungläubig, fasziniert. Was konnte man alles damit tun? Eine Menge. Es würde für einen Flug nach Indien reichen. Und für die erste Zeit dort. Man könnte sich ein neues Leben aufbauen. Aber war es dort besser? War irgendwo auf dieser Welt der Unterschied zwischen Arm und Reich nicht zu spüren?

In London entstanden Luxusapartments, die so viel Miete kosteten, wie eine fünfköpfige Familie monatlich nicht zur Verfügung hatte. Neben den goldenen, glitzernden Eingängen gab es Hintertüren. Hintertüren zu den Sozialwohnungen, die gesetzlich vorgeschrieben waren. Armut auf engstem Raum, neben reichster Schönheit. Wenn irgendjemand glaubte, es sei hier nicht so schlimm wie in Amerika, dann täuschte er sich. Er täuschte sich und ließ sich gerne täuschen. Wer wollte schon erkennen, dass nicht alles Gold glänzte?

Und wer bewegte sich dazwischen? Zwei dominante Männer, mit einem Ziel, diese Stadt zu verändern. Aber war ihr Weg der richtige? War ihr Ziel besser?

»Streck deine Arme aus«, raunte Davies sanft.

Ich suchte seinen Blick. Mir war ohne Worte klar, was er vorhatte. Und vielleicht wollte ich es wirklich. Vielleicht wollte ich in dieser rauen Zeit nicht viel mehr als einen Beschützer. Einen, dem ich vertrauen konnte, ohne darüber nachdenken zu müssen, ob ich ihm auch vertrauen *sollte.*

Noch immer war ich mir meiner Gefühle nicht sicher. Musste ich mir derer sicher werden?

Als ich nichts sagte oder tat, legte er seine Hände an den oberen Bund meines Minikleides. Seine Finger fühlten sich sanft aber auch rau an, als er den Bund langsam nach unten rollte. Meine Brüste kamen zum Vorschein und viel vorsichtiger und zurückhaltender als vorhin in der Unterführung berührte er sie mit seinen Händen. Er zog das Kleid tiefer, hinunter zu meinem Bauch. Zärtlich strich er über meinen Körper, seine rauen Hände; ein Wohlgefühl.

»Wie oft hast du Frauen das schon angeboten? Dass du sie beschützt, wenn sie sich auf dich einlassen?«

»Ich *beschütze* dich so oder so, solange der Dark Prince das von mir verlangt. Es geht mir unter anderem darum, dass du einwilligst, mir zu gehorchen. Da alles andere auf Dauer anstrengend und kompliziert werden würde. Ich will es simpel und einfach.« Er löste den vorderen Verschluss meines BHs, ohne mir in die Augen zu sehen, und strich die Körbchen zur Seite. »Und du willst offensichtlich mich.« Davies streichelte über meine erregten Brustwarzen, erst mit dem Daumen, dann mit dem Zeigefinger, und sorgte für ein angenehmes Kribbeln in meinem Körper. »Dieses Spiel funktioniert nur dann, wenn du mir vertraust. Es wird dir so viel besser gehen, wenn du auf mich hörst. Wir können auch weitermachen wie bisher, aber dann geht es nicht über dreckige Quickies hinaus und ich sähe auch keinen Zweck darin, eine wie Eve nicht zu knallen, wenn es sich anbietet. Allerdings wäre ich bereit, mich zurückzunehmen, wenn ich dafür etwas von dir erhalte.« Er strich meinen BH von meinen Schultern ab und ließ ihn zu Boden fallen. Gänsehaut hatte sich auf meinem nackten Oberkörper gebildet. »Deine kompromisslose Hingabe.«

Er blieb dicht vor mir stehen und sah auf mich hinunter. Warum sollte jemand wie er mir so etwas anbieten? Auf gelegentliche Ficks verzichten? Für mich? Damit *ich* ihm blind gehorchte? Würde ich ihm blind gehorchen können? »Ich glaube nicht, dass ich das kann«, brachte ich hervor.

Er lächelte düster. »Du wirst es lernen.« Er griff nach meinen Handgelenken und hielt sie vor seinen Bauch. Mit zügigen Bewegungen umwickelte er meine Handgelenke mit dem schwarzen Samtband und ich sah tatenlos zu. Ob es eine kluge Idee war, mich freiwillig von ihm fesseln zu lassen? Ich hatte mich noch nicht entschieden, da war es längst geschehen. Meine Hände fest aneinandergebunden, meine Fingerkuppen berührten sich.

Davies fasste mich sanft an den Schultern und drehte mich um, sodass ich mit dem Rücken zu ihm stand. Sein muskulöser Körper berührte meine Haut, und auch wenn sein T-Shirt sich dazwischen befand, fühlte es sich warm und schützend an. Im nächsten Moment legte sich das zweite Band um meine Augen und ich zuckte verunsichert zurück.

Seine Stimme, direkt an meinem Ohr. »Wie ist dein Safeword?«

»Brauche ich eines?«, fragte ich atemlos. Im einen Moment sah ich noch das Bett vor mir, dann wurde alles schwarz.

»Wenn wir deine Grenzen kennenlernen wollen, brauchen wir eines.«

Wollte ich das?

»Und nicht nur du. Du bist anders. Du *wirkst* anders auf mich. Ich kann es mir nicht erlauben, dass das, was in der Universität geschehen ist, sich wiederholt.« Seine Lippen berührten sanft meinen Hals.

»Ich bin deswegen nicht sauer auf dich«, offenbarte ich ihm. »Es war wie in Schottland. Manchmal glaube ich, dass du besser über meinen Körper Bescheid weißt als ich.«

Er lachte leise. »Über deinen Körper bestimmt. Aber nicht über deine Seele. Wenn wir das hier beide wollen, brauche ich eine Absicherung. Für den Anfang reicht auch ein ›Hör auf‹. Wenn du es das nächste Mal zu mir sagst, werde ich es ernst nehmen.«

»Und was wird jetzt geschehen?«, fragte ich verunsichert. Blind. In einer fremden Umgebung. War es wirklich klug, sich fallen zu lassen? »Wenn du jetzt glaubst, mich irgendwie auspeitschen zu …«, setzte ich an, doch er unterbrach mich. Nicht, wie ich befürchtet hatte, mit Gewalt, sondern damit, dass er sich rasch an mir nach unten bewegte, einen Unterarm in meine Kniekehlen legte und mich hochhob.

Ich wusste nicht, wie mir geschah, da lag ich schon an seiner Brust, fest und sicher in seinem Arm. Er bettete – ja, *bettete* – mich auf das Bett und ich spürte das edle Satin der Laken unter meiner nackten Haut. Es roch nach Waschmittel, frisch.

»Bleib liegen«, befahl Davies ruhig und verließ das Zimmer.

Fuck! In was hatte ich mich da verwickeln lassen? Ich hörte, wie er im Badezimmer einen Schrank öffnete, dann seine Schritte, abermals seine Stimme.

»Leg dich auf den Bauch, das Gesicht flach aufs Laken, die Hände nach vorne ausgestreckt.«

Ich tat es. Neugierde vermischte sich mit einem prickelnden Gefühl der Furcht. Das Vertrauen, das ich ihm entgegenbrachte, war unermesslich. Ohne zu wissen, was mich erwartete, wusste ich, dass er das Richtige tun würde. Es würde mir gefallen. Sehr.

Als seine rauen Hände meinen Rücken berührten, um das Kleid tiefer zu ziehen, entwich mir ein verunsichertes Keuchen. Ich fürchtete einen Schlag, Gewalt, stattdessen zog er mich ungewöhnlich sanft aus. Seine Hände strichen über meinen Körper, während er das Kleid Stück für Stück tiefer schob.

»Du hast keine Hemmungen, nackt zu sein.«

»Sollte ich?«

Er strich über meine Pobacken, bevor er das Kleid über meine Füße zog und zu Boden fallen ließ. Er hockte sich auf mich, beide Beine zu den Seiten meiner Waden. Ich spürte sein Gewicht leicht. »Es ist ungewöhnlich, nichts weiter.«

Davies fuhr mit starkem Druck seines Daumens an meiner Wirbelsäule entlang. Es war wie eine Massage und tat unglaublich gut.

Mir entwich ein entspanntes Stöhnen und das prickelnde Gefühl der Neugierde verstärkte sich.

»Gefällt dir das?« Er nahm seine zweite Hand dazu und strich mit zwei Daumen fest an meiner Wirbelsäule entlang. Als er meinen Po erreichte, seufzte ich ein weiteres Mal. Es war ein merkwürdiges Gefühl zwischen Anspannung und Loslassen, das mich ergriff. So ganz wollte ich ihm nicht vertrauen, fürchtete ich doch im nächsten Moment den Schmerz.

»Ja, sehr.«

Davies legte seine Hände an meine Schultern und drückte meine Schulterblätter. Er massierte mich, wie ich noch nie zuvor massiert worden war, und ich konnte gar nicht anders, als in die Kissen zu sinken und mich fallen zu lassen.

»Warum tust du das …«, seufzte ich verträumt. Ich hatte noch nie so empfunden. Ein Mann über mir, an dessen Anwesenheit ich mich erst hatte gewöhnen müssen, das prickelnde Gefühl der Lust, die Augen und Hände verbunden, in der Annahme, er würde mich an meine Grenzen treiben, und alles, was geschah, war dann noch viel besser.

»Was?« Er nahm seine Hände zurück, aber nicht, um aufzuhören. Nein, im nächsten Moment spürte ich sie wieder an mir, dieses Mal mit einer leichten Creme, die das Massieren noch angenehmer machte. Ich sank vollständig in mir zusammen, verlor alle Widerstände.

»Mich so …« Ich konnte den Satz nicht zu Ende führen. Ich war zu entspannt für Worte, für Gedanken. Seine Finger gruben sich tief und zielgerichtet in mein Fleisch. Es schmerzte, aber es löste auch. Die Bewegungen waren teils monoton und doch glaubte ich nicht, dass ich davon jemals genug bekommen würde.

»Zu massieren? Warum sollte ich es nicht tun?«

»Ich dachte, du ...« Ich seufzte, als er abermals meine Wirbelsäule entlang strich. Wieder ging er bis kurz vors Steißbein und eine neue Welle der Erregung durchflutete mich. Allerdings, wenn er mich jetzt nahm, müsste er aufhören, mich zu massieren ...

»Du dachtest, es ginge mir nur darum, anderen Menschen Schmerz zuzufügen? Das mache mich aus? Deine Welt ist so eindimensional, Beauty.« Er knetete gefühlvoll meine Schulterblätter. »Ich habe dir doch schon erklärt, dass ich sehr gut unterscheiden kann, wenn jemand etwas will oder eben nicht.«

»Warum arbeitest du für ihn?« Auch wenn ich eigentlich entspannt war, ließ mich diese Frage nicht los. Seine Hände wanderten zu meinen Armen und wieder musste ich befriedigt stöhnen, als er sie an genau den richtigen Stellen massierte. »Als er dich befreit hat. War es seine Bedingung, dass du für immer für ihn arbeitest?«

Davies lachte. »Nein. Wenn er Leute rausgeholt hat, hat er im Gegenzug nichts dafür verlangt. Er kam Monate später zu mir, weil er meine Akte kannte und meine Hilfe brauchte.«

»Wobei?«

Unermüdlich drückten sich seine Finger in meine Haut. Mit jeder weiteren Minute fühlte ich mich ihm mehr verbunden. Ich empfand etwas, das mir bisher fremd gewesen war. Zuneigung und Vertrauen und die Furcht, er würde mir Schmerzen zufügen, die über Lustempfinden hinausgingen, war verschwunden.

»Einer derjenigen, die Alec befreit hat, hat den Staatsanwalt bei seiner Flucht erschossen. Aus Rache, und er entkam. Damit hat er sich dem Befehl widersetzt, die Waffe ausschließlich zur Flucht zu verwenden und nicht zu benutzen. Also musste er sterben.«

Ein Schaudern erfüllte mich, das Davies im nächsten Moment von meinen Schultern strich, als ob es niemals da gewesen wäre. »Wieso hat Alec ihn nicht einfach wieder der Polizei übergeben?«

»Weil die Strafe für den Typen noch schlimmer ausfallen musste, als die, die er eh zu befürchten hatte.« Seine Daumen legten sich in meinen Nacken und bewegten sich kreisförmig am Hals entlang. *Mhh …* »Der Dark Prince kann es sich nicht erlauben, etwas anzudrohen und nicht wahr werden zu lassen, und den meisten Leuten droht man eben am besten damit, ihr Leben oder das der Familie zu beenden. Jemand Unschuldigen für das Vergehen eines anderen leiden zu lassen, ist aber nicht sein Stil. Es bleibt nur die Todesstrafe.«

Je sanfter und perfekter seine Bewegungen wurden, desto eher bekam ich das Gefühl, er würde mir lediglich eine Geschichte erzählen. Nicht etwas, das wirklich so geschehen war.

»Er kam also zu mir und schlug mir vor, für ihn zu arbeiten. Ich erledigte den Kerl.« Sein Druck wurde besonders fest, als würde er ahnen, dass mein Körper sich gegen seine Zärtlichkeiten wehrte. *Fuck!* Er *war* ein Mörder! Wann würde ich das endlich verstehen? »Es gibt Dinge, die ich besser kann als der Prinz. Seitdem bin ich seine rechte Hand. Wir ergänzen uns.«

»Aber er erteilt dir Befehle, ihr seid kein Team.«

»Er erteilt mir deswegen Befehle, weil er es gewohnt ist, und ich bin es gewohnt, welche entgegenzunehmen.« Er nahm seine Hände zurück. Es herrschte Stille, nichts regte sich. Dann hörte ich seinen Reißverschluss, das Reißen einer Kondompackung.

Unruhig bewegte ich mich unter ihm. Ich wollte es, ich sollte es nicht wollen. Würde dieser innere Widerspruch jemals enden?

Davies drückte meine Schenkel fest zurück auf die Decke. »Ruhig.«

Das war nicht unbedingt etwas, das mir gerade leicht fiel. Mein Atem beschleunigte sich. Wieso hatte er auch über seine Morde sprechen müssen? Gerade jetzt?

Seine Hände griffen fest in meinen Hintern und massierten ihn gezielt. Wieder übermannte mich die Entspannung und das wohlige Gefühl und ich schob die Gedanken beiseite. Langsam zog er meine Hüfte höher, bis ich schließlich auf meinen Knien vor ihm hockte. Er strich über meinen After, hinunter zu meiner Klit und drückte die Schamlippen leicht auseinander.

Im nächsten Moment spürte ich seine Spitze an meinem Loch und er drang in mich ein.

Mein Herzschlag raste los und mein Atem stockte. Sein Schwanz glitt immer tiefer und mit jedem weiteren Zentimeter, den er in mich vordrang, nahm meine Erregung zu. Von ihm begehrt und genommen zu werden, berauschte mich. Dass er zuvor liebevoll und aufmerksam gewesen war, verstärkte dieses Gefühl. Und dass ich wusste, dass er viele Facetten in sich trug, sorgte weiterhin für das neugierige Prickeln in meinen Adern.

Ein Schlag, ein Zwirbeln meiner Haut.

Ich stöhnte auf, als seine Hand auf mich niederging, hatte ich es doch erwartet und mich beinahe danach gesehnt. Was war das hier? Warum wollte ich das?

Davies zog sich aus mir zurück, drang in mich ein und schlug ein weiteres Mal zu. Dieses Mal auf meine rechte Pobacke. Ganz automatisch reckte sich mein Körper ihm entgegen. Es war ein süßlicher Schmerz, einer, der meine Erregung noch antrieb. Meine Haut brannte, aber so gut wie alles brannte in mir und verzehrte sich nach diesem Mann.

Ich wusste, dass keine weiteren Schläge mehr folgen würden – woher? Vielleicht, weil ich ihn langsam durchschaute, ich mittlerweile verstand, wie er tickte.

Er nahm mich mit kräftigen, harten Stößen, aber nichts davon war brutal. Es war perfekt. Ich sah nichts, ich fühlte nur, froh, nicht darüber nachdenken zu müssen, was ich mit meinen Händen tun sollte. Ich musste über gar nichts nachdenken. Davies befahl, ich gehorchte, und er nahm mich mit in einen Himmel aus Sex und Dominanz.

So ausdauernd, wie er mich zuvor massiert hatte, so gleichmäßig fickte er mich jetzt. Seine Hände auf meiner Hüfte, sein Schwanz tief in mir.

Ich näherte mich inneren Orgasmen und ließ sie doch nicht zu. Ich wollte es auskosten, genießen, meinetwegen könnte es noch Stunden so weitergehen …

Doch dann spürte ich eine Bewegung vor meinem Gesicht und ich zuckte zusammen, als eine Hand mein Kinn berührte. Ein Daumen über meine Lippen strich.

»Sie sieht so aus, als würde ihr das gefallen.«

FLORENCE

EINE PRINZESSIN ERKENNT DIE PRÜFUNG HINTER DEM SCHMERZ.

Die Prinzessin auf der Erbse

Davies ließ mir keine Zeit, angemessen zu reagieren. Er zog mich nur kräftiger an sich und drang tiefer und fordernder in mich ein. Er antwortete nicht.

Der Finger wanderte meine Oberlippe entlang. »Mir hat es gefallen, wie du uns zugehört hast.«

Ich konnte nicht genau sagen, was ich dabei empfand. Sollte ich nicht wütend auf ihn sein, dass er Nike und mich mit einer seiner Karten abgespeist hatte? Oder sollte ich mich dem süßen Gefühl hingeben, das sich in mir anbahnte, weil gleich zwei attraktive Männer mich begehrten? *Wie in Schottland …* Es sollte sich nicht wiederholen und es wiederholte sich dennoch. Ich war diesem blöden Schicksal ausgeliefert – und ich genoss es zutiefst.

»Du bist unschuldig und doch so verrucht. Laut und manchmal, wie jetzt, unterwürfig und schmiegsam.« Er drückte mir einen Daumen zwischen die Lippen in meinen Mund. Ohne darüber nachzudenken, umfuhr ich ihn mit meiner Zunge. Für Gedanken war an dieser Stelle kein Platz.

»Wir sollten ihr noch öfter die Augen zubinden«, raunte Alec sanft. Sein Daumen fühlte sich zärtlich an. *Ob er mich küssen würde, während Davies mich von hinten nahm …?*

Davies verlangsamte seine Stöße, noch immer blieb er still. Was er dachte? Mit welchen stummen Blicken sie sich wohl verständigten? Und ja, das konnten sie wie keine zwei anderen. Sie waren mehr als ein Team. Sie waren wie zwei Brüder, deren Verbindung ich noch nicht durchschaute.

Alecs Daumen fühlte sich herrlich erotisch zwischen meinen Lippen an. Er tauchte ihn ein, glitt zurück. Diese Bewegung sorgte gepaart mit allem anderen in mir für einen Strudel aus mitreißenden Gefühlen.

Als ich jedoch seinen Reißverschluss hörte und ahnte, was jetzt geschehen würde, zog ich meinen Kopf zurück, sodass seine Hand von meinem Gesicht abrutschte. »Ich will es nicht.«

Stille. Davies stoppte, Alec bewegte sich nicht.

»Und warum?«, fragte er schließlich. Seine Stimme war dunkel und rau. Missbilligung schwang darin mit. Mir wurde plötzlich klar, dass er es nicht so einfach akzeptieren würde, wenn ich mich nicht darauf einließ.

Jetzt störte mich das Tuch doch, denn ich hätte ihm gerne bei meinen Worten in die Augen gesehen. »Du hast Shania gerade …« Ja, was. Geküsst? Gevögelt? »Ich will nicht, dass du …«

Alec lachte auf. Es war eine befremdliche Situation. Nackt und ausgeliefert. Davies' Schwanz pochte in mir und ich hatte keine Ahnung, wie genau Alec jetzt reagieren würde. »Schlag sie.«

Ich verkrampfte mich ängstlich, Davies reagierte sofort. »Scheiße!«, keuchte ich.

»Noch einmal.«

Wieder ließ Davies seine Hand auf meinen Po nieder, dieses Mal stärker als die drei Male zuvor, sodass meine Knie wegknickten und er mich in seinem Griff an meiner Hüfte festhalten musste. Ich wimmerte, verkniff mir aber einen Spruch.

Auf eine furchtbar unverständliche Art war das hier erregend.

»Du willst also nicht, dass ich eine andere ficke, ist es das, was du mir zu sagen versuchst?«

»Na und?«, fragte ich forsch. Mich nervte dieses blöde Band um meine Augen ohnegleichen!

Ich würde ihn jetzt gerne anfunkeln. Einfordern, was ich mir sehnlichst wünschte. Und doch war es ganz gut, dass ich nicht sehen konnte, wie er mich abfällig betrachtete. Hoffte ich wirklich darauf, der Prinz würde mir gehören? Und sein Diener noch gleich mit dazu? Wie kam ich auf so einen Gedanken?

»Und du glaubst, du hättest irgendeine Macht, das zu entscheiden?« Wieder hörte ich seinen Reißverschluss, das Reiben von Stoff auf Stoff. »Und wenn ich ganz England ficke, du wirst mich nicht mit ein wenig Gejammer davon abhalten können. Schlag sie noch einmal.«

Ich schrie auf. Die Hand schmerzte höllisch auf meiner Haut und dann spürte ich ihn in mir. Er hatte die Sekunde ausgenutzt, die mein Mund vor Schmerz offen stand, und ich konnte nicht umhin, das zu akzeptieren. Ich stand neben mir, das hier war meine dunkelste Seite, das Etwas, das ich in mir verschlossen gehalten hatte. Oder vielleicht war es niemals da gewesen, entstand erst durch diese Männer.

»Schmeckst du es?«, fragte Alec dominant.

Davies begann abermals, mich mit sanften Stößen von innen zu massieren.

Ich schmeckte es, ja. Ihn, keine andere Frau, nicht den Geschmack eines zuvor benutzten Kondoms.

»Also hör auf, in Frage zu stellen, ob ich dich angemessen behandle«, gab er grob von sich und schob sich tiefer zwischen meine Lippen.

Ich stöhnte auf. Das Bedürfnis, beiden Männern gerecht zu werden, erfüllte mich ganz und gar. Es war wie ein innerer Zwang, seinen Schwanz zu liebkosen, so wie zuvor seinen Finger. Und doch konnte ich nichts gegen die Emotionen tun, die mein Herz ergriffen. Für mich war das hier mehr. Es war mehr als Sex, ich fühlte mich begehrt, aber auch verbunden und vor allem wollte ich die Einzige sein. Wenigstens für ihn, nicht unbedingt für Davies. All das war ein schrecklicher Widerspruch, denn in der Uni hatte ich ihm noch etwas anderes erzählt und geglaubt, es wäre die Wahrheit gewesen. Meine inneren Schwankungen waren nicht logisch nachvollziehbar. Aber dennoch tat ich es.

Ich gab mich hin. Ließ mich von beiden nehmen, hart und gefühlvoll zugleich.

Ich sehnte mich geradezu danach, dass Alec sich in mir ergoss, als Beweis, dass ich diejenige war, die die Macht hatte, ihn so zu erregen. Andererseits flüsterte eine zweifelnde Stimme in meinem Kopf, dass das nichts zu bedeuten hatte. Der Dark Prince hatte tausende Blowjobs und mindestens seine Freundin regelmäßig im Bett. Was konnte ich mir schon darauf einbilden, wenn er das hier mit mir tat?

Der Strudel aus Unwissenheit, Verzweiflung und tiefstem Verlangen nahm zu. Immer wieder spürte ich sie beide in mir und genoss die Vorstellung, wie es aussehen würde, wenn man uns betrachtete. Erotisch, verrucht, verboten. Ich konnte nicht genug davon bekommen und fernab meines Verstandes nahm ich wahr, wie ich immer lauter stöhnte.

Kurz vor meinem Orgasmus spürte ich das Verlangen in mir, Alec noch tiefer in mich aufzunehmen, was kaum möglich war, doch ich wollte ihn dazu reizen, sich nicht mehr zurückhalten zu können, und als ich das erste Mal kam, ausgefüllt von zwei Schwänzen, sank ich in einem Nebel aus Erfüllung und Lust zusammen. Nichts war mehr real und doch spürte ich alles ganz genau. Davies, der sich rhythmisch in mich schob, Alec, der meine Haare fest in seinem Griff hielt, und seine köstliche Lust zwischen meinen Lippen.

Davies trieb mich auch nach meinem Orgasmus weiter an, unermesslich drückte er sich in mich vor und rieb sanft mit seinem Finger über meine Perle, sodass mich abermals eine Welle der totalen Befriedigung überkam und ich erstickt stöhnte. Schläge trafen meine Haut oder waren es Erinnerungen? Fast sehnte ich mich nach mehr Schmerz, denn er trieb mich auf eine Grenze zu, die ich unbedingt kennenlernen wollte.

»Noch einmal«, hörte ich wie aus weiter Ferne. Dabei war Alecs Stimme nah. Dunkel und voller Begehren. »Wie viele Frauen kennst du, die sich uns so hingeben würden?«

»Nicht genügend«, hörte ich Davies abgehackt. Mittlerweile war auch sein Körper schweißnass. Unsere feuchte Haut rieb aufeinander. Wäre er nicht so durchtrainiert, er könnte diesen Rhythmus niemals halten. Ein letztes Mal traf seine Hand meine Haut, ein letztes Mal durchzuckte mich ein Schmerz, bevor ich haltlos ins Laken sank und mich ein weiterer Orgasmus überspülte. Er war noch intensiver, noch besser als die beiden zuvor, denn ich spürte, wie auch Davies in mir kam und seine Lust heftig in mir pulsierte.

Ich stöhnte und atmete schwer, und erst Sekunden später

fiel mir auf, dass Alec sich zurückgezogen hatte, und ich schmeckte zwar ihn auf der Zunge, aber kein Sperma.

Ich war versucht, mir an die Augenbinde zu fassen, da wurde sie schon grob von mir gerissen.

Er umfasste scharf mein Kinn und zog meinen Kopf zu sich hoch. »Na, Prinzessin? Wie ist das so, die Ginevra zwischen dem König und Lancelot zu sein?«

Noch immer auf die Ellbogen gestützt, schaute ich unbequem von unten nach oben. Der Ausdruck in seinen Augen passte nicht zu dem, was ich gerade empfunden hatte – überhaupt nicht. Er war kühl, emotionslos, viel dunkler als die Wärme, die ich empfand.

»Antworte gefälligst. Turnt dich das an, ja?«

Ich bekam meine Lippen nicht auseinander. Wollte er mir sagen, dass ich mich doch nicht auf beide gleichzeitig hätte einlassen sollen …?

»Antworte!«, durchbrach seine raue Stimme den Raum.

Toll. Er wurde also wieder der Wichser. Ein Spiel? Für wen?

Ich wollte mich von ihm entfernen, denn er strahlte Gewaltbereitschaft aus, die mir echte Angst einjagte und mein natürlicher Instinkt riet mir, so schnell wie möglich zu fliehen. Doch bevor ich mich regen konnte, bevor ich richtig realisierte, dass seine Hand hochschnellte, traf sie mich bereits an der Wange. Der Schlag war so heftig, dass mein Kopf zur Seite flog, und augenblicklich brannten Tränen in meinen Augen. *Das war nicht wahr. Das war nicht wirklich geschehen.*

»Was denn, ich dachte, du stehst drauf, wenn man dich schlägt?«

Ich antwortete nicht. Ich befand mich in der hilflosesten Position für Widerstand. Davies' Griff lag noch immer auf meiner Hüfte, meine Hände gefesselt, eingekeilt zwischen zwei starken Männern. Mir blieb nur mein Stolz. Die Wut, die sich in mir anbahnte, und endloser Trotz.

Wenn das hier ein dämliches Spiel war, dann brauchte er eine verdammt gute Begründung dafür.

»Sieh mich an.«

Ich dachte nicht daran, meinen Kopf zu drehen und ihm ein weiteres Mal meine Wange hinzuhalten.

»Du hörst nicht?« Seine Stimme war gefährlich samten, durchzogen mit Ironie. Er griff an mein Kinn, zerrte meinen Kopf zurück, sah mir in die Augen und schlug noch einmal mit der flachen Hand zu. Ich zuckte aus Reflex weg, aber er hielt mein Kinn kurz fest, sodass mich auch dieser Schlag traf. Spucke sammelte sich in meinem Mund. Wut durchflutete meinen Magen. Ich empfand denselben Hass auf ihn, der auch in seinen Augen flackerte.

Wenn das seine Absicht gewesen war, so hatte es die Wirkung erzielt.

»Hör auf«, befahl ich leise. Mein Safeword. Das, was alles beendete. Niemals wieder wollte ich so ausgeliefert zwischen ihnen stehen. Das hier war keine Erotik, kein süßlicher Schmerz. Es war erniedrigend und entwertend. Es war kein Spiel aus Grenzen und Lust.

Es war abartig.

Davies zog sich bei meinen Worten zurück, doch der Dark Prince lachte nur.

»Bei mir funktionieren deine süßen Worte nicht, Florence.« Ich sah im Augenwinkel, wie seine Hand ein weiteres Mal zuckte. »Schmerzen, Schläge, hast du nicht gerade erst gelernt, dass du darauf stehst? Davies hat dir eine Vereinbarung vorgeschlagen, aber Baby, ich werde niemals mit Safewords spielen, gewöhne dich dran.«

»Fick. Dich.« Ich wollte mich aufsetzen, doch sein Griff

um meinen Hals hinderte mich daran. Ich musste ihm in die Augen sehen. In das gefühllose Schwarz. Dieser endlose Abgrund.

»Sind das die Worte, die man einem Prinzen entgegenbringt?« Er lächelte.

»Es sind die Worte, die ich einem Wichser entgegen-«

Ein weiterer Aufprall. Meine Haut loderte wie Feuer auf. Mein Gesicht brannte, mein Herz überschlug sich vor Zorn.

»Du hast mich verraten«, zischte er auf die gefährlichste Art und Weise, wie ich ihn jemals hatte sprechen hören. »Du kleine, miese, verschissene Schlampe hast mich verraten. Und dann kommst du in meinen Club und erwartest allen Ernstes, dass ich deinem kleinen Hosenscheißer von einem Bruder helfe?«

Ich presste die Zähne aufeinander. Viel mehr konnte ich nicht tun, denn mein Hals lag noch immer in seinem Griff.

»Du bist egoistisch und wertlos. Eine wie dich kann ich nicht gebrauchen. Du hast mein Vertrauen und meine Hilfe nicht länger verdient. Und nur, weil dein kleiner Bruder blond ist, hat er in diesem Viertel nicht mehr Vorrang als andere, die von kolumbianischen Dealern verkloppt werden, verstehst du das?«

»Ich hasse dich«, presste ich hervor.

»Das ist eines der Gefühle, das ich in dir hervorrufen wollte. Und jetzt führ das zu Ende, was du begonnen hast.« Er griff an seinen Schwanz und ich schnaubte ungläubig. »Ich könnte ja befürchten, dass du deine Wut an meinem besten Stück auslässt, aber das wirst du nicht tun, oder?«, fragte er säuselnd. »So dämlich bist selbst du nicht.«

Wo war Davies?!

Alec fuhr mit seiner Faust über seine Länge und näherte sich meinen Lippen. Ein enormer Kloß entstand in meinem

Hals und die Tränen kämpften in meinen Augen um ihr Entkommen. Es war so verletzend, dass er mich nun zu etwas zwang, das ich vor fünf Minuten noch genossen hatte. Das ich auch jetzt noch genießen würde, hätte er mich nicht geschlagen und mit Worten erniedrigt.

»Bitte, spiel mit.«

Ich sah auf. Mein Kopf fest in seinem Griff, meine Haltung noch immer auf allen Vieren, Davies, der sich irgendwo als Schatten im Raum bewegte, und der Prinz über mir, dessen gesamter Gesichtsausdruck sich plötzlich verändert hatte.

Kamen die Worte von ihm? Hatte er mich eben angefleht?

»Vertrau mir«, raunte er kaum hörbar. »Es ist wichtig.« Er schauspielerte. Er hatte eben geschauspielert und jetzt tat er es ebenfalls. Wie vor zwei Wochen in Liverpool, als ich zur Tarnung hatte vorspielen sollen, ich wäre eine einfache Straßenhure gewesen. Und er tat es, weil wir wie in Liverpool in Gefahr waren. So bescheuert es war, er tat es vermutlich für uns.

Großartig.

»Verrate uns nicht«, setzte er nach.

Ich öffnete meine Lippen und vertraute ihm. Er ließ mir ja eh keine Wahl. Wenn er glaubte, diese Aktion hier würde mich ›vor was auch immer‹ beschützen, würde er mich zwingen, so oder so. Vielleicht hatte er auch einen Plan, der einer unbekannten Vielzahl von Menschen nutzte, mir aber nicht. *So war er. Das hatte er mir oft genug gesagt.*

Er ließ es zu, dass es mich verletzte, wenn er mich schlug. Er ließ es zu, dass es Wunden in mir hinterließ – er glaubte, dass ein einzelnes Schicksal nichts zählte. Er hatte einen Plan, für den er alles tat. Auch Davies hatte mich verhört und geschlagen, um die Wahrheit aus mir hervorzupressen, auch wenn ich nie gelogen hatte – das hier war ähnlich.

Ich sollte diese zwei Männer zum Teufel schicken, stattdessen ließ ich mich auch noch auf sie ein!

Weil ich etwas in ihnen sah, das mich faszinierte, das mich glauben ließ, alles trüge zu etwas Besserem bei.

Naiv? Oder nur neugierig?

Ja, vielleicht blieb ich, weil ich unbedingt mehr erfahren wollte. Weil ich unbedingt tiefer in den Strudel gezogen werden wollte, der so berauschend und grenzwertig war, dass er mich mitriss, und der noch immer so viel vor mir verbarg.

Wenn ich den Dark Prince kennenlernen wollte, musste ich die Tatsache akzeptieren, dass andere über mir stehen würden. Dass er mit verqueren Mitteln half, wenn es nötig war. Und ich wollte ihn kennenlernen, denn ehe ich nicht die gesamte Wahrheit über ihn wusste, gäbe mein Herz keine Ruhe.

Wenn ich sie dann erfuhr und abscheulich fand – ja, dann könnte ich ihm immer noch bei einem Blowjob in den Schwanz beißen.

Langsam glitt seine Lust in meinen Mund. Sein Blick war innig, sanft. Warum auch immer er das hier tat, es hatte Gründe.

Sollte er keine Gründe haben und mein Vertrauen missbrauchen, würde ich ihm bei der nächsten Gelegenheit die Eier abreißen, so viel war sicher. Aber ich ahnte bereits, dass ich das nicht würde tun müssen.

Ich *spürte* geradezu, dass er mich um meine Hilfe anflehte. Wie konnte es sein, dass er sich so schnell vom dominanten Arsch zum brutalen Monster zurück zum feinfühligen Prinzen verwandelte?

»Scheiße, genau so …«, formulierte er mit seinen Lippen mehr, als dass er es aussprach. Dann schloss er die Augen, lehnte seinen Kopf zurück und genoss es. Ich sah zu ihm auf und fragte mich, wie lange es dieses Mal dauern würde, bis ich die Antwort auf meine Fragen erhielt.

Waren wir gerade ein Team, schauspielerten wir vor Davies oder vor jemand anderem und ich wusste es nur nicht? Oder linkte er mich, würde er gleich wieder abtrünnig lächeln und seine Hand gegen mich erheben? Nein.

Langsam ließ ich seinen Schwanz durch meine Lippen gleiten und liebkoste seine Spitze nun viel konzentrierter mit der Zunge. Jetzt hatte ich Zeit für ihn und meine Gedanken, es war Raum für beides. *Es war wie in Liverpool ...* Alles wiederholte sich, es wurde nur eine Portion härter und schärfer.

Sein Griff an meinem Hals war längst gelockert, sein Körper entspannt. Noch immer hielt er die Augen geschlossen und er sah mich auch dann nicht an, als er die Augen aufschlug, etwas hinter mir fixierte und mich plötzlich losließ. Er wirkte wie weggetreten, als würde er sich nicht erlauben wollen, zu kommen. *Etwas stimmte ganz und gar nicht.* »Das reicht.«

Er zog sich aus mir zurück.

»Du hast einen guten Job gemacht, Baby«, erklärte Alec laut, sodass ihn wieder jeder hörte. Davies? Wer sollte noch mitbekommen, dass er mich erniedrigt hatte? Er schob seinen Schwanz zurück in die edle Jeans. »Sie sollte duschen gehen. Sich diesen Scheiß aus dem Gesicht waschen.«

»Da stehst du wohl nicht drauf, Chef?«, hörte ich Davies amüsiert fragen. Er trat in mein Gesichtsfeld, gerade als ich mich zu ihm umdrehen wollte. Er lächelte mich offen an und mein Gesicht wurde unverständlicherweise heiß, als mir klar wurde, wie intensiv er mich gerade genommen hatte. Er nickte zum Bad. »Geh duschen.«

Ich blieb, wo ich war. »Was sollte das gerade?« Antworten. Jetzt.

Alec beachtete mich nicht weiter. Er griff nach seinem Smartphone, das auf dem Schuhschrank gegen die Wand gelehnt hatte, und verfiel in eine geschäftige Arbeitshaltung, als er darauf herumtippte. Wie ein Manager, der nicht viel mehr als den Fick selbst von seiner Zeit opfern konnte.

»Duschen«, wiederholte Davies. »Jetzt.«

Mich erfüllte noch immer vollkommener Unglaube. Ich hatte einen Dreier. Ich wurde geschlagen. Erst gefiel es mir, dann war es angeblich nur Show. Meine Wange brannte noch immer, mein Schritt glühte von den vielen Orgasmen. Ich war nackt und verwirrt. Und Alec ließ sich nicht einmal zu einer Entschuldigung oder Erklärung herab. *Hatte ich etwas anderes erwartet?*

»Beauty«, knurrte Davies ungeduldig.

Ich stand auf. Es tat sogar gut, in dieser Situation auf ihn hören zu können. Ich sollte duschen? Ich würde es tun. Er befahl mir zu essen, zu schlafen? Perfekt. Mein Gehirn eignete sich offensichtlich nicht mehr dazu, Dinge gründlich zu durchdenken und sich dann richtig zu entscheiden.

Ich blieb in dem kleinen Schlafzimmer vor ihm stehen und hielt ihm die Hände vor die Brust.

Er zögerte, ein schelmisches Lächeln glitt über seine Züge, bevor er an meine Handgelenke griff und das Band löste. »Das nächste Mal gehorchst du sofort oder du duschst mit verbundenen Händen.«

»Das nächste Mal sorgst du dafür, dass er mich nicht schlägt«, zischte ich und meine Augen fanden mutig in seine. Ich war selbst von mir überrascht, dass ich so etwas sagte.

Nicht nur ich. Davies hob eine Braue. Alec lehnte mit der Schulter an der Wand und ignorierte uns vollkommen. »Wenn ich dich vor ihm beschützen soll«, begann Davies, sein Lächeln wurde spöttisch, »dann musst du es nur sagen. Aber es schien mir nicht so, als ob es dich stören würde, wenn er dich so behandelt. Oder warum hast du ihn gerade in den Himmel geblasen?« Er umschloss meinen Oberarm mit seinem Griff und schob mich grob Richtung Badezimmer. »Klare Worte, Beauty. Im Badezimmerschrank findest du Cremes für deine Haut. Verwende sie.« Mit diesen Worten zog er die Tür hinter mir zu und verschloss sie von außen.

Wow, jetzt wurde ich auch noch eingesperrt. *Cremes für meine Haut ...* Ich vermied einen Blick in den Spiegel, unterdrückte die aufkommenden Tränen und stieg in die Duschwanne. Meine Situation war unendlich beschissen. Aber niemand hatte mich dazu gezwungen, mich auf die gefährlichsten und moralisch fragwürdigsten Männer Londons einzulassen – und nun wollte ich heulen wie ein kleines Mädchen, weil Alec eben der Arsch war, für den ich ihn von Anfang an hielt, und Davies sich nicht wie ein beschützender Hulk vor mich geworfen hatte? Das war schon sehr üble Frauenlogik. Ich hatte sie beide geradezu angefleht, mich so zu ficken. Und es hatte mir auch gefallen. Ein wenig. Vielleicht ein wenig mehr …

Weil irgendetwas tief in mir sagte, dass Alec nicht der Arsch war, für den er sich ausgab.

Eine Dusche würde mir gerade wirklich helfen. Meine Haut würde nicht mehr nur an zwei Stellen brennen, wenn ich das heiße Wasser voll aufdrehte.

Fünf Minuten später war es heiß genug, um mich an allen Stellen meines Körpers in einen Rausch aus Hitze fortzutragen.

Fuck. Wenn ich nicht bald rannte, würde ich niemals entkommen.

DER PRINZ

EINE HEXE FÜTTERST DU MIT KNOCHEN.

Hänsel und Gretel

Scheiße. Meine Hand glühte, ich war definitiv zu weit gegangen. Bisher hatte es in meinem Leben kein ›zu weit‹ gegeben, bisher wurden mir keine Grenzen gesteckt, aber das war sie gewesen. Shania starrte auf das Video, das ich für sie aufgenommen hatte, und bekam nicht mit, wie ich mich innerlich bei den Lauten wand, die durch die schlechten Lautsprecher zu mir drangen.

Es gab keine Entschuldigung.

Ich hätte es anders lösen müssen.

Ich sollte es jetzt noch anders lösen. Warum schlug ich Shania nicht, bis sie mir verriet, was sie vor mir verbarg? Warum richtete ich meine Wut und Gewalt gegen Florence?

Eine einzige gute Sache brachte diese Aktion in Davies' Schlafzimmer mit sich: Florence würde sich endgültig von mir abwenden. Es gäbe keine Möglichkeit, sie zurückzuerobern, keine Chance, sie für mich zu gewinnen. Egal aus welchen Gründen, und wäre die Welt in einem Sturm versunken, ich hätte sie niemals schlagen dürfen. Nicht ins Gesicht.

Und nicht, nachdem sie ihr dämliches Safeword ausgesprochen hatte.

Nachdem sie allen im Raum klar gemacht hatte, dass sie es nicht wollte.

War das noch ich selbst? Wie schaffte sie es, Gefühle in mir zu wecken, die mich an allen meinen Prinzipien zweifeln ließen? Das Schicksal eines Einzelnen für das hunderter anderer.

Und das hunderter anderer für das von Florence.

»Glaubst du mir jetzt?« Meine Stimme war etwas zwischen hellem Schmirgelpapier und weicher Butter. Fast ein bisschen zu fettig, um als die des Dark Prince durchzugehen, aber für Shania musste ich jetzt alle Register ziehen. »Girl, warum zweifelst du?«

Sie lachte abwertend und drehte sich aus meinem Arm. »Sie steht drauf. Das sieht man doch. Das beweist gar nichts.«

Ich stöhnte auf. Eben deshalb hatte ich sie schlagen müssen. Sie stand auf Davies' Schläge. Erst mit meinen verwandelte sich das Ganze von dominantem Sex zu purer Erniedrigung – und die sollte auf dem Video zu sehen sein. »Da kann ich nun nichts für.« *Und ich werde auch nie verstehen, warum sie mir trotz allem vertraut. Was genau sieht sie in mir? Braucht sie erst einen Zauberspiegel, um meine wahre Natur zu erkennen?*

Shania hob zweifelnd die Brauen. »Ich will nicht, dass du irgendwas mit dieser Bitch zu tun hast, das der auch noch gefällt.«

»Sie *gehört Davies.* Wenn sie sich nicht von mir erniedrigen lässt, kannst du verfickt noch mal *mir* nicht die Schuld daran geben.« Ich griff nach Shanias Handgelenk und zog sie wieder an mich. Sie sträubte sich etwas weniger als zuvor. »Wer hat dir diesen Schwachsinn erzählt, dass da mehr zwischen uns wäre als das gewöhnliche Spiel? Und wer auch immer es war, wieso vertraust du ihm mehr als mir? Du weißt, dass ich mir manchmal Frauen mit Davies auf diese Art teile. Dich hat es nie gestört. So wie *mich* andere Dinge nicht stören, die du tust.«

»Du hast mich die ganze Zeit angelogen«, jammerte sie. Wir standen mitten in meinem Saal. Der iMac lief, er war mit eine der einzigen Lichtquellen, es war still. Zu still. Eine dunkle Vorahnung beschlich mich. Wer hatte Shania das mit Florence und mir gesteckt? Evan? Was glaubte er, dadurch zu gewinnen? »Das letzte Mal hast du mich nur benutzt und danach mit ihr getanzt. Denkst du, ich bin blind?«

Sie war einfach zu dumm für meine Intrigen. Wer nicht mitdachte, konnte sich von mir auch nicht täuschen lassen. »Okay.« Zeit, aufzugeben? »Wenn du es nicht schnallst, dass ich vor zwei Wochen mit ihr getanzt habe, um ihr Vertrauen zu gewinnen, bist du vielleicht nicht länger für diesen Job hier geeignet.« Ich ließ sie los. »Ich dachte, unsere Beziehung sei was Ernstes.« Ernst war sie durchaus, profitierte ich doch von ihrem Vater. »Ich dachte, wir wissen beide, dass man Menschen nun einmal am besten mit Sex und leeren Versprechungen beeinflusst.«

»So, wie du das mit mir machst«, meckerte sie und verschränkte die Arme vor der Brust. *Ja, Bitch, so wie ich das mit jeder Frau mache, die ich nur habe, weil sie mir etwas bringt.*

Und Florence? War die Tatsache, dass ich sie brauchte, um Evan notfalls erpressen zu können, nur eine Ausrede?

Ich sah Shania für eine Weile an. Mein Schweigen sprach Bände. Ich konnte nicht sagen, dass ich mich nicht an ihre Anwesenheit gewöhnt hatte. Wie mit Angelica verbanden mich auch mit dieser Frau Erinnerungen. Es gab Abende, an denen ich sie ausgeführt hatte. Kino, Sex auf der Toilette, Abendessen im Amaya. Ich hatte sie über drei Jahre lang wöchentlich, fast täglich, gesehen. Sie hatte mich umgeben wie eine Ehefrau, die man aus rein strategischen Gründen hielt und ebenso strategisch betrog.

Und letztendlich war mir das zum Verhängnis geworden. Das ›Beziehungsding‹ an dieser Beziehung. Hatte ich es nicht geahnt? Hatte ich nicht geahnt, dass das hier passieren würde? Das Techtelmechtel in der Uni? Der Blowjob im Rotlichtviertel? Ich war eben doch zu unvorsichtig geworden.

Zu schwach, zu angreifbar.

Wegen einer Frau. Eine meiner dunkelsten Stimmen in mir flüsterte, dass Florence die Schläge gerade verdient hatte. Deutlicher konnte ich ihr nicht sagen, dass sie mich in Schwierigkeiten brachte, für die alle anderen aus Bethham längst ein paar Zähne oder Körperteile verloren hätten. Einfach so aus Frust, für das höhere Ziel, das ich nicht mehr erreichte.

Fuck.

»Ich habe dir noch nie etwas versprochen und mich dann nicht daran gehalten«, log ich schmeichelnd und streichelte über Shanias Wange. Ihre Gesichtszüge waren wesentlich afrikanischer geprägt als die von Florence. Ich wusste, dass sie besonders unter schwarzen Männern, die breite Hüften und weibliche Kurven bevorzugten, begehrt war. »Sag mir, was ich mit ihr tun soll, und ich werde es tun. Und du sagst mir, wer glaubt, sich zwischen uns stellen zu müssen.«

Ihre Lippen zuckten nervös. »Davies soll sie einfach woanders …«

»Okay«, lenkte ich freundlich ein. »Ich schicke ihn mit ihr ins Diamond, das ist für alle besser.«

»Und ihr Bruder ist nicht wichtiger als all die anderen!«

»Das habe ich ihr bereits gesagt.« *Und jetzt sag mir, wer mich verraten hat?!* »Es war ein Fehler von Davies, sie hierher zu holen. Aber ich habe ihn gewähren lassen. Ich hatte ja nicht ahnen können, dass es dich so sehr stört.«

Sie presste die vollen Lippen aufeinander.

»Aber ich habe mich getäuscht. Es stört dich. Warum? Wer wollte sich zwischen uns stellen und hat dir das eingetrichtert?«

»Nicht zwischen uns«, wich sie aus. So richtig wollte sie nicht mit der Sprache rausrücken. Ich hatte vorhin sofort gespürt, dass etwas nicht stimmte, als sie hereingekommen war. Und noch immer war dieses Gefühl nicht verflogen. Es ging ihr also um mehr. Vermutlich wusste sie etwas, das sie nicht wissen durfte.

»Zwischen wen dann?«, fragte ich drängend. Also hatte ihr wirklich jemand einen Hinweis gegeben! Walker? Ihm traute ich nicht zu hundert Prozent. Er laberte viel, wenn sich eine nackte Frau näherte. Bisher war das nur zu meinen Gunsten gewesen. Aber wer wusste schon, was er tat, wenn Shania ihm ihre üppigen Brüste entgegenreckte – ja, so etwas hatte sie drauf. So etwas tat sie, wenn sie an ihr Ziel gelangen wollte. »Sag es mir.« Ich wurde ungeduldiger. Und gereizter.

»Ich weiß es auch nicht.«

»Wie, du weißt es auch nicht?!«

»Unbekannte Nummer ...«, erwiderte sie kleinlaut und drehte ihren Kopf beiseite.

Sie wollte mir nicht in die Augen sehen? Ich griff hart an ihr Kinn und zerrte sie zurück vor mein Gesicht. »Wer.«

»Ich glaube, er hatte recht«, keifte sie. Ihr Blick spie Feuer. »Wenn nichts zwischen dir und dieser Mischlingsbraut wäre, wärest du die letzten Nächte wie sonst auch zu mir gekommen und hättest mich nicht abgeblockt. Du bist total verändert, glaubst du, ich merke das nicht? Und den Dreier gerade hat sie doch genossen, und du gleich mit dazu! Das sah man selbst auf diesem scheißkleinen Display! Du willst mir was vormachen?« Sie riss sich aus meinem Griff. »Dann fick dich und probier es mit ihr! Soll *sie* doch in Peckham und Brixton dafür sorgen, dass man dich als Weißen respektiert. Nur, weil sie bisher dachten, du könntest eine Frau wie mich halten, hatten sie Respekt. Diesen Respekt verdienst du nicht länger.« Sie spuckte tatsächlich auf den Boden vor meine Füße. »Ich fall nicht länger auf dich rein, Al!«

Wie ich die amerikanisierte Abkürzung meines Namens hasste. Ich verdrehte die Augen und zog meine Smith&Wesson. »Gut. Sag deinen Freunden in Brixton, dass ›der Weiße‹ sie nicht länger braucht. Meine Freunde sind mächtiger als dein Vater, Süße, ich habe es nicht nötig, mich von dir erpressen zu lassen.«

Sie wich erschrocken zurück. Der Lauf zielte auf ihre Brust und ich fragte mich, was passieren würde, sollte ich tatsächlich abdrücken. Es war so bedeutungslos. Ein Hauch, ein Leben, ein Tod. Wie eine Schachfigur aus Holz, die man zu Fall brachte.

»Das wagst du nicht«, schrie sie herrisch.

»Die Frage ist, ob du es wagst, dich mir weiter zu widersetzen. Wir gehen in mein Zimmer. Du gehst vor. Die Arme behältst du unten.«

Sie funkelte mich nicht halb so charmant an wie Florence. Eher dämlich. Schlampig. Ach, ich hasste sie schon viel zu lange. »Und was willst du da tun?«, zischte sie.

»Keine Ahnung. Das überlege ich mir noch. Vielleicht ficke ich dich ja, damit du endlich Ruhe gibst, oder ich presse aus dir die Antwort hervor, warum zur Hölle du einem unbekannten Anrufer mehr glaubst als mir. Jetzt geh.«

Sie öffnete den Mund für eine Erwiderung und schloss ihn wieder, als ich sie noch ernster ansah. Zum Glück verriet ihr ihr Instinkt, dass sie nicht zu hoffen brauchte, ich würde mich nicht trauen, zu schießen. Wenigstens einen Streifschuss würde ich mir gönnen, sollte sie sich nicht langsam in Bewegung setzen.

Aber auch dieser blieb überflüssig. Sie reckte stolz ihr Kinn und ging zur Tür. Ohne einen Trick zu versuchen, stöckelte sie durch den Flur auf mein Zimmer zu. Ich ließ die Waffe sinken, ich brauchte sie nicht mehr.

Shania öffnete die Tür zu meinem Schlafzimmer, stolzierte hindurch und blieb mitten im Raum stehen.

Ich schloss die Tür hinter uns.

»Und jetzt?«, fragte sie zickig und verschränkte die Arme vor der Brust.

Und jetzt fiel mir auf, dass es sehr einfach sein würde, sie für mich zu gewinnen. Sie empfand etwas für mich. Nicht ich war schwach geworden, sie war längst die Verliererin bei diesem Spiel.

»Jetzt fesselst du dich ans Bett.«

»Bestimmt nicht«, zischte sie abfällig.

»Leider doch.«

»Und warum sollte ich das tun?!«

»Wer weiß.« Die Waffe in der Hand, ging ich auf meinen Nachttisch zu und zog das Schubfach auf. Davies hatte die Kabelbinder nach Florence' erstem Besuch hier deponiert. Damit gehörten sie wie die Munition daneben zu meinem Repertoire an Schlafutensilien. Davies hatte mir schon früh offenbart, dass er fast immer welche bei sich trug. Nur lagen in einem seiner Schubfächer keine Patronen, sondern Messer. »Leg dich aufs Bett.«

»Ich habe jetzt keine Lust auf dich –«

Ich schnellte herum und war kurz davor, abzudrücken. Irgendwann *müsste* ich damit anfangen, Menschen zu töten, warum dann nicht gleich sie? Shania wäre nicht eine beliebige Person im Kampf, die deshalb fiel, weil ich mich hatte verteidigen müssen. Nein, es wäre jemand mit Bedeutung. »Tu es einfach«, knurrte ich.

Sie gehorchte zitternd. »Ich mag dich so nicht«, jammerte sie. »Hast du irgendwas genommen?«

Eben nicht. Genau das war der Fehler.

Ich fesselte Shanias Handgelenke emotionslos an meine Bettstreben und betrachtete sie von oben. Unmöglich, dass ich ihr die Informationen mit Sex hervorlockte, dafür müsste ich sie schließlich ficken wollen – Nein. Das war ein Job für Davies, so leid es mir tat.

»War es Evan?«, fragte ich.

»Wer?!«, spuckte sie. Ihr sagte der Name tatsächlich nichts.

Verflucht, wer war es dann?

»Gib mir dein Handy.« Ich zog an ihrer Tasche, die sie um ihren schlanken Körper trug, und holte es hervor. »Sag mir den Code.«

»4569. Ich sagte doch, es war eine unbekannte Nummer!«

Ich überprüfte das. Ach, Fuck. Also Davies. Das hielt meine zermürbte Konzentration nicht aus. *Fall. Nicht. In. Alte Muster.*

Doch alte Muster waren jetzt alles, was ich hatte. Ich ließ Shania liegen und ging Richtung Bad. Dahinter war es still, also war Florence längst mit Davies verschwunden.

Wenn ich Shania selbst zum Reden brachte, könnte ich ihnen folgen und noch heute Abend mit Nike sprechen. Dass es sich jemand traute, Florence' Bruder anzugreifen, war ein schlechtes Zeichen, schließlich wusste jeder, dass Davies sie umgab.

Aber auch die eine letzte Woche hatte nichts genützt, um herauszufinden, wer genau eigentlich hinter Nike her war – und woher dieses verfickte Kokain in seinem Zimmer gekommen war. Ich würde selbst mit ihm sprechen müssen – und mir war klar, dass ich es vor allem für Florence tat. Ein weiterer Grund, weshalb ich sie nicht darüber aufklären sollte, was gerade zwischen uns vorgefallen war. Sie sollte denken, dass die Gewalt keine Show gewesen war. Es war besser, wenn sie endlich anfing, sich von mir fernzuhalten.

Doch dieser Entschluss zerfiel wie ein Kartenhaus, als ich die Tür zum Badezimmer öffnete, mir ein heißer Schwall feuchter Luft entgegenschwappte und ich sie sah.

Geduscht, nass, ohne Make-up im Gesicht, ein Handtuch um ihren verdammt heißen Körper geschlungen. Wir starrten uns an, meine Arterien verengten sich. Ich hatte sie in etwas hineingezogen, das einer Katastrophe glich, und schlimmer noch; sie hatte sich da hineinziehen lassen.

Warum? Sagte ihr irgendein weibliches Hormon, sie wolle an meiner Seite kämpfen?

Wusste sie überhaupt, wofür?!

Ich zog die Tür hinter mir zu, ein Finger wanderte wie automatisch vor meine Lippen, ihr Blick glitt zu meiner Smith&Wesson.

Zwei Schritte. Wieder reagierten wir wie zwei Pole und wieder *musste* ich sie berühren.

»Wag es ja nicht«, flüsterte sie zornig.

Aber ich ignorierte es. Meine Hand fand in ihr Haar, meine Lippen auf ihre. Ich musste sie schmecken, ihre Zunge fühlen, etwas, das ich die ganze Zeit über beim Dreier hatte tun wollen, ohne es mir zu erlauben. Weil ich uns gefilmt hatte. Weil ich sie demütigen musste. Weil ich sie verraten hatte, so wie die ganze Zeit über, und es doch nicht wollte.

Sie ließ die ersten Berührungen zu, öffnete wie ich fast sehnsüchtig ihren wunderschönen Mund und berührte meine Zunge mit der ihren. Mein Schwanz war mit einem Mal steinhart und erinnerte mich daran, worauf ich eben hatte verzichten müssen. Ein Kuss und ich wäre selbst in ihrer Hand gekommen. Diese Frau hatte mich.

Verfickt noch mal, sie war mein absoluter Untergang und ich drang zu weit in diesen vor. Weit zwischen ihre zarten Lippen, drängte mich an ihren perfekten Körper, schmeckte ihre Lust – bis sie sich wehrte. Selbstverständlich wehrte sie sich, denn sie war stark, und meine Pistole würde sie niemals beeindrucken. Sie biss mir hart und vollkommen vorhersehbar in die Lippe.

Ich zuckte zusammen, zog mich aber nicht zurück. Blut tröpfelte in meinen Mund. Auch sie musste es schmecken, denn ich hielt meine Lippen noch immer an ihren, ihr Haar zu fest in meinem Griff.

Komm schon, Baby. Lass uns das alles hier beenden. Du, ich, die Sonne Honolulus, keine Probleme, frisches Obst an den Bäumen. Glaub mir, ich habe es drauf, romantisch zu sein. Ich muss nicht mehr kämpfen. Kämpfen für was? Jeder Sieg ist nur der Austausch von Verlierern, ein Schachspiel beginnt man immer von vorn. Es wird nie aufhören, dafür sind sie alle zu süchtig nach dem schwarzweißen Brett, auf dem ihre Figuren tänzeln.

Lass mich aufgeben. Meinetwegen ergeben wir uns auch. Eine schwarze Prinzessin an meiner Seite? Das Blitzlichtgewitter, all der Ruhm? Wir wären nichts weiter als Spielkarten mit besonders hohem Trumpf, aber glaub mir, Florence, seitdem du mir begegnet bist, bin ich nicht mehr sicher, ob es nicht sogar eine Wohltat wäre, wenn jemand auf uns setzt.

»Lass mich los.«

»Nein.« Ich stand dicht vor ihrem Körper, Blut floss über mein Kinn. »Du bist unglaublich«, erkannte ich lächelnd. »Man kann dich noch so sehr einschüchtern, du wagst es trotzdem, mein kostbares, blaues Blut zu verschwenden.«

»Alec …«, sagte sie warnend.

Ich nahm Abstand. Aber nur, um ihr in die Augen sehen zu können. Das dunkle Braun, diese fantastische Tiefe.

»Du hast mich ins Gesicht geschlagen!«, fauchte sie anklagend. »Lass mich einfach los und hol dir für deine Sadomasospielchen eine andere!«

»Ich will keine andere.« Shit. Das war eine ziemlich falsche Antwort. »Ich will keine Sadomasospielchen«, setzte ich nach, doch das rettete wenig.

»Entschuldige dich«, zischte sie. Ihre Augen waren unfassbar warm, ich könnte ewig hineinsehen.

»Entschuldige.« Ich ließ sie los.

»Hilf Nike.«

Ich schmunzelte. »Ich blute deinetwegen. Ich fürchte, du hast den Moment verpasst, Dinge einzufordern.«

»Und du glaubst, dass du das nicht verdienst?« Florence' Wange war ebenfalls blutunterlaufen. *Meinetwegen.* Weil ich glaubte, Shania auf diese Art ihren Verrat entlocken zu können.

»Du hast mich verraten.« Wie war der Plan? Sie sollte denken, ich hätte es ohne guten Grund getan? »Ich meine, was erwartest du? Was willst du von mir? Ich habe dir in Schottland schon gesagt, wie wir mit Verrätern umgehen. Das eben war gar nichts.« *Und doch war es zu viel …*

»Ich habe dich nicht ›verraten‹«, erwiderte sie säuerlich.

»Und wie nennst du das dann, wenn Davies von unserem

Fick erfährt, wo er doch der Erste war, der davon nichts erfahren sollte?«

»Warum eigentlich nicht?«

»Das werde ich dir nun erst recht nicht sagen.«

»Okay, du willst es wissen? Du weißt es ja offensichtlich nicht von ihm, sonst wüsstest du, weshalb ich es gesagt habe.«

Ich betrachtete gelangweilt meine Fingernägel. »Ich kenne einige Verräter, bisher hatte niemand einen guten Grund.«

»Du bist ein Wichser«, zischte sie leise. »Er wollte mich ficken, klar. Nachdem die Typen an mir waren, er wollte mich verführen. Als ich sagte, ich würde nicht wollen, hat er gedacht, ich würde das nur so zum Spiel sagen. Ich *musste* ihm sagen, was zuvor gelaufen ist, sonst hätte er mich vermutlich zum Sex gezwungen.«

»Davies?«, fragte ich ungläubig.

»Der Mann im Mond!«, blaffte sie. Da mein Schlafzimmer groß war und sich das Bad weit genug von meinem Bett entfernt befand, dürfte Shania uns nicht hören. Riskant war es trotzdem. Aber wie sollte ich einer Florence beibringen, weniger wundervoll und impulsiv zu sein? »Und jetzt verpiss dich. Wenn das gerade keinen höheren Sinn hatte, irgendeinen ›ehrenhaften‹ Grund, will ich dich nie wieder sehen. Ich ziehe mich an und verschwinde. Ich habe mich die letzten Jahre alleine um Nike gesorgt, also werde ich es auch ohne dich schaffen.«

Das hoffte sie vielleicht. »Ich habe dir diese Skatkarte nicht geschickt. Sie kam von Shania –«

»Was ist das eigentlich zwischen euch? Ist das wirklich deine Vorstellung von einer Beziehung, deine Idee von Treue? Du bist der krankeste Typ, den ich jemals getroffen habe, du übertriffst jeden Alki und Gestörten dieser Stadt!«

Ich hob eine Braue.

»Und jetzt sieh mich nicht so verschissen skeptisch an. Geh einfach. Geh zu ihr, mach, was immer du willst –«

Ich zog sie an mich. Ich musste es tun. Meine Lippen an ihrer Stirn, meine Arme fest um ihren Körper. Sie bebte innerlich, ihr Herz schlug kräftig in ihrer Brust. Ich hatte das Video nicht nur für Shania aufgenommen. Nein, meine Absichten waren noch viel verräterischer. Wer wusste schon, ob es sich nicht anbieten würde, es auch Evan vor die Nase zu halten, sollte sich die Gelegenheit bieten? Ich brauchte sie für meine Pläne – und ich wollte sie für mein Leben. Ein absolut widersprüchliches Verlangen, das mich von Kopf bis Fuß ausfüllte. *Geh einfach. Geh jetzt.* »Komm nie wieder hierher«, raunte ich ernst an ihrer Haut. »Halt dich von mir fern. Es ist keine Empfehlung, es ist die einzige Möglichkeit, wie du überlebst. Ich verrate dich, du kannst mir nicht trauen, ich bin noch schlimmer, als du befürchtest. Wir hätten niemals aufeinandertreffen dürfen. Ich hätte dich für immer als das junge Mädchen in Erinnerung behalten müssen, das ich nicht retten kann. Und jetzt bist du erwachsen und schön und ich kann es immer noch nicht.«

Florence schwieg. Sie drückte mich nicht von sich, sie blieb weich und entspannt. Ihr Herz schlug schneller als gewöhnlich, ich spürte es an meiner Brust.

»Davies wird sich um dich kümmern. Er hilft dir mit Nike.« Fuck, das war leider eine Lüge, denn obwohl Davies die beiden wie ein ausdauerndes Totem umgab, hatten sie den Kleinen angegriffen. Irgendjemand fürchtete sich nicht vor uns. Und das war ein riesiges Problem. »Aber ich kann dir nicht helfen.« Ich spürte ihre köstliche Haut unter meinen Lippen. Diese Situation war zu kompliziert geworden, um sie zu begreifen. Wo war der Rettungsanker? Das Fluchtwegsymbol?

»Gibt es irgendjemanden, dem du vertraust?«, fragte sie mit leiser Stimme. Erst jetzt bemerkte ich, dass sie mich über den Badezimmerspiegel ansah. Ich musste mich also nicht von ihr lösen, um ihren Blick erwidern zu können. »Für wen machst du das alles? Wenn du nicht geisteskrank bist, was ist es dann?«

Ich musste lachen und zog sie noch fester an mich. Das Spiegelbild zeigte ein schönes Paar. Sie wäre eine der schönsten Prinzessinnen Englands und das gesamte Commonwealth würde sich nach ihrer Lebensgeschichte verzehren. Das war ein noch schlimmeres Zukunftsszenario, als für immer in Bethham zu verrotten. Hier wäre sie wenigstens frei. Sie musste gehen. »Ich habe vergessen, für wen ich das mache. Vielleicht ist es das.«

Wir sahen uns über das Spiegelbild an. Und obwohl sie allen Grund hatte, mich von sich zu stoßen, tat sie es nicht.

Aber sie sollte es. »Du *musst gehen*«, wiederholte ich meine Gedanken. »Ich bin nicht deinetwegen in dieses Bad gekommen. Ich habe Pflichten, von denen du nichts ahnst, und mein Leben war noch nie so gefährdet wie heute.«

»Wieso hast du mich gerade geschlagen?«, fragte sie nüchtern. »Du hast es nicht getan, weil du dachtest, es würde mir gefallen. War es Eifersucht? Bist du eifersüchtig?«

»Auf wen?«, fragte ich verwundert.

Sie verdrehte die Augen leicht zur Stirn. »Auf Davies. Wer hat mich denn vorhin im Doggiestyle gefickt.«

Meine Mundwinkel zuckten. Es fiel mir schwer, ernst zu bleiben.

»Also ja?«, fragte sie und hob eine Braue. Ihr Spiegelbild war entspannt, ihre Hände ruhten auf dem Waschtisch, ihre dunkle Haut schmiegte sich an mein Hemd. »Er verspricht mir wenigstens, andere Frauen in Ruhe zu lassen.«

Oh Mann. Ich nahm meine Arme herunter. »Das ist großartig von ihm.«

Sie schnaubte.

»Das kann nur wahre Liebe sein, wenn er nicht mehr in den Puff geht.« Ich wandte mich ab und öffnete den Spiegelschrank neben dem Waschbecken. »Warum sollte ich eifersüchtig auf ihn sein? Du wärest nicht die erste Frau, mit der er es versucht und an der er scheitert, weil er es nicht aushält, sich nicht wie ein Soldat in Lebensgefahr zu begeben. Er ist ein Krieger, dieses ganze Beschützen geht ihm ziemlich auf den Geist. Auch wenn er sich bemüht, dir zu gefallen, damit du es ihm einfacher machst, wird er letztendlich immer der Straße gehören. Das ist alles, was ich dir zu ihm sagen kann.« Ich holte eines der Tütchen hervor und war froh, zu bemerken, dass es noch nicht leer war. Eine schlanke Pappschachtel diente mir als Kreditkarte.

»Wow, du scheinst ihn gut zu kennen.«

Ich sah über den Spiegel auf. »Wundert dich das?«

Florence hatte ihre Arme vor der Brust verschränkt, was ihre Brüste unerträglich sexy in dem Handtuch nach oben drückte. »Das war Ironie.«

»Ist mir entgangen.«

»Du unterschätzt ihn. Im Gegensatz zu dir weiß er genau, wofür er das hier alles macht.«

Ah ja. Ich zerriss die Packung und rollte die Längsseite zusammen. »Du wirst es mir vermutlich gleich sagen.«

»Er macht sich Sorgen um dich.« Ihre Stimme veränderte sich plötzlich und sie griff an meinen Oberarm. »Alec. Ernsthaft. Er macht sich Sorgen. Schon auf der Fahrt nach Schottland. Meinst du nicht, dass du dich übernimmst? Das hier bist du doch alles gar nicht. Du schaffst es gerade mal, ein Whiskeyglas am Boden zu zertrümmern, aber eine Frau schlagen?

Davies hat mir gesagt, dass du es kaum ertragen hast, wie er mich in Schottland behandelt hat. Das ist der wahre Alec. Derjenige, der Lieferungen für Supermärkte –«

Ich schüttelte ihre Hand ab. Sie unterschätzte mich. Es war nicht halb so schlimm gewesen, sie zu schlagen, wie ich befürchtet hatte. Auch wenn ich es hinterher bereute, die Tat an sich hatte mich kaum Überwindung gekostet. *Ich war ein Monster und sie musste das endlich erkennen.*

»... anhält, kapert und das Essen auf der Straße verteilt. Du bist ein Robin Hood, kein egozentrisches Arschloch. Lass dir helfen. Von ihm. Vielleicht von mir.«

Helfen … Ohne eine Erwiderung beugte ich mich vor und zog das Kokain.

»Bist du abhängig?«

»Von Koks? Bist du abhängig von Kaffee, von Bier? Zucker ist auch eine Droge.«

»Zucker …«, seufzte sie. »Bitte sag mir, was das alles zu bedeuten hat«, flehte sie ungewohnt weich. »Ich habe das Gefühl, dich zu durchschauen und im nächsten Moment bist du wieder jemand ganz anderes. Du empfindest doch etwas für mich, oder? Ich bedeute dir etwas?«

Ich richtete mich auf, ließ das Kokain meine Nasenschleimhäute verätzen und betrachtete mich im Spiegel. »Diese Frage ist genauso dämlich wie vor zweieinhalb Wochen, als du mich in Evans Wohnung gefragt hast, ob ich deale.«

»Und schon damals bist du meiner Frage mehr oder weniger ausgewichen.«

»Geh einfach nach Hause, Florence. Eben wolltest du es selbst noch.«

»Kennst du die Szene in Spiderman?«

»Was?«

Sie betrachtete mich ernst, ohne mit der Wimper zu zucken. »MJ kommt am Ende des zweiten Teils zu ihm.«

»Zu Spiderman?«, riet ich spöttisch.

»Und sie rettet ihn, mit den Worten, dass er auch einmal jemanden bräuchte, der ihn rettet.«

Sie verglich mich mit einem Superhelden. Ihre Einbildungskraft ging wahrlich mit ihr durch. »Und dann?«, fragte ich spröde lächelnd. »Hat er sich in das schwarze Monster verwandelt und ist nicht sogar sein bester Freund gestorben, weil er so egoistisch war? Ist das jetzt eine versteckte Drohung, oder was?«

»Ich habe den dritten Teil nie gesehen«, erwiderte Florence verwundert.

»Dann vergleich mich nicht mit einer Spinne, die in New York hockt, als wäre diese Stadt alles, was es in dieser Welt zu retten gibt. Hat Spiderman die süße Mary-Jane geschlagen? Hat er sie in Lebensgefahr gebracht? Hat er sie angelogen?«

»Manchmal«, wich sie aus. Ihr Blick irrte durch das Badezimmer, sie traute sich nicht, mich anzusehen. »Können wir diesen Teil mit dem ›Ich-bin-nicht-gut-für-dich‹ bitte überspringen? Ich finde, du solltest dich erklären. Dann können wir darüber sprechen, was wir an dem jeweils anderen so faszinierend finden, und müssen damit wohl vorerst leben. Oder glaubst du, es ist normal, dass ich mich von einem brutalen Arschloch wie dir küssen lasse, nachdem er mich erniedrigt hat, anstatt ihm sofort auf die Zunge zu beißen? Und wenn es dir nur darum ginge, dass du auf mir herumtrampeln kannst wie auf einem Silberfisch, den man nicht zu fassen bekommt, dann würdest du mir nicht ständig diese dämlichen Dinge sagen. ›Halt dich von mir fern‹, ernsthaft? Das ist spätestens seit 50 Shades of Grey out.«

»Davon hast du wohl alle drei Teile gelesen?«

»Komm schon, Alec«, sie wechselte abermals den Tonfall, »du sagtest, ich stecke mit drin. Jetzt stecke ich mit drin. Du hast mich hineingezogen, weil du das wolltest, und solange du mir nicht den absoluten Gegenbeweis lieferst, glaube ich fest daran, dass irgendwo unter diesem verwöhnten Möchtegerngangsterauftritt ein Herz steckt. Mit Gefühlen.«

Ich seufzte. »Möglich.«

»Warum hast du Kokain genommen?«

»Vielleicht solltest du es auch mal probieren, es hilft dabei, den Fokus nicht zu verlieren. Und dein Fokus sollte sein, dich schleunigst zu verpissen.«

»Du bist nicht witzig.«

»Mein Gott!«, fluchte ich. Eine Spur zu laut. Ich fuhr zu ihr herum und senkte meine Stimme, bevor ich weitersprach. »Shania ist die Tochter eines sehr mächtigen Mannes. Alle Mafiafilme, die du aus Hollywood kennst, sind wahr. Nur dass er schwarz ist und kein Italiener. Wenn sie herausfindet, worüber wir hier gerade sprechen, haben wir zwei der gefährlichsten Stadtteile gegen uns. England ist verglichen mit anderen Ländern verdammt friedlich und dennoch fallen in einer Millionenmegacity ein paar Tote nicht auf. Ich will weder, dass ich dieser Tote bin, noch du. Nicht Davies ist derjenige, der dich schützt, *ich* bin es. Es tat gut zu wissen, dass er dich die letzten Wochen umgeben hat, und *nein*, unfassbarerweise stelle ich meinen Besitzanspruch nicht über deine Bedürfnisse, vor allem deshalb, weil es keinen Sinn machen würde, auch nur daran zu denken, dass du mir gehören könntest. Es gibt kein Wir. Es gibt kein ›gehören‹, es gibt nur das Arschloch, das dich schlägt und dich dabei filmt, weil es ihm weiterhilft. Allein, dass wir dieses Gespräch führen, ist eine Farce über unser Selbstverständnis. Du magst mich nicht, ich habe dich nicht zu mögen und es wäre –«

Sie machte einen Schritt auf mich zu und ehe ich etwas dagegen tun konnte, traf ihr Mund hart auf meinen. Florence krallte sich in mein Haar und ließ ihre Zunge sehnsüchtig zwischen meine Lippen wandern. Das überstieg meine Kompetenz in Zurückhaltung völlig.

Ich *musste* sie haben. Jetzt.

»Du bist so ein schrecklicher Idiot«, murmelte sie zwischen ihren drängenden Küssen.

»Ich tue, was ich kann.«

»Sagtest du nicht, du kommst aus irgendeiner reichen Gegend? Warum hat man dir nie Manieren beigebracht?«

Ich streifte ihr Handtuch ab, sodass es auf den Boden fiel, und fuhr mit meinen Händen über ihre perfekte Haut. »Dort gibt es keine Frauen, die so ein Temperament besitzen wie du«, ich griff in ihren runden Arsch und hob sie kurzerhand auf den Waschtisch, »ich bin unvorbereitet.«

»Werde ich jemals die Chance haben, zu erfahren, wer du wirklich bist?«

»Wenn du dich nicht länger von meinem guten Aussehen blenden ließest, dann vielleicht.«

Sie lachte, und diese Reaktion war ein Grund mehr, alle Vorsicht zu vergessen. Vielleicht brauchte ich sie wirklich. Vielleicht könnte sie mir dabei helfen, mich nicht selbst zu verlieren. Solange man lachen konnte, etwas teilte, das über bloßes Kalkül hinausging, sammelte man auch Kraft. Ein Umstand, von dem ich bisher nur gehört hatte.

Ich ließ meine Hände weiter über ihren Körper gleiten und fasste schließlich in ihre prallen Brüste. Plötzlich spürte ich, dass es mich sehr wohl störte, wenn jemand anderes sie berührte, auch wenn es Davies war. Wenn überhaupt war er der einzige, dem ich es gestatten würde, und auch nur, weil ich wusste, dass es Florence gefiel.

Meine Selbstlosigkeit war manchmal arg zum Kotzen.

Florence stöhnte noch immer in meinen Mund, während sie ihre Hände sinken ließ und an meinen Gürtel griff. Es war, als würde sich die Gefahr, in der sie schwebte, in Sex entladen, und das seit Wochen. Aber die Frage, ob das an dieser Stelle richtig war oder verwerflich, suchte gerade keine Antwort.

»Hast du ihr das Video gezeigt?«, fragte sie an meinen Lippen.

Meine Daumen strichen über ihre harten Nippel, mein Schwanz drückte in meiner Jeans, ich wollte sie jetzt und unbedingt. »Ja.«

»Und hat sie dir geglaubt?«

»Nicht ganz.«

»Warum nicht?«

»Weil ich für die Überzeugungsarbeit nicht mehr im Stande bin.«

»Die da wäre?« Sie löste meinen Gürtel, ich stöhnte.

»Sex.«

»Du schläfst nicht mehr mit ihr?«

»Wundert dich das?«

»Ja, sehr.«

»Ach, hör auf.« Ich verließ ihre Lippen, beugte mich tiefer und nahm ihre rechte Brustwarze in den Mund. Erregend langsam umfuhr ich sie mit meiner Zunge. Es war köstlich und ihr Seufzen dabei gab mir den Rest. »Das kann dich nicht wirklich wundern.« Ich wechselte die Brust. Meine Zunge, ihre harte Knospe, meine Zähne, die sanft daran nagten. Zum Glück war sie bereits nackt, ich konnte es kaum erwarten, sie tief zu nehmen.

»Bist du ehrlich?«, fragte sie seufzend. Sie drückte meinen

Kopf an sich heran, sodass ich noch tiefer in ihrem Dekolleteé versank. »Wer sagt mir, dass du ehrlich bist?«

»Frag den Spiegel in deinem Rücken.« Ich befreite mich aus meiner Jeans und spreizte ihre Beine. Sie hatte sich zurückgelehnt, ihr Rücken ruhte am kalten Spiegelglas. So wie sie vor mir saß, halb lag, sah sie verführerischer aus denn je. Ihr in Bronze getauchter Körper schmiegte sich an den hellen Marmor, ihre Augen strahlten vor Hingabe und Lust. Ich strich mit einem Finger durch ihre Schamlippen und brachte sie zum Wimmern, als ich sanft ihre Perle umfuhr. Wir sahen uns in die Augen und ich begriff, dass es längst zu spät war, sich dagegen zu wehren. Gegen sie zu wehren. Sie hatte mich. Seit dem ersten schlecht geschauspielerten Spruch in Evans Wohnung.

Ein zufälliges Aufeinandertreffen. Das Schicksal, das uns beide verband.

Sie legte ihre Hände um meinen Schaft und drückte die Spitze in Richtung ihres Spalts. Langsam drang ich in sie vor. Mein Atem stockte. Stück für Stück, auskostend, bis ich tief in ihr war. Mal wieder ohne Kondom. Allein diese Unvorsichtigkeit bewies meine Idiotie. Wer konnte es mir verübeln? Es war das erste Mal, dass ich es mit einer Frau tat, deren Kinder, wenn überhaupt, meine sein sollten. Mit Davies und all den anderen Männern konnte sie ihren Spaß haben, so wie ich Druck an meinen Affären abließ, aber mit ihr war es etwas Besonderes.

Mit ihr ging es über Befriedigung hinaus, mit ihr war es Verbundenheit.

Ich fickte sie mit tiefen Stößen und küsste sie dabei, als würde das eine nicht ohne das andere funktionieren. So tief, wie ihre Zunge in meinen Mund vordrang, so tief vögelte ich sie mit meinem Schwanz. Es war die perfekte Einheit zweier

Körper und es ängstigte mich, dass mich nichts an all diesen bescheuerten Gedanken störte.

»Du hast recht«, sagte ich rau. Ich könnte vermutlich noch bis morgen früh so weitermachen, es würde nie ein Ende geben. »Lass uns den Scheiß mit dem ›Ich bin nicht gut für dich‹ überspringen. Wir beseitigen Shania, übernehmen London, wie ich es immer schon geplant habe, und ziehen mit Trompeten ins Schloss ein. Das könnte mir sehr gefallen.«

»Oder wir kaufen von dem Gold in deinem Safe ein Penthouse an der Themse«, seufzte sie zwischen ihren Küssen. Ihre Finger öffneten zittrig mein Hemd, aber als sie zu ungeduldig wurde, glitt sie einfach unter dem Stoff entlang zu meiner Brust hinauf. »Ich mag es modern.«

»Dann vögelst du gerade den Falschen«, sagte ich lächelnd. Meine Hände fanden bestimmend an ihre Hüfte und ich stieß mich drei weitere Male wohltuend in sie vor, bevor ich mich löste und nach unten sank. »Modern und meine Familie, das passt nicht.«

»Oh Gott«, keuchte sie tief und krallte sich abermals in mein Haar. Sie drückte mich zwischen ihre Schenkel, die sie weit für mich öffnete und ich fuhr gierig über ihren nassen Spalt.

Die Geschmacksexplosion in meinem Mund war göttlich. Ich erkundete jeden Millimeter ihrer Klit und umschmeichelte ihre Schamlippen mit meiner Zunge. Schließlich drang ich in sie ein und fickte sie mit meiner Zunge. Ihrem Stöhnen nach zu urteilen, war sie längst abgedriftet und verloren. Irgendwo am Ende ihrer Leidenschaft, weitab jeder Realität. Ob ich es mochte, dass gerade ich das in ihr auslöste? Vermutlich.

Ich und kein anderer.

Den Gedanken an Shania verdrängend, trieb ich sie mit

meinen Küssen bis zum Orgasmus und leckte dabei immer drängender durch ihren Spalt. Ihr Zucken, der Schrei, es war viel zu verräterisch, aber ich hatte zu lange darauf gewartet, das hier zu tun, also ließ ich es zu.

Nachdem sie in meinem Mund gekommen war und etwas zusammensank, stand ich wieder auf. Sofort stieß ich hart in sie, um sie bis ins Äußerste zu reizen.

Sie zog mich an sich, bettete meinen Kopf auf ihre Brust. Einen Nippel zwischen meinen Lippen, ihren Duft in meinen Atemwegen und ihren Körper in meinem Griff, kam ich in ihr.

Fuck, es war eines der erlösendsten Gefühle der letzten Zeit.

Unser Atem ging hektisch. Ihr Herz polterte an meinem Ohr. Meine Lust pulsierte wohltuend in ihrer Mitte. »Ich glaube«, begann sie flüsternd. Noch immer lag mein Kopf auf ihrer Brust. »Ich habe mich in dich verliebt.«

Blut rauschte direkt von meinem Schwanz zurück in meinen Kopf und ich erstarrte. Dieses Geständnis schockte einen Teil meines Körpers zutiefst, ein anderer, nordwestlich von meinem rumorenden Magen gelegen, empfand so etwas wie Bestätigung. Ich schloss meine Augen, um meiner Gefühle Herr zu werden. »Das ist einfach keine gute Idee.«

»Ich habe keine bessere.«

Ich bewegte mich noch immer nicht. »Ich weiß.«

»Und du?«

»Was, und ich?« So leid es mir tat, ich musste Abstand nehmen. Shania, London, die Welt, der Ausflug in mein kleines Paradies war vorüber.

»Was …« Sie zögerte, wie damals in Evans Wohnung, als sie verunsichert nach meinem Namen gefragt hatte. »Ich meine …«

»Gott, Florence.« Ich löste mich vollständig von ihr, griff nach einem frischen Handtuch und säuberte meinen Schwanz von dem Sperma. »Hör auf, so zu tun, als wäre das hier ein modernes Märchen.«

Sie biss sich auf die Lippe. Ich bemerkte es aus den Augenwinkeln.

»Das ist so ungefähr die schlimmste Abfuhr, die ich jemals bekommen habe.«

»Soweit ich weiß, gab es nach Evan keinen richtigen Typen mehr. Es ist also nicht schwer, das zu toppen.«

Sie holte Luft. So oft, wie sie mich bisher als ›Wichser‹ beschimpft hatte, so überraschend unterdrückte sie es dieses Mal. Es ergab keinen Sinn, mir zu sagen, was ich war. Es würde nichts verändern. »Also gehe ich jetzt.«

»Ja.«

»Warte darauf, dass du mich das nächste Mal in der Uni überfällst und mir ein Versprechen abnimmst, das ich nicht halten kann, nur um mich daraufhin schlagen zu können, weil es dein perverses Gehirn befriedigt. Das ist die einzige Art von Beziehung, zu der du fähig bist.«

»Mag sein.«

»Wer hätte gedacht, dass der Prinz so ein Loser ist.«

Ich sah auf. Ihre Worte weckten eine ungeahnte Wut in mir und ich griff hart an ihren Arm, um sie an mich heranzuziehen. »Ich wäre ein Loser, wenn ich deine Pussy und meinen Schwanz über alles andere stellen würde. Jetzt hör auf, mich zu reizen, ich könnte sonst noch Gefallen daran finden, dich Schmerzen spüren zu lassen.«

»Das hast du eh schon«, erwiderte sie spöttisch.

Meine Hand zuckte tatsächlich. Dadurch, dass ich es bereits einmal getan hatte, war die Überwindung nicht besonders groß, sie ein weiteres Mal zu verletzen. Himmel. Dieses

Chaos der Gefühle trieb mich an jede Grenze. »Das nächste Mal ficke ich dich mit Knebel, dann kannst du das Ende nicht so zerstören.«

»Du bist hier doch derjenige, der alles auf ein bisschen Vögelei runterbricht!«, warf sie mir vor.

»Du willst wieder streiten.« Ich schloss meine Jeans.

»Ja!«

»Warum, weil es dir so viel Spaß macht, mich zu reizen? Wann akzeptierst du die Grenzen, die man dir steckt?«

»Gerade du müsstest doch ein Gegner von Grenzen sein.«

»Aber nicht von *persönlichen.*«

Sie rutschte vom Waschtisch herunter und stand ohne Scham nackt vor mir. »Ich will, dass du zugibst, dass es für dich mehr ist.«

»Und dann kaufst du dir davon ein weißes Pferd?« Ich griff nach der Türklinke. Shania hatte uns eh gehört. Florence' Schreie waren zu laut gewesen. Eigentlich brauchte ich es nicht einmal zu versuchen, die ganze Geschichte vertuschen zu wollen.

Florence seufzte auf.

»Ich habe das schon in der Uni zugegeben«, erklärte ich ihr trocken. »Ich sagte dir, dass es für mich mehr ist als Sex. Sei nicht so gierig und fordere, dass ich es wiederhole. Und jetzt zieh dich an und verschwinde von hier. Shania hat von irgendjemandem irgendetwas erfahren und ich muss herausfinden, von wem es kam.«

»Indem du ihr das Video von mir zeigst?«, fragte sie spöttisch.

»Indem ich sie zum Orgasmus lecke, vielleicht«, konterte ich genervt und zog endgültig die Tür auf. Durch den Winkel brauchte ich nicht zu befürchten, dass Shania Florence sah.

Allerdings erübrigte sich diese Vorsichtsmaßnahme, als mein Blick auf das Bett fiel.

Es war leer.

Keine Shania zu sehen.

Jesus Christ. Sie hatte sich befreit.

DER PRINZ

DEINE SCHÖNHEIT HAT MICH DIE GEFAHR VERSCHLAFEN LASSEN.

Dornröschen

»Wo ist sie denn?«, fragte Florence und trat neben mich. Wieder das verdammt kurze Minikleid am Körper.

Ich schritt in den Raum, ging zum Bett und untersuchte die Spuren. Die Reste der Kabelbinder lagen am Boden. Daneben ein silberner Ohrring, der sich durch seine Längsseite als kleines Messer eignete. *Anfängerfehler.* Warum ließ ich Davies diesen Scheiß nicht machen? Wo war der Kerl überhaupt?

»Hattest du sie gefesselt?«, fragte Florence in meinem Rücken.

»Ja.«

»Und so wolltest du ihr Vertrauen gewinnen? Das hat schon bei mir nicht geklappt.«

Ich fuhr wutentbrannt herum. »Das hat bei dir ganz offensichtlich geklappt, sonst stündest du jetzt ja nicht vor mir!« Genau in diesem Moment sah ich, dass der Safe geöffnet war.

Unmöglich, kannte diese Schlampe meinen Code? Ich näherte mich und zog das Bild und die schwere Tür des Safes beiseite. Ein beachtlicher Teil der Diamanten fehlte.

»Verdammt!« Das Brüllen drang durch meinen Brustkorb. Ich ließ meine Faust auf die Betonwand neben dem Safe nieder, sodass der Schmerz meinen gesamten Arm durchfuhr.

»Was willst du jetzt tun?«, fragte Florence.

»Frag mich nicht.« Ich sah zur Party hinunter und wusste tatsächlich keine Antwort. Das mulmige Gefühl verstärkte sich. Der Club tobte wie gewohnt an so einem Abend. Dennoch lag etwas in der Luft.

Shania war drauf und dran gewesen, mir nicht mehr zu vertrauen. Schlimmer noch; sie fühlte sich betrogen und jetzt, da sie sich befreit und vermutlich meinem Fick mit Florence gelauscht hatte, wusste sie auch, dass es stimmte. Ich hatte sie betrogen.

Und das auf die dämlichste Art und Weise dieses Universums, direkt vor ihrer Nase.

Ich zückte mein Handy, öffnete die Message-App. *Such Shania,* schrieb ich Davies, für den Fall, dass er sie nicht sowieso im Auge behalten hatte. Und nun? Zweifelnd sah ich auf und betrachtete Florence, wie sie vor mir stand, die Hände rang und nervös wirkte. Warum? »Willst du wissen, warum Davies nichts von meinem unberechenbaren Verlangen nach dir erfahren darf?«

Sie nickte.

Ich strich mir durch den Nacken und ließ meinen Blick durch den Raum schweifen. Die Erinnerung an unseren ersten Abend hier, ihre trotzigen Kommentare, der stolze Blick, das Fesseln am Bett … es war alles präsent, ich erinnerte mich an jedes Wort. »Es war …«

Ich lauschte. Etwas hatte sich verändert.

»Ja, was?«, hakte Florence nach.

»Sei still«, zischte ich. Die Musik war ausgegangen. Und zwar länger als die gewöhnlichen ein, zwei Sekunden zwischen einem Song. Mit dunkelster Vorahnung im Nacken näherte ich mich den Scheiben. Noch bevor ich sie erreichte, hörte ich Schreie.

Echte, verzweifelte Rufe, die so laut waren, dass sie sogar durchs Glas drangen.

Und dann das Knattern eines Maschinengewehres.

»Runter!«, schrie ich und warf mich auf den Boden. Florence war wie erstarrt und blieb stehen, gerade als das Glas in meinem Rücken zerbarst. Die Splitter flogen mir um die Ohren, die Schüsse drangen tief in die Betondecke. Scheiße. Ich kroch vorwärts. »Los, auf den Boden!«, brüllte ich und Florence ließ sich endlich fallen.

Auf allen Vieren näherte ich mich ihr, die Schüsse, die Schreie in meinem Rücken. Mein Club fiel. Das hier war das Ende, ich wurde verraten.

»Zurück ins Bad!«, fuhr ich Florence an.

Sie hockte wie paralysiert vor mir. Im Gegensatz zu ihr hatte ich meinen Einsatz im Nahen Osten hinter mir. Für Unschuldige mochte dieses Kriegsszenario ein vollkommen schockierender Moment sein. Vielleicht war es gar nicht mal so klug, den Raum zu verlassen, solange Davies und unsere Männer nicht hereinkamen und uns grünes Licht gaben. Ich rutschte an die Wand unter dem Safe, lehnte mich dagegen und griff blind nach oben hinein. Ich bekam zwei Waffen zu fassen und zog meine eigene, die ich Florence reichte. »Wenn ich es sage, schieß.«

Sie nahm die Waffe zitternd entgegen und drückte sich neben mich an die Wand. Die Maschinengewehrschüsse hatten aufgehört, dafür tobte der gesamte Club. Ich wollte nicht wissen, wie viele Unschuldige gerade unten im Feuer starben. Ich konnte nur darauf hoffen, dass es keine Terroristen waren, die Shania angeheuert hatte, sondern Carls Leute. Sie würden so wenig Feuer erwidern wie möglich. *Sie würden auch mich am Leben lassen.*

Jedenfalls hoffte ich das.

Florence zitterte mittlerweile am ganzen Körper. »Müssen wir nicht fl-fliehen?«

»Baby, wohin?« Die Kommode neben mir bot genügend Deckung, die Badezimmertür stand offen. Wir saßen in einer Falle und ohne Davies würden wir sie nicht verlassen können. Da der Winkel nicht ausreichte, konnte uns kein Schuss von unten treffen. Abwarten, darauf hoffen, dass mein erster Mann wie immer alles regelte, und englischen Tee trinken. Viel mehr blieb uns nicht übrig.

»Wie kannst du so ruhig bleiben?« Florence' Stimme war ein einziges Bibbern.

»Komm her.« Ich zog sie an mich, drückte sie mit dem Oberarm an meine Brust. Die Hände zu beiden Seiten schussbereit ausgestreckt. »Wir haben beide keine Angst vor dem Tod gezeigt. Das rächt sich jetzt.«

Sie schürzte die Lippen und drückte sich schutzsuchend an mich.

»Wir warten auf Davies. Solange er uns den Weg nicht freimacht, ist es in den Gängen gefährlicher als hier hinter der Kommode.«

Die Panik unten im Club verdichtete sich zu einem einzigen jammernden Schrei. Noch immer fielen zu viele Schüsse. Aber ob sie die Menschen treffen oder nur die Panik schüren sollten – ich konnte es nicht beurteilen. Ein wenig betete ich für sie. Schließlich waren die Gäste meinetwegen in diese Scheiße geritten worden. Weil ich Shania nicht hatte halten können. Weil ich Florence verfallen musste.

»Ich bin der schlechteste König, den sie nur haben könnten«, stellte ich trocken fest.

»Du bist überhaupt kein König.«

»Damit magst du recht haben.« Ich legte meinen Kopf in den Nacken und ertrug das Kreischen in meinen Ohren.

»Warum willst du überhaupt einer sein?«

»Es ist Teil meines Erbes.«

»War dein Vater ... schon ein Verbrecher?«

Wie konnte sie bei all den Anspielungen, die ich ihr bereits geliefert hatte, noch immer nicht verstanden haben, wer mein Vater wirklich war?! »Er *ist* einer.«

»Wirklich?«, fragte sie erstaunt. »Und wo ist er? Wieso hilft er dir nicht?«

»Er kämpft auf der anderen Seite. Ein Krieg zwischen Vater und Sohn. Seitdem meine Schwester gestorben ist.«

Sie schluckte. Endlich keine Schüsse mehr, dafür noch immer panisches Kreischen. Der Club wurde geräumt. »Warum ist sie gestorben?«

»Das habe ich dir doch schon erzählt«, erinnerte ich sie ungeduldig.

»Das war aber in kryptischer Prinzenform, entschuldige, wenn das kein Normalsterblicher begreift.«

Ich lachte und neigte meinen Kopf, um sie anzusehen. »Die Geschichte, die ich dir in Glasgow auf dem Balkon erzählt habe, entsprach der Wahrheit.«

Ihre Augen funkelten mich fragend an. »Du sagtest, deine Schwester sei eine Prinzessin gewesen.«

»Und welche Prinzessin kennst du, die vor knapp achtzehn Jahren gestorben ist? Es war ein Skandal, die Presse wurde beschuldigt, man hat Gesetze entworfen. Habt ihr das nie in Politik durchgekaut?«

Sie lachte ungläubig auf. »Was?«

Ich lehnte meinen Kopf zurück an die Betonwand und sah zur Decke. Doch bevor ich zum Sprechen ansetzen konnte, sah ich etwas auf uns zufliegen. Klein. Rund. Tödlich.

»Scheiße«, schrie ich und stieß Florence von mir. Mein Körper stürzte auf das Metallstück zu, das kurz vor unseren Füßen gelandet war, während mein Kopf noch nachdachte. An die gegenüberliegende Wand schleudern, mäßige Idee. Zurück in die Disco; katastrophal. Blieb nur das Ding in meinem Rücken. Ich ruckte herum, warf die Granate in eines der Fächer und schmiss die Safetür in ihre Angeln. Für eine Sekunde geschah nichts, dann explodierte es gewaltig und ich zog Florence zügig ins Bad. Die Wand neben uns rumorte, der Spiegel im Badezimmer zerbrach. Ich zog sie weiter. Erst jetzt fiel mir auf, dass ich die Pistolen liegen gelassen hatte.

»Gib mir deine Waffe.« Ich zerrte sie aus ihren erstarrten Fingern. Sie sah aus wie ein dunkler Geist. Die Augen weit aufgerissen, der Mund eine klaffende, ängstliche Höhle. »Weiter«, herrschte ich und zog sie in Davies' Schlafzimmer. In unserem Rücken explodierten hörbar zwei weitere Granaten. Ich konnte nur darauf hoffen, dass man uns vorneherum keine Falle stellte. Ich zerrte die Schranktüren von Davies' Schrank auf und griff nach ein paar Socken und T-Shirts. »Zieh das an. In deinen Pfennigabsätzen flieht es sich schlecht.« Ich warf beides zu Florence und zückte abermals mein Smartphone. »Fuck.« Keine Nachricht von Davies. Die Schüsse kamen näher. Weitere Explosionen folgten. Meine Feinde waren also nicht unbedingt daran interessiert, dass ich überlebte. Ein äußerst schlechtes Zeichen.

Es gab zwei Fluchtwege aus dem Black Butterfly. Einen,

den Carl und damit Halb London kannte, und einen, den ich extra hatte anlegen lassen. Nur befand er sich leider im Thronsaal und ich hatte keine Ahnung, was mich dort erwartete.

Probeweise öffnete ich die App für die Sicherheitskameras und war erstaunt, dass sie noch liefen. Damit hätte ich als letztes gerechnet. Aber es war gut möglich, dass Walker sich in seinem Kellerraum verbarrikadiert und den Notstromaggregat angeschmissen hatte. Der Londoner Computercrack war ein dermaßen großer Schisser, dass er für einen solchen Fall bestens vorbereitet war. Sein Keller war so gut ausgestattet wie ein Atombunker. Solange er auf meiner Seite kämpfte, sollte mir das recht sein.

Die Sicherheitskameras zeigten, dass in die obere Etage noch niemand vorgedrungen war. Auch die Empore, die von unten nach oben führte, war leer, wenn auch zerschossen. Man hatte die Treppe zum Einsturz gebracht. Eine Sicherheitsmaßnahme. Jetzt blieb den Angreifern kaum eine Möglichkeit, in das obere Stockwerk vorzudringen. Aber sie würden bald eine Möglichkeit finden. Vielleicht hatten sie auch noch mächtigere Geschütze dabei als nur Gewehre und Granaten. Bomben … Scheiße.

»Komm mit.« Ich griff nach Florence' Hand und betrat den Flur. Als die Tür in unserem Rücken zufiel, wurde es verräterisch ruhig. Mit Blick auf die Kamerabilder ging ich auf den Thronsaal zu. Dort gab es tote Winkel, natürlich. Orte, an denen ich ficken konnte, ohne dass mir ein Nerd im Karohemd dabei zusah. Es war riskant, aber das Öffnen der Tür würde mich noch nicht töten.

Ich drückte die Klinke, zog die Tür auf und setzte einen Schuss Richtung Schreibtisch ab. Es hallte ohrenbetäubend durch den Raum, ein Schatten bewegte sich, schoss auf uns zu.

»Oh Gott«, keuchte Florence, als Davies' Kater an unseren Füßen vorbeiraste. Er wollte fliehen, aber alle Türen waren verschlossen, weswegen er panisch an der Tür zu Davies' Schlafzimmer kratzte. Ich witterte wie er die Gefahr.

»Verfluchtes Mistvieh.« Ich wandte mich zu Florence. »Was auch immer uns darin erwartet«, raunte ich leise.

Ihre Lippen zitterten noch immer.

»Wir sind ein Team. Du tust, was ich sage. Und wenn du denkst, ich werde dabei draufgehen, wirst du dennoch tun, was ich sage.«

»Ach, ich mach mir nicht allzu viele Sorgen, dass du stirbst«, gab sie gespielt unbekümmert zurück.

»Du sagtest, du seist in mich verliebt«, erinnerte ich sie noch leiser. »Menschen handeln dämlich, wenn Gefühle im Spiel sind. Also lass nicht deine Emotionen, nicht deinen Kopf entscheiden, sondern hör einzig und allein auf mich.«

Ich glaubte zu erahnen, wie ihr die Hitze ins Gesicht stieg. Meine Mundwinkel zuckten. Es gefiel mir, Florence Maywood um den Verstand zu bringen.

»Hast du das verstanden?«, hakte ich sicherheitshalber nach.

Sie nickte.

Also trat ich ein, die Waffe im Anschlag. Das Bild, das sich mir offenbarte, war so vorhersehbar wie ungewöhnlich.

Shania – die jeden toten Winkel dieses Raumes so gut kannte wie ich – saß auf einem der drei Sessel rechts von uns, eine Pistole spielerisch auf den Kerl neben sich gerichtet, der am Boden hockte, die Hände auf dem Rücken, und aussah, als hätte er sich eingepisst. Mindestens das, wenn nicht sogar mehr. Es stank bestialisch.

Schweiß, Todesangst, Körperflüssigkeiten.

»Darling«, säuselte Shania und es überraschte mich, dass eine wie sie dieses Kosewort überhaupt kannte. »Hast du dich gut erholt, ja?«

Sie machte einen gewaltigen Fehler, da sie zwar Lucas, aber nicht mich bedrohte. Lucas war mir so was von egal.

»Scheiße, Lucas!«, kreischte Florence und blieb wie angewurzelt neben mir stehen.

»Shania, lassen wir dieses alberne Spiel.« Meine Waffe zeigte wie vorhin mitten auf ihr Herz. »Wir lieben uns, wir brauchen keine Waffen.«

»Ich habe alles mit angehört, du Volltrottel!«, zischte sie wütend. Ihr Finger an der Waffe zuckte gefährlich. »Erzähl mir nichts mehr! Du hast mich für dämlich verkauft. Und dich damit selbst für dämlich –«

Niemand nannte mich dämlich. Anstatt Zeit mit diesem unnützen Gespräch zu verschwenden, drückte ich ganz einfach ab. Sie schrie panisch auf, spürte den Schmerz und verriss den Schuss, wie ich es vorhergesehen hatte. Die Waffe flog aus ihrer Hand, ihr Zeigefinger blutete. Womöglich hatte ich ihn sogar weggeschossen. Die Richtung meines Laufs wanderte zurück zu ihrem Herz. »Jetzt können wir so reden, dass ich dich auch verstehe«, erklärte ich mit einem Lächeln. »Nähere dich vorsichtig von hinten und heb die Waffe auf«, befahl ich Florence. »Geh auf keinen Fall in die Reichweite der beiden. Ignorier Lucas' Streifschuss, es ist nicht schlimm.«

Lucas, Florence' On-Off-Ex-Freund, oder was auch immer er war, blutete an der Stirn. Shanias Kugel hatte ihn knapp verfehlt. Etwas zu knapp, ich gebe es zu, aber seinen Tod hätte ich im schlimmsten Fall verkraftet. Es gab nur wenige Menschen, mit denen man mich bedrohen konnte – neben Kindern, und leider lief eine davon gerade auf das unpassende

Duo zu. Lucas saß noch immer zusammengekrümmt und vor Schock wimmernd da, Shania schaute verächtlich.

»Halt die Hände nach oben«, rief ich ihr zu.

Sie verdrehte die Augen und gehorchte. »Toll. So weit sind wir also gekommen.«

»Das ist nicht mein Fehler. Wer hätte gedacht, dass deine Eifersucht so weit reicht, dass du bewaffnete Männer in den Club lässt? Da unten tanzen auch deine Freunde. Hast du sie vorher gewarnt?«

»Sie sind heute Abend nicht hier«, zischte sie.

»Wie erfreulich, es war also ein lange ausgeklügelter Plan.«

»Ich habe ihnen Bescheid gegeben, als ich erfahren habe, dass du mich verraten hast.«

»Und wer genau spielt noch auf deiner Seite?«

Sie schwieg.

»Du glaubst, du hast die Option, zu schweigen?«

»Leck mich.«

»Diese Chance hast du dir vertan«, erwiderte ich freundlich. »Warum hast du dir ausgerechnet Lucas ausgesucht?«

Florence hatte die Waffe erreicht und griff mit spitzen Fingern danach. An ihr klebte Shanias Blut, deren Finger allerdings noch ganz war. Auch diesen zierte nur eine leichte Streifwunde und sie war zu stolz, um sich darüber zu beklagen. Lucas hatte mich längst erkannt, und wenn er zuvor ängstlich gewesen war, dann ähnelte sein Anblick jetzt einem Opfer aus ›The Ring‹ – na ja, ein wenig.

Ohne die drei aus den Augen zu lassen, ging ich zurück und verschloss die Tür. Just in diesem Moment klingelte mein Handy und neue Zuversicht durchflutete mich, als ich Davies' Nummer erkannte.

»Chef.« Seine Stimme zu hören, beruhigte mich ungemein.

Natürlich rechnete ich nicht damit, dass irgendjemand es schaffte, ihn auszuschalten. Schon allein deshalb, weil der Mörder damit sein Todesurteil unterschreiben würde und das seiner Auftraggeber gleich mit dazu. Dennoch konnte auch Davies zufällig in einen Schusswechsel geraten. Er war zugegebenermaßen nur ein Mensch und seine Haut nicht aus Stahl.

»Ja.«

»Und Sie leben, Hoheit.«

»Sie leben auch, Lancelot.«

»Die Kamerabänder sind also aktuell und funktionieren tadellos. Dann befindet sich Shania bei dir? Ich habe sie vorhin durch den Flur gehen sehen.«

»Sie sitzt munter und entwaffnet vor mir.«

»Ich bringe sie um.«

»Nachdem sie uns als Lebenspfand gedient hat.«

»Und zwar sehr langsam.«

»Gibt es viele Tote?«

»Nur Schwerverletzte. Vor dem Eingang wartet ein halbes Krankenhaus in Rettungswagen und kümmert sich um die Partygäste. Die Polizei räumt das Gebäude von unten, all unsere Sicherheitsvorkehrungen haben gegriffen.«

»Es gibt keine Toten?«

Kurzes Schweigen. »Bis auf die sechs Männer, deren Kehle ich aufgeschlitzt habe, nein.«

»Wessen Männer waren das?«

»Das wollten sie mir nicht schnell genug sagen.«

»Also nicht Carl?«

»Carls Männer hätte ich wohl kaum töten müssen.«

»Sie haben gezielt dich angegriffen?«

»So kam es mir vor.«

»Das ist eigenartig.«

»Es ist vor allen Dingen unbequem. Ich sterbe nicht gern. Die Granaten haben euch nicht getroffen?«

»Doch, zu dir spricht ein Geist.«

»Gut gekontert. Das Maschinengewehr lag vorhin mitten in der Dancehall. Keine Ahnung, wer die Scheibe durchschossen hat.«

»Das nächste Mal installieren wir verficktes Panzerglas.«

»Meine Rede.«

Es folgte ein paar Sekunden Schweigen, in denen wir beide nachdachten. Ohne weitere Absprache wussten wir, was jetzt geschehen musste. »Wir sollten es uns nicht nehmen lassen, mit dem Jaguar zu fliehen. Das hat diesen Proll-ihr-könnt-uns-alle-mal-Effekt.«

»Wenn er nicht präpariert worden ist.«

»Das wirst du herausfinden.«

»Wer sonst.«

»Wir treffen uns dort.«

»Bist du sicher, dass du gleich zwei Frauen bezwingen kannst? Du hast Florence geschlagen, ich würde nicht auf ihre Loyalität setzen.«

Ich hätte ihm an dieser Stelle gerne gesagt, dass Florence meinte, in mich verliebt zu sein. Aber wer wusste schon, ob sie das davon abhalten würde, widerspenstig zu werden. Hoffentlich verstand sie, dass ich sie eingeweiht hatte, weil ich ihr vertraute.

»Wer sind diese Männer, die den Club gestürmt haben?« Das war wichtig. Denn wenn sie potenzielle Riesenarschlöcher waren, konnte ich auch Lucas nicht einfach zurücklassen. Sie würden ihn foltern, um herauszufinden, wohin wir geflohen waren. Oder um Frust abzulassen.

Ich hörte an Davies' Atemgeräuschen, dass er lief. Er war

also bereits auf dem Weg in die Parkgarage. »Ich habe ehrlich gesagt niemanden von ihnen erkannt.«

»Das ist schlecht.«

»Sie trugen auch keine Papiere bei sich. Und na ja …« Er zögerte. »Sie hatten tatsächlich allesamt bis auf die Art der Bewaffnung nur ein gemeinsames Erkennungsmerkmal.«

»Und was muss ich tun, damit du mir verrätst, welches das war?«

»Sie waren weiß.«

DAVIES

DIE EISKÖNIGIN WÄRE IN MEINEN HÄNDEN VERBRANNT.

Es behagte Davies nicht, dermaßen offen angegriffen worden zu sein. Ein Feind, der ihn ausschalten wollte, musste übermächtig sein. Was diesem Feind vor allem fehlte, war Angst. Menschen, die vor Davies keine Angst hatten, waren selten und gehörten nicht unbedingt zu dem Repertoire an Personen, auf die er gerne treffen wollte.

Während er den Türstehern und Barmännern einem nach dem anderen zur Hilfe gekommen war, war er immer wieder gezwungen gewesen, Angriffen auszuweichen. Schwer zu sagen, ob es bei all dem Geballer tatsächlich keine Toten gegeben hatte, aber es schien, als hätten die Angreifer nur ein Ziel gekannt: Davies und den Dark Prince.

Verdammt. Es war äußerst unbefriedigend, nicht zu wissen, wer ihr Feind war.

Das Butterfly lag längst hinter ihm, als er in einer Unterführung auf zwei Ladys stieß. Sie brabbelten aufgeregt und nach ein paar wirren Sätzen verstand er auch, worüber.

»Sie haben nur in die Luft geschossen, oder? Ich hab einen Typen gesehen, der hat in die Luft geschossen.«

»Total die Spinner! Ob Anika verletzt ist? Scheiße, auch!«

Davies verbarg sich in einem Schatten und ließ sie an sich vorbeiziehen. So wie es aussah, hatten die Angreifer keine Zivilisten treffen wollen. Es stand außer Frage, dass Shania die Befehle erteilt hatte, sie bewaffnet durchzulassen. Doch wer hatte sie dazu gebracht? Ihr Vater ließ sich nicht dazu herab, den Dark Prince zu töten, nur weil seine Tochter eifersüchtig war – nein, so lebensmüde war selbst er nicht. Es musste jemand anderes gewesen sein.

Jemand Mächtigeres.

Davies überquerte die Straße und öffnete die schwere Eisentür, die in die Tiefgarage führte. Er hatte einen langen Umweg genommen, um nicht entdeckt zu werden, und wunderte sich nicht, dass einige der Türen hier unten offen standen. Diesen Bereich des Gebäudes betrat er selten und die Gänge wurden auch nicht überwacht. Erst als die Zahl auf dem Fahrstuhl sich bewegte, beschlich ihn ein eigenartiges Gefühl, und er nahm die Treppen ins Untergeschoss besonders achtsam. Der Fahrstuhl rauschte nach oben, bis ins achte Stockwerk. Vermutlich also ein Bewohner. *Soll es hier ja geben.*

Davies schüttelte die Paranoia ab. Sie passte nicht zu ihm. Er zog seinen Schlüssel und näherte sich der Tür zur Garage. Dahinter befanden sich an die acht Autos des Dark Prince. Alle waren selbstverständlich reichen Londonern geklaut worden und einige davon trugen Polizeikennzeichen. Der Jaguar war mit eines der protzigsten Fahrzeuge in dem Raum, aber in jedem einzelnen lagerten Waffen, Munition, Rauschgift, Bargeld und Kreditkarten – für den Fall einer Flucht.

Davies drehte den Schlüssel im Schloss und drückte die Klinke. Es war seinem geübten Instinkt geschuldet, dass er, noch bevor er etwas sah, an seinen Rücken griff und die

Glock hervorzog. Die Waffe im Anschlag, trat er ein, in der zweiten Hand ein Messer. Es half ihm nichts.

Wie hatte er so dämlich sein können, nicht zuvor zu lauschen?!

Im Raum befanden sich Männer. Zu viele. Er hatte schlicht nicht damit gerechnet, es nicht erwartet, sein ungutes Gefühl nach den ganzen Morden im Club als Paranoia abgetan. Fuck!

Er geriet mitten in eine Falle, aber für eine Flucht war es zu spät.

Das Einzige, was ihm blieb, war, den Typen, der dicht bei der Tür gestanden hatte, von hinten anzugreifen und ihm sein Messer an den Hals zu legen – während ein Dutzend Männer sich zu ihm umdrehten und einer nach dem anderen seine Waffe hob und auf ihn zielte.

»Fuck«, entwich es ihm. Er ließ die Glock fallen und hob die Hand. Er hatte keine Chance. In jeder Sekunde könnte sich eine Kugel durch seine Stirn bohren.

»Das Messer auch, Dave«, sagte Carl freundlich. Er verbarg sich hinter einem seiner schwer bewaffneten Männer und lächelte ihn an.

Es war das erste Mal, dass Davies ihm gegenüberstand. Dennoch ahnte Davies, dass Carl genau wusste, wer Davies war. Jeder wusste, wer Davies war, wenn er sich im Dunstkreis des Prinzen bewegte. Und jeder wusste, dass er für gewöhnlich nicht in Fallen geriet und absolut tödlich war. Bis heute.

Davies behielt das Messer, wo es war. Wenigstens würde er einen von Carls Männer mit in den Tod reißen, sollte jemand auf ihn schießen. Dafür waren seine Reflexe gut genug. Obwohl er natürlich nichts davon mitbekommen würde, wenn er dabei draufging. Shit. Der Mann, den er gepackt hatte, stöhnte kehlig, da die Schneide sanft in seine

Haut eindrang. Er zappelte leicht und wurde erst dann ruhig, als er begriff, dass er sich durch das Zappeln selbst am Messer aufschlitzte.

Zwölf Männer standen vor Davies, alle bis an die Zähne bewaffnet. Carl war der Einzige, der keine Waffe trug. Soweit Davies wusste, hatte der alte, groß gewachsene Mann bis auf einen Revolver mit sechs Schüssen nie etwas anderes dabei. Man sagte von ihm dasselbe, was Davies über Alec wusste; er hatte noch keinen seiner Schüsse fürs Töten eines Menschen verwendet.

Seine Männer, die Davies umstanden, allerdings schon.

»Das Messer, Dave.«

Sein falscher Name sollte ihn triezen. Jeder kannte Davies vollständigen Nachnamen.

»Ich traue dir nicht«, sagte Davies. Alec hielt viel von Carl, obwohl der Dark Prince dem alten Mann damals den Club aus den Händen gerissen hatte, als wäre das Black Butterfly nicht viel mehr als ein paar Zauberwürfel wert. Davies hingegen ahnte, dass Carl diesen Rückschlag nie ganz verkraftet hatte. Und das machte ihn unberechenbar.

»Nun ja«, sagte Carl schmeichelnd. »Hast du denn eine Wahl, Dave?« Carl hob einen Finger und nickte einem seiner Leute zu. Im letzten Moment riss Davies den Mann vor sich so herum, dass der Schuss dessen Bein und nicht sein eigenes streifte. Der Typ schrie schmerzerfüllt auf und fluchte. Davies nutzte ihn jetzt zur Deckung. Würde Davies es riskieren, weiter zurückzuweichen, konnte er möglicherweise die Tür erreichen.

»Gar nicht mal so übel«, murrte Carl schlecht gelaunt und betrachtete die Wunde an dem Bein eines seiner Männer. Der Mann schrie und keuchte wütend in Davies' Arm. »Ich finde, jetzt sollten wir erst recht ein paar Kugeln in deinen Hintern jagen, Junge.«

»Du bist hier, um zu verhandeln«, rief ihm Davies entgegen. Konversation. Reden. Nonsens bequatschen. Es war seine einzige Rettung. Er hatte gehört, dass dem ehemaligen Clubbesitzer das am meisten gefiel.

»Verhandeln, mit dir?«, fragte Carl abfällig. »Und was hast du mir anzubieten?«

»Informationen. Natürlich.«

»Mhm.« Carl verschränkte die Arme hinter dem Rücken und ging hinter seinen Männern auf und ab. Davies fiel es immer schwerer, den Typen vor sich im Griff zu halten. Zu viel seines Gewichtes lastete auf seiner Brust. »Nein, ich will nicht verhandeln. Ich brauche keine Informationen. Ich bin nur hier, um Alec in Empfang zu nehmen. Ich wollte sehen, wie er fällt.«

»Er fällt nicht«, sagte Davies automatisch.

»Ach nein?«, fragte Carl.

»Nein«, knurrte Davies. »Pfeif deine Männer zurück. Wenn nicht du derjenige bist, der das Butterfly angegriffen hat, stehen wir nach wie vor auf derselben Seite.«

»Wir standen nie auf derselben Seite«, spottete Carl. Er zog zwei seiner langen Finger über seine hohlen Wangen, ehe er weiterschritt und dabei Davies unverwandt ansah. »Eure ist glorreich und gut. Meine ist sehr viel schlechter.«

Davies mahlte mit dem Kiefer. Eine Diskussion mit diesem Vogel hatte wenig Sinn. Seitdem Alec und Carl aneinander geraten waren, stritten sie über ihre jeweiligen Motive. Wie zwei alte Freunde, die sich zu gut kannten, um sich hassen zu können, es aber tun würden, wären sie sich nicht so ähnlich. Carl hatte bereits vor Alecs Zeit angefangen, Konflikte zu lösen, die sich in seinem Club angebahnt hatten. Allerdings hatte er für seine ›Arbeit‹, anderen zu helfen, Geld verlangt. Was legitim gewesen wäre, wenn er zu diesem Zeitpunkt nicht längst durch die überteuerten Drinks und Drogengeschäfte im Club auf einem Dagobert Duck Goldhaufen gesessen hätte.

Alec hingegen hatte den Club zu einer echten Festung ausgebaut. Menschen, die von der Regierung zu Unrecht verfolgt wurden, kamen zu ihm. Leute, die Probleme mit Drogen bekommen hatten und dringend Substitute brauchten, um ihre Sucht kontrollieren zu können, kamen zu ihm. Statt dem Puff im Nebengebäude hatte er das Diamond und andere Edelschuppen etabliert – dreckige Ficks für wenige Pfund mit Frauen, die so dicht waren wie verstopfte Gullis, hatte er abgeschafft, während Carl sich zuvor an ihnen bereichert hatte. Der Vorteil Alecs war, dass er sich das für diese Aktionen benötigte Geld von ausländischen Investoren, Bankern, Russen und Ägyptern zusammenstahl, während Carl nicht besonders gut in Raubzügen und daher seit dem Verlust des Butterflys verarmt war.

Aber wäre das Geld nicht, sie würden zusammenhocken und gemeinsam Pläne schmieden. Na ja, jedenfalls manchmal, bis sie sich wieder in die Haare kriegten.

»Ich würde dir jetzt sehr empfehlen, das Messer fallen zu lassen, die Kugel trifft dich eh schneller, als du Johnson töten könntest«, erklärte Carl drohend.

Es war keine gute Idee, ihm zu gehorchen, denn dann stand er ohne jeglichen Schutz da.

»Und zwar sofort.«

Würde Carl ihn töten? Nein. Und Davies käme nicht weiter, solange er einen von Carls Männern bedrohte.

Davies ließ sein Messer sinken, woraufhin der Typ, den er angegriffen hatte, herumfuhr und zu einem Kinnhaken ausholte. Davies duckte sich aus Reflex und ertrug den leichten Schmerz, der sich in seinem Kiefer ausbreitete. Dem gröbsten Schlag war er ausgewichen. Er ließ sein Messer klirrend zu Boden fallen und der Typ zog sich fluchend und humpelnd zu den anderen zurück, um seine Wunden zu versorgen.

Carl hielt mitten im Gehen inne und sah auf. Sein Mund öffnete sich. »Du gibst tatsächlich auf, Dave?«

»Du Pisser nennst mich gefälligst bei meinem richtigen Namen«, forderte Davies unüberlegt.

Die Runde an Männern rumorte. Carls Gefolgsleute waren zwar ausgedünnt, aber die wenigen, die noch übrig waren, blieben ihm treu ergeben.

»Aber ›Dave‹ gefällt mir so viel besser«, säuselte Carl.

»Was verlangst du, damit du mich durchlässt?«

Carl musterte ihn lange. »Vielleicht werde ich dich doch erschießen. Einfach so aus Rache.«

Davies' Nackenmuskeln spannten sich an.

»Die Autos.«

»Was?«

»Ich will die Autos«, wiederholte Carl freundlich und nickte um sich herum. »Sie alle.«

»Die Schlüssel liegen auf den Reifen«, knurrte Davies ungeduldig. *Was wollte dieser alte Freak gottverdammt nochmal mit den Limousinen?*

»Hm.« Carl schürzte die Lippen. »Die sind präpariert. In den teuersten steckt eine kleine Bombe, man kann sie aus der Ferne zünden. Das finde ich ungünstig.«

»Ich gebe dir die Codes.«

»Wirklich?«, fragte Carl und strahlte wie ein kleiner Junge. »Ich liebe Autos. Ich war immer neidisch auf deinen kleinen König. Dass er so viele von ihnen besitzt, obwohl er sich doch wie ein kleiner Antimaterialist aufspielt. Wie auch immer.« Er hob den Arm und die Männer ließen die Waffen sinken. Einer nach dem anderen. Davies atmete auf.

Dennoch hielt derjenige, der neben Carl stand, seine Waffe weiterhin aufrecht.

»Keine Tricks«, murrte der Typ.

»Wie käme ich dazu«, sagte Davies ironisch und zog sein Handy. Alec hatte ihm eine Nachricht geschrieben, aber er ging vorsichtshalber direkt zur App, über die man die verschiedenen Bomben zünden konnte, ohne die SMS zu lesen. Es war nicht unbedingt einfach, die Codes freizugeben, hatte Walker doch dafür gesorgt, dass sie nahezu unhackbar waren. Die einzige Möglichkeit, die ihm blieb, war, Carl sein Handy zu überlassen, und das war eine eher mäßige Option, denn er wollte dem Typen nicht erlauben, seine privaten Nachrichten zu durchleuchten. – Vor allem nicht die, die er zuletzt mit Alec geschrieben hatte. Allerdings war ihm durchaus bewusst, dass noch immer jemand auf ihn zielte und er nicht viele Möglichkeiten besaß.

Er gab also das Passwort für die App ein, durchforstete die Einstellungen und fand nichts, das ihm weiterhelfen konnte. Egal, was er auch tat, jemand könnte die Bombe mit einer SMS von seinem Handy aus scharfmachen.

Die Männer hatten sich in weiser Voraussicht von den Autos entfernt, sodass Davies die Druckwelle einer möglichen Explosion am ehesten treffen würde. Selbst wenn er sein Handy abgab, auch Alec konnte die Bomben zünden. Man müsste sie schon mit Spezialeinheiten aus den Wagen entfernen.

»Ich kann die Codes nicht freigeben«, erklärte Davies geradeheraus und sah Carl offen ins Gesicht. »Selbst wenn ich dir mein Handy gebe. Du musst dich mit den drei Fahrzeugen begnügen, die nicht präpariert worden sind.«

Carl knurrte etwas Undeutliches.

Davies zuckte die Achseln. »Wäre es dir lieber gewesen, ich hätte dich angelogen?«

»Es macht keinen Spaß, mit dir zu verhandeln.« Ein weiterer Wink und alle Waffenarme richteten sich wieder auf Davies. »Lass das Handy fallen.«

Davies zögerte eine Sekunde zu lange. Eine weitere Nachricht von Alec schob sich über sein Display. Er ließ das Handy wie versteinert fallen, seine Gedanken rasten. Aber da knallte schon der Schuss.

»Du sollst keine Bomben zünden!«, rief Carl erbost.

Davies krampfte sich zusammen und griff sich wie aus Reflex an seinen Oberarm. Die Kugel hatte ihn verfehlt, die nächste würde treffen. Verfickt. Sein Atem ging rasend und er musste sich zwingen, ruhig zu bleiben und nicht an die Chance zu denken, die sich ihm in ein paar Sekunden bieten würde, wenn die ersten Autos explodierten. Er könnte sie alle erledigen.

Sie sind nicht der Feind.

Manchmal konnte er nicht unterscheiden, manchmal, wenn man ihn reizte wie jetzt und es zudem wagte, ihn vollkommen in die Enge zu treiben, hätte er am liebsten alle Moral vergessen und ein Schlachtfeld hinterlassen. Ein Dutzend Männer und dieser selbstgefällige alte, grauhaarige Mann mit seiner grinsenden Fresse? Er könnte sie erledigen, jeden einzelnen. Er sah die Leichen am Boden bereits vor sich, während die Autos eines nach dem anderen explodierten, und sie unter einer Welle aus Druck, Staub und Feuer begruben …

»Tritt mir das Handy über den Fußboden zu«, befahl Carl

rau. Seine Augen glühten, sein Gesicht war zu einer wütenden Maske verzerrt.

Davies tat, wie ihm geheißen, und trat gegen das Handy. Es schlidderte über den Boden. Im Hinterkopf zählte er die Sekunden, bis die Bomben hochgingen, und hoffte, sich nicht zu vertun. Alec war verdammt risikofreudig. Oder aber er vertraute Davies, dass er auch diese Hürde würde meistern können.

Fast schien es, als würde der Dark Prince mehr über seine Fähigkeiten Bescheid wissen als Davies selbst.

Carl hob das Handy hoch. Seine Augen weiteten sich leicht, als er die Nachricht von Alec sah. »Was soll das heißen, ›30 Sekunden und nimm ihn mit‹?«

Davies sah ihn einfach nur an. Fünf, vier, drei, zwei … Er warf sich auf den Boden. Die Schüsse gingen über seinem Kopf ins Leere und im nächsten Moment explodierten vier Autos und schickten ihre Splitter und Druckwellen durch den Raum. Die Hände fest auf die Ohren gepresst, den Mund weit zum Druckausgleich geöffnet, ließ Davies das Donnern über sich ergehen. Er war geübt. Nichts an der Situation schockierte ihn. Es hatte zu seiner Ausbildung gehört und im Nahen Osten war er mehrmals bei einer solchen Explosion – auch in geschlossenen Räumen – dabei gewesen. Die Männer um ihn herum hingegen wurden unvorbereitet getroffen. Nachdem die Druckwellen die Wände zum Erschüttern gebracht hatten, stand er auf und hechtete zu Carl. Er lag am Boden, vollkommen paralysiert. Jemand schoss auf ihn, doch er traf nicht.

»Bleib ruhig, ich helfe dir«, befahl Davies rau und zog den Mann an seinen Armen durch den Raum. Qualm verdichtete sich um sie herum, die meisten der Männer würden noch einige Zeit brauchen, um sich orientieren zu können. Als einer von ihnen auf Davies zustürzen wollte, der gerade die Tür erreicht hatte, explodierte das nächste Auto und warf seinen Gegner zurück.

Davies zog Carl rechtzeitig ins Treppenhaus und donnerte die Tür zu. Auch ihn hatte die letzte Explosion halb erwischt, dennoch schaffte er es, seinen Schlüssel zu ziehen und die Tür abzuschließen, sodass ihm auf diesem Wege vorerst keiner folgen konnte.

Wenn sich die Männer in der Parkgarage beeilten, könnten sie über den regulären Fluchtweg entkommen.

Als er sich zu Carl am Boden umdrehte, blieb er wie angewurzelt stehen.

»Sag mir, warum ich es nicht tun sollte«, knurrte der alte Mann. Seine Haare waren grau, die Falten in seinem dunklen Gesicht gingen tief. »Ach, sag es mir nicht, ich kann dich eh nicht hören, denn mein gesamtes Trommelfell wurde gerade zerstört, Junge!«

Er war rasend, er schoss. Davies konnte der Kugel gerade so ausweichen, stürzte vor und riss Carl die Waffe aus der Hand, der dabei drei weitere Schüsse absetzte, die Davies nur knapp verfehlten. Im letzten Moment blieb ihm nichts anderes übrig, als Carl bewusstlos zu schlagen.

Die Faust traf den alten Mann hart und er sank in sich zusammen.

»Gottverdammt«, knurrte Davies. Das war nicht Alecs Plan gewesen. Carl hatte herausgeholt werden sollen. Unversehrt. Vielleicht war Carls Gehör nun wirklich für immer geschädigt.

Er schleppte den bewusstlosen Körper zum Fahrstuhl und ließ diesen kommen. Er funktionierte, weil Walker den Feuermelder in der Tiefgarage aus dem System genommen hatte. Carls Beine waren zu lang für das kleine Ding, also musste

Davies seinen Körper umständlich zusammenschieben, damit die Türen sich schlossen.

Erst jetzt bemerkte er, wie sein Schädel rumorte, die Geräusche um ihn herum waren verzerrt.

Der Fahrstuhl hielt im siebzehnten Stockwerk und er schleifte Carl hinaus in den Flur zur Wohnungstür. Er hob die Faust, klopfte viermal dagegen und wartete. Als nichts geschah, drehte er probeweise den Knauf. Aber Alec war zum Glück nicht so unvorsichtig gewesen, die Tür offen zu lassen.

Nach drei weiteren Sekunden öffnete sich die Tür einen Spaltbreit und schließlich kam Florence zum Vorschein. Sie trug Socken und eines seiner T-Shirts. Ihre Haare waren wild und zerzaust, ihre Augen ausdruckslos. Sie wirkte mitgenommen, stand neben sich.

Nur seinetwegen war sie in diese Scheiße geraten. Er hatte seinen Schwur gebrochen und sie heute Abend nicht beschützt. Es war sein Fehler.

Ohne darüber nachzudenken, stieg er über Carls bewusstlosen Oberkörper hinweg, drückte die Tür beiseite und nahm Florence in die Arme. Er kannte das Gefühl nicht, sich um das Leben anderer Personen zu sorgen. Bis auf Alec waren ihm die meisten Menschen egal. War es die Schuld, die er empfand? Weil er ihr etwas geschworen und es dann nicht gehalten hatte?

Er inhalierte ihren Duft und umschloss ihren zitternden Körper fester. Sie gab keinen Ton von sich – oder aber er hörte es nicht, da seine Ohren noch immer von den Explosionen rauschten. Dann tat er etwas, das noch dümmer war, als sie in diesem Moment zu umarmen. Er beugte sich nach unten, legte eine Hand an ihre Wange und gab ihr einen Kuss.

Sanft drang seine Zunge zwischen ihre Lippen. Er zog sich zurück, ehe sie reagieren konnte. Es war tröstend, sie zu schmecken. Was, wenn Alec und sie den Granaten nicht rechtzeitig ausgewichen wären? Wäre sie dann jetzt tot?

Seinetwegen?

»Es tut mir leid«, raunte er leise und nahm etwas Abstand. Erst jetzt bemerkte er, dass sie ihn anstarrte. Ihre Augen groß und braun. Anklagend, aber auch gefüllt mit einer Sehnsucht, die ihn verwirrte. »Ich habe dir Schutz versprochen und keine fünf Minuten später lasse ich dich allein.«

»Wo warst du eigentlich?«

Davies sah auf. Plötzlich hatte er das Gefühl, Florence vor Alec beschützen zu müssen, weshalb er sie weiterhin vor sich hielt, den Arm in ihrer Taille, seine Hand an ihrem Hals.

»Ich meine«, Alec, unversehrt, warf den Wohnungsschlüssel hoch und fing ihn spielerisch wieder auf, »Shania ist mir nur deswegen entkommen, weil sie niemand aufgehalten hat. Ich habe dir zwar nicht befohlen, ihr Babysitter zu sein, aber auf sie aufpassen können hättest du dennoch.«

Davies mahlte mit dem Kiefer, bevor er antwortete. »Das Versäumnis liegt nicht bei mir.«

»Du willst sagen, es liegt bei mir?«

Davies ließ Florence los, die sich dennoch keinen Zentimeter von ihm fortbewegte. »Wie konnte Shania sich befreien?«

»Wie konnte Shania unseren Türstehern weismachen, dass bewaffnete Männer durchgelassen werden?«, konterte Alec unbekümmert.

»Sie hat die Information von deinem Rechner abgesetzt.«

»Und warum war mein Büro nicht verschlossen?«

Davies hätte ihm gerne an den Kopf geworfen, dass Alec und nicht er zuletzt im Raum gewesen war, aber was würde es bringen?

»Ich habe gedacht, dass du oben bleibst und das Ganze

überwachst«, erklärte Alec mit drohendem Unterton. »Stattdessen verziehst du dich nach unten und – ja, was – gehst tanzen?«

»Trainieren«, knurrte Davies.

Florence sah zwischen ihnen hin und her.

Wovon handelte dieser Streit? Ging es um ihre jeweiligen Fehler an diesem Abend oder ging es um Florence? »Du hättest sie halt nicht knallen sollen, bevor du aus Shania nicht das rausgeholt hast, was wir wissen müssen. Wozu das affige Video, wenn du im nächsten Moment alles riskierst. Wozu die Schläge, die sie *eindeutig nicht wollte,* wenn du Shanias Vertrauen doch nicht gewinnst. Du hättest Florence im Badezimmer ignorieren sollen, dann wäre sie auch nicht dazwischengeraten.«

Alecs Haltung versteinerte sich. Seine Hände krampften sich um den soeben aufgefangenen Schlüssel zusammen und er stieß sich leicht von der Wand ab. »Tatsächlich, ich hätte sie wohl besser ignoriert.«

Davies verspürte den ungemeinen Drang, seine Handknöchel knacken zu lassen, um sie daraufhin zu Fäusten zu ballen.

»Und du hättest wohl besser die Hanteln in deinem Zimmer benutzt, als dich außer Reichweite zu begeben. Hat sie dir dermaßen den Kopf verdreht, dass nur ein Laufband helfen konnte, hm?«

Davies machte einen Schritt vor. »Ich spiele den Babysitter gleich für zwei aufmüpfige Kinder.«

»Hört auf«, warf Florence leise ein.

Alec ignorierte sie. Davies' Worte waren eine Beleidigung unter der Gürtellinie gewesen und er bereute sie schnell. »Schleif Carl rein und dann verpiss dich.«

Davies antwortete nicht. Vielleicht war es tatsächlich besser, auf ihn zu hören, wie er es seit Jahren tat. *Nicht nach-*

denken. Keine Fehler machen. Keine eigenen Entscheidungen treffen, die dazu führen könnten, dass Menschen in seiner Umgebung verletzt werden.

Sie fürchteten beide um Florence' Sicherheit und jeder von ihnen wollte dem anderen die Schuld zuschieben, wer ihr Leben gefährdet hatte. Es war keine gute Idee gewesen, sich zu zweit auf sie einzulassen. Früher oder später übernahm ihr jeweiliger Besitzanspruch die Kontrolle. Es war klar, dass sie nicht würden teilen können. Nicht für immer. Und es war auch klar, dass Alec es niemals zulassen würde, dass Florence sich für Davies und gegen ihn entschied. Dabei überraschte es Davies selbst, dass ihn diese Rivalität überhaupt interessierte. Er war nicht der Typ für so etwas. Er war nicht der Typ dafür, sich auf eine einzige Frau einzulassen. Nicht für Monate oder Jahre. Alec hingegen schon.

Es war besser, wenn er für ihn das Feld räumte, auch wenn ihm dieser Gedanke ein Loch in den Magen grub.

Er schleifte Carl herein. Florence war zur Seite getreten.

»Das Fluchtauto können wir wohl vergessen.«

»*Ich* habe die Bomben nicht gezündet«, murrte Davies.

»Wir bleiben hier. Du gehst zu Dr. Jakeman und holst ihn her. Lucas und Shania bekommen beide eine … Behandlung.«

»Wird gemacht«, gab Davies kühl zurück. »Was ist mit Carl?«

»Wenn Carl aufwacht, kümmere ich mich um ihn. Er wird mich zwar hassen, aber schließlich war *er* in meiner Garage und hat es darauf angelegt. Er hat dich unten nicht erschießen lassen und er wird hier oben nicht gegen mich kämpfen. Er wittert nur die Chance, das Butterfly zurückzuerobern und die werde ich ihm bieten.«

»Er hat ziemlich was gegen den Kopf bekommen. Von mir«, setzte Davies nach, denn sein Faustschlag nach der

Schießerei im Kellerflur war nicht gerade freundlich gewesen.

»Jakeman wird sich auch um ihn kümmern. Und *beeil dich*. Ich will, dass wir Shania so lange hier behalten, bis wir herausgefunden haben, mit wessen Hilfe sie uns verraten hat. Und dafür braucht ihr Gedächtnis Dr. Jakeman.« Alec lächelte ihn glatt an, als hätte das Gespräch zuvor nicht stattgefunden. Obwohl es unlogisch war, dass Davies Dr. Jakeman persönlich holen sollte. Alec wollte ihn loswerden. Ein letzter Blick zu Florence. War es klug, sie alleine zu lassen?

»Ich komm klar«, sagte sie, als ob sie seine Gedanken erraten hätte. »Tu, was er sagt, er ist gerade furchtbar.« Ein vorsichtiges Lächeln.

Davies zögerte, aber dann ließ er es sich nicht nehmen, sie ein weiteres Mal an sich zu ziehen. Der zweite Kuss war fordernder, härter. Er stieß mit seiner Zunge tief in ihren Mund und hielt ihre Haare fest in seinem Griff. Sie stöhnte nicht, sie seufzte nicht, aber als sie seine wachsende Lust spürte, drückte sie sich kurz an ihn.

Am liebsten hätte er sie mitgenommen. Nur, um sichergehen zu können, dass ihr wirklich nichts geschah. *Aber das wäre zu viel des Guten gewesen.* »Bis dann, Beauty«, raunte er, löste sich von ihr und verließ die Penthousewohnung des Dark Prince mit zwei lauten Schritten. Er zog die Tür hinter sich zu.

Das Butterfly war gefallen, seine Ohren rauschten, aber sie lebte.

Und nur das war wichtig.

FLORENCE

MEIN TURM IST EIN PENTHOUSE.

Rapunzel

Die Wohnung im siebzehnten Stockwerk konnte nur jemandem wie dem Prinzen gehören. Die gesamte obere Etage – immerhin acht Zwei-Zimmer-Wohnungen – waren zu einer zusammengeschlossen worden.

Und nicht nur das – jemand hatte sie außerdem aufwendig renoviert, sodass man vergessen konnte, dass man sich in Bethham und nicht in einem teuren Schnöselviertel an der Themse befand. Die kleinen Zimmer waren zu einem riesigen Wohnzimmer zusammengeschlossen worden, das, von einer amerikanischen, offenen Küche getrennt, einmal im Karree um den gesamten Innenbereich verlief. Auf der anderen Seite des edel gefliesten Flures mussten sich die Schlafzimmer befinden. Was mich besonders gefangen hielt, war das Piano, das im verwinkelten Wohnzimmer an einer der Wände stand, die dem Zusammenschluss der Räume nicht zum Opfer gefallen waren. Nur die Betonpfeiler und die alten Fenster erinnerten einen bei der edlen Einrichtung daran, dass unter dem siebzehnten Stockwerk Menschen in Sozialwohnungen lebten.

Der ›Dark Prince‹ hatte sich einen Rückzugsort in einem Turm geschaffen. Er wohnte also nicht im Black Butterfly. Wie hatte ich davon ausgehen können?

»Hast du mich nicht gehört?« Alec tauchte neben mir auf. Er war gereizt. Mit jeder weiteren Minute ein wenig mehr. »Ich habe mehrmals nach dir gerufen.«

»Fick dich.« Es gefiel mir, dass ich keinen Grund hatte, ihn *nicht* auf die Palme zu bringen. Er war unmöglich, schnauzte mich an, kommandierte mich herum und behandelte mich nicht viel besser als Shania oder Lucas, die zwar im Gegensatz zu mir gefesselt waren, aber nicht wesentlich unfreundlicher von ihm behandelt wurden. Ich war ebenso von ihm herumgeschubst worden wie die zwei, als wir das Black Butterfly verlassen hatten. Von wegen ›Team‹. Er konnte sich sein ›Team‹ in den Allerwertesten stecken.

»Ist das eine Einladung?«, fragte er genervt.

»Ja. Und sie hat nichts mit mir zu tun.«

Er hielt seine Waffe in der Hand und lehnte mit dem Oberarm im Türrahmen. Er sah mich an, als überlegte er, ob er mich schlagen oder tatsächlich ficken sollte, und dieser Anblick entlockte mir ein Schmunzeln. »Warum lachst du jetzt?«, fragte er murrend. »Ich will, dass du in die Küche kommst. Du musst etwas für mich tun.«

»Ich werde nichts für dich tun.«

Er öffnete den Mund für eine laute Erwiderung, dann aber schluckte er und zwang sich zur Ruhe. »Bitte.«

»Oh, der Prinz lernt, höflich zu sein.« Ich hatte mich in der Nähe des Pianos auf einem Sesselhocker niedergelassen und hoffte darauf, Davies würde bald zurückkehren. Sollte er sich mit Alec herumschlagen. Er kannte ihn länger. Es war mir lieber. Ich wollte vor allen Dingen nach Hause und sichergehen, dass Nike nichts geschehen war, auch wenn Alec behauptet hatte, sich längst darum gekümmert zu haben. Ihm vertraute ich nicht mehr. Das Black Butterfly war schließlich nicht gefallen, weil alle seine Männer vertrauenswürdige Supergurus waren, die meinem Bruder niemals etwas antun würden – nein. Ich musste zu Nike, aber Alec hielt mich gefangen wie seine zwei anderen Geiseln.

»Ich *bin* höflich«, erinnerte er mich freundlich. »Warum bist du so grantig?«

»Das fragst du?«

»Ja, du hast mich doch gehört, oder?«, knurrte er. »Wenn ich es wüsste, würde ich hier nicht stehen und mich ärgern.«

»Du hast gesagt, wir wären ein ›Team‹. Dabei sind wir kein ›Team‹. Es ist dir unmöglich, ein ›Team‹ zu haben, du kriegst es nicht mit Davies hin und mit mir schon gar nicht.«

»Das ist schlichtweg falsch«, verbesserte er mich arrogant. »Du glaubst, du kannst über Davies und mich urteilen, aber du kennst uns nicht. Du hast uns nicht zusammen in der Herberge in Schottland gesehen. Wir sind das beste Team, das ich nur haben könnte. Und was genau ist jetzt *dein* Problem?«

»Du kommandierst mich herum, ist dir das nicht aufgefallen? Eben hast du mich genauso angemault wie Shania, aber wenigstens wurde *sie* nicht von dir ins Gesicht geschlagen! Und ich will zu Nike. Du sperrst mich ein. Von wegen Team!«

»Ich kommandiere, weil –« Er brach mitten im Satz ab.

»Du es gewöhnt bist?«, schlug ich vor.

Er verdrehte die Augen. »Würdest du dann bitte einfach deinen süßen Arsch Richtung Küche bewegen und etwas tun, das auch *deinen* Schutz bedeuten könnte? Nike geht es gut.«

»Nö.«

Er starrte mich an. »Du willst wirklich, dass man dich mit

Schmerzen bricht, oder? Deswegen forderst du mich heraus? Ich brauche nur zu pfeifen und Davies versohlt dir den Hintern, damit du *endlich lernst zu tun, was man dir sagt.*«

Ich hob eine Augenbraue.

»Und er wird dich dabei nicht von hinten vögeln«, setzte Alec ungemütlich nach.

Ich blieb trotzig. »So eine Macht hast du nicht über ihn.«

Alec lächelte böse. »Leider doch.« Er steckte seine Waffe zurück in seinen Gürtelbund am Rücken. »Mach es nicht noch schlimmer und komm endlich.«

Ich biss mir auf die Lippe und wusste nicht, ob ich ihm all die unmöglichen Dinge an den Kopf werfen sollte, die mir auf der Zunge lagen, oder ob ich es darauf anlegen sollte, ein weiteres Mal von beiden Männern gedemütigt zu werden. Leider siegte schließlich ein ganz anderes Gefühl in mir.

Die Neugierde, wobei ausgerechnet ich Alec helfen konnte. Schließlich hatte er den Weg vom Black Butterfly durch die engen Fluchtwege und feuchten Keller bis hierher in sein ›Penthouse‹ auch vollkommen ohne meine Hilfe geschafft. Indem er Shania, Lucas und mich vor sich her geschubst hatte, als wären wir Schwerverbrecher, die ins Gefängnis gehörten.

Ich stand auf und ignorierte Alecs intensiven Blick. »Schön«, sagte ich achselzuckend, »wobei soll ich dir helfen?«

»Wer spricht hier von Höflichkeit?«, zischte Alec und griff hart an mein Kinn, als ich ihn erreichte. Ob ich darauf spekuliert hatte? Ob ich wollte, dass er mich berührte, nur um ihm ins Gesicht sehen zu können und ihm trotzig zu zeigen, dass er mich nicht brechen konnte? »Vergiss *deine* Manieren nicht, nur weil du gegen Shania gewonnen hast. Was genau ist gerade dein Problem?«

Ich schnaubte. Diese Kuh war so unmöglich, gegen die

hätte ich noch mit verschlossenen Augen und verknoteten Fingern so gut wie alles gewonnen.

Es war befriedigend zu sehen, dass Alec in diesem Moment sehr viel Wut für mich empfand. Das war besser als Gleichgültigkeit. *Es war besser als unerwiderte Gefühle.* Vielleicht war ich nur aus diesem Grund so zickig. Weil ich ihm etwas gesagt hatte, das ich ihm niemals hätte sagen dürfen – und noch immer stand die Antwort von ihm aus.

Er ließ mich urplötzlich los, sodass ich in einen unsicheren Stand zurücksank, und unterbrach unseren Blickkontakt. Ob er sehen konnte, was sich in meinem Kopf abspielte?

Ohne ein Wort drehte er sich um und ging durch den Flur auf die andere Seite zu. Während er sich darum gekümmert hatte, Lucas und Shania zu fesseln, damit keiner von ihnen ihm ein weiteres Mal entkam, hatte ich mir die Wohnung – bis auf die verschlossenen Zimmer – genauer angesehen und kannte mich jetzt aus.

»Hättest du gerne Klavier gespielt?«

»Was?«, fragte ich verwirrt. Wieder einmal hatte Alec seine Stimme von jetzt auf gleich verändert. In einen freundlichen Plauderton.

»Ich fragte, hättest du gerne Klavier gespielt?«

Ich schüttelte automatisch den Kopf.

»Vermisst du es gar nicht? Du hast all deinen Klavierschülern abgesagt, warum?«

»Ich wollte sie von Davies fernhalten.« Das war die halbe Wahrheit. Der zweite Grund war, dass ich vorerst keinen Nebenjob brauchte, denn das Geld von Alec würde für eine längere Zeit reichen. Ich hätte eh nicht die Ruhe, mich mit einem Klavierschüler ans Piano zu setzen, während Nikes Leben noch immer bedroht und meines noch immer von Alec dominiert wurde. Ich hasste es, wenn er nett und aufmerksam wurde. Eben dann kamen diese Gefühle zurück. Diese Gefühle, die mich dazu gebracht hatten, etwas Unmögliches zu ihm zu sagen. »Wobei sollte ich dir helfen?«

Alec seufzte und blieb vor der verschlossenen Küchentür stehen. Carl lag noch immer bewusstlos bei der Garderobe. Alec hatte ihm ein Kissen unter den Kopf und eine Decke über den Körper gelegt und wartete wahrscheinlich darauf, dass Davies zurückkam, um ihn woanders hinzutragen. Es war schaurig, aber ich hatte den alten Mann sofort wiedererkannt. Seine Worte, nachdem wir damals gemeinsam aus der VIP Lounge geworfen wurden, klirrten noch jetzt in meinen Ohren. *Er glaubt von sich, er würde diese Welt besser machen, aber weißt du was? Der Dark Prince wird diese Welt nicht besser machen. Er ist nicht besser als wir anderen.*

»Und was empfindest du, wenn er dich küsst?«

Ich sah überrumpelt zu Alec auf. »Hm?«

»Du hast mich schon verstanden«, knurrte er. Seine Laune war an einem Tiefpunkt. »Was ist Liebe für dich, wenn du dich gleich an dem Schwanz des nächsten reibst?«

»Hast du mich das gerade tatsächlich gefragt?« Seine Worte lösten eine Lawine aus Scham in mir aus. *Hätte ich doch nur meine Klappe gehalten! Wieso musste ich mich ausgerechnet ihm offenbaren?* »Was kümmert es dich?«, fragte ich gleichgültig. Jetzt bekam ich die Schauspielerei hin. Jetzt, wie niemals sonst. Weil er mir auf eine andere Art Angst einjagte. Weil der emotionale Schmerz, den er mir zufügen konnte, größer und tödlicher war als jede Waffe, die er auf mich richten konnte.

»Ich bin nur neugierig.«

»Und es gewöhnt, dass Leute dir antworten, wenn du ihnen Fragen stellst.«

»Allerdings.«

»Tja. Ich habe keine Antwort für dich.«

»Weil du selbst keine hast oder weil du nicht willst, dass ich sie erfahre?«

»Ich habe *keine* Antwort für dich. Jetzt sag mir, wofür du meine Hilfe brauchst oder ich überlege es mir wieder.«

Er schüttelte den Kopf. Seine Augen wurden matt, seine Miene müde. »Du begreifst nicht, wo du hineingeraten bist. Wo Nike hineingeraten ist, als er die Drogen mit nach Hause genommen hat. Du steckst in der allergrößten Scheiße, die Bethham nur hervorbringen kann. Nicht du hilfst mir. Ich helfe dir. *Möchtest du,* dass ich dir helfe?«

Ich sah ihn an.

»Wenn nicht«, er zuckte die Achseln und drehte sich zu einer der anderen Türen, die vom Flur abgingen, »ich kann mich auch noch um die anderen zwei Opfer kümmern, die auf meine Regentschaft warten, Florence.«

»Du bist so ein Arsch.« Tränen schossen mir in die Augen.

»Und du bist so eine komplizierte, unerträglich widerspenstige Frau!«, fuhr er mich lautstark an.

Ich zuckte zurück.

»Also, was willst du jetzt?! Ich habe das Gefühl, dass ich dich davon abhalten muss, in deinen offenen Tod zu rennen. Du willst zu Nike? Das ist alles, woran du denken kannst? Rausgehen, jetzt? Nicht nur um diese Uhrzeit, sondern auch, nachdem das Butterfly deinetwegen gefallen ist? Ist dir nicht klar, dass Shania deswegen die Leute reingelassen hat, weil du da warst und sie sich darin bestätigt fühlte, dass ich sie für dich aufgegeben habe? Und dann beschwerst du dich auch noch? Du bist unmöglich. Unverständlich. Deine Frauenlogik geht mir gehörig auf den Geist. Jetzt muss ich mir auch noch überlegen, wie ich dich aus der ganzen Scheiße geritten bekomme, weil es äußerst ungünstig für dich enden kann, wenn ganz London erfährt, dass ich alles aufgegeben habe für irgendein Gossenmädchen. Es ist *gefährlich für dich.* Es war von Anfang an gefährlich. Aber du hättest vielleicht einiges abwenden können, hättest du uns nicht verführt und das auf eine der perfidesten Arten, die ich kenne. Halb Unschuldstour, halb unerträgliches Ihr-könnt-mich-mal-Gehabe. Das ist jetzt die Quittung. *Also willst du, dass ich dir da wieder raushelfe oder nicht?!*«

Mein Mund war trocken, die Worte entrannen mir. Was sollte ich auf all das antworten? Plötzlich fühlte ich mich furchtbar schwach und aufgelöst. Ich hatte doch nur diese dämlichen Drogen loswerden wollen … Ich hatte doch nur gewollt, dass Evan uns aus allem rausholt. Und wo hinein war ich stattdessen geraten …?

Ich spürte, wie meine Knie nachgaben. Tränen rannen über mein Gesicht.

Alec griff an meinen Arm, bevor ich nach unten sinken konnte. Die Gefühle, die ich dabei empfand, weil ausgerechnet er mich festhielt und diese Dinge zu mir sagte, machten nichts besser. Er hatte recht. Nichts von dem, was ich tat, war in irgendeiner Weise logisch.

»Willst du, dass ich dir helfe?«, wiederholte er ein drittes Mal.

Ich nickte. Und heulte. Wann hatte ich das letzte Mal geheult? Wann waren mir das letzte Mal die Tränen unaufhörlich die Wangen hinuntergelaufen?

Er hob seine Hand und streichelte über meine Wange. »Als du mir geglaubt hast … Als ich dich geschlagen hatte. Es war … Es war dämlich von mir. Früher hätte es mich nicht gekümmert, das habe ich dir doch lang und breit erklärt? Alle anderen vor einem einzelnen. Wann wirst du das verstehen? Ich habe das Video gemacht, weil es sein musste. Weil es zu meiner Art gehört, Dinge schnell … durchzusetzen. Weil ich so etwas tue, wenn es vielen anderen hilft. Aber es war das Schlimmste, dich so zu sehen. Hätte ich dir nicht gesagt, dass es ein Spiel war, hätte ich es nicht beenden können. Und du hast mir vertraut. Warum vertraust du mir so sehr, Prinzessin?«

Sein Blick wurde unendlich warm und meine Augen noch feuchter. Ich war auf jeden Fall ganz knapp vor einem Ende. Vielleicht würde Schlaf helfen. Vielleicht nicht einmal das. »Ich hatte keine andere Wahl, als dir zu vertrauen«, raunte ich. »Es war nur die Hoffnung. Du lässt Leuten um dich herum keine Wahl, Alec.«

»Doch, du hättest mich weiter hassen können. Stattdessen bringst du Verständnis auf. Du verstehst zwar nicht, warum ich diese Dinge tue und was sie uns nützen, aber du glaubst an dieses Weiße und Ritterliche in mir. Ich fürchte, ich werde dich noch einige Male bitter enttäuschen –«

»Darauf freue ich mich schon.«

Er lächelte. »Ich habe es dir in Liverpool in diesem schäbigen Motel gesagt. Je länger du mich reden lässt, desto eher wirst du mich verstehen. Und in diesem Zwiespalt befinde ich mich. Ich weiß, dass es besser für dich wäre, wenn du nichts über meine wahren Beweggründe erfährst. Und auf der anderen Seite will ich dir dasselbe Vertrauen entgegenbringen wie du mir. Deswegen … das ›Team‹. Ich habe dich vor Shania und Lucas auf dem Weg hierher so schlecht behandelt, weil niemand wissen soll, dass du …« Er zögerte. »Zu mir gehörst.«

Zu ihm gehören … »Das hat Shania nun aber verstanden, oder?«, fragte ich ziemlich zweifelnd. Ich wusste, dass es auch meine Schuld war – hätte ich Alec im Badezimmer die kalte Schulter gezeigt, hätte sie keinen Verdacht geschöpft.

»Ich werde sie mit Drogen manipulieren«, erklärte er leise.

»Sie wird hier bleiben. Es wäre zu riskant, sie zu töten oder gehen zu lassen. Und ich will dich am liebsten auch hier behalten. Weißt du, warum Davies und ich als Team so gut funktionieren?«

Ich schüttelte den Kopf. Weil Davies tat, was Alec verlangte? Immer?

»Weil sein Leben so wertvoll wie meines ist und wir Seite an Seite für eine Idee kämpfen, an die wir beide glauben. Er wäre ohne mich wertlos. Ich wäre es ohne ihn. Aber du, Florence. Du bleibst wertvoll, ob es mich nun gibt oder nicht.«

»Ihr seid doch keine siamesischen Zwillinge.«

Ein echtes Lachen breitete sich auf seinen ebenen Zügen aus. »Du verstehst das nicht. Wie soll ich arbeiten, wenn ich ihn nicht an meiner Seite habe? Und wie soll er es?« Er ließ seine Hand sinken. »Ich habe mir überlegt, dass wir Lucas dazu benutzen werden, so zu tun, als wäre bei dir alles in bester Ordnung.«

»Okay«, gab ich erschöpft von mir. Ich fühlte mich wie ein Häufchen Elend und ich stand auch so vor ihm. Verloren, mitten in diesem edel gefliesten Flur, Carls Arm, der auf dem Boden hinter der Wand hervorlugte.

»Du gehst rein. Du machst ihm etwas vor. Du bietest ihm einen Drink an und träufelst ihm unbemerkt das hier da rein.« Alec zeigte mir ein kleines Fläschchen.

»Ich soll ihn vergiften?« Ich empfand bei dieser Frage nicht einmal Angst. Er wäre beinahe sowieso gestorben, als Alec auf Shanias Hand geschossen hatte. Mir war alles gleich.

»Das ist eine spezielle Art von K.-o.-Tropfen.«

»Echt?«

Alec schaute irritiert. »Ja, warum sollten wir ihn töten

wollen?« Ich fragte mich unwillkürlich, ob er mit dem ›wir‹ Davies und sich oder uns meinte.

»Die muss ich Lucas nicht heimlich in einen Drink mischen«, erklärte ich trocken. »Die nimmt er so.«

»Was?«

»Ja.«

»Wirklich jetzt?«

»Wenn du noch LSD da hättest …«

Alec wirkte vollkommen verwundert. »Ich wusste nicht, dass er Drogenprobleme hat …«

»Hat er auch nicht. Sind halt verdammt teuer und ins Black Butterfly geht er ja nicht. Aber er würde nicht ›Nein‹ sagen. Gib mir eine Placebo-Pille, dann denkt er, ich mache mit und du hast ihn unter Drogen. Wofür soll das gut sein? Ich mag Lucas, wenn er stoned, nicht mehr er selbst und damit auch kein feiges Arschloch mehr ist, geht's dir darum? Willst du uns verkuppeln?« Ironie half mir in diesem Moment sehr.

Alec öffnete seinen Mund. »Ahm …«

Ich schaltete. »Ich soll ihm eine bessere Version dieses Abends verklickern und die Drogen werden dafür sorgen, dass er mir glaubt.«

Alec fasste sich. »Und du wirst mit ihm rummachen. Mach ein Selfie davon.« Er entsperrte sein Handy und reichte es mir. Mein eigenes Handy lag in meiner winzigen Tasche irgendwo in Davies' Zimmer im Black Butterfly. »Log dich bei Facebook ein und poste das Bild dort. Bezirze ihn, er soll denken, ihr seid glücklich und zusammen, das war mein Plan. Ich hab ihm neue Klamotten aufgezwungen, also keine Angst wegen seiner … Ausscheidungen.«

Daran wollte ich lieber nicht denken. Lucas war wirklich ein verdammter Schisser, dafür, dass er in Bethham aufgewachsen war. – Oder aber gerade deshalb? Man erzählte sich, dass einer seiner Freunde einmal neben ihm auf einer Parkbank angestochen worden war. Am hellichten Tage, so wie das nur in London geschah, ohne, dass es jemanden wirklich interessierte. Zu der Zeit musste er um die zwölf gewesen sein. Kurz bevor wir uns durch Eve angefreundet hatten. »Und was hast du davon, wenn Lucas das von uns denkt?«

»Vielleicht denken es dann ja noch ein paar mehr.«

»Jeder hat mich mit Davies gesehen.«

»Tja.« Alec fuhr sich einmal durchs schwarze Haar. »Und eben das war der Fehler. Einer meiner Feinde wollte sich womöglich rächen.«

»Rächen, wofür?«

»Dass Davies ausgerechnet *dich* besitzt. Was im Umkehrschluss auch bedeutet, dass du … durch ihn in meiner Hand bist.«

»Warum sollte das irgendjemanden interessieren?«

»Weil du begehrter bist, als du glaubst«, sagte er geheimnisvoll und lächelte kurz.

»Begehrt? Möchtest du mir das erklären oder hoffst du, dass uns wieder eine Granate unterbricht?«

Er schenkte mir ein echtes Lächeln, bevor er an die Türklinke griff. »Ich habe das Radio und die Spülmaschine eingeschaltet und er wird uns nicht gehört haben, aber dafür kann Carl jederzeit aufwachen. Bring es einfach hinter dich.«

»Wieso sollte Shania eigentlich eifersüchtig auf mich sein, wenn doch jeder und auch deine Feinde von mir und Davies denken, wir wären zusammen?«

Alec betrachtete mich länger, dann senkte er die Stimme. »Du meinst, abgesehen vom Badezimmerfick? Und den Dingen, die du mir dort gesagt hast?« Mir wurde heiß und meine Tränen hörten schlagartig auf, zu fließen. Warum konnte er das nicht einfach wieder vergessen? So tun, als hätte ich es nicht gesagt? »Jemand wird ihre Zweifel geschürt haben und ich ahne auch, wer. Aber das ist nur eine Vermutung, es ist ja nicht gerade so, dass ich wenige Feinde hätte. Irgendjemand wird sie vielleicht ins Blaue hinein angestachelt haben und lag damit leider goldrichtig.«

Goldrichtig ... Ohne es wirklich auszusprechen, deutete er an, dass er Shania für mich verlassen hatte. Das war verrückt, denn er hatte mich für sein dämliches Video kurz zuvor noch geschlagen, um sie unbedingt von sich überzeugen zu können. Aber er sagte ja schon, dass es keine gute Idee gewesen war, sich in ihn ... zu verlieben. Am schlimmsten war es wohl, es ihm gesagt zu haben. Ganz abgesehen davon, dass ›Liebe‹ etwas anderes sein musste als das hier.

Ich ging an ihm vorbei und öffnete selbst die Tür. Nicht ohne ihm vorher das Fläschchen mit den K.-o.-Tropfen abgenommen zu haben.

»Meine Sammlung Drogen findest du im Kühlschrank«, raunte er, bevor er sich von mir abwandte und in einen anderen Raum ging, in dem vermutlich Shania wartete.

Ich wollte gar nicht darüber nachdenken, was er dort mit ihr tat.

In der Küche war alles so, wie Alec es beschrieben hatte. Die Spülmaschine rauschte, das Radio spielte leise einen frühzeitigen Weihnachtssong, Lucas saß auf einem Küchenstuhl, mit dem Rücken zu mir. *Last Christmas* ... Dass andere Weihnachten vorbereiteten, Geschenke kauften und sich mit dem Radio auf das Familienfest einstimmten, kam mir surreal vor.

Auch die Küche war edel und modern und passte somit nicht in dieses Betonhochhaus Bethhams. Schlanke Griffe, beigefarbene Schranktüren, eine dunkle Arbeitsplatte. Erst jetzt schien mir wirklich bewusst zu werden, wie reich Alec war und mit welcher Selbstverständlichkeit er sich in diesem

Reichtum bewegte. Wenn ich an unsere winzige Wohnung und die heruntergekommene Küche dachte …

Lucas' Kopf zuckte nervös, als er die Tür hinter mir zufallen hörte.

»Ich bin es.«

»Gott«, fluchte er laut und ich sah, wie sein Nacken sich etwas entspannte. »Dir geht's gut, ja?«

»Ja.«

Ich ging zu dem Schrank, hinter dem ich den Einbaukühlschrank vermutete und öffnete die Tür. Er war gut gefüllt. Frisches Gemüse, türkische Antipasti und Brötchen zum Aufbacken, aber auch Bierdosen, Wein und Cola. Im Gefrierfach fand ich neben ein paar asiatischen Fertiggerichten eine unbeschriftete weiße Plastikdose. Ich brauchte niemanden zu fragen, ob das die Sammlung seiner Drogen war. Als ich sie herausholte, war ich überrascht, wie deutlich die einzelnen Dinge beschriftet waren. Neben Medikamenten wie Schlaftabletten lagerten dort verschiedene Pillen in Tütchen. Und Spritzen, gefüllt mit Heroin.

Ich starrte darauf und fragte mich, ob das verflüssigte Opium mich alles vergessen lassen würde. Ob ich mich gut fühlen würde. Vielleicht so gut wie niemals in meinem Leben zuvor.

»Was tust du da?«, fragte Lucas unruhig. »Flo, kannst du mich vielleicht losmachen? Dürfen wir gehen? Ist er weg? Mann, kannst du mal herkommen?«

Ich schlug die Kühlschranktür zu und hielt die Plastikdose fest umklammert. »Es ist alles gut.«

»Nichts ist gut!«, rief er ängstlich. »Scheiße, ich hätte nie in diesen dämlichen Club gehen sollen!«

Stimmt. »Weshalb warst du überhaupt da?« Ich stellte die Dose in seinem Rücken auf den Tisch, legte eine Hand auf seine Schulter und trat in sein Blickfeld. Er sah ebenso mitgenommen aus wie ich. Seine Augenränder waren verfärbt, das Weiße neben seiner Iris rot unterlaufen. Die Wunde vom Streifschuss an seiner Stirn deutlich zu sehen.

»Ich bin so froh, dich zu sehen«, keuchte er mit bibbernden Lippen. »Ey, Mann, dem Typen hätte ich alles zugetraut. Ich sollte mich selbst an diesen Stuhl fesseln, nachdem er diese Shania einfach … mit ner Spritze … Gott, er hat die einfach mit irgendeinem Gift willig und träge gekriegt, der ist voll der abartige Freak!«

»Was hast du im Black Butterfly gewollt?«, fragte ich noch einmal und sah ihm direkt in die Augen. Meine Hand ruhte auf seiner Schulter und ja, ich drückte etwas fester zu als nötig.

»Ich hab gehört, dass du da bist …«, wich er aus.

»Und weiter?« Ich schwang mich kurzerhand auf seinen Schoß, was ihn vollständig verwirrte.

»Flo, meine Arme sind noch gefesselt …«

Ich legte meine Hände in seinen Nacken. »Was genau ist im Club geschehen?«, fragte ich rauchig und näherte mich seinem Gesicht. »Erzähl mir alles.«

»Bist du high?« Er rüttelte an seinen Fesseln, aber die Kabelbinder hielten ihn fest an der Armlehne zurück.

Ich lächelte nachsichtig und rieb mich leicht auf seinem Schoß. »Nur neugierig.«

»Ehm …« Sein Blick irrte über meinen Körper – ich trug noch immer Davies' T-Shirt über meinem viel zu kurzen Minikleid – und fand schließlich in mein Gesicht. »Vertraust du dem Kerl? Ich meine, wieso lässt er dich hier frei rumlaufen?«

Ich beugte mich an sein Ohr. »Er ist weg.« Meine Lippen berührten sanft seine Haut. Ich hielt noch immer das Handy in der Hand und schoss das erste Foto. Es fiel mir nicht besonders schwer, darauf verführerisch auszusehen. Ich musste nur an Alec denken, daran, dass es ihn hoffentlich ärgerte, mich so zu sehen, und das Selfie wurde verrucht und perfekt. »Also erzähl mir alles.«

»Lass uns erst abhauen«, stammelte Lucas.

»Er hat dich gerettet, oder nicht? Du solltest ihm vertrauen.«

Lucas zögerte. Unruhig bewegte er sich unter mir. Ich griff in die Schachtel und holte das Tütchen mit den LSD Pillen hervor, während ich mir das Foto genauer ansah. Etwas unscharf vielleicht, aber es dürfte gehen. Eine Nachricht von Davies ploppte am oberen Bildschirmrand auf: *Sind unterwegs.*

Aus einem spontanen Impuls heraus drückte ich auf die Nachricht, sodass sich der Messenger öffnete.

»Ich vertrau dem Mistkerl nicht.«

»Komm schon«, beruhigte ich Lucas abgelenkt, holte mit zwei Fingern eine Pille hervor und hielt sie ihm vor die Lippen, während ich die Nachrichten nach oben scrollte.

Warum hast du sie hierhergebracht?

Sie will verstehen, wofür wir kämpfen.

Reizend. Hat ihr Arsch dich dazu überredet?

»Ich will das Zeug nicht!«, zeterte Lucas. »Nimm das weg!«

Vergiss sie. Lass uns über London reden. Wozu hast du die Männer herbestellt?

Hat sie dir gesagt, dass ich in der Uni war?

»Du bist auf nem Trip«, keuchte Lucas panisch und wand sich noch stärker unter mir.

Ja. ›Nett‹ eingefädelt, Sir ... Ich hätte sie beinahe dafür bestraft, dass sie sich von Studenten durchficken lässt.

Kleine Verräterin. Und was ist mit ihrem Bruder? Wieso ist das nicht längst geklärt?

Wie willst du es klären?

Gib ihr das Geld. Aber lass sie denken, es käme nicht von mir.

Sie könnte dich ja anfangen zu mögen, was, Hoheit? ;)

»Na und?«, fragte ich Lucas zitternd. »Wir sollten ... es ... genießen ...« Scheiße.

»Was machst du da hinter meinem Rücken?!«

»Ich ...«

Geh mit ihr in dein Zimmer, sorg dafür, dass sie dieses hässliche Ding auszieht, und bereite sie vor. Ich stoße dazu.

Alles in mir gefror zu einem Eisklumpen, jede Emotion erlosch. Das war nicht wahr. Das war alles nicht wahr. Davies hatte mich verraten? Ohne ihm zu erzählen, warum ich gezwungen gewesen war, ihm Alecs Besuch während der Vorlesung zu beichten? Er hatte sein Versprechen gebrochen? Und nur mit mir geschlafen, weil Alec es angeordnet hatte? Mich ausgezogen, weil Alec es wollte? Die Massage ... der

Sex … er hatte es nicht selbst gewollt, er hatte es für Alec getan?

»Florence?«, fragte Lucas von weit her.

Ich beugte mich vor und küsste ihn. Ich hatte Lucas bereits einige Male geküsst. So beim Sex, nebenbei, niemals nur des Küssen willens. Wir hatten keine Beziehung geführt, da ich alles in diese Richtung abgeblockt hatte. Aber das hier war kein verliebter Kuss. Er sollte ihm signalisieren, dass es das Vorspiel war. Dass er mehr bekommen würde, wenn er das wollte. Und ganz zufällig schoss ich mit zittrigen Fingern ein weiteres Selfie. Dieses Mal behielt ich die Augen geschlossen und konnte nur darauf hoffen, dass die Kamera gut genug einfing, wie tief meine Zunge in Lucas' Hals steckte. Jetzt, mit dem Vergleich der anderen Männer, fiel mir auf, wie schlecht Lucas im Küssen war. Seine Zunge war hart, wenig geschmeidig, als wäre sie kurz und stumpf, irgendwie unbeholfen. Dennoch machte ihn der Kuss geil. Er konnte sich gar nicht dagegen wehren.

»Du solltest diese Pille schlucken.« Ich hielt sie ihm noch immer vor die Lippen. »Du musst runterkommen.« Wie ein Roboter führte ich aus, was Alec von mir verlangt hatte.

Er presste den Mund zusammen und schüttelte stoisch den Kopf. »Ich muss klar bleiben und dich hier rausholen.«

Ich lachte bitter auf. »Es ist süß, dass du glaubst, du würdest das können.« Ich nahm die Pille selbst in den Mund, beugte mich vor und gab ihm einen weiteren Kuss.

»Nein, nein«, wehrte er ab, doch er hatte keine Chance. »Ich weiß, was du …«

Ich griff in seinen Schritt und massierte seinen Schwanz. »Es ist alles gut, Lucas …« Ich schob ihm die Pille zwischen die Lippen und küsste ihn heftiger. Er versuchte sie einerseits auszuspucken, wollte aber auch nicht, dass ich aufhörte, ihn zu küssen. Ich wartete so lange, bis ich mir sicher sein konnte, dass er sie geschluckt hatte.

Keuchend gab er auf. »Du bist verrückt.«

»Nein, ich habe dich nur vermisst.« Ich richtete mich auf und durchstöberte die Box in seinem Rücken. LSD traute ich mir nicht zu – die Geschichten darüber gruselten mich und ich wollte nicht meine Persönlichkeit an eine Droge verlieren. Ecstasy würde mich zu wach und klar machen – jedenfalls war es eine Partydroge und man nahm sie, um lange wach und klar zu bleiben, obwohl man Unmengen Alkohol in sich hineinschüttete. Aber woher sollte ich schon wissen, wie sie auf mich wirkte? Kurzum entschied ich mich für eine Tablette, die schwarz wie Kohle war.

Ich drehte sie zwischen den Fingern, während Lucas unter mir wackelte, dann warf ich sie ein. Keine Ahnung, was jetzt geschehen würde, aber vielleicht ließ es mich tatsächlich für kurze Zeit vergessen, wie bescheuert so ziemlich alles war, was ich tat. *Und was sie mit mir taten.*

Seitdem ich Alec getroffen hatte. Seit diesem Gespräch in Evans Wohnung. Allein die Tatsache, dass es mich angemacht hatte, wie er mich an die Wand gedrückt und nach weiteren Drogen gefilzt hatte … Wieso war ich so? Warum gehorchte mir mein Körper nicht? Und warum benutzten sie mich für ihre Spielchen und sprachen über mich, als wäre ich ein billiges Sexobjekt? *Bereite sie vor …* Sie behandelten mich so, weil ich mich so verhielt. Ich spürte, wie mir erneut verzweifelte Tränen kamen, und blinzelte sie weg.

»Also wieso warst du im Club?«, fragte ich und sah Lucas an.

Wieder zog er an seinen Fesseln, dann lächelte er plötzlich. »Du genießt das richtig, ne. Du bist geil und genießt es, dass ich mich nicht bewegen kann.«

Ich zuckte die Achseln. »Vielleicht. *Sag mir jetzt, was du da wolltest.*«

»Mann, Babe, ich hab einfach ne Chance gewittert, okay?« Er wollte mehr von mir und wollte es schnell. Sehr gut. »Was hast du mir da gerade gegeben? LSD?«

»Eine Chance?«, fragte ich zweifelnd.

Lucas sah sich zu beiden Seiten um, ob sich außer uns noch jemand in der Küche befand. Aber er konnte nicht um die Ecken sehen, hinter der das Wohnzimmer und auf der anderen Seite das Esszimmer lag. »Jemand hat getwittert, dass das Black Butterfly übernommen wird«, raunte er mit gesenkter Stimme. »Also hab ich gedacht, dass ich mal rein kann. Ich wusste nicht, dass die da gleich rumballern würden!«

»Ach ja. Du hattest ja Angst vor Davies.«

»Pscht! Nicht so laut. Ja, Mann. Habe mal Mist gebaut. – So wie du damals in der Apotheke.«

»Den Kommentar hättest du dir sparen können.«

»Hab Leuten was geschuldet, denen man besser nix schuldet, okay? Da hab ich halt … Geld zusammengeklaut, um die auszahlen zu können, okay? Dieser Davies bekam das mit und hat mich verwarnt.«

Shit. »Was zur Hölle hast du getan?!«

»Red leiser!«, zischte er. »Ich hab in den Akten meines Vaters gekramt und Leute … damit erpresst, okay.«

»Nein, das ist nicht okay! Hat dein Vater das nicht bemerkt?!«

Lucas stöhnte. Noch immer brachte es ihm nichts, an seinen Fesseln zu ziehen. »Du kennst doch meinen Dad. Der macht selbst so was.«

»Und da dachtest du, trittst du einfach mal in die

Fußstapfen deines alten Herrn und wirst ein korrupter Scheißcop.«

»Doch nur ein paar Mal, um meine Schulden loszuwerden!«

»Warum hat Davies dich und nicht deinen Vater ermahnt?«

»Was weiß ich denn! Ich glaub, mein Dad hat schon vor ner Weile damit aufgehört. Weiß nicht, vielleicht arbeitet er sogar für diesen Freak … Diesen Dark Prince. Das war er, oder? Der Typ vorhin? Dieser weiße Scheißer? Echt jetzt. Nicht mal mein Dad weiß, wie der aussieht, und doch kennt ihn jeder. Das ist abgefahren. Warum hat der dich vor drei Wochen in der Unterführung angemacht?« Gerettet wäre wohl der treffendere Begriff. »Ich meine, was zur Hölle hast du mit ihm am Hut?«

Ich sagte es einfach. Es könnte vielleicht helfen, mit ihm darüber zu reden. Warum hatte ich es nicht viel früher getan? Lucas war so wie ich. Jemand aus Bethham, der nicht daran glaubte, dem sozialen Abgrund jemals zu entkommen. Er kämpfte und hatte doch längst kapituliert. Er baute Mist und wusste gleichzeitig, dass er im Vergleich zu seinen Nachbarn wie ein Engel wirkte. Man lebte hier so. Er verstand das. Davies, der Exsoldat aus den Staaten, und Alec, der verhätschelte Sohn irgendeiner fernen Sippschaft oder von wem er abstammen mochte, nicht. »Ich hab nen halbes Kilo Koks bei Nike im Zimmer gefunden. Ich wollte zu Evan, es loswerden. Aber Evan war nicht da. Dafür hockte in seiner Wohnung dieser Typ. Er hat mir das Zeug abgenommen und mich ins Black Butterfly beordert. Seitdem stecke ich in der Scheiße.«

Die Tür glitt geräuschlos auf. Ich konnte nicht sehen, ob Alec sich dahinter befand, aber es sollte mir wohl eine

Warnung sein, nicht zu viel zu verraten. Hm. Musste ich auf ihn hören?

»Nike wurde zusammengeschlagen, weil er das Geld für die Drogen nicht bezahlen konnte.«

»Echt jetzt?«, fragte Lucas vollkommen perplex. »Dein kleiner Bruder Nike?«

Ich kniff die Augen zusammen. »Welcher denn sonst.«

»Der hat mir vorhin noch geschrieben.«

Mein Herz begann zu rasen. Nicht nur wegen Lucas' Worten. Sondern auch, weil Alec im Türrahmen auftauchte. Ich kannte ihn nun schon, wenn er kurz davor war, mich erschießen zu wollen, aber dieser Blick war mein regelrechtes Todesurteil. »Was hat er dir geschrieben?«, fragte ich zitternd und versuchte, mich auf Lucas zu konzentrieren und mir nichts anmerken zu lassen.

»Scheiße, Babe!«, keuchte er und wand sich wieder. Offensichtlich hatte er meine Panik doch bemerkt. »Mach mich los! Wir müssen weg hier! Das ist doch alles nicht dein Ernst!«

»Was hat Nike dir geschrieben?«

Alec näherte sich. Wie ein Schatten, ohne jeden Ton, weshalb Lucas es nicht sah.

»Er hat mir gesagt, dass du im Club bist. Ich dachte, ich kann dich dort treffen. Wenn ich mich richtig erinnere, hat er mir auch den Twitterpost gezeigt. Jetzt, wo du's sagst, hat er sich vielleicht Sorgen gemacht …«

Oh Gott … Ja, natürlich hatte er das. Vermutlich hatte Nike eins und eins zusammengezählt. Mein knappes Kleid. Davies. Die Twittermeldung über das Black Butterfly … Naheliegend, dass Nike Lucas angeschrieben hatte, den Sohn eines Polizisten, der *eigentlich* in so einem Falle eingreifen sollte, bevor Granaten durch ein Gebäude flogen.

»Als du im Black Butterfly angekommen bist, wie hat dich

Shania dann zu sich nach oben gebracht? Woher wusste sie überhaupt, dass du zu mir gehörst?«

»Keine Ahnung! Ich hab halt nach dir gefragt, vielleicht hat das ja ausgereicht!«

»Warum hast du nach mir gefragt?«

»Na, ich dachte ja nicht, dass die da mit Waffen reinrennen! Ich hab Typen gesehen, unter deren Jacken sich die Pistolen abgezeichnet haben. Dabei trägt nicht mal mein Dad ne Waffe! Ich glaub, ich hab schon ne Ewigkeit keine mehr gesehen. Die helfen sich doch alle mit Messern aus, seitdem die englische Regierung das meiste beschlagnahmt …«

»Und dann?«

»Hab ich mir halt Sorgen gemacht und einfach nach dir gefragt. Die Türsteher. Und wurde prompt mitgenommen … Kannst du mich mal losmachen.«

Ich reagierte nicht, er stöhnte. Alec war am Kopfende des Tisches stehengeblieben, aber ich traute mich nicht, zu ihm zu sehen.

»Die haben mich nach oben geführt. Dann ging die Schießerei los. Die Typen sind zurückgeblieben und ich glaube sogar, dass einer von ihnen getroffen wurde. Ich bin schnell geflohen und in diesem Flur mit den Kronleuchtern gelandet. Und wurde von dieser vermaledeiten Bitch«, er spuckte das Wort, »empfangen. Sie hat nicht so ausgesehen, als würde sie lange überlegen, ob sie mich erschießt.« Er würgte und setzte flüsternd nach: »Die hat aus Spaß einen Schuss in meine Richtung abgesetzt. Ich wäre beinahe an dem Schock gestorben.«

Ich wusste nicht, was ich antworten sollte. Keine Ahnung, was mich dazu gebracht hatte, Lucas überhaupt etwas zu erzählen. Ich sah zu Alec, seine steinerne Miene hatte sich etwas gelöst und er nickte zum Handy. Es widerstrebte mir zwar, auf ihn zu hören, aber womöglich hatte er sogar recht. Vielleicht war es besser, wenn Facebook und damit meine Freunde und deren Freunde dachten, ich hätte den Abend zusammen mit Lucas verbracht. Glücklich, betrunken, ein bisschen zu viel Sex.

»Wirst du mit mir zusammen sein, Luke?«, fragte ich ihn – eine Spur zu nüchtern.

»Wie?«

»Ich will nicht mehr Single sein. Ich will dich.«

»Aber …«

»Vergiss Grace, für mich, okay?«

Er sah mich für eine Weile stumm an, bevor er nickte. »Okay.«

Ich beugte mich wieder zu ihm, um ihn zu küssen. Dieses Mal mit offenen Augen, damit das Selfie alles einfing. Ich hörte nicht auf, auch nicht, nachdem ich das Foto gemacht hatte. Plötzlich wurde mir bewusst, dass Lucas einfach so *zugesagt* hatte, mit mir zusammen sein zu wollen. Nur ich, keine anderen Affären. Hatte er das die gesamte Zeit über gewollt? Waren seine Avancen nicht nur Machogehabe gewesen? Er stöhnte in meinen Mund und ich spürte, wie sein Schwanz unter mir hart wurde.

Er wollte mich. Und konnte dafür sogar alles um sich herum vergessen.

Es war ganz einfach, unkompliziert. Keine Bedingungen, keine Ausflüchte, eine solide, vollkommen geradlinige Beziehung. Kino, Partys, schlaflose Nächte. Besser als Davies, der für mich nicht viel mehr empfand als Begehren und mich an Alec verriet. Besser als Alec war jeder andere Mann sowieso.

Es war vielleicht nicht die schlechteste Idee, mit Lucas zusammenzukommen. Nicht nur für Facebook, sondern wirklich. Vielleicht könnte er das Loch in meiner Brust füllen, das sich darin mit jeder weiteren Stunde wie ein Krater auftat. Wann hatte der Meteorit darin eingeschlagen und wieso hatte ich es nicht verhindern können, dass er sich dort verschanzte und jetzt auch noch wuchs?

Wohl bewusst, dass Alec uns beobachtete, ging ich mit meinen Händen zu Lucas' Hosenbund. Drei Männer an einem Abend? Es ging mir nicht mehr darum, weniger schlampig zu sein. Ich wollte Lucas davon überzeugen, bei mir zu bleiben, und das ging eben nur über Sex.

Lucas stöhnte auf, als ich nach seiner Latte griff und die Spitze mit meinen Fingern umfuhr. Ich schloss die Augen, gab mich unserem Kuss hin und überlegte, mich nach unten zu setzen, als sich eine Hand so fest um meinen Oberarm schloss, dass es sich anfühlte, als würde er brechen.

»Genug.« Das Brodeln in seiner Stimme war mit nichts zu vergleichen. Tief und unheilvoll brach es über mich herein.

Lucas keuchte auf, als Alec mich von ihm fortzerrte. Seine Augen angsterfüllt. Ohne ein Wort zu sagen, krempelte Alec Lucas' Ärmel hoch und legte seinen Oberarm frei.

»Nein, tu's nicht!«, schrie ich panisch, doch da hatte er schon die Spritze in Lucas' Fleisch versenkt und drückte den Inhalt in seinen Muskel.

Lucas wackelte wie wild auf seinem Stuhl, aber seine Bewegungen wurden von Sekunde zu Sekunde matter, bis Alec die Spritze absetzte und Lucas vollkommen in sich zusammensank.

»Was hast du ihm gespritzt?!«, rief ich aufgelöst und rüttelte an Lucas' erschlafftem Oberkörper. Seine Augen hatten sich geschlossen.

Doch ehe ich mich versah, hatte mich Alec von Lucas' Schoß gezerrt, mit diesem unerbittlichen Griff um meinen

Arm. Er schleifte mich mit sich. Als ich versuchte, ihn abzuschütteln, wurde sein Griff nur fester.

»Du tust mir weh!«, fluchte ich.

Er ignorierte meine Schreie völlig. Sein Schritt ging bestimmt durch den Flur. Carl war nicht mehr zu sehen. Er öffnete eine Tür, die vorhin noch verschlossen gewesen war, und es ging durch einen unbeleuchteten Raum, eine Art Garderobe, in ein Schlafzimmer.

Dort drückte er mich mit dem Bauch an die Wand neben der Tür. Mein Kopf schlug hart auf und sein gesamter Körper keilte mich bewegungslos ein.

»Was zur Hölle denkst du dir?«, zischte er an mein Ohr.

»Lass mich los!«, schrie ich gegen die Betonwand. Aber interessierte es einen wie Alec, wenn jemand anderes seinem Willen widersprach?

»Ich sollte dich nicht loslassen, ich sollte dich hart ficken, bis du so wund bist, dass du gar nicht mehr daran denkst, irgendeinen anderen an dich heranzulassen. Verhalt dich nicht wie eine verschissene Schlampe, Florence.«

»Es kann dir doch egal sein!«, heulte ich. »Lass mich einfach los!«

Seine Arme lagen fest über meinen, der Druck seines Körpers an meinem Rücken raubte mir beinahe den Atem. »Es *ist mir nicht egal.*« Seine Lippen streiften mein Ohr. »Beleidige nicht meine Intelligenz, indem du versuchst, mir was vorzumachen. Es kann nicht sein, dass du noch nicht begriffen hast, wem du jetzt gehörst –«

»Ich gehöre dir nicht!«

Er griff hart an mein Kinn und zerrte mein Gesicht zu sich nach hinten. »*Halt* deine Klappe. Warum musstest du Lucas alles erzählen? Hat man dir in dein schwarzes Hirn geschissen, oder was? Habe ich dir nicht klar gemacht, dass niemand wissen darf, dass ich in Evans Wohnung war? Ich hätte dich vor vier Wochen erschießen sollen, wie es mein erster Gedanke gewesen war, als du vor mir aufgekreuzt bist.«

»Das hättest du wohl tun sollen!«

»Du bringst unfassbaren Ärger und verplapperst dich vor Leuten, die nichts über mich erfahren sollten. Wem«, sein Knie schob sich schmerzhaft in meinen Schritt, »hast du noch von unserem Fick in der Uni erzählt? Sag es.«

»Niemandem!«

»Das ist die falsche Antwort«, knurrte er dunkler.

»Niemandem bis auf Davies!«

»Auch nicht Eve oder Lucas?«

»Nein!«

»Und woher wissen sie es dann?!«

»Wer sie?«

Er antwortete nicht. Seine Atmung ging schwer, sein Griff war fest. Plötzlich nahm ich alles verzögert wahr. Seine Fingerkuppen, die meine Haut berührten. Sein Körper, so viel wärmer als meiner. Meine Tränen, die bis in meinen Mund flossen … Ich riss die Augen wieder auf und konnte vor Helligkeit nichts sehen.

Scheiße. Meine Welt stand Kopf.

FLORENCE

WO HAST DU NUR DEIN GRINSEN GELERNT, KATZE?

Alice im Wunderland

Von fern drang Alecs Stimme in mein Gehör, wie durch ein schlecht gekoppeltes Mikrophon.

»Fuck, du bist arschkalt. Völlig unterkühlt.«

Seine Hände, überall. Mein Rücken, mein Hals, meine Finger, mein Bauch.

Die Wand verlor sich vor mir, plötzlich stand ich mitten im Raum. Ein Schlafzimmer. Ein Himmelbett. Schwarze Möbel, roter Teppich und sehr viel Gold.

Gold.

»Was ist, ist, ist, ist mit dir, dir, dir, dir?«

Alec war ein Geist, der mich umgab. Ich griff nach ihm, konnte ihn nicht fassen. Arme, die mich stützten. Halt, bevor ich fiel.

»Scheiß-ß-ß-ße …«

Teppichboden. Verdammt. Mein Körper, ich räkelte mich. Das weiche flauschige Gefühl an meiner nackten Haut. Ich spreizte die Beine und zog ihn an mich heran. Ganz plötzlich war er über mir, das dunkle Schwarz seiner Augen das Schönste, das ich jemals gesehen hatte.

»Was hast du genommen, Florence? Was hast du genommen, Florence? Was hast du genommen, Florence?«

Ich drückte mich hoch und traf seine Lippen. Verlangen züngelte in mir empor, mein gesamter Körper verzehrte sich zu einer Flamme. So schön, wie seine Lippen waren, so schnell waren sie fort.

Eine Tür, die aufglitt.

Eine zweite Stimme, die sich unter die andere mischte. Zwei Gestalten. Davies.

Lee und Alec, die Objekte meines ganzen Selbsthasses und meiner vollkommenen Hingabe. Ich wollte sie beide.

Seit Tagen.

Als ich versuchte, mich aufzurichten, drückte mich die Schwerkraft nieder. Die Luft verdichtete sich zu Granit und der Boden wuchs zum Himmel. Scheiße. Ich blinzelte ein paar Mal zu häufig. Oben, unten, rechts, links. Es fühlte sich an, als würden meine Gehirnhälften diese grundlegenden Richtungen erst neu entdecken müssen.

»Sie hat hat hat hat was genommen … Sie ist arschkaltkalt. Ihr gesamter Körper ist verfroren.«

»Mir ist nicht kalt!«

»Sie wollte Lucas vor meinen Augen vögeln. Kannst du dir das vorstellen, kannst du dir das vorstellen, kannst du dir das vorstellen?«

»Weil er im Gegensatz zu dir keine Hemmungen hat, zu mir zu stehen!«

»Sie kompensiert ziemlich viel mit Sex.« Davies' Stimme klang klarer. Präsenter. War er näher?

»Ich habe nicht mal halb so viel Sex wie ihr zwei!« Ob sie mich überhaupt hörten? Ich blieb am Boden liegen, jedenfalls glaubte ich das, und dachte nach. Dachte zurück. Davies. Er hatte lüstern auf mich herabgesehen, nachdem er mich im Black Butterfly an Alecs Bett gefesselt hatte. Der heiße Kuss einen Abend später. In der Nacht Sex mit zwei Huren. Am nächsten Morgen verführte er mich. Am Abend ebenfalls. Nur um keine vierundzwanzig Stunden später in Eves Arsch abzuspritzen. Wenigstens hatte er mich daraufhin in Ruhe gelassen. Aber er brauchte *mir* nichts über mein Sexualverhalten zu erzählen!

Bescheuerte Welt, wo blieb die Emanzipation?

Froh, trotz der Droge wieder etwas klarer zu sein, setzte ich mich auf.

Die Männer unterhielten sich raunend und ich verstand kein Wort. Alec blickte auf mich herab, Davies hatte die Arme vor der Brust verschränkt und beugte sich an sein Ohr.

»Das heute Abend war zu viel für sie. Fast wirkt sie, als wäre sie gebrochen.« Gebrochen. Gebrochen.

»Ich bin nicht gebrochen!«, behauptete ich stur. Die Probleme, die ich glaubte, gehabt zu haben, zerrannen zu Staub. Ich öffnete die Hände und sah tatsächlich Staub darin herumsegeln. Verflüchtigt, vergessen. Ich atmete durch. *Ich war frei.*

Die Tür öffnete sich wieder. Davies kam herein. Das war merkwürdig, denn eben hatte er noch vor mir gestanden.

»Gut möglich, dass es das hier war.« Ein Tütchen, in seiner Hand. Die Pillen. Ich sah jede einzelne sehr deutlich, fast war es, als würden die runden Tabletten pulsieren. Einen Herzschlag besitzen. *Bumm-Bumm. Bumm.*

Wie die Tür vor Evans Wohnung. Hätte ich nur nicht an sie geklopft, dann wäre ich jetzt nicht hier! Aber wo bin ich? Es gibt keine Probleme. Mein Leben ist sorgenfrei. Endlich stand ich auf, viel schneller, als ich es jemals von mir erwartet hätte. Mir war heiß. Mir war so unerträglich heiß, dass alles an mir glühte. Ich griff an das untere Ende von Davies' T-Shirt und zog es hoch. Besser.

»Lass das an, an, an!«, herrschte Alec. »Gott, sie muss ins Bett, Bett, Bett.«

Als er mich berührte, fühlte ich mich zum ersten Mal seit zehn Minuten wahrgenommen. Vorher unsichtbar, jetzt zurück.

»Kommst du mit?«, fragte ich nonchalant.

Ich sah sein Lächeln. Die Wärme in seinen Augen zurückkehren. Er wirkte amüsiert. »Nein, Baby.«

»Ich will es aber.«

»Oh, ich kann mir vorstellen, was du willst, nachdem du Butterfly genommen hast. Butterfly genommen hast. Butterfly genommen hast, hast, hast.«

»Die Droge heißt Butterfly?«

»Eine Kunstdroge, eigens designt für den Club. Zum Glück ist Carl hier, er wird uns sagen können, wie wir sie abschwächen können, können, Carl, Carl. Mach es mir leicht und leg dich ins Bett.«

»Mh. Mh.« Ich schüttelte ebenfalls den Kopf. Ich wusste, dass ich lächelte – sehr breit. Meine Zähne blitzten in seinen schwarzen Augen. »Küss mich.«

Auch seine Zähne strahlten. Das perfekte Weiß zwischen seinen perfekten Lippen. »Ich denke nicht, dass ich es nötig habe, deinen Zustand-d-d-d auszunutzen-n-n-n.«

»Du nutzt meinen Zustand ständig aus«, entgegnete ich. Ob meine Stimme so klar bei ihm ankam, wie sie in meinem Kopf klang?

Seine Augen jedenfalls lächelten weiterhin. Als würde er die Anspielung verstehen.

Plötzlich erkannte ich in seinem Gesicht so viel mehr als

sonst. Jedes Detail stach mir ins Auge. Jede Pore Haut. Fasziniert von der Schönheit seiner Züge streckte ich eine Hand nach ihm aus.

»Lass das«, sagte er unwirsch und drückte sie beiseite.

»Nein, bitte«, wisperte ich und hob die Hand erneut an. »Es war noch nie so einfach, festzustellen, wie perfekt du bist.«

»Perfekt? Ich bin weit entfernt von perfekt. Perfekt. Perfekt.«

»Du lügst.« Mein Finger traf seine Wange und ich fuhr mit einer Kuppe darüber. Es war, als würde ich lebendigen Samt streicheln. Die Knochen unter seiner Wange, sein Kinn, seine Augenbrauen. Mein gesamter Arm nahm das Gefühl in sich auf, wie es war, Alecs Augenbrauen zu berühren. Jedes einzelne Härchen nahm ich wahr. *Sah* ich. Mochte ich. Warum? Warum wusste ich, dass es nicht nur an der Droge lag, dass es mich glücklich machte, ihn zu berühren? Zum Glück war ich wach genug, um nicht zu wiederholen, was mein Herz töten würde. Ganz abgesehen davon, dass er recht hatte. Mit so gut wie eigentlich allem, was er sagte, wenn er nicht gerade log. »Was hat die englische Politik mit deiner Schwester zu tun?«

Ein Lachen. »Äußerst wenig, würde ich denken.«

»Aber der Tod deiner Schwester …?« Ein Dolch grub sich flammend in meine Brust. Allein die Vorstellung, ich würde Nike verlieren, raubte mir den Atem. Ich keuchte, ich verlor den Atem wirklich.

»Scheiße, Florence, was, was, was, was –«

Ich sank zusammen. »Du hast sie verloren.« Tränen. Nike durfte nichts geschehen. Alecs Schwester war etwas geschehen. »Sie ist tot.«

»Das ist sie schon seit achtzehn Jahren, steh bitte wieder auf und geh ins Bett.«

Nein. Auf keinen Fall. Ich konnte mich nicht rühren. Er hatte sie verloren. Deswegen war er so. Deswegen gab es nichts mehr in seinem Leben, wofür es sich zu kämpfen lohnte. Wäre Nike nicht, was, außer meinem biologischen Lebensinstinkt, hielte mich denn am Leben? Nichts. Da war nichts. Außer diese Verantwortung, die ich spürte. Hatte seine Schwester diese Verantwortung gespürt? Wie es wohl für sie gewesen war, zu wissen, dass sie ihn verlassen würde? Zurücklassen würde? Mein Herz brach bei der Vorstellung. ›*Und dann verliebte sie sich. In eine Frau. Sie hielt dem Druck nicht stand und brachte sich um.*‹ Sie hatte sich getötet. Sie hatte Alec zurückgelassen, weil sie es selbst nicht ertrug.

»Du musst atmen. Verdammt, Florence! Atme!«

Erst jetzt bemerkte ich das Stück Stoff vor meinem Mund. Mein Kopf jammerte unter dem Sauerstoffverlust und ich sog in letzter Sekunde die Luft ein. Der Stoff half mir dabei, nicht wieder zu hyperventilieren. »Wieso hat sie dich verlassen?«

»Sie hat mich nicht verlassen.«

»Wieso ist sie tot?«

»Das ist kein Thema, was dich jetzt belasten sollte.«

»Bitte, sag es mir doch einfach.«

Er seufzte. So tief und ehrlich, dass ich noch mehr das Bedürfnis verspürte, ihn zu berühren. »Ich verspreche dir, dass ich es dir erzählen werde, wenn du wieder nüchtern bist.«

»Was ist, wenn ich mich nicht an dein Versprechen erinnern kann?«

»Dann erinnere ich dich.«

»Dafür müsste ich dir vertrauen.«

»Das tust du schon. Warum hast du die Droge denn überhaupt genommen? Ich dachte, du hättest sie Lucas mit deiner Zunge in seinen Hals geschoben.« Er klang angewidert. »Ist dabei etwas schiefgelaufen?«

»Ich habe ihm LSD gegeben. Und mich selbst bedient.«

Davies kam wieder herein. Vielleicht war er gar nicht wirklich da, so oft wie er hereinkam und vorher erst gar nicht verschwunden war.

Alec schüttelte den Kopf. »Warum hast du das getan? Du bist furchtbar kalt, Florence. Du musst ins Bett. Du brauchst eine Decke. Und selbst das wird nicht reichen.«

Ich glühte. »Mir ist nicht kalt.«

Ein sanfter Griff, der mich in den Stand ziehen sollte, doch ich blieb schwerfällig am Boden sitzen. »Du bist ganz schön niedlich, wenn du dich einmal nicht gegen uns wehrst.«

Ich hörte Davies' raues Lachen. Machten sie sich über mich lustig? Erst jetzt bemerkte ich meine Finger. Sie hatten sich verselbstständigt und öffneten flink Alecs Gürtelschnalle.

Wieder Lachen. »Hilf mir, sie ins Bett zu verfrachten.«

Arme, die mich packten und forttrugen. Das Gefühl war unvergleichlich, beiden so nahe zu sein. »Bitte lasst mich nicht los.«

Ich versuchte, die Umgebung zu erfassen. Wir näherten uns dem Bett. Davies rechts. Alec links.

»Bitte lasst mich auf keinen Fall los«, flehte ich, als sie mich anhoben und aufs Bett drückten. Ich sah Davies' grüne Augen über mir, Alecs schwarze Iriden, ihre jeweiligen Mienen ernst.

Sie ließen mich los.

»Nein!«

»Beruhige dich, Beauty«, sagte Davies sanft.

Ich setzte mich rasend schnell auf und entging ihren Griffen. Im nächsten Moment schmiegte ich mich, auf der Bettkante hockend, an Davies. Er war warm. Mir war so furchtbar kalt. Ich war so furchtbar traurig. Es fühlte sich so an, als wäre ich Alec und als hätte ich einen Geschwisterteil verloren.

Und seine Wärme tröstete mich über diesen Verlust hinweg.

»Sie ist verspielt wie eine Katze.« Davies. »Sie schnurrt sogar, hörst du das?«

Die Männer lachten.

Ich griff Davies an sein T-Shirt und zog ihn nach unten. Wie auch immer ich das schaffte, vielleicht machte mich die Designerdroge so stark. »Ich will, dass du mich überall berührst.«

»Überall-überall?«, fragte er grinsend. Sein Gesicht flimmerte vor meinen Augen, wie ein Fernseher auf Sendersuchlauf.

»Überall«, seufzte ich.

Er griff an meine Hände und löste sie von seinem Shirt. Seine Daumen in meinen Handflächen fühlten sich herrlich an, so schützend und warm, und ich wusste, dass ich darauf nicht mehr verzichten wollte. Ich streckte mich zu ihm hoch und meine Lippen trafen seine, bevor er zurückweichen konnte. »Bleib«, murmelte ich.

»Beauty …«

»Ich will euch beide.«

Es breitete sich eine dröhnende Stille aus, die meinen Kopf beinahe zum Zerbersten brachte.

»Fühlst du, wie kalt sie ist? Das kommt nicht von der Droge.«

»Nicht nur.«

Als hätten sie mich gar nicht gehört …

Davies drückte mich zurück aufs Bett und ließ mich los.

»Schau nach, ob wir eine Wärmflasche haben und gib Dr.

Jakeman Bescheid. Nachdem er sich um Carl gekümmert hat, soll er sofort hierherkommen.«

»Ich finde, Florence sollte Vorzug –«

»Ich werde Carl nicht sterben lassen, nur weil Mrs Prinzessin sich die Birne zudröhnen musste. Also geh schon.«

»Du hast doch die verfickten Bomben hochgehen lassen! Bomben hochgehen lassen! Las-s-s-sen. Ich hätte dabei draufgehen können, ihn da rauszuholen.«

»Du hättest sowieso bei draufgehen können.«

Mit einem Mal sah ich sie klar vor mir. Davies. Alec. Wie sie sich gegenüberstanden und stritten. Ich fror so sehr, dass ich glaubte, zu erfrieren. Meine Beine waren bereits taub …

»Du gehorchst mir nicht? Was ist seit ihrem Auftauchen in dich gefahren, dass du glaubst, mir widersprechen zu können?«

»Hört auf.«

»Das ist die falsche Frage, Chef«, Davies spuckte das Wort, »denn nur einer ist seit ihrem Auftauchen wie ausgewechselt und riskiert nicht nur sein eigenes Leben. Bisher konnte ich deinem Führungsstil vertrauen und jetzt willst du sogar Carl Florence vorziehen. Du verschweigst mir ein gewaltiges Detail deiner Rechnung. Erwarte von mir keine blinde Loyalität, wenn du mir kein blindes Vertrauen entgegenbringst.«

»Ich will nicht, dass ihr streitet!« Ich stolperte über das Bett und richtete mich zwischen ihnen auf.

»Geh wieder ins Bett«, knurrte Alec.

»Ihr seid wie zwei Brüder, warum könnt ihr euch nicht einigen?«

»Tu, was er sagt!«, knurrte Davies, packte meinen Arm und drückte mich zurück auf die Decken. »Verdammt. Muss ich dich fesseln? Du bist ein Eisblock, du brauchst eine Decke. Bleib. Liegen. Und komm nicht auf die Idee, unsere

Gespräche unterbrechen zu wollen. Du bist längst nicht in der Position, dass ich mir von dir den Mund verbieten lassen würde und –« Er ließ mich urplötzlich los. »Shit, sie heult.«

»Interessanter Umstand, oder?«

»Dieses Höllenzeug kann auch nur jemand wie Carl erfunden haben. Ich suche jetzt eine verfickte Wärmflasche und poliere ihm hinterher die Fresse. Und wenn er dabei stirbt. Der Typ gebärt nur Scheiße in diese Welt.« Er zögerte, bevor er sich abwandte. Meine Tränen mussten schlimm sein, denn meine Hände waren bereits feucht von ihnen. »Kann ich dich mit ihr alleine lassen?«

»Du hast Butterfly nie genommen, oder?«

»Wie käme ich dazu.«

»Dann kannst du ihr eh nicht helfen. Bring noch ein paar Decken mit.«

»Aye.« Davies verließ mit schweren Schritten den Raum. Dieses Mal bekam ich es mit.

Alec thronte über mir, sein Lächeln war ironisch und dennoch echt. »Wer ist dein Lieblingsmusiker?«

»Hm?«

»Was hörst du so für Musik?«

»Ich glaube, ich verstehe die Frage nicht«, rief ich verzweifelt.

»Black? Oder Klassik?«

»Beethoven?«

Er zückte sein Handy. Kurz darauf leuchtete die Musikanlage in seinem Rücken auf. Sie stand auf einem schwarzen Sideboard. Auch in diesem Raum war die Tapete auffällig gemustert, wie im Black Butterfly.

Zwei Sekunden später füllten sanfte Klavierklänge den Raum und trugen meinen Körper fort. Sofort ging es mir viel, viel besser.

»Die Droge wirkt besonders bei Musik.« Alecs Stimme war nah und mischte sich wohltuend unter die Geräuschkulisse. »Warum kannst du nicht immer so handzahm und empfänglich sein wie jetzt?«

Seine Hand berührte meine Stirn und strich eine Strähne beiseite. Ich stöhnte genießerisch auf, die Augen hielt ich geschlossen. »Bitte …«

»Was?«, fragte er neugierig.

»Lass mich nicht los.«

»So gerne ich mich zu dir legen und dich von oben bis unten küssen würde, ich kann es nicht.«

»Warum nicht?«, rief ich verzweifelt.

»Dafür ist noch keine Zeit.« Er nahm seine Hand zurück. Die Stelle, die er berührt hatte, brannte. »Und ich glaube nicht, dass diese Zeit jemals kommen wird.«

»Ich habe die Pille geschluckt, weil ich dachte, dann wird mir alles klar. Und dass es mir besser geht.«

»Dann hast du das Falsche genommen. Eine Partydroge verstärkt deine Emotionen. Kokain hingegen klärt. Jedenfalls bei Problemen, die nicht *dich* betreffen, hilft es mir.«

Ich zuckte zusammen, als sein Finger meinen Handrücken streifte. »Du machst auch noch Werbung dafür?«, fragte ich matt.

Seine Finger glitten meinen Arm hinauf, wanderten zurück. Wieder entlockten mir seine Berührungen ein Stöhnen. »Alles kann in Maßen unschädlich sein, das ist jedenfalls, was ich denke. Aber wenn du dich nicht in den Hallen des Black Butterfly aufhältst, mit all den Spiegeln dort, der lauten Musik und den vielen Menschen um dich herum, kannst du dich auch nicht fallenlassen und die Emotionen, die du vorher schon hattest, verstärken sich durch ›Butterfly‹.«

»Drogen können in Maßen gut sein?«

»Unschädlich. Wie fühlst du dich jetzt?«

»Die Klaviermusik ist schön …« Ich spürte, wie er sich zu mir aufs Bett setzte. Seine Hand fand in mein Haar und er durchkämmte einzelne Strähnen. *Geborgenheit.* Da war sie wieder.

»Ich hasse Beethoven«, sagte er mit einem sanften Lächeln. Er hörte nicht auf, mich zu berühren. »Aber um mich geht es jetzt nicht. Warst du mit Lucas zusammen?«

Ich schüttelte den Kopf und schmiegte mich an seinen Körper, der sich sitzend neben meinem befand. Oh Gott. Ein Traum. Jedenfalls solange ich die Augen geschlossen hielt und der Musik im Hintergrund lauschte.

»Das war also *was* genau zwischen euch?«

»Warum fragst du das?« Meine Stimme war geschmeidig, sie fügte sich den Klängen in meinem Kopf.

»Interesse. Eine reine Sexbeziehung?«

»Ja.«

»Obwohl er eine Freundin hatte?«

»Na ja, Freundin …«

»Dich hat es nicht gestört, dass er sie mit dir betrogen hat?«

»Mit Grace? Ich habe ihm klar gesagt, was ich davon halte.«

»Und deine Freundin gewarnt?«

»Wer so dämlich ist, sich auf Lucas einzulassen …«

»Warum stört es dich dann, wenn *ich* eine Freundin habe?«

Ein Stachel stieß in mein Herz. Atemnot. ›Freundin habe.‹

»Und wie es dich stört.«

Ich weinte wieder. Mittlerweile war bestimmt das ganze Bettlaken nass.

»Du möchtest, dass ich dir gehöre, aber wollen tust du uns beide?«

Ein Kloß in meinem Hals.

»Hast du dich umgesehen?«, fragte er sehr leise. »Hast du gesehen, dass ich nicht *nur* ein Clubbesitzer bin? Normalerweise ist das Leben kein Aschenputtelmärchen, Florence. Ich komme nicht mit einem Pferd vorbei und rette dich in meinen Turm und wir leben, bis wir nicht gestorben sind. Wie kannst du das wirklich hoffen?«

»Ich weiß nicht«, brachte ich hervor und öffnete endlich die Augen. Das Licht der Deckenleuchte tauchte Alecs Gesicht ins Dunkel, ich sah nur Umrisse. »Ich fühle mich so verbunden …«

Er lächelte, seine Zähne kamen zum Vorschein. »Allen meinen Warnungen zum Trotz, hm?«

»Deine Warnungen sind so unbeständig wie du.«

»Was muss ich mir bloß vorwerfen lassen, wenn es tatsächlich so endet, wie ich das gerade absehe?«

»Was siehst du denn?«

»Eine junge Frau, die zu lange stark war, um jetzt Schwäche zu zeigen. Vielleicht solltest du nicht in London studieren. Vielleicht schicke ich dich nach Paris oder gleich nach Lissabon. Weit weg unter die Sonne und kein Königshaus in greifbarer Nähe, das mich verlocken könnte, dich doch noch besuchen zu kommen.«

Ich starrte ihn an. »Du bist niemals ein echter Prinz.«

»Das kann nur einer von uns wirklich wissen, oder?«

Ich lachte trocken auf. Die Drogen stiegen mir zu Kopf. Wenn sie es nicht zuvor getan hatten, war es jetzt tatsächlich so weit. Meine Gedanken gerieten in einen Strudel und es machte mit einem Mal alles Sinn, was er sagte. Ich glaubte, eine Erkenntnis zu haben, und fand sie dennoch so lächerlich, dass es nicht stimmen *konnte.*

Die Tür ging wieder auf. »Es gibt keine Wärmflasche in

dieser Wohnung. Und ich kenne mich nicht gut genug mit Küchengeräten aus, als dass ich schnell einen Ersatz hervorzaubern könnte. Shania hat mich ausgelacht, die Frau hat Mumm.« Davies erreichte mein Bett und musterte mich eingehend. »Carl sagt, das Einzige, was helfen könnte, wäre eine kalte Dusche, starker Kaffee oder Morphium, um die Wirkung abzuschwächen. Ich halte alles drei für ungeeignet.«

»Wie hast du das aus ihm herausbekommen?«

»Ich habe ihm vier Finger gebrochen. Erst beim dritten hat er gehört.«

»Und wofür war der vierte?« Alec klang resigniert.

»So aus Gag.«

»Das wird er mir auf ewig vorhalten. Kannst du das nicht mit Leuten machen, die ich nicht mehr brauche?« Alec stand auf. »Bleib du bei ihr, flöß ihr Wasser ein und sorg dafür, dass sie im Bett bleibt, bis Dr. Jakeman kommt. Ich kann ihr in diesem Zustand nicht auf Dauer widerstehen.«

Davies sah nicht danach aus, als würde er die Vorstellung, bei mir zu bleiben, verlockend finden. »Wird gemacht.«

Der Moment der Klarheit verflog. Aus ihren Gestalten wurden Schemen und aus ihren Gesichtern Schatten. Die Bewegungslosigkeit ließ mich unruhig werden, ich empfand das dringende Bedürfnis, meine Glieder unter Spannung zu setzen und die Decke war eine Zwangsjacke, die mich daran hinderte. Der blanke Horror.

»Du gehst raus?«

Während meine Arme und Hände sich unruhig verselbständigten, bemerkte ich Alec, wie er vor dem deckenhohen Kleiderschrank stand, die Türen geöffnet, und sich umzog. Schwarze Jacke, schwarze Sneaker, Handschuhe, bei denen nur die Fingerkuppen hervorlugten.

»Ich bringe mein Königreich wieder in Ordnung. Informiere Wilson, dass seine Tochter bei mir ist, kümmere mich um Carls Männer, finde heraus, wessen Soldaten mich umbringen wollten und …« Alec öffnete das Fenster. Der kalte Windzug ließ mich augenblicklich erstarren. »... besorge von irgendwoher ein paar Wärmflaschen.«

Er setzte sich in den Fensterrahmen, schlug die Beine über und – ließ sich fallen.

»Nein!«, schrie ich aufgelöst, doch Davies' Hand drückte mich zurück ins Kissen. Mein Atem sprintete mir davon, Beethoven verwandelte sich zu einem schaurigen Rausch aus Trauermusik und ich begriff nicht, wie mein Gehirn es wagen konnte, mir einen solch realistischen Albtraum zu präsentieren.

»Er hat sich nur in den Balkon unter diesem Stockwerk gehangelt«, erklärte Davies sanft. Seine große Hand ruhte auf meiner Brust. Er sah aus, als würde ich ihn durch ein Fernglas betrachten.

»Im siebzehnten Stock?«

»Schließ die Augen.« Er hielt mir die Hand übers Gesicht. »Ich weiß nicht, was ich mit dir machen soll. Die Schläge gestern Abend waren nichts gegen das, was du eigentlich verdienst. Wie kannst du dir einfach irgendetwas einwerfen?« Seine Stimme war ein tiefes Grollen. »Du hast keine Ahnung, wie wütend ich bin.«

Es gab einen Grund, sauer auf ihn zu sein, aber ich hatte ihn vergessen. »Es tut mir leid«, japste ich.

»Ich glaube dir kein Wort. Wenn wir dich gelassen hätten, hättest du uns beide gerade gevögelt, und ich will nicht wissen, wie. Deine Kontrolle derartig abzugeben, ist unverantwortlich.«

»Ich will nicht immer alles kontrollieren.«

Er schwieg.

»Lieber höre ich auf dich, als ständig Fehler zu machen.«

»Das ist ein bemerkenswertes Eingeständnis.«

Mir fielen die SMS wieder ein, auch wenn ich mich gerade nicht an den genauen Wortlaut erinnerte. »Du hast mich an Alec verraten.«

Er antwortete nicht.

»Er hat dich gefragt, ob ich dir gesagt habe, dass er in der Uni war, und du hast geantwortet«, erinnerte ich ihn säuerlich.

»Ja.«

»Nimm deine Hand weg.«

Aber er behielt sie, wo sie war, bewegte sich und gab mir plötzlich einen Kuss. »Verzeih mir, Beauty. Hätte er nicht direkt gefragt, hätte ich es nicht gesagt.« Ich war zu benebelt, um mich zu wehren. Ich schwor mir, ihn noch einmal darauf anzusprechen, wenn mir weniger kalt war … »Und wieder kann ich dir nicht widerstehen …«, murmelte er an meinen Lippen.

Ich verzehrte mich nach mehr. Mein Körper brannte vor verbotenem Verlangen.

»Du willst uns beide? Tief in dir?«

Vielleicht nickte ich.

»Ich frage dich morgen noch mal.« Das waren seine letzten Worte, bevor er sich zu mir legte, mich fest in die Decke einwickelte und in seinen Armen wärmte. Ich konnte mich nicht mehr rühren, seine Stärke war das schützende Gitter, das ich jetzt dringend benötigte. Und langsam wurde mir warm.

NIKE

MEIN ROTER UMHANG IST BLUTGETRÄNKT.

Rotkäppchen

Er drehte sein Smartphone nervös in den Fingern.

13.

14.

15.

16.

17.

Die Fahrstuhltüren glitten auf. Nike hatte keine Ahnung, was ihn dahinter erwartete. Fakt war, dass es seiner Schwester offenbar den Umständen entsprechend gut ging, auch wenn sie keine Stimme hatte, um ihm das selbst zu sagen. Fakt war das eigentlich also nicht. Einen Facebookchat konnte jeder fälschen. Ein Foto auch. Ein Lächeln – selbst das.

Er hatte sie inständig gebeten, ihm einen Beweis zu liefern, dass sie okay war, und bis auf ihre Stimme alles erhalten, was das bewies. Nur vielleicht war es dennoch ein Trick?

Vielleicht hatten sie ihn an die falsche Adresse gelockt und planten bereits sein Verhör …?

Der Flur war dunkel und schäbig. Es gab eine Tür, die über einen Fußabtreter und ein Klingelschild verfügte. Die anderen sahen so aus, als hätte man sie seit Jahren nicht geöffnet. Wodurch dieser Eindruck entstand, wusste Nike nicht.

Er hob die Faust an und entschied sich im letzten Moment doch für die Klingel. Sie funktionierte.

Ein angenehmes glockenähnliches Klingeln schallte durch den Raum dahinter, aber vorerst geschah nichts. Sekunden verstrichen. Nike spürte den Angstschweiß in seinem Nacken. Ein Herzschlag, diese Tür.

Schritte. Jemand öffnete.

Nike sah Davies ins Gesicht. Der Mann, über den in Südlondon das Schlimmste verbreitet wurde und der zwei Wochen lang bei ihnen gewohnt hatte. Zwei verdammte, lange Wochen hatte Nike so getan, als wäre alles normal. Als wäre er ihm nicht schon einmal begegnet, als würde er nicht wissen, auf wen seine Schwester sich einließ.

Zwei Wochen und er war ihm entkommen.

Nur um festzustellen, dass sie Florence in ihren Fängen hatten und es nahezu unmöglich war, sie da rauszuholen.

Davies trat zur Seite und ließ ihn durch. »Links.«

Nike zwang sich zur Ruhe und trat ein. Der Flur war so ganz anders, als er es erwartet hatte. Die Einrichtung, das teure Holz der Garderobe, die edel eingefassten Spiegel und die rauen Steinfliesen erinnerten ihn an ein großes Reihenhaus von einem seiner Mitschüler, bei dem er eine Projektarbeit hatte anfertigen müssen. Viel zu aufgetakelt für Bethham.

Davies deutete auf eine weiß getünchte Holztür ganz links und Nike folgte seinem Wink. Kurz bevor er sie erreichte, wurde er zurückgehalten. Eine Hand um seinen Oberarm, sein Atem, der zu rasen begann, die Ausreden auf der Zunge. Shit, Shit, Shit!

»Haben sie das Geld geholt?«

Nike schüttelte den Kopf. Es machte keinen Sinn, zu lügen. Ihm war klar, dass er bewacht wurde. Und zwar *ständig.* Die Lüge wäre sofort aufgeflogen. Aber noch war es ja auch gar nicht nötig, das Geld wieder loszuwerden, das Davies ihm für die Schulden bei seinen vermeintlichen ›Dealern‹ gegeben hatte. »Nein.«

»Und warum nicht?«

»Ich weiß nicht.«

»Du lügst mich an.«

Nike riss sich von ihm los und sah Davies ins Gesicht. Die feine Narbe, die sich über seine rechte Gesichtshälfte zog, tat seiner Erscheinung keinen Abbruch. Er sah wie einer dieser Superhelden aus den Avengersfilmen aus. Muskulös, breit gebaut, durchsetzungsfähig und nur deswegen in der Rolle, damit auch Frauen etwas bei dem Film zu glotzen hatten. Prima. Und in so einen hatte sich seine Schwester verknallt … »Sie waren noch nicht da. Könnte daran liegen, dass ich auf Schritt und Tritt von euch bewacht werde. Da würde ich auch nicht ankommen und mein Geld einfordern. Denen ist ihr Kopf wohlmöglich mehr wert als fünfzehntausend Pfund.«

Davies musterte ihn aufmerksam, bevor er schwach lächelte. »Du stehst deiner Schwester in nichts nach. Geh rein. Überrede sie, etwas zu essen.« Es war ein Befehl. »Und fass dich kurz. Es ist gerade keine gute Idee, von dem Block hier im Dunkeln zu dir nach Hause zu laufen.«

Nike schnaubte etwas zu deutlich.

Wieder griff Davies an seinen Arm und näherte sich seinem Ohr. »Du solltest langsam lernen, Angst zu haben. Deine Schwester befindet sich im Griff des Dark Prince. Das macht dich als Geiselpfand ziemlich begehrt. Also beeil dich und verschwinde, solange dir unsere Schützen Deckung bieten können.«

Davies ließ ihn los und verschwand hinter einer der Türen, die vom Flur abgingen.

Nike schüttelte es. Dieser Typ wäre ihm noch als Zuckerwatteverkäufer unsympathisch. Er drückte die Klinke, ging durch eine Art begehbare Garderobe hindurch und befand sich schließlich in Florence' Zimmer. Die Möbel waren schwarz, der Teppich flauschig und weiß, sodass Nike das Bedürfnis verspürte, seine Schuhe auszuziehen. Die Rollläden waren heruntergelassen und im gewaltigen Fernseher an der Wand lief irgendein Nachmittagsspielfilm.

Florence lag auf der Seite und hatte die Augen geschlossen.

Nike lehnte die Tür hinter sich an und sah sich um, während er auf sie zuging. Ein paar Einkaufstüten standen herum. Verschiedene Schuhkartons, Klamotten, noch mit Etikett, hingen über einem Stuhl. Von dem Raum ging eine weitere Tür ab und führte in ein Bad. Auf Florence' Nachttisch lag ein Handy. Ein neues iPhone. Er hob es geräuschlos an und schaltete es aus, bevor er sie am Arm berührte.

»Florence …«

Sie schreckte hoch. Nach einer Sekunde, in der ihre müden Augen seine finden mussten, entstand ein Lächeln auf ihrem Gesicht. »Hi.« Sie flüsterte, weil ihr durch die Grippe das Sprechen schwerfiel. »Wer hat dich reingelassen?«

»Na, wer wohl«, grummelte Nike und setzte sich auf den massiven Nachttisch. »Davies.«

Sie lächelte breiter. »Warum magst du ihn nicht?«, gab sie flüsternd von sich.

War das ihr Ernst?! »Brauchst du etwas? Er sagte, ich soll dich dazu bringen, etwas zu essen. Er sah so aus, als ob er mir notfalls etwas bricht, wenn ich das nicht schaffe.«

Florence lachte tonlos. Ihre Nase war geschwollen, die Augen tränten. Sie sah nicht danach aus, als ob sie sich mit eigener Kraft lange aufrecht halten könnte, lag unter zwei Decken, trug eine dicke Sweatshirtjacke und fror scheinbar noch immer. »Ich fühle mich wie Belle, die im Turm gefangen ist und alles Essen verweigert.«

Fand sie das witzig? Sie war tatsächlich eine Gefangene. Nur, dass man es ihr nicht sagte.

»Ich habe aber wirklich keinen Appetit.«

»Wie schlimm ist dein Fieber?«

Florence drehte sich schwerfällig zur anderen Seite des Bettes. Erst jetzt fiel Nike auf, dass der zweite Nachttisch mit allerlei Medikamenten, Hustensäften, Wasserflaschen und einem Fieberthermometer zugestellt war. »Ein Arzt war hier. Seinen Worten nach zu urteilen, überlebe ich.«

»Das ist nicht witzig!«, herrschte Nike ungewöhnlich scharf und zwang sich daraufhin wiederholt zur Ruhe. Scheiße auch. Florence hatte so gar keine Ahnung, wo sie hineingeraten waren. Sie beide. »Wann kommst du wieder nach Hause? Kannst du sie nicht bitten, dass sie dich nach Hause bringen? Mum kann sich auch um dich kümmern. Und ich schwänze einfach meine AGs.«

Sie schüttelte den Kopf. »Mach dir keine Sorgen. Bis auf die Zwangsernährung sind sie wirklich nett. Und ich habe mich in diesen Arzt verliebt. Ich will zu keinem anderen.«

Nike biss sich auf die Lippen. Shit. Seine Schwester war nicht unbedingt begriffsstutzig, also was brachte sie dazu, sich in der Höhle des Löwen auch noch wohlzufühlen? »Ich weiß von Eve, dass du an dem Abend im Black Butterfly warst.« Eine Lüge. Aber hoffentlich eine, die sie nicht würden enttarnen können. Eve wusste schließlich alles über Florence.

Sie wird auch das herausgefunden haben. »Was ist da geschehen?«

»Ich kann nicht drüber sprechen.« Florence hustete. Sie bekam einen richtigen Anfall und Nike fühlte mit ihr. Sie hatte sich in der Nacht unterkühlt, als sie Hals über Kopf in Socken und Minikleid durch Bethham geflohen war. Ihr ging es verdammt dreckig – und er konnte kaum etwas tun.

»Wieso darfst du nicht mit mir darüber sprechen?«, fragte er drängend. »Was soll die Scheiße?«

»Irgendjemand hat ihn verraten und solange man nicht weiß, wer, soll ich niemandem …« Wieder ein Husten.

»Ich bin dein *Bruder*.«

Sie sah auf. »Und du hattest ein halbes Kilo Koks in deinem Zimmer.« Ihre Stimme klang erstickt, sie konnte nicht durch die Nase atmen. »Es ist besser, wenn du so wenig wie möglich weißt.«

»Es ist ja wohl nötig, dass ich weiß, was da lief!«

Florence verdrehte die Augen und hustete wieder. »Frag Davies«, sagte sie schließlich matt. »Streite mit ihm. Sie wollen mir weismachen, es ginge um deine Sicherheit. Keine Ahnung, ob das stimmt. Ich bin nur gerade nicht in der Lage, um das wirklich beurteilen zu können, weißt du?« Wieder ein schwaches Lächeln.

»Oh Mann.«

»Sie behandeln mich wie eine Prinzessin. Schau mal, sie haben sogar Klamotten gekauft.« Sie nickte amüsiert zu dem Stapel Einkaufstüten. »Und Davies behauptet, er würde das Essen kochen. Er lügt, denn es schmeckt auch mit verstopfter Nase sooo gut. Nur leider habe ich keinen Appetit. Er versteht mich nicht. Kannst du ihm das nicht begreiflich machen? Nachher zertrümmert er aus Frust noch die Einrichtung.«

»Und darüber kannst du lachen?!«

»Ich mag es, zu sehen, wenn er hilflos ist«, erklärte sie grinsend, noch immer ohne Stimme. »Wie geht es dir? Kommst du in der Schule klar? Haben sich die Typen noch mal gezeigt?«

»Nein«, knurrte Nike ungehalten. *Er würde nicht mehr verprügelt werden.* »Alles ganz gut, bis auf den Umstand, dass mein Lehrer noch immer verschwunden ist und deine Typen ganz sicher was damit zu tun haben und du das einfach ignorierst!« Jetzt, wo er dieses Thema angeschnitten hatte, fragte er es. »Wirst du eigentlich überwacht? Abgehört? Ich meine, lassen die uns in Ruhe quatschen oder stecken hier überall Wanzen?«

»Warum sollten hier Wanzen stecken?«

Weil du verdammt noch mal Ohrringe tragen musstest, in denen sich welche befanden! Nike knetete nervös die Finger. Warum war seine Schwester so unendlich naiv?! »Kann ja sein. Das sind Mörder. Aber solange sie dich verhätscheln und dein Vertrauen – warum auch immer – haben wollen, passiert uns beiden wohl nix.«

»Ich glaube, du schätzt sie falsch ein.«

»Dann sag mir, was mit Mr Henderson geschehen ist!«

»Ich frage sie, okay?«

»Und sie werden es dir einfach erzählen?«

»Ich glaube schon.«

»Du ›glaubst‹?!«

»Beruhige dich. Es gibt wirklich schlimmere Orte, an denen ich eine Grippe haben könnte, als in diesem … Penthouse.«

»Du lässt dich vom Geld blenden? Echt mal, Sis …«

»Ich werde mit ihnen sprechen und dann rufe ich dich noch mal an, okay?«

»Du weißt, dass es Mörder sind. Du wusstest es schon

vorher. Du bist einfach total gutgläubig! Ich will dich hier rausholen, aber es geht nicht!«

»Du musst mich nicht rausholen. Wir müssen *dich* rausholen. Wer auch immer dich verarschen wollte …«

»Du redest schon in ›Wir‹-Form?!«

Sie gab ein kehliges Lachen von sich, legte sich zurück ins Kissen und sah an die Decke. »Okay, ich bin ihnen verfallen.«

»Wem? Davies und dem ach so tollen Arzt?«

Sie warf Nike einen vieldeutigen Blick zu. »Sobald ich wieder einigermaßen laufen kann, komme ich nach Hause, in Ordnung?«

»Wenn es bis dahin nicht zu spät ist«, murmelte er. Wenn Davies und der Dark Prince das Gespräch abgehört hatten, wussten sie jetzt, was er von ihnen hielt. Das war gut, denn er konnte nicht länger so tun, als wäre er der verpeilte Unschuldsknabe, der nichts um sich herum mitbekam. Und außerdem würde es davon ablenken, was er ihr *wirklich* sagen musste. »Ich habe die Unisachen dabei, die du haben wolltest«, wechselte er das Thema. Noch immer mit unzufriedenem Unterton. Er holte aus seinem Rucksack den Block und die zwei Bücher hervor, um die Florence gebeten hatte. Sie war so viel fleißiger als er und wollte in ihrem Zustand echt lernen … Dann zückte er sein Handy und verhielt sich so unauffällig wie möglich.

»Du hast ne neue Nummer, oder? Welche von denen hier ist jetzt deine? Hab sie nicht abgespeichert …« Er zeigte ihr sein Handy. Da sie den Inhalt auf dem Display nicht richtig erkannte, nahm sie es ihm ab und hielt es sich vor die tränenden Augen.

Dann erstarrte sie. Sah auf. Sah ihn an. Realisierte, dass er sie angelogen hatte und war *zum Glück* wach genug, sich nicht zu verraten. »Ich glaube, es war die mit den zwei Siebenen am

Ende«, flüsterte sie und reichte ihm das Handy zurück. Tausend Fragen schossen ihr durch den Kopf, Nike konnte es geradezu sehen. Aber er hatte keine andere Möglichkeit gefunden, es ihr sonst zu sagen. Sie war der Schlüssel. Und der Dark Prince war sicherlich nicht so dämlich, sie jemals wieder freizulassen, solange er sie noch brauchte. Wie konnte er ungestört mit ihr reden? Konnte er ungestört mit ihr reden?

»Ah, Danke«, sagte Nike schließlich im Plauderton. »Wir müssen übrigens zur Bank. Ich habe da so ein Schreiben rausgefischt, die wollen dein Konto sperren. Weißt du da noch die Zugangspasswörter für?«

Florence schüttelte den Kopf. »Was willst du denn mit dem Konto?«

Nicht so verräterisch!

Sie schaltete. Ihre Augen weiteten sich und doch konnte sie das Puzzle noch nicht zusammensetzen. Plötzlich füllten sich ihre Augen mit Tränen und sie wirkte verzweifelter denn je. Er hatte seine Schwester nie zuvor weinen gesehen. Noch niemals.

»Scheiße.« Er griff nach ihrer Hand und spürte das Verlangen, sie in den Arm zu nehmen. Wenn er irgendjemanden wirklich wertschätzte, wenn ihm irgendjemand etwas bedeutete, dann war es Florence. Weil er wusste, was sie für ihn tat. Weil er wusste, wie schwer es für sie war. Und weil er ihr all das zurückgeben wollte und es eigentlich doch nie schaffen würde. Er hätte sich nie auf diese Geschichte einlassen sollen. Er hatte geglaubt, sie wäre stolz auf ihn, wenn er es täte, und hatte niemals damit gerechnet, dass sie das Kokain nehmen und zu Evan bringen würde. Einerseits war das mutig von ihr gewesen, andererseits war es dumm. Und jetzt saß er hier, brachte sie zum Heulen und stellte fest, dass sie die Grippe zu schwach machte, um sich zu wehren. Vielleicht war sie nur deshalb krank geworden, damit sie sich zurückziehen konnte … Jedenfalls war das bei ihrer Mum so. Wurde ihr etwas zu viel, bekam sie Migräne und eine Erkältung, meistens lag sie dann mehrere Tage flach und Florence musste sich darum bemühen, dass sie deshalb nicht bei ihren Putzjobs gefeuert wurde. Was zu häufig geschah. »Ruh dich aus. Ich komme dann einfach morgen nach der Schule noch mal.«

»Okay«, sagte sie nur. Erstickt, tonlos. Sie geriet sichtbar in Panik und wollte sich ihm dennoch nicht anvertrauen. Was gut war, denn sie wurde garantiert überwacht.

»Okay«, sagte auch Nike, stand auf und steckte sein Handy zurück in seine Jeanstasche. Nicht ohne die Nachricht darauf zuvor zu löschen.

Das sind Mörder. Ich traue ihnen nicht. Du wirst bestimmt überwacht. Wir müssen reden, allein. Es geht um Evan, er braucht unsere Hilfe. Deswegen das Koks. Überleg dir eine Möglichkeit, wie wir miteinander kommunizieren können, ohne dass sie davon erfahren! Sonst ist er tot! Lass dir nichts anmerken. Deine Nummer ist die mit der 77 am Ende. Sag es.

»Sie meinte, du kochst super, aber sie hat keinen Appetit.«

Davies grunzte undeutlich und verschwand in ihrem Zimmer. Nike wollte nicht wissen, was er dort nun mit ihr tat. Und wie er reagieren würde, wenn er sah, dass sie geheult hatte. Ihm schnürte ihre Situation noch immer ein Band um die Kehle und er griff mit schwitzigen Fingern nach dem Türknauf.

Er fühlte sich beobachtet, aber Davies blieb verschwunden.

»Bleib hier.« Eine Frauenstimme.

Er gehorchte und ließ den Knauf los. Langsam drehte er sich um.

Eine Afrikanerin stand im Türrahmen rechts von ihm, hinter ihr erkannte Nike eine Küchenzeile. Sie hatte geflochtenes, langes Haar, tiefschwarze Haut und volle, rot nachgemalte Lippen. Ihre Figur und das, was sie trug, erinnerte an amerikanische Rappervideos. Wäre es nicht Winter, liefe sie bestimmt in Bikinis herum, nur um allen zu zeigen, wie breit ihr Arsch und wie prall ihre Titten waren. Zwei von drei Frauen in Bethham sahen so aus wie sie. Nike konnte sie nicht ausstehen.

»Wie heißt du?«

Nike schwieg.

»Antworte oder ich schick dir Davies hinterher, damit er es aus dir herausprügelt.«

Das musste Shania sein. *Sie lebte also doch.* »Davies kennt meinen Namen.«

Ihre Haltung verspannte sich. Sie erkannte seine Stimme. Und Nike verspürte große Lust, ihr Angst einzujagen. Diese verschissene Bitch war schuld daran, dass seine Schwester beinahe im Black Butterfly gestorben wäre! Wäre er eine Spur gewalttätiger, er hätte sie eigenhändig gewürgt. Wie konnte sie hier frei herumlaufen, während Florence nur ein paar Zimmer weiter im Bett lag? Wie konnte *Davies* damit leben, sie nicht für ihren Verrat zur Rechenschaft zu ziehen? Das alles stank gewaltig nach einer großen, fetten Lüge, und Nike durchschaute längst nicht mehr, wer auf welcher Seite kämpfte. Seine Schwester war die Einzige, der er wirklich trauen konnte. Und ausgerechnet sie wäre beinahe wegen Shania gestorben.

»Du hast angerufen«, zischte Shania und kam auf ihn zu. »Ich erinnere mich an deine Stimme.«

Nike zuckte die Achseln. »Keine Ahnung, wovon du sprichst.«

»Natürlich weißt du, wovon ich spreche.« Sie näherte sich ihm bis auf wenige Zentimeter. »Ich erinnere mich an deine Stimme.«

Nike hob eine Braue. »Aha. Ich gehe dann jetzt.«

Er griff nach dem Türknauf und dann ging alles blitzschnell. Shania packte ihn am Arm, drückte ihn an die Wand und hielt ihm ein kleines Schnappmesser an den Hals. Sie war etwa genauso groß wie Nike. *Hoffentlich würde er noch wachsen, verdammt.* Sie lächelte böse. »Verarsch mich nicht. Wer hat dir gesagt, dass du mich anrufen sollst? Das war doch ihr Ex, oder? Er hat Alec verraten? Und wieso hat er das getan? Was weiß er über ihn, das nicht einmal ich weiß? Und was hast du damit zu tun? Hm?«

Sie sprach gedämpft. Ob das ein Trick war? Stand sie auf der Seite des Dark Prince' und sollte ein Geständnis aus ihm hervorlocken? Nein … Alec wäre beinahe dabei draufgegangen, als Shania die Leute in den Club geholt hatte. Er hätte keinen Grund, ihr noch einmal zu vertrauen. Er behielt sie womöglich deswegen hier oben gefangen, damit sie ihm nicht noch einmal in die Quere kommen konnte.

»Der Dark Prince ist ein riesiger Wichser«, zischte Nike zurück. Er entschied sich dafür, zu lügen. Ihr nicht zu sagen, dass er alles tat, um Evan zu helfen. Dass Evan die Leute kannte, die von Davies im Club erledigt worden waren, als sie ihn hatten angreifen wollen. Ihr nicht zu sagen, dass der Feind des Dark Prince Shania nur benutzt hatte, um ihn und seinen Lakaien auszuschalten.

Evan war in Gefahr. In Lebensgefahr. Deswegen *musste*

Nike ihm helfen. Die dämlichen Drogen waren nur eine Notlösung gewesen, Evan brauchte Geld. Nicht viel, aber etwas. Und Nike brauchte das Konto seiner Schwester, auf das Evan Zugriff hatte, um ihm welches zu schicken, ohne dass der Dark Prince es mitbekam.

Evan hatte Nike nicht eingeweiht. Er hatte ihm nicht gesagt, was er über den Dark Prince wusste. *Das Wissen wird dich ebenso töten wie mich, Kid. Du darfst es niemals erfahren.*

Aber Nike wusste auch so, dass er allen Grund hatte, dem ›Prinzen‹ nicht zu vertrauen. Warum hatte seine Schwester ihn nicht längst durchschaut?

Wer sollte schon so viel Macht besitzen, ganze Stadtteile zu kontrollieren, wenn er nicht mit Mitteln und Informationen arbeitete, die ganz und gar böse waren? Wieso bediente er sich eines sadistischen Penners, um seine Drohungen wahr zu machen? Und wenn er es tat, um seine Macht zu sichern, wieso störte sich so absolut niemand daran?

»Ich habe dich angerufen, weil ich diesen Davies nicht mehr sehen kann«, log Nike. Er hatte angerufen, damit Davies und der Dark Prince erledigt wurden, *aber doch nicht seine Schwester!* »Ich dachte, du würdest die beiden Typen dazu bringen, sie endlich in Ruhe zu lassen.« Und was war stattdessen geschehen? Sie hockte hier in diesem umgebauten ›Penthouse‹ und fraß ihnen voll und ganz aus der Hand! »Wenn du mir glaubst, was ich über ihn und Florence erfinde, dass da irgendwas am Laufen ist, und du daher Männer mit Granaten in den Club lässt, was so ungefähr das Bescheuertste von dir war, was du hättest tun können – dann ist das dein Pech.«

»Es lief also gar nichts zwischen Alec und ihr?«

»Woher soll ich das denn wissen?«

»Du hast es mir doch gesagt!« Sie drückte das Messer tiefer in seine Haut. »Du bist ihr verschissener Bruder und musst es daher wissen! Du hast mich dazu gebracht, Alec nicht mehr zu vertrauen! War das ein Trick?! Glaub mir, wenn ich ihm sage, dass du dich zwischen uns drängen wolltest und an allem schuld bist, bist du tot. Fünfzehn kleine Hosenscheißerjahre hin oder her!«

Nike wurde stinkwütend. So wütend, dass er sich vergaß. Er sah ihr in die Augen und es platzte aus ihm hervor. »Du hältst ganz schön viel von dir, wo doch halb London denkt, du wärest längst tot.« Das waren zumindest die Gerüchte, die auch Evan aufgeschnappt hatte. »Ich habe keine Angst vor deinem Macker, aber du solltest Angst davor haben, was geschieht, wenn du deinen goldenen Käfig einmal verlässt und unten auf die Straße gehst. Alle denken, du bist schuld daran, dass ihre Freunde vor einer Woche im Club angeschossen und fast totgetrampelt wurden. Du hast alle um dich herum verraten. Eigentlich ist es eine Frage der Zeit, *wann* und nicht ob du stirbst. Aber los, töte mich, ich denke, Davies wird seine Freude daran haben, mich zu rächen, er wartet ja nur darauf.« Okay, das konnte er nicht wissen. Aber so wie es aussah, tat Davies alles, damit es Florence besser ging. Starb ihr Bruder, würde er explodieren und Shania bekäme die schlimmste Folter Englands zu spüren, so viel war sicher.

Sie schien dasselbe zu denken, also nahm sie Abstand. »Kleiner Scheißer.«

»Dämliche Hure.« Damit griff er an den Türknauf und glitt durch den sich öffnenden Spalt zurück in den Hochhausflur. Er atmete durch. Er hatte sich gerade verraten. Ja. Aber diese dämliche Schlampe war es so was von wert gewesen.

DER PRINZ

EIN ECHTER PRINZ HÄTTE SIE AUS IHREM TURM BEFREIT.

Rapunzel

»Das Fieber nimmt langsam ab. Sie sollte auf den Balkon gehen, etwas frische Luft schnappen und anschließend wieder ins Bett.«

Ich stocherte lustlos in meinen Flakes. Normalerweise frühstückte ich auf dem Campus oder im Büro in Kensington, aber die letzten zehn Tage zögerte ich den morgendlichen Aufbruch so lange hinaus, wie es nur ging.

»Bis zum Wochenende ist sie genesen. Ich habe übrigens die Unterlagen vom CT.« Jakeman breitete ein paar Folien aus, auf denen Körperteile im Schwarzweißformat abgebildet waren und von denen ich nichts verstand.

»Sie brauchen mir das nicht zu zeigen, Doktor, ich glaube Ihnen alles.«

»Wie Sie meinen.« Er schob die Papiere wieder zusammen. »Es sieht nicht gut aus.«

»Verschonen Sie mich mit medizinischem Geplänkel und machen Sie es kurz.«

»Krebs. Im fortgeschrittenen Stadium.«

»Ach, Fuck.« Ich stieß die beschissene Müslischale von mir und lehnte mich zurück. Carl hatte Krebs? Das würde erklären, warum er so todesmutig handelte. Es war äußerst schwer gewesen, ihn zurück auf meine Seite zu zerren. Ich hatte es ihm erlaubt, sich im Black Butterfly einzunisten, aus dem Grund, dass Shania dort nicht länger die Stellung halten konnte, weil ihr niemand mehr vertraute – ich schon gar nicht. Und Davies hatte Besseres zu tun. *So* wichtig war der dämliche Club auch nicht und seit der Schießerei blieben die Gäste eh weg. Es war schwierig, das Vertrauen des Viertels zurückzugewinnen. Sie verlangten nach einem Verantwortlichen und je stiller ich wurde, desto rasender verbreitete sich das Gerücht, die Frau an meiner Seite hätte mich verraten. Rufschädigend.

Verdammt rufschädigend. Wenigstens diente sie mir als Lebenspfand. Solange ich Shania hier im Turm »beschützen« konnte, war ihr Vater zufrieden. Da er nichts mit den Übergriffen aufs Black Butterfly zu tun hatte, ahnte er auch noch nicht, dass ich Shania nicht beschützte, sondern gefangen hielt. Shania hatte ich mit Drogen und Medikamenten manipuliert, sodass sie mir vorerst wieder glaubte. Auch dafür kam Dr. Jakeman fast täglich. Ein Arzt, am Rande jeder Legalität, dessen Spezialgebiete Substanzen waren, die Menschen nachdrücklich beeinflussten. So hatten wir auch Lucas dazu gebracht, nicht nur die Nacht im Butterfly zu vergessen, sondern auch die gesamte Flucht hier in meine Wohnung.

Ich ließ mich in den Stuhl sinken und starrte aus dem Fenster. Es schneite. Und der Schnee würde schmelzen, noch bevor er den Boden berührte.

»Können Sie mir einen Gefallen tun, Doktor?«

Jakeman hob eine Braue. Er war ein schlanker, sportlicher

Mann, dessen dunkles Gesicht eben und fast gemalt wirkte. Er trug stets enge Pullover, darunter ein Hemd und schwarze, edle Schuhe. Ich konnte ihn um jeden Gefallen bitten. Er liebte den Job, den ich ihm bot. Und er liebte Schwarzgeld.

»Kümmern Sie sich noch einmal ausgiebig um Miss Wilson, bis ich weg bin.«

»Eine psychologische Befragung?«

»Was immer Sie für angemessen halten.« Er verstand den Hinweis. Er sollte Shania ablenken.

»Ich denke, da fällt mir einiges ein.«

»Sehr schön.« Ich stand auf, räumte die Schüssel halbherzig in die Spüle und verließ die Küche. Die letzten zwei Wochen waren an mir vorbeigeglitten wie ein Schnulzenfilm. Ich hatte kaum mit Florence gesprochen und wusste sie dennoch bei mir und in Sicherheit. Shania konnte sich nicht mehr an das belauschte Gespräch im Badezimmer erinnern und fraß mir aus der Hand, die Lebensmittelumverteilungen auf der Straße liefen erwartungsgemäß und die Aktion hatte sogar europaweit in die Zeitungen gefunden.

Irgendjemand meiner Leute hatte mir Weihnachtsgeschenke besorgt und ich fühlte mich für den Dezember gewappnet. Wäre da nicht dieses drückende Gefühl in meiner Brust bei dem Gedanken daran, dass Florence irgendwann gesund werden und mich wieder verlassen würde. Mein Verhalten ihr gegenüber war nach wie vor krankhaft.

Aber ich konnte es mir nicht nehmen lassen, sie dennoch immer wieder in ihrem Zimmer aufzusuchen. Da Davies und ich nun beide hier oben wohnten, war es kein Problem, uns abzuwechseln. Wir hatten uns ohne Absprache darauf geeinigt, dass immer jemand in ihrer Nähe blieb. – Auch weil Shania frei in der Wohnung herumlief.

Ich öffnete die Tür zu ihrem Zimmer und wieder einmal

geriet mein Körper alleine bei ihrem Anblick außer Kontrolle. Ich bereute es zutiefst, es nicht ausgenutzt zu haben, als sie high war. Ich wollte sie von oben bis unten verführen. Gerade jetzt, da sie sich so schwach zeigte, überstieg dieses Verlangen in mir alles.

Ich hasste es.

Ich brauchte es.

Sie war mein ganzer Untergang.

»Guten Morgen.« Meine Stimme, sanft. Immer, wenn ich zu ihr kam, legte ich eine Hand auf ihren Arm und drückte meine Lippen an ihre Stirn. Die Ansteckungsgefahr verringerte sich mit jedem weiteren Tag und ich genoss es, mir einbilden zu können, dass dieser Zustand ihrer Schutzbedürftigkeit auf ewig währen könnte. Das widersprach sich bedauerlicherweise mit der Tatsache, dass ich sie nicht nur aus reiner Güte bei mir behielt. – Nein. Wenn wirklich Evan für die Scheiße im Club verantwortlich war, konnte ich Florence jetzt erst recht nicht freigeben.

Ich wähnte mich in Sicherheit, weil er nun schon über einen Monat verschwunden war, aber ich wusste, dass das täuschte. Er wartete nur darauf, dass ich schwach genug werden würde, dass sich ein Angriff lohnte. Ich kannte ihn. Er war ein Feigling. Er tat nichts mit Risiko.

»Guten Morgen«, erwiderte sie lächelnd. Als ich sie loslassen wollte, griff sie in meine Hand. Wie die vergangenen Tage stand ich über ihr und sah auf sie herab, während sie zu mir heraufsah. Doch heute war etwas anders. Ihr Lächeln täuschte nicht über die Unsicherheit in ihren Augen hinweg. »Hast du Zeit zu reden?«

Ich hatte nie Zeit zu reden. Unser Kontakt beschränkte sich auf ein ›Guten Morgen‹ und höchstens ein kurzes Gespräch, wenn ich an meinen Kleiderschrank musste. Da dieses Schlafzimmer weitab von den anderen lag und über ein eigenes Bad verfügte, hatte ich es ihr überlassen. Mit dem Vorteil, dass ich zu ihr gehen konnte, ohne dass Shania unangenehme Fragen stellte. Sie glaubte weiterhin, Florence würde zu Davies gehören. Wir hatten den Betrug vor ihr mithilfe der Drogen erfolgreich verschleiert.

»Bitte«, setzte Florence leise nach. »Ich habe Fragen.«

Ich drückte ihre Hand zurück auf das Bett. Auch wenn es mir schwerfiel. Auch wenn ich sie halten wollte. Ich hatte immer geahnt, dass unter ihrer harten Schale diese schutzbedürftige junge Frau steckte, die ich vor knapp sechs Jahren im Butterfly für meine Übernahme benutzt hatte – das junge Mädchen, herangereift zu einer starken Frau. Aber so wie damals zeigte sie auch heute Schwäche. So wie damals nutzte ich das aus. »Was soll ich darauf antworten? Ich muss los, ich habe nicht viel Zeit.«

»Befindet sich Shania noch immer hier oben?«, fragte sie geradeheraus. »Davies hat da etwas angedeutet und ich habe gestern eine Stimme gehört.«

»Ja«, war meine knappe Antwort.

Sie riss die Augen auf. »Aber hat sie dich nicht verraten? Die bewaffneten Männer? Die Granaten? Wir wären beinahe gestorben!«

»Beruhige dich. Das habe ich natürlich nicht vergessen.«

»Und was hast du dann mit ihr vor?«

»Das weiß ich noch nicht.« Fuck, wie kam es jetzt dazu, dass ich ehrlich sein wollte? »Solange ich das nicht weiß, behalte ich sie hier.«

»Das ist eine schreckliche Vorstellung. Hast du keine Angst, dass sie uns was antut?«

»Mach dir darum keine Sorgen. Soll ich dir etwas aus der Stadt mitbringen?«

»Einen Starbucks Coffee und die neueste Cosmopolitan bitte.«

Ich hielt irritiert inne. »So etwas konsumierst du?«

»War ein Scherz«, lachte sie rau. Ihre Stimme war noch immer nicht ganz zurück. »Nike hat mich daran erinnert, dass sein Lehrer verschwunden ist. Damit habt ihr doch etwas zu tun, oder? Wirst du mir sagen, was?«

»Er hat auf uns geschossen. Wir wollten ihn ausfragen. Aber anstatt etwas zu verraten, hat er sich mehr oder weniger in seinen eigenen Tod gestürzt. Er ist hochverschuldet, keine Familie. Man hat ihm vermutlich Geld versprochen, damit er uns angreift. Wer ihm dieses Geld versprochen hat, wissen wir noch nicht. Und er wusste, wer wir waren. Ihm war der Tod wohl lieber, als mit uns zusammenzuarbeiten und seinen Auftraggeber zu verraten. Vielleicht, weil sein Auftraggeber ihm ebenfalls mit dem Tod gedroht hat. Solche Leute stecken schnell in einer Zwickmühle. Glaub mir, ich hätte ihn niemals einfach so getötet, wenn er mich nicht angegriffen hätte.«

»Hast du ihn … getötet oder Davies?«

Ich töte nicht. »Davies.«

»Wie?«

»Du willst Details?«

Sie nickte zaghaft. Obwohl ihre Nase verschnupft war, ihre Augen verquollen und ihre Haare wild und ungekämmt, gefiel mir ihr Aussehen. Ich hätte sie auch jetzt geküsst. Ja, ich hätte sie sogar gefickt, sanft und gefühlvoll, damit es sie nicht überanstrengte, aber ich hätte es getan. Es war an der Zeit, dass ich Shania loswurde. »Also?«, hakte sie nach.

Ich hatte den Faden verloren. Details. Über den Tod von Mr Henderson. Himmel. »Davies hat ihm zweimal in die Brust gestochen. Mit einem Messer. Fragen?«

Sie erschauderte. »Wie viele Menschen hat Davies schon getötet?«

»Ich habe nicht mitgezählt.«

»Er sagte, du hättest ihn anfangs gebeten, jemanden für dich zu töten. Seitdem arbeitet er für dich.«

»Ich bitte ihn ständig darum.«

»Warum? Warum lässt du Menschen töten? Bei all dem Guten, das du verbreiten willst«, sie nickte zum Fernseher, »ich habe Nachrichten geschaut und das mit den Lebensmitteln gesehen. Sie halten dich für einen St. Nikolaus, einen echten Heiligen! Bei all diesen Dingen beendest du Menschenleben? Wie hältst du das aus? Ich finde es armselig.«

Ich atmete tief durch. *Armselig? Ich?* »Das ist kein Thema, das wir jetzt besprechen sollten.«

»Ich finde schon.«

»Ich habe dir dazu schon alles gesagt. Ein Leben für das vieler anderer. Wäre ich nicht so hart in meinen Entscheidungen, hätte ich nicht diese Macht – und wäre vielleicht längst tot. Dann könnte ich gar nichts verändern. Verstehst du, Florence. Es ist meine Art und Weise, gegen sie vorzugehen. Und es funktioniert.«

»Wer ist dieses ›sie‹? Gegen wen gehst du wirklich vor? Wer sind deine Feinde?«

»Echte Gangster. Leute, die sich am Elend anderer bereichern – und es wissen.« Das war wichtig, denn die meisten im Westen wussten schließlich nicht, was sie taten. Meine Feinde manipulierten ›das Volk‹, um Profit daraus zu schlagen. Das fing bei einzelnen Pressemitteilungen an und hörte bei ganz großen Werbelügen noch nicht auf. Aber wie könnte ich Florence in wenigen Sätzen erklären, wie groß unsere Welt und wie klein ihr Universum war?

»Ist Shanias Vater auch so jemand?«

Ich vergrub ungeduldig die Hände in den Taschen meiner Levi's. Es war dieser Widerspruch, der mich davon abhielt, ihre Fragen unbeantwortet zu lassen, eine Sehnsucht, die mich trieb. Ich wollte, dass sie verstand. Dass sie … *mich* verstand. Aber wenn ich ihr alles offenbarte – alles – wäre sie in Gefahr. Und würde sie es Davies verschweigen können? Wenn sie es noch nicht einmal für sich behalten konnte, dass ich in ihrer Vorlesung war? »Nein, Wilson ist … Das ist kompliziert. Du wirst ihn kennenlernen, er kommt Samstag zum Abendessen. Dann siehst du, wie er so drauf ist.«

»Er kommt zum Abendessen?!«

Küssen. Ficken. Sie riss meinen Geduldsfaden auseinander. Ich musste dringend weg. »Es gibt so gut wie keine perfekten Menschen. Ich mache auch Fehler. Er ist eben vernarrt in seine Tochter und macht gerne einen auf Mafiaboss. Aber nichts daran ist so schlimm, dass Davies ihn aufschlitzen müsste. Bin ich jetzt entlassen?«

Sie lachte. »*Ich* entlasse *dich*?«

»Offensichtlich. Ich bin heute Abend in Mayfair. Bis ich zurück bin, ist der Kaffee kalt. Sonst einen Wunsch?«

»Bring mir etwas mit, das dir auf deinem Weg vor die Nase fällt«, gluckste sie und zwinkerte. »Und wehe, es sind keine magischen Nüsse.«

Ich drehte mich Richtung Fernseher. Sie zog sich definitiv zu viel von den vorweihnachtlichen Märchenfilmen rein. »Ich werde sehen, was sich machen lässt. Adieu.«

Sie schenkte mir ein noch immer leicht geschwächtes Lächeln. »Adieu, holder Prinz.«

»Was halten Sie von diesem Armband hier?«

»Sehr edel, Sir. Vielleicht dazu passend diese Ohrringe?«

»Wir wollen es nicht gleich übertreiben.«

»Natürlich nicht. Wenn ich Ihnen noch einen Vorschlag machen dürfte, Sir. Dieses Collier kam erst letzte Woche. Eine Einzelfertigung. Fast zu kostbar, um es zu verkaufen.«

»Nicht ganz. Ich suche etwas Schlichtes.« Eigentlich hatte ich mich längst entschieden. Aber es war eben nichts, das mir vor die Nase gefallen war, und ich glaubte auch nicht so wirklich daran, dass es Florence gefallen würde. *Es war absolut undenkbar, dass ich Cinderella aus ihrem Turm befreite.* Wieso kreisten meine Gedanken dann nur darum?

»Wie wäre es mit diesem einzelnen Stein? Die Kette ist aus Weißgold. 750.«

»Ich nehme das Armband.«

»Wie Sie wünschen, Sir. Wie soll ich es verpacken?«

»Vielleicht geben Sie es mir einfach so.«

»Sie meinen ohne Verpackung, Sir?«

Ich zwang mich, nicht die Augen zu verdrehen, hielt ihm die offene Hand hin und legte ihm mit der anderen meine Kreditkarte auf den breiten Tresen. Auf der Karte stand nicht mein richtiger Name. Und das Konto gehörte auch nicht wirklich mir. Aber wer interessierte sich schon dafür, woher die achttausend Pfund kamen, die man für ein paar Diamanten hinblätterte?

Der Juwelier legte mir das Armband in die Hand, zog die Karte durch sein Lesegerät und wickelte das Geschäft ab, nicht ohne mir eine edle Verpackung aufzudrücken. Ich nahm sie, bevor er darauf kam, mich in Erinnerung zu behalten. Ich verließ zügig den exklusiven Laden, gerade als Davies von der Straßenseite gegenüber auf mich zu schlenderte.

Ich war mir bis zuletzt nicht sicher gewesen, ob er

kommen würde, denn Florence und Shania alleine zu lassen, war ein Risiko, das wir uns eigentlich nicht erlauben wollten.

Dennoch war es gut, dass wir uns trafen. Hier, zwischen Mayfair und Soho, in einer Straße, in der uns niemand erkannte. Wir waren heute seit der Autofahrt in Schottland das erste Mal allein. Eine verdammt lange Zeit, wenn man bedachte, dass wir die Jahre zuvor nahezu jeden Abend wie zusammengeschweißt im Black Butterfly oder auf Raubzügen verbracht hatten.

Er trat an mich heran und warf dem Laden in meinem Rücken einen zweifelnden Blick zu. »Für wen?«

»Ich trage in meiner Freizeit selbst gerne Schmuck.«

Er zögerte, aber dann grinste er. Fast sah es so aus, als ob er mir auf die Schulter klopfen wollte. Ein Händedruck, eine Umarmung. Wir waren knapp dem Tod entkommen, das wussten wir beide. Und das bedeutete, dass es uns jederzeit wieder geschehen konnte. Aber wir beließen es bei einem Moment des Schweigens, in dem uns klar wurde, wie verfickt sehr wir auf den anderen zählten.

»Wir müssen über sie reden«, sagte er.

»Deswegen bist du hier.« Ich ließ das Armband in meiner Jackentasche verschwinden und zog eine Schachtel Zigaretten hervor. *Scheiß auf Angelica.* »Ich war die letzten Tage kurz davor, Shania doch noch umzulegen. Sie macht mich krank. Warum hast du mich damals nicht vor ihr gewarnt?«

»Habe ich«, erwiderte Davies trocken. »Aber du wolltest dich unbedingt binden.«

»Ich hielt es für vertrauenserweckender. Ein Mann mit einer Frau wirkt angekommen. Außerdem war der verfügbare Sex bequem.«

»Den Sex hättest du auch so bekommen. Es *war* vertrauenserweckend. Bis sie dich verraten hat. Weißt du endlich an wen?«

»Nein, aber sie kam mir gestern Abend nervöser vor als sonst.«

»Nervös?«, wiederholte Davies.

»Ist Loyd bei ihnen?«

»Er bewacht Florence' Zimmer.«

Ich nickte. Meine Limousine wartete ein paar Meter weiter, aber ich ging vorerst in die entgegengesetzte Richtung auf einen noch geöffneten Blumenladen zu. Dann platzte es aus mir heraus. »Schon drüber nachgedacht?«

»Ja«, kam prompt.

Waren wir nervös, weil wir es uns nicht zutrauten, über Florence zu sprechen? Wir waren beide Männer der Worte, auch wenn Davies nur dann zu schwafeln begann, wenn er ausgesprochen gute Laune hatte und mich aufziehen wollte. »Wenn ich Shania am Samstagabend wie geplant an ihren Vater loswerde, wäre es … anders als bisher.«

»Ich weiß.«

Ich zündete meine Kippe an und ließ den Blick über den Gehweg schweifen.

Davies lehnte sich gegen eine Werbeanzeigetafel, während wir vor einer roten Fußgängerampel warteten. »Ich muss wissen, wie sie es findet.«

Langsam ließ ich den Rauch durch meinen Mund entgleiten. *Und wie ich das wissen musste,* wiederholte ich seine Worte in Gedanken.

»Hat es dir auch gefallen, wie … empfänglich sie geworden ist?«

Ich nickte. Die Ampel sprang um, aber wir blieben stehen.

»Vorher war sie fasziniert, jetzt vertraut sie uns vollkommen«, sagte er. »Wir sind Hunde, dass wir es so weit kommen ließen und es jetzt auch noch ausnutzen wollen.«

Ich sah ihm in die grünen, treuen Augen. *Ihm* konnte sie ja auch vertrauen. Mir nicht.

»Aber ich kann nicht anders.« Er rückte seine Jeans zurecht.

Bisher war ich gelegentlich ins Diamond gekommen, wenn ich Abstand von Shania, meinem Doppelleben und generell von den Dingen gebraucht hatte, die mich umgaben. Er hat mit den Frauen gespielt, ich hatte sie in den Mund gefickt. Es war nicht seltsam gewesen. Es war von Anfang an eine Selbstverständlichkeit. Wir konnten teilen. Wir verstanden uns. Auch ohne Worte. Niemand wollte Florence dem anderen überlassen und sie genoss es selbst viel zu sehr, dass wir beide uns gleichermaßen um sie bemühten.

Meine Gedanken schweiften ab. Sie zwischen uns zu haben, auf ihre hingebungsvolle Art ... Nicht daran denken zu müssen, ob ich Shania dabei aufs Spiel setzte, denn nach dem Gespräch mit ihrem Vater, würde ich sie abservieren.

Sie mit Davies zu teilen, weiterzugehen als bisher ...

Mein bester Freund. Ein Bruder. Eine Art ... Gefährte.

Ja. Ich würde es für sie tun. Ich würde alles tun, damit es ihr gefällt.

Hatte ich jemals so über eine Frau gedacht?

»Weißt du noch?« Davies hatte die Stimme verändert. Er wollte das Thema wechseln. »Da hinten haben wir mal eine Immobilienfirma leergeräumt.« Davies nickte zu einem verglasten Hochhaus einen Block weiter.

Er hatte recht. Es war äußerst lukrativ gewesen, die Freunde meines Vaters auszunehmen. Mit einundzwanzig war das besser als jeder Drogenrausch. Auch weil wir nie erwischt wurden.

»Ich frage mich, was sich verändert hat«, dachte Davies laut. »Für mich hat sich nichts verändert. Frauen kommen und gehen. Aber du bist anders geworden.«

»Ich habe mittlerweile genügend Geld.«

»Ich meine nicht die Raubzüge. Ich meine nicht dein Image als König der Diebe. Halt mich nicht für dumm, Alec. Sie ist aufgetaucht und du bist seit diesem Moment völlig verändert. Aber ich glaube sogar, dass es nicht an ihr liegt. Nicht nur.«

Ich inhalierte stumm den Rauch.

»Ich weiß, dass du etwas vor mir verbirgst. Und weißt du was?« Er stieß sich von der Reklametafel ab. »Es ist besser, wenn ich davon nichts erfahre. Du bist der Kopf, ich bin der Killer. Bisher hat das wunderbar funktioniert. Ich sehe keinen Grund, das zu ändern. Du bestimmst. Du entscheidest. Ich gehorche. Ein sehr einfaches Verhältnis.«

Ich wusste, warum er mir die Entscheidungen überließ. Die Angst, wieder etwas Falsches zu tun, begleitete ihn und ich nutzte es aus. Ich nutzte einfach alles aus. Sozial gesehen war ich der letzte Mensch auf Erden. »Ich verdanke dir mehr als mein Leben, Lee«, brachte ich leise als Entschuldigung hervor. »Manchmal vergesse ich das.«

»Was könnte kostbarer sein als Euer Leben, Majesty?«, fragte er ironisch lächelnd.

»Das ist der Grund, weshalb ich es dir nicht sagen kann – und du nicht fragen solltest.«

Davies verschränkte die muskelbepackten Arme vor der Brust und musterte mich lange. »Ich werde nicht mehr fragen.«

»Gut.«

»Wir werden also abwarten und sehen, was geschieht.«

»Dabei hasse ich warten.«

Davies grinste. »Ich weiß. Wo geht es heute Abend hin?« Er musterte mein Outfit. Ungewöhnlich herausgeputzt. Anzug, Armani, Rolex.

»Geschäfte.«

»Wie immer.«

»Ja, wie immer, schätze ich.«

»Brauchst du Geleitschutz für den Rückweg?«

»Mein Wagen hat Panzerglas.«

»Dein Doppelleben beeindruckt mich immer wieder.«

Davies dachte von mir, dass ich mit Geschäftsleuten dinierte. Sie aushorchte, Dinge in Erfahrung brachte. Er dachte, ich würde den größten Teil meiner Woche bei einer Bank arbeiten, daher der Zugriff auf viele Konten. Im Grunde tat ich das auch. Knackpunkt war, dass diese Geschäftsleute und Banker zu meinem Familienkreis zählten – und ich zu ihrem. Hätte ich von Anfang an mit offenen Karten gespielt, wäre es jetzt nicht so riskant, es ihm zu erzählen. Erführe er von meinen wahren Beziehungen und meiner Blutlinie, er würde sich von mir verraten fühlen. Er würde durchdrehen und erst hinterher Fragen stellen. Wenn ich schon tot war. Denn verraten zu werden, war sein wundester Punkt. Scheiße, warum tat ich es dann seit so vielen Jahren? »Doppelleben würde implizieren, dass ich ebenfalls lebe, wenn ich diese Dinge tue. Ich funktioniere nur.«

»Gut gesagt.« Wir sahen uns lange in die Augen und ich unterdrückte das Verlangen, ihm alles zu beichten. »Dein Verhandlungspartner möchte ich nicht sein.«

»Ich verhandle nicht. Ich spioniere.«

»Du stiehlst nach wie vor«, sinnierte er anerkennend. »Heute sind es Informationen und keine Bilder oder Computer.« Davies drehte sich nach rechts. »Wo steht dein Wagen? Der Chauffeur ist keiner von unseren Leuten, was?«

»Nein«, sagte ich gedehnt.

Er hob beschwichtigend die Hände. »Schon gut, mich langweilt das Chauffieren eh. Wir sehen uns morgen früh.«

Ich drückte die Zigarette am nächsten Mülleimer aus. »Ja. Morgen früh.«

»Liebling. Ich denke, dein Vater hat recht. Meine Familie spricht ebenfalls darüber. Sie kennen dich und würden dich sehr unterstützen. Ich finde es nicht richtig, dass du dich zurückziehst. Du hast Verantwortung.«

Ob ich ihr ebenfalls den Hals umdrehen sollte? Ich lehnte mich in dem breiten Stuhl zurück, legte die Arme auf die Lehnen und ließ die Karte Karte sein. Der Appetit war mir vergangen, da Angelica ohne Punkt und Komma vor sich hinbrabbeln musste.

»Du könntest sehr viel bewirken. Sie würden dich lieben.« Schmeichelnde Kunstpause. »So wie ich dich.«

Ich lächelte gequält.

»Deine Schwester hat eine tiefe Kerbe hinterlassen, das sagen alle. Es war verständlich, dass deine Mutter dich nach diesem Vorfall beschützen wollte. Dass sie nicht auch noch ihren zweiten Sohn verlieren wollte. Sie wollte ein Leben für sich. Mit dir zusammen. Aber Liebling … Du musst doch einsehen, dass du längst erwachsen bist und deine eigenen Entscheidungen treffen kannst. Jeder aus deiner Familie würde dich unterstützen, und ich bin mir sicher, dass das Volk, auch wenn es dich in den letzten achtzehn Jahren vergessen hat, dich ebenfalls lieben und unterstützen würde! Sie wären dankbar, wenn du zurück ins Licht der Öffentlichkeit trittst. Ich stehe da absolut hinter den Worten deines Vaters.«

Ich beugte mich vor und fasste sie gezielt in meinen Blick. »Ist dir klar, dass es diese Abende nicht mehr geben würde? Sieh dich um, dank dem Gesetz ahnt keiner, dass ein Royal zwischen ihnen sitzt, und dieser Umstand gefällt mir außerordentlich gut. Meine letzten Fotos stammen aus Kindertagen und werden kaum noch gedruckt. Aber wenn ich jetzt in die Öffentlichkeit trete, würden sie mich jederzeit erkennen. Es gäbe ein Leben zwischen Presse und Terminen für uns. Streich das Studium, wie wir es jetzt haben. Parkspaziergänge, Empfänge, Theaterbesuche. Wir stünden überall im Fokus. Ich bin kein guter Repräsentant für dieses Land. Das mute ich mir nicht zu.« Jedenfalls nicht als Mann mit goldener Krone auf dem Kopf. »Ich bin nicht dafür geschaffen. Edmond wird gekrönt. Danach wird meine Cousine Eloise die Krone übernehmen und damit wird die Blutlinie«, notfalls schieben sie der durchlauchten Prinzessin das adoptierte Kind für die Presse unter, »fortgeführt und alle sind zufrieden. Und auch wenn du es nicht hören möchtest, die Schwester der Prinzessin of Wales ist in der Thronfolge ebenfalls vor mir.«

Angelica wirkte alles andere als zufrieden. Wäre sie nicht adelig und versnobt, könnte sie hervorragend als Model für Tommy Hilfiger arbeiten. Nordisch, schlank, adrett. Jungfrau. Sie passte perfekt in die gläubige Welt meiner Familie. Und wäre ich gezwungen, sie zu heiraten, bliebe sie bis zu diesem Tag unberührt. Amüsant, dass eine solche Frau *mir* Vorschläge bezüglich meiner Zukunft machen wollte. Sie lebte so fernab von allem Alltäglichen, dass sie es sich nicht einmal vorstellen konnte, wie es war, ständig von der Presse belagert zu werden. Und ja, *mich* würde Englands Presse belagern, sollte das Gesetz zu Gunsten der Öffentlichkeit geändert werden.

Dann wäre ich nicht länger der verschollene Prinz, über den niemand berichten darf, ich wäre der heißest begehrte Junggeselle des gesamten Commonwealth, jedenfalls wenn ich den Rat meines Vaters befolgte.

Was nicht passieren würde.

»Deine jüngste Cousine ist ein Skandalweib, das nur darauf aus ist, die Titelblätter zu füllen. Selbst wenn man sie einsperren würde, käme sie noch auf dumme Ideen und würde unsere Familien in den Schmutz ziehen.«

»Es heißt, in den ›Dreck‹ ziehen«, verbesserte ich sie höflich. »Lass uns die Dinge beim Namen nennen. Wolltest du dich heute Abend früher treffen, um mit mir über die Thronfolge zu sprechen? Da gibt es nichts zu besprechen.«

Sie spitzte die Lippen und richtete ihre Augen auf ihr unberührtes Weinglas. Ich hatte Angelica vor fünf Jahren auf einer Familienfeier in Norwegen kennengelernt. Sie hatte mir gefallen und ich hatte vorerst aus Langeweile heraus versucht, sie zu … ›umwerben‹. Prüde, wie sie war, hatte sich nichts ergeben und ich musste mit zwei der Bediensteten vorliebnehmen. Vor drei Jahren waren wir uns an der Universität wiederbegegnet. Meine Familie hatte auf eine feste Beziehung gedrängt. Ich hielt Angelica für geeignet. Seit diesem Moment taten wir so, als würden wir etwas füreinander empfinden, während sie sich für meine Herkunft interessierte und ich mich für das Alibi, das sie mir bot. Ein korrekter Tausch, auch wenn sie nichts davon wusste. Vielleicht dachte sie, ich liebte sie wirklich. Meine Art ihr gegenüber war jedenfalls charmant genug, um sie das glauben zu lassen. Und solange ich sie beschenkte und mit zu den Feierlichkeiten meiner Familie nahm – wie käme sie dazu, sich zu beschweren oder genauer nachzufragen?

»Du gibst also die größte Chance deines Lebens einfach so

aus der Hand.« Sie klang wie meine Mutter. Ihr fehlte definitiv der Sex. Mein Gott, die Frau war vierundzwanzig!

»Ich genieße diese Zeit mit dir zu sehr«, erklärte ich schmeichelnd und griff nach ihrer Hand. Angelicas Eltern würden jeden Moment eintreffen. *Um meine wahren Aktivitäten zu verbergen, nahm ich sehr viel in Kauf.* »Ich möchte Abende wie diese hier mit dir verbringen, Angelica. Restaurants, Cafés, Kultur. Ohne Beobachtung, ohne Druck. Wir sind niemandem Rechenschaft schuldig. Das genieße ich mit dir.« Und so weiter und so fort. *Checkst du es nicht?* Ich lasse mir meine Anonymität nicht nehmen, für ein bisschen Ruhm in der Klatschpresse. Ich will die Welt verändern und kein gönnerhafter Royal sein, der doch nur tun muss, was man ihm sagt. »Ich liebe dich zu sehr«, log ich schmalzig. »Ich möchte dir dieses Leben nicht antun.«

»Das, was deiner Schwester geschehen ist, ist schlimm, Alexander. Aber es bedeutet nicht, dass es wieder geschieht.«

Hat das jemand bis auf meine Mutter behauptet?

»Ich kann verstehen, wenn es dich noch immer nicht losgelassen hat. Aber du musst nach vorne schauen. In die Zukunft sehen.«

Ich ließ sie schlagartig los und stand auf. »Ich gehe zur Toilette, bevor deine Eltern erscheinen.«

»Ist gut.« Sie bekam nicht einmal mit, dass ich keine Lust auf dieses dämliche Gespräch hatte.

Bei der Garderobe zog ich unauffällig mein Handy aus meiner Manteltasche und begab mich ins Foyer des Michelin-Restaurants.

»Bringen Sie mir was Hochprozentiges«, nickte ich dem Empfangsherrn zu, der daraufhin einem Kellner die Bestellung weitergab.

Sie nahm nach drei Freizeichen ab. »Ja?«

»Ich halte es nicht aus. Du weißt nicht, wie charmant Bethham sein kann.« Der Kellner reichte mir ein Tablett, darauf ein einzelnes Glas Whisky. Ich nahm es, nickte ihm zu, dass er warten sollte und leerte das Glas mit drei Schlucken, bevor ich ein weiteres bei ihm bestellte. »Wo kann ich hier rauchen?«, fragte ich ihn gedämpft.

»Leider ist das Alyn Williams ein Nichtraucherlokal, Sir. Ich müsste Sie bitten, vor die Tür zu gehen.«

Hm, ob es Vorteile hätte, ihm jetzt sagen zu können, dass ich ein gottverdammter Prinz Englands war? »Bringen Sie den Whisky dann raus.«

»Wo bist du?«, fragte Florence.

»Mayfair. Das sagte ich doch.« Ich trat vor die Tür, klemmte das Handy zwischen Schulter und Ohr und holte meine Schachtel Zigaretten hervor. Prinz Alexander rauchte nicht. Er rauchte nicht, verdammt! »Ist Davies schon zurück?«

»Ich glaube, ja. Ich war schon am Schlafen ...«

»Soll ich mich etwa dafür entschuldigen, dich geweckt zu haben?«

»Wie käme ich dazu, dich darum zu bitten?«, fragte sie ironisch.

»Wie geht es dir? Warst du an der frischen Luft, wie es Jakeman gesagt hat?«

»Ich tue alles, was er sagt.«

»Deine Stimme klingt besser.«

»Ja.« Pause. »Warum rufst du an?«

Weil ich so viel lieber mit dir in diesem Restaurant sitzen würde. Und wenn es deine Eltern wären, auf die wir warteten. Ich nähme es in Kauf. Ich würde alles in Kauf nehmen. Der Kellner brachte den Whisky und ich klemmte erneut das Handy ans Ohr, um danach greifen zu können. »Als du auf Drogen warst ...«

»Ja?«

»Ich habe dir etwas versprochen. Aber ich kann dieses Versprechen nicht halten, Florence. Es ist unmöglich für mich, dich wissen zu lassen, wer ich bin, ohne dich in Gefahr zu bringen. Was würdest du tun? Wie weit würdest du gehen, um Dinge zu verändern? Wenn man dir die Scheißmacht in die Hand gäbe, würdest du sie nutzen? Und wenn es nun einmal bedeutet, dass ich dich anlügen muss, wie so gut wie jeden, den ich kenne, wie kann es dann schlecht sein, wenn es so viel Gutes bewirkt? Du fragtest mich im Bad, wofür ich das alles mache. Ich sagte dir, ich habe es vergessen. Fakt ist, ich habe es nicht vergessen. Ich vergesse es niemals. Ich übernehme Verantwortung. Scheinbar bin ich der Einzige, der das tut. Und solange ich Geheimnisse habe, bringe ich Leute wie Davies dazu, auch das Gute zu tun. Für das verfickte Gute in dieser Welt zu kämpfen. Verstehst du, Florence? Dafür mache ich es. Am Ende will ich nur, dass es Schicksale wie deine nicht mehr gibt. Und wie das deiner Freundin Eve.« Wusste sie, dass Eve mehrmals von ihrem Vater missbraucht worden war? Blieb sie deshalb ihre Freundin, obwohl Eve so gar nicht zu ihr passte? Wusste sie, dass ihr bester Freund Andrew von seiner Mutter als Junge so sehr verprügelt worden war, dass die Wunden niemals verheilen würden? Ahnte sie, welches Schicksal Davies umgab? Ahnte sie, wie abgrundtief abgefuckt die Gesellschaft war, in die sie hineingeboren wurde? Und dass niemand meiner Verwandten auch nur den kleinen Finger krümmte, um daran etwas zu verändern?

Ahnte sie das?!

»Ich habe noch niemals an dem gezweifelt, was ich tue.«

Florence war still geworden.

»Die ganzen letzten zehn Jahre nicht. Seitdem ich in Paris war nicht. Mein Ziel war klar. Ich kannte mein Opfer. Und jetzt zweifle ich zum ersten Mal, ob dieses Opfer das Richtige ist.«

»Warum?«

Ich inhalierte den Rauch und bestellte mit einem Wink nach drinnen das nächste Glas. »Ich entwickle egoistische Gefühle, die dich betreffen, stell dir vor.« Ich musste lächeln. »Was würdest du davon halten, wenn ich aufhören würde, mich in Nebelschwaden zu kleiden, wenn ich die Arschloch-tour konsequent fallen lasse? Dich nicht mehr im einen Moment an mich ziehe, im nächsten von mir stoße? Der ganze Scheiß mit der Beständigkeit. Ist es das, was du dir wünschst?«

Sie schwieg.

Wieso schwieg sie?

»Florence …«

»Du meinst, du würdest das Hin und Her für mich überspringen? Keine Warnungen mehr, dass ich mich fernhalten muss? Keine Lügen?«

»Doch, Lügen schon.«

»Na toll.«

Ich lachte befreit auf. »Lassen wir es langsam angehen. Am Samstagabend schicke ich Shania mit ihrem Vater weg. Das ist besser für uns alle und sie wird uns nicht mehr gefährden, wenn ich es richtig einfädle. Und dann … wäre ich wieder zu haben.«

Ich hörte ihren Atem durchs Telefon. Hatte er sich beschleunigt?

»Du solltest dich übrigens immer noch von mir fernhalten, aber es hat einfach keinen Zweck mehr, dir das wie ein wiederkäuendes Kamel vorzubeten. Wir wollen in unser beider Verderben rennen, ich noch mehr als du. Also lass es uns tun.«

»Komm her«, hörte ich sie erstickt sagen.

»Sobald wie möglich.«

Sie zögerte. Vielleicht konnte sie es so wie ich nicht mehr erwarten. »Vergiss die Haselnüsse nicht«, sagte sie schnell, dann legte sie auf.

FLORENCE

GLÄSERNE SCHUHE ZERBRECHEN, WENN MAN AUF IHNEN LÄUFT.

Cinderella

Es war wie ein Traum, der sich zu Realität verflüssigte. Hände fanden über meinen Körper, Wärme breitete sich aus, Lust glitt zwischen meine Beine, ich wand mich, sehnte mich und spürte seinen Griff fest um meine Schulter, als er mich nach vorne drückte und von hinten gegen meine Mitte stieß.

Ich stöhnte, dann drang er langsam in mich vor. Schlaftrunken spürte ich, wie er mich mit kleinen Stößen dehnte, bis er sich schließlich in mir vergrub. Ich seufzte auf und schob ihm meinen Po entgegen, damit er mich noch tiefer nehmen konnte.

Seine Hand in meinem Haar, eine andere an meiner Hüfte, glitt er in mich hinein, während er seitlich neben mir lag. Ich streckte meine Hände nach hinten zu ihm aus, doch außer seiner Hüfte konnte ich ihn nicht erreichen, und viel zu schnell verlor ich die Kontrolle über meine Arme, um sie in seine Richtung steuern zu können.

Seine Stöße von hinten waren bestimmt, aber nicht hart, und ich hörte an seinem Atem, dass es ihn so sehr wie mich erregte.

Plötzlich zog er sich zurück. Ich wimmerte auf, zu erregend war seine pralle Lust in mir gewesen, vielleicht war es doch ein Traum …?

Er beugte sich über mich, schob meine Beine auseinander und glitt wieder in mich hinein. Ich stöhnte auf und er legte zügig eine Hand über meine Lippen, bevor er mich küsste.

Und dann küsste er mich und ich hatte den innigsten Sex meines Lebens. Garantiert, denn das hier war weitab von dem, was ich als Lustspiel kannte. Es war intim, gefühlvoll und ich vergaß vollkommen die Realität, in die ich nicht mehr zurückfinden wollte.

Alec stieß sich drängend in mich vor. Ich hatte vergessen, wie wohltuend er sich in mir anfühlte, und er küsste mich dabei so leidenschaftlich, dass ich allein wegen seiner Berührungen, seiner plündernden Zunge in meinem Mund, kam. Er musste spüren, wie ich mich um ihn herum zusammenzog, und doch war der Orgasmus, das süße Gefühl des Erwachens, nur der Vorgeschmack auf das Eigentliche.

Er küsste mir die Ekstase von den Lippen, flüsterte sanft meinen Namen. Nach einer Weile richtete er sich auf und rieb mit jedem Stoß zusätzlich an meiner Knospe entlang. Wären seine Küsse nicht gewesen, ich hätte geschrien. Immer wieder fanden unsere Zungen zueinander, lösten sich, glitten durch den Mund des anderen, während er mich immer tiefer, immer wilder fickte.

Ich kam ein zweites Mal, ohne jede Vorankündigung, es brach einfach über mich herein. Zu lange hatte ich mich danach gesehnt, zu lange darauf verzichten müssen. Ich krallte meine Hände in seinen festen, perfekten Rücken, als er sich in mir ergoss. Seine Lust pochte in mir und schenkte mir seinen Samen. Mir wurde auf eine vollständig verrückte Art bewusst, dass ich es noch nie so sehr gewollt hatte, dass sich ein Mann ohne Kondom in mir verteilte. Fuck, das war himmlisch gut.

»Ich kann noch nicht aufhören«, raunte er an meinen Lippen. Ich spürte sein Lächeln. Ich lächelte mit ihm.

Langsam bewegte er sich weiter in mir. Ich wollte unbedingt, dass er ein zweites Mal in mir kam. Shit, das wäre besser als jeder Orgasmus.

»Ich hätte nicht gedacht, dass du dein Wort hältst«, wisperte ich.

»Dass ich mich beeile, um Dornröschen zu wecken? Mir blieb gar keine andere Wahl.« Er beschleunigte sein Tempo abermals und ich warf mich genießerisch zurück.

»Oh, jaa …«

Er legte seine Lippen an meinen Hals, umfuhr meine Haut mit seiner Zunge und drückte seinen Schwanz bis zum Anschlag in mich. Sein Rhythmus wurde härter, schneller als zuvor. Und ich stöhnte zufrieden bei dem Gedanken daran, dass er so geil war, dass er noch ein weiteres Mal kommen würde. Mein Atem war kurz davor, zu hyperventilieren und plötzlich explodierte auch ich.

Ich krallte mich an ihn, zwang mich, nicht zu schreien, ließ die Welle an Emotionen meinen Körper überspülen und spürte ein weiteres Mal, wie er sich in mir entlud. Fuuuck.

Ich hatte noch nie in so kurzer Zeit so viele Orgasmen hintereinander gehabt. Vollkommen befriedigt sackte ich unter ihm zusammen und er auf mir.

Sekunden verstrichen, Minuten. Niemand sagte ein Wort.

Unsere Körper, zwei Herzen.

Schließlich drehte er sich von mir herunter, sank neben

mir ins Laken und sah an die Decke. Meine Augen hatten sich an die Dunkelheit gewöhnt, weshalb ich seinen Brustkorb dabei beobachten konnte, wie er sich ausgepowert hob und senkte.

Obwohl ich so oft gekommen war, hätte ich ihn am liebsten noch eine Weile länger in mir gespürt.

Vielleicht die ganze Nacht.

Er griff zum Nachttisch, nahm eine Schachtel Zigaretten in die Hand und zündete zwei davon an. Er gab mir die zweite und blies nachdenklich Rauch in die Luft.

Beim ersten Zug hustete ich – meine erste Zigarette seit Wochen – und er nahm sie mir sofort wieder aus der Hand. »Scheiße, du warst krank. Du rauchst gefälligst nicht.«

»Darf ich das selbst entscheiden?«

»Wohl kaum.«

»Wenn du neben mir rauchst, habe ich Schmacht.«

Er kniff die Augen zusammen, jedenfalls sah es in der Dunkelheit danach aus, dann reichte er mir die Kippe zurück. »Nicht auf Lunge.«

»Haha.«

»Ich mein's ernst.«

»Warum rauchst du?« Er tat es nicht oft, das wusste ich bereits. Wenn er morgens zu mir gekommen war, hatte er nicht danach gerochen. Und er hielt es Stunden, Tage – so wie ich – ohne Zigarette aus. Ich rauchte nur dann, wenn ich Lust dazu hatte oder ich im Bellagio arbeitete. Auch als Davies mich Tag und Nacht umgeben hatte, hatte ich darauf verzichtet. Er rauchte nicht, also rauchte ich auch nicht. Aber mit Alec war es … Irgendwie hatte ich das Gefühl, dass er es aus ähnlichen Gründen tat wie ich.

»Es schafft Distanz. Rauchst du, halten die Nichtraucher mehr Abstand als sonst. Das gefällt mir.« Er zwinkerte mich in der Dunkelheit an. Nackt lag er neben mir. Bevor er gekommen war, hatte er sich also ausgezogen – vollständig. Hatte ich ihn überhaupt schon einmal nackt gesehen? Nein. Vielleicht lag es daran, dass meine Augen nicht genug von ihm bekommen konnten. Seine gestählte Brust, das Tattoo mit dem kunstvoll gezeichneten Löwen, das sich von seiner rechten Schulter bis zu seinem Herzen ausbreitete und die feinen Muskeln an seinem Bauch.

»Wie spät ist es?«, fragte ich.

»Zwei Uhr.«

Ich zwang mich, ihn nicht zu fragen, wo er gewesen war. *Geduld. Hab einfach Geduld.*

»Ich war in Mayfair. Nach wie vor. Und bis auf das versilberte Besteck in diesem überteuerten Restaurant ist mir nichts vor die Nase gefallen, also …« Etwas blitzte in der Dunkelheit auf: eine silberne Kette, ein Armband. Alec griff an mein Handgelenk und legte es mir um. Ich glaubte nicht, was er tat. »... wurde es etwas weniger Magisches.«

»Du hast mir ein Armband gekauft?«

»So sieht es aus.«

»Für mich?«, fragte ich verstört.

Er musterte mich zweifelnd. »Also für mich ganz bestimmt nicht.«

»Und darin befindet sich kein Abhörmechanismus? Kein GPS?«

Er verdrehte die Augen. »Und wenn schon. Dann wüsste ich wenigstens zu jeder Zeit, wo du bist.«

»Warum willst du das wissen?«

»Ich weiß auch nicht. Du hast eine große Klappe, sagst zu oft, was du denkst, und treibst mich in den Wahnsinn. Außerdem schmachtest du neben meiner Wenigkeit auch noch meinen Diener an. Es folgt absolut keiner Logik, dass ich dich beschenke und mich um dich sorge. Aber nach wie vor tue ich es.«

Ich musste herzhaft lachen, beugte mich aus einem spontanen Impuls heraus zu ihm und gab ihm einen Kuss. Als sich unsere Lippen trafen, verharrte ich in der Position und mir wurde merkwürdig bewusst, dass sich auf diese Art Paare verhielten. Pärchen, Beziehungspartner, so was halt. Ich traute dem Ganzen nicht. Ich traute ihm nicht, denn es wäre viel zu einfach, wenn er sich wie aus heiterem Himmel heraus für mich entschied. Wer war er wirklich? Ich kannte ihn kaum. Dafür kannte er mich gut genug. Vielleicht wusste er bereits alles über mich, und meine Gedanken und Gefühle konnte er auch häufig genug erraten. Ich war ihm ausgeliefert. Meine Zweifel brachen aus dem Kokon hervor, in den ich nur allzu gerne versunken wäre. Alec war nicht Davies. Alec war nicht ehrlich. Davies war auch nicht ehrlich, wenn Alec es verlangte. Beide verschwiegen mir wichtige Details. Nein, beide verschwiegen mir sogar viel mehr als nur Details.

»Was ist?«, fragte er, drückte seine Zigarette neben sich auf dem Nachttisch aus und schaltete das Licht an.

»Nichts.« Was brachte es mir, ihn darauf anzusprechen? Die Nacht im Black Butterfly, die Flucht hier in seine Wohnung, die Tage während meiner Grippe. Sie waren ein einziger Dunst aus Undurchsichtigkeiten. Ich erinnerte mich nicht gut. Wortfetzen mischten sich mit den Spielfilmen, die ich während meines Fiebers gesehen hatte. Fast zwei Wochen waren an mir vorbeigestrichen, als wären sie ein einzelner Tag gewesen, so sehr hatte mich die Grippe beschlagnahmt. Ich wusste, dass ich in Socken und mit nicht viel mehr bekleidet als meinem Minikleid und eines von Davies' T-Shirts vom Black Butterfly den langen Weg hierhergelaufen war. Ich wusste, dass ich mich dabei unterkühlt hatte. Ich wusste, dass Granaten hinter mir explodiert waren. Ich wusste, dass Nike mich besuchen gekommen war. Er hatte etwas von Evan gesagt. Und ich durfte Alec nichts davon erzählen.

Nike traute ihnen nicht. Und wenn ich irgendjemandem vertraute, dann war es mein Bruder. Auch wenn er mich angelogen hatte, so viel war mir jetzt klar. Auch wenn er von Anfang an mehr über die Drogen gewusst hatte, als er mir hatte erzählen wollen.

Er hatte sich perfekt getarnt, selbst vor mir. Und vielleicht war das eine gute Idee gewesen, denn auch wenn Alec mit seiner Aktion ins Fernsehen gekommen war, auch wenn ich wusste, dass er die Lebensmittelverteilungen organisiert hatte, konnte es genauso gut sein, dass er mit diesen Aktionen von seinen wahren Verbrechen ablenken wollte. Mir kam der Anfang eines Filmes in den Sinn, bei dem ein Mafiaboss sich um die Armen gekümmert hatte – während er im Hintergrund seine Geschäfte laufen ließ.

War Alec so? War das die Wahrheit, die ich nicht erkennen wollte und die mein Bruder längst kannte?

»Worüber denkst du nach?«, fragte Alec aufmerksam. »Wäre dir ein Ring lieber gewesen?« Ein ironisches Lächeln.

»Ich darf jederzeit gehen, oder nicht?«

»Hm?«

»Ich kann nach Hause gehen, du hältst mich hier nicht gefangen, oder?«

Sein Mund öffnete sich irritiert. »Florence …«

»Ich möchte zu meinen Eltern. Ich möchte nach Hause.«

»Ja, natürlich«, sagte er verdrossen und verschränkte die Arme hinter dem Kopf. »Lass mir nur den Zauberspiegel da, damit ich dir nachtrauern kann.«

»Du lässt mich nicht überwachen? Darf ich gehen, ohne dass du mir Davies hinterherschickst?«

Alec verzog eine Braue.

»Und entfern die Scharfschützen vor meinen und Nikes Fenstern. Und die Wanzen und was du alles in unserer Wohnung verteilt haben magst.«

»Ich habe keine Wanzen in eurer Wohnung verteilt«, gab er säuerlich von sich.

»Gut.«

»Gut«, wiederholte er gedehnt.

»Auch keine anderen Tricks?«

Er lächelte ironisch. »Keine anderen Tricks.«

»Ich werde weiter studieren.«

»Es ist Anfang Dezember. Fang im Frühjahr von vorn an.«

»Nein.«

»Du hast doch nahezu jede Vorlesung verpasst –«

»Ich schaffe das.«

»Na dann.«

»Hilfst du mir dabei?« Merkwürdigerweise empfand ich keine Scheu, ihn das zu fragen. Er hatte Geld. Massen an Geld. Er würde es nicht einmal spüren, wenn er mir etwas gab.

»Beim Lernen?«, fragte er spöttisch. »Ich habe mein Studium selbst unterbrochen.«

»Du hast studiert?«

»Ich habe tagsüber studiert und abends regiert. Politik und Wirtschaft. Nicht besonders erfolgreich. Das Regieren natürlich schon.«

»Du bist … Student?!« Oh, Fuck. So wenig wusste ich also wirklich über ihn! Und sein Alter? Hatte ich jemals nach seinem Alter gefragt? »Wann hattest du Geburtstag?«

»Vor siebenundzwanzig Jahren.« Er belächelte mich und seine Augen blieben matt.

»Welcher Monat?«, wisperte ich.

»Skorpion. Wobei soll ich dir helfen?«

Ich schluckte. Ein paar Sätze später war es mir nun doch unangenehm. »Schon gut.«

»Wobei?«, fragte er drängend.

»Schon gut!« Ich atmete frustriert durch. »Gib mir einfach eine Pistole mit, wenn du mich rauslässt«, wechselte ich das Thema.

Er schnaubte. »Garantiert nicht.«

»Was soll das heißen? Wie soll ich mich notfalls verteidigen?« Ich richtete mich auf und sah ihm ins Gesicht. »Du wolltest mich gar nicht ohne Überwachung rauslassen, oder?«

Er antwortete nicht. Ein klares Eingeständnis.

»Typisch. Ich bitte dich darum, dass ich *einmal* nach vier Wochen nicht auf Schritt und Tritt verfolgt werde, und du hättest mich einfach angelogen und mich doch verfolgt!«

»Ich habe dazu gar nichts gesagt.«

Ich verdrehte die Augen und fummelte an dem Verschluss des Armbandes. »Behalt es doch einfach. Ich bin nicht käuflich. Ich möchte raus, ohne Überwachung. Mir wird nichts passieren, ich kenne Bethham besser als du. Schenk das Armband am besten Shania, sie steht drauf, von dir getäuscht zu werden.«

Ich bekam das Scheißteil nicht mal ab. Der Verschluss war zu fummelig, meine Finger zu unruhig. Er legte eine Hand um mein Gelenk und wartete darauf, dass ich ihn ansah.

Das hätte ich lieber bleiben lassen, denn der Blick des Prinzen war dunkel und verworren und so innig, dass ich ihm wie immer verfiel.

»Behalt es.«

Sekunden verstrichen. Bevor ich mich für irgendetwas entschied, musste ich mit Nike sprechen. Ohne Abhörmechanismen, Fallen und Tricks. »Ich möchte gehen dürfen. Bitte.«

»Dann behalt es erst recht.«

Ich kniff misstrauisch die Augen zusammen.

»Ich mache nicht häufig Geschenke, Baby, also komm nicht auf die Idee, es nicht anzunehmen«, erklärte er schmunzelnd. »Du solltest froh sein, dass ich dich seit der ersten Stunde unserer Begegnung überwachen lasse. Jede andere Frau wäre es.«

»Ich bin aber nicht deine Gefangene.«

»Nein, das bist du allerdings nicht«, seufzte er und legte sich zurück. »Dann fühl dich frei und wenn du dabei draufgehst, schreibe ich es auf deinen Grabstein. Aber so spielen wir dieses Spiel nicht, Prinzessin«, er griff bestimmend nach meiner Hand. »Meinetwegen lasse ich dich ein Mal gehen. Und wenn du dann zurückkommst, werde ich dich nie wieder ohne Schutz aus meiner Tür lassen, verstanden? Ich werde nicht in etwas investieren, das mir irgendjemand jederzeit nehmen kann. Shania konnte sich in dieser Stadt nur deshalb frei bewegen, weil ihr Vater mächtig ist und überall seine Männer hat. Das ist jetzt auch vorbei. Meine Leute wissen, wer den Befehl gegeben hat, die bewaffneten Männer hereinzulassen. Da unten wird ihr Kopf verlangt. Und meine Feinde hätten deinen als Trophäe ebenfalls allzu gerne. Und wenn es nur ist, um Davies ausschalten zu können, weil jeder weiß, dass du zu ihm gehörst. Ist dir das deine Freiheit wert, ja?«

Ich wand mich aus seinem Griff und schwieg. Er hatte recht. Es war nicht besonders klug, alleine zu gehen. Aber Nikes Warnung pochte in meinem Hinterkopf.

Alec gab ein wütendes Geräusch von sich, als ich nichts sagte, ehe er mich losließ und aufstand. »Du verlangst zu viel von mir! Wir hatten eben noch diesen Sex und …« Der Prinz hob gestikulierend die Hände, so aufgebracht war er. »… und im nächsten Moment, ist alles, woran du denken kannst, wie du mich besonders lange und ausgiebig quälst.«

»Vielleicht sagst du mir einfach, was du vor mir verschweigst? Das quält mich auch ganz schön!« Vielleicht müsste ich dann nicht zu Nike … Vielleicht erführe ich es von Alec.

»Weil das Wissen gefährlich für dich wäre!«, herrschte er. »Ich reiche dir meine Hand und du willst gleich den gesamten Arm verschlingen und wirst dich dann beschweren, dass er so schwer verdaulich ist! Ich bin nicht der richtige Mann für dich, wenn du nicht geduldig bist. Du weißt jetzt schon zu viel über mich. Es kann bitter für dich enden und so weiter und so fort.«

»Du wiederholst dich.«

»Ja, ich weiß.«

»Okay. Ein Deal. Ich lasse mich von dir bewachen, du verrätst mir im Gegenzug alles über dich.«

Er lachte trocken. »Der Haken an diesem Vorschlag ist, dass dich das Wissen über mich töten könnte. Und wenn ich dich alleine lasse, bist du ebenfalls in Gefahr. Danke für diese Pattsituation, Miss Maywood. Wir sprechen Samstagabend noch mal. Wenn ich wenigstens eine Frau losgeworden bin, die mir den Nerv raubt. Geh morgen nach Hause, sei abends wieder hier. Oder komm nicht zurück. Ich lasse dir die Wahl.«

»Mhm.« *Wirklich?*

»War das ein Ja?«

»Ich überlege es mir.« Eigentlich hatte ich längst entschieden. Mir würde nichts geschehen. Ich würde mir einen Kapuzenpulli aufsetzen und Kleidung tragen, die nicht zu mir passte. Es war ja nicht gerade so, dass London ein Dorf war.

Ich würde im Tagesgeschehen untergehen. Am besten ich ging gleich am Morgen, wenn diejenigen, die nicht arbeitslos waren, zur Arbeit aufbrachen. Ich fand meinen Plan perfekt.

»Okay. Du überlegst es dir.« Alec rieb sich mit Daumen und Zeigefinger über die Schläfen. »Ich will dich Samstagabend wieder hier haben. Lebendig. Was du von mir verlangst, ist größer als alles, was ich dir mit Geld kaufen könnte. Wieso darf nicht wenigstens Davies dich begleiten?«

Davies?! »Ich will alleine gehen.«

Er seufzte tief. »Das entwickelt sich noch zu einer unausstehlichen Hassliebe. Also dann geh. Ich versuche, mich mit irgendetwas zu betäuben, vielleicht hilft das, die Zeit zu überbrücken. Gute Nacht.«

Hatte er gerade das Wort ›Liebe‹ in den Mund genommen? »Nacht.«

Er zog sich eine Jogginghose über und verließ sichtbar wütend und dennoch wortlos den Raum. Die Tür schlug er hinter sich zu.

Wow. Er ließ mich gehen, auch wenn es ihm nicht gefiel. Warum tat er das? Oder spielte er mir etwas vor und würde sein Wort erst gar nicht halten? Nein, so kam es mir nicht vor. Er schien sich öffnen zu wollen … Und jetzt war ich es, die ihm trotzdem nicht vertraute.

Den gesamten Freitag über blieb er verschwunden. Davies ließ sich nichts anmerken. Wortkarg wie immer, denn er hatte es mir nicht verziehen, dass ich die Drogen genommen hatte, kam er zu mir, um nach mir zu sehen und unterrichtete mich darüber, dass Loyd da bleiben würde, um mich zu bewachen. ›Bewachen‹ …

Ich befand mich in einem goldenen Käfig. Da ich mich für den morgigen Ausflug wappnen wollte, machte ich mich mit einem kurzen Workout fit. Die Krankheit hatte mich auf eine gewisse Art und Weise stark gemacht. Ich fühlte neuen Lebensgeist durch mich hindurchfließen und freute mich darauf, endlich wieder rausgehen zu können.

Auch wenn ich mich davor fürchtete, was Nike mir zu sagen hatte. Was hatte das alles mit Evan zu tun?

Am nächsten Morgen verließ ich mein Zimmer und begegnete weder Davies noch dem Türsteher Loyd. Alec telefonierte in der Küche, sah mich kommen, nickte und drehte sich zur Seite. Er erkannte an meiner Kleidung, dass ich gehen würde – und er ließ es kommentarlos geschehen.

Jetzt fühlte ich mich doch unsicher. Was, wenn seine Sorgen berechtigt waren …? Shit! Aber nicht er war in Bethham aufgewachsen, sondern ich. Und wenn man niemandem in die Quere kam, geschah einem nichts … So war es jedenfalls bisher gewesen, bevor ich mit den zwei gefährlichsten Männern des Londoner Untergrund geschlafen hatte …

Unten angekommen begleitete mich ein unangenehmes Prickeln im Nacken. Als wäre das Fehlen der ständigen Beobachtung ungewohnt. Kein Davies. Niemand sonst an meiner Seite … Hatte ich mich wie ein dummes Huhn bereits daran gewöhnt, dass mich ein Mann wie ein Bodyguard ständig umgab?

Ich seufzte in Gedanken und wollte gerade den dreckigen Flur verlassen, als ich es hörte. Ein schriller Aufschrei.

Okay. Ignorieren. Du wolltest niemandem in die Quere kommen. *Du willst nur zu Nike. Geh.*

Doch das Schreien veränderte sich zu einem lauten

Heulen. »Scheiße, Scheiße, Scheiße. Ist da wer? Kann mir wer helfen?«

Shania, unverkennbar ihre Stimme. Sie kam aus dem Keller. Mann!

»Shania?«, rief ich und hielt vor der Tür inne.

»Florence?«, rief sie zurück. »Kannst du mir helfen? Ich bin in eine Scherbe getreten, gestolpert und …« Sie heulte. »Und ausgerutscht und meine Hände … ich blute und kann mir nicht aufhelfen. Hier sind überall Scherben! So ein Scheiß!«

Musste ich ausgerechnet Shania helfen? Konnte nicht irgendeine andere Frau aus diesem Hochhaus in einen Scherbenhaufen geraten? Fluchend nahm ich die Treppe nach unten. Normalerweise hielten Frauen in diesem Viertel zusammen. Man machte sich gegenseitig stark, sollte man von Männern angegriffen werden, und jeder wusste, wie wichtig Freunde und Unterstützer waren.

Ich glaubte nicht wirklich, dass Shania sich an diesen Kodex hielt. Ich tat es ja selbst nur halbherzig.

Die Tür zur Parkgarage stand offen. Vorsichtig näherte ich mich der Tür und stieß sanft dagegen. Ich konnte Shania hören, aber sie befand sich außerhalb meiner Sichtweite. Als ich nähertrat, erkannte ich, in welche Scherben sie hineingelaufen sein musste. Fast alle Autos waren zerstört. Ein Brand hatte gewütet, nur die Stahlkarosserien waren übrig geblieben und überall auf dem Boden lag Glas. Meine Schritte knirschten, als ich darauf trat.

»Was zur Hölle machst du denn hier unten?«, fragte ich irritiert. Hier musste dringend jemand aufräumen. War das da hinten nicht das Skelett des Jaguars, mit dem Alec, Davies und ich nach Schottland gefahren waren?

»Bitte hilf mir einfach auf«, jammerte Shania. Ganz in

meiner Nähe. Ich setzte einen weiteren Schritt in den Raum und geriet in die Falle, die mehr als offensichtlich gewesen war. Die Tür fiel in meinem Rücken zu, die Frau stürzte sich auf mich und ich fiel zurück auf Glassplitter und dreckigen Boden. Mein Kopf schlug auf, Glas bohrte sich in meine Haut.

Shanias Grinsen tat mir im Kopf weh, ihre Hände fanden gezielt an meine Kehle.

Sie raubte mir die Luft und ich konnte nicht einmal ausgiebig fluchen. So eine Bestie! Egal, was ich tat und wo ich hinschlug, ich wurde sie nicht los. Die war viel zu geübt in so einer Art Überfall. Und ich wollte ohne Geleitschutz rausgehen? Wie dämlich konnte ich sein!

»Na, du kleine Schlampe«, sagte sie freundlich und spuckte mir mitten ins Gesicht.

Ich würgte einen ausgiebigen Fluch. Bitch!

»Kannst wohl nicht genug von Schwänzen bekommen, huh? Erst Davies, Alec, wieder zurück. Dass du dich als so eine Hure überhaupt im Spiegel ansehen kannst.«

Ich versuchte, so ruhig wie möglich zu bleiben, noch bekam ich einigermaßen Luft. Irgendwie musste ich an meine Jackentasche herankommen …

»Er hat mir doch wirklich zwei Wochen vorspielen können, dass da nichts zwischen euch ist, aber ich habe mich erinnert. Er hat dich im Black Butterfly gefickt, als ich nur ein Zimmer weiter war. Ich hoffe, dich geilt dieses schlampige Verhalten auf, Bitch! Denn du wirst noch einige Zeit daran zurückdenken müssen, dass du es besser nicht getan hättest!«

Sie ignorierte meine Tritte völlig und lockerte nicht im Mindesten ihren Griff um meinen Hals. Es war so schmerzhaft, dass mir Tränen kamen und die Atemnot ließ mich alles doppelt sehen. Verfluchte Fotze!

»Was er wohl sagen wird, wenn er dich hier findet, huh?

Ob er sich zu dir setzt und an deiner Leiche weint? Du verdienst es, zu sterben! Du kranke Schlampe!« Wenn überhaupt möglich, drückte sie noch fester zu. Sie war so in Rage, dass sie nicht bemerkte, wie meine Hand endlich in meine Jackentasche fand. »Du hast dich definitiv an den Falschen rangeschmissen! Man spannt mir nicht einfach so den Kerl aus, hast du das nicht gewusst?!«

Ich bekam keine Luft mehr. Scheiße! Ich sog wie verrückt, aber es half nichts.

»Und deinen kleinen Bruder erledige ich gleich mit! Er hat mich gelinkt, dieses verschissene Würstchen und denkt auch noch, er kann mir drohen! Ich bin nicht wie Alec und verschone ihn, ich zieh ihm die Haut ab, und dafür brauche ich nicht mal deinen süßen Babysitter Davies!« Sie spuckte erneut und ihr widerwärtiger Sabber traf mich mitten ins Gesicht. Ich verrenkte meinen Arm. Noch ein paar Worte und ich würde sie ebenfalls tot sehen wollen. »Du glaubst doch nicht, dass irgendeiner von den zweien für dich andere Frauen aufgibt? Alec hat die Nächte *bei mir* geschlafen und ich weiß, von wem Davies sich die letzten zwei Wochen den Frust wegblasen ließ! Der hat jede Nacht eine andere Nutte, die ihm ihren Arsch anbietet, du brauchst nicht denken, dass deiner etwas Besonderes war!«

Ich bekam den Griff in die Finger, hob die Hand an.

»Und wenn du tot bist, kräht auch niemand mehr –« Sie erstarrte.

Ich drückte ihr den Lauf der Pistole in das Fleisch ihres Magens. Endlich ließ sie locker und ich zog gierig die Luft ein.

»Erschieß mich doch, Hure. Ich wäre gespannt, wie du das meinem Vater erklären willst.«

»Geh einfach von mir runter«, verlangte ich röchelnd.

Sie verengte die Augen und gehorchte. Woher auch immer sie den Mut nahm – sie musste Übung darin haben, gegen bewaffnete Leute zu kämpfen – sie griff, noch während sie sich zurückzog – zügig an meine Hand und stieß sie von sich. Wir rangelten um die Pistole und schließlich flog sie von mir.

»Die war gar nicht geladen, Schlampe!«, spie sie.

Gleichzeitig griff jeder von uns nach einer Glasscherbe am Boden, und obwohl Shania eindeutig geübter in Kämpfen war und noch immer auf mir hockte, hielten wir schwer atmend eine Glasscherbe an den Hals der anderen, als wären wir gemeinsam auf diesen Gedanken gekommen.

Etwas aussichtsreicher als zuvor. Aber ich befürchtete plötzlich, dass wir uns gegenseitig abstechen würden und das wäre doppelt sinnlos.

»Sag, was du von mir verlangst«, röchelte ich. Ihre Augen kannten keine Gnade und die Glasscherbe in ihrer Hand drang bereits in meine Haut. Ich tat es ihr gleich. Blut tröpfelte über meine Finger. Shit! »Es macht keinen Sinn, wenn wir uns beide gegenseitig killen. Also lass uns einen Deal machen!«

»Ich verhandle nicht mit dir, Bitch!«, fauchte sie.

»Du willst ihn zurück, oder? Ich bringe ihn dazu!«

Ihre Augen weiteten sich vor Schmerz. Vielleicht hatte sie bis zuletzt geglaubt, dass es nicht wahr war. Dass er sie nicht betrogen hatte.

»Alec ist hier das Arschloch!«, erinnerte ich sie. »Er hat uns beide betrogen!«

Das schien sie zu besänftigen. Von mir ablenken, das war gut.

»Aber er ist nie von dir losgekommen, Shania. Vielleicht ging es ihm nur um Davies! Vielleicht wollte er ihm etwas beweisen! Ich glaube nicht, dass er mich liebt.«

Fuck. Mir wurde klar, dass das durchaus stimmen mochte. Irgendwie.

»Ach, erzähl mir nichts, Mischling!«

»Wenn du mich tötest, wird er zwischen Davies und dir entscheiden müssen und er wird sich für Davies entscheiden! Und mit dir abrechnen!«

Sie presste den Kiefer zusammen. »Du bist Davies egal!«

»Nein, er wird mich rächen wollen.« Garantiert.

Shania verengte die Augen zu boshaften Schlitzen. »Du wirst mit Alec Schluss machen. Du wirst Davies vor seinen Augen ficken. Und ihm sagen, dass du Davies besser findest. Beleidige am besten noch seinen Schwanz, lass dir was einfallen, damit er dir glaubt!«

»Okay.«

»Und wenn du das nicht tust …« Ihre dunklen Lippen öffneten sich zu einem selbstgefälligen Lächeln und sie nahm endlich etwas Abstand. »…werde ich Alec sagen, wer mich am Dienstagabend im Black Butterfly angerufen hat. Wer mir den Tipp mit euch beiden gab. Wer ihn am liebsten tot sehen möchte.«

Was daran sollte mir drohen?

»Du weißt nicht, von wem ich spreche?« Sie ließ mich urplötzlich los und sprang auf. »Er wird ihn umbringen. Wenn ich ihm das verrate, wird er ihn nicht länger verschonen. Er wäre schließlich beinahe seinetwegen gestorben, hm?«

»Von wem sprichst du, zur Hölle?!« Ich richtete mich auf und wich so weit zurück, dass sie mich nicht noch einmal würde angreifen können. Die Waffe am Boden war mir egal. Sie war nicht geladen. Ich hatte sie in Alecs Zimmer gefunden, Munition aber nicht. Und jetzt war ich froh, denn es hätte anders ausgehen können.

»Von deinem kleinen Engel. Von demjenigen, für den du das alles tust. Ja, ich weiß mehr über dich, als du denkst, Schlampe.«

Ich nahm sie nicht für voll. Was für ein Engel?!

»Dein Bruder!«, spie sie mir entgegen, bevor sie sich abwandte und die Tür wieder aufzog. »Der Dark Prince wird überhaupt nicht begeistert sein, wenn ich ihm *davon* erzähle …« Ein letztes, kaltes Lächeln. Sie musste sehen, wie wenig ich mit dieser Antwort gerechnet hatte. »Mach's gut, Hübsche. Und trag heute Abend lieber einen Schal um deinen Hals. Ich fürchte, du bist immer noch etwas erkältet, kann das sein?«

Sie stolzierte durch die Tür und ließ mich zurück. Scherben hatten sich in meine Jacke und Hände gegraben. Mein Hals schmerzte höllisch, meine Atmung ging flach.

Nike?

DAVIES

DER BRUNNEN IST IMMER NOCH EIN STÜCK TIEFER, ALS DU GLAUBST.

Goldmarie

»Du hast also die Lieferung direkt von Uniformierten erhalten. Wie sahen die aus?«

»Ich weiß es doch nicht mehr!«

»Hm«, säuselte Davies. »Gar nichts mehr? Dir fällt nicht einmal die Haarfarbe ein?« Er glitt mit seinem Messer tiefer.

»Nein!«, heulte sein Opfer. »Das waren irgendwelche Typen! Weiße! Aber das ist ja – aaaaaaaaah!«

Davies schnitt seine Haut ab und warf sie auf den Stapel neben sich. »Gut. Weiße Typen.«

Burnsberg atmete hektisch. Seine Augen irrten durch den Raum, versuchten, nicht auf die geschichteten Hautfetzen neben Davies' Füßen zu sehen und taten es dann doch. »Scheiße«, keuchte er unter Tränen. »Scheiße!«

»Schon gut. Wenn du dich nicht an ihre Gesichter erinnern kannst. Wir wollen schließlich nicht, dass du auf die Idee kommst, zu lügen.« Davies säuberte sein Messer und betrachtete Burnsberg von unten. »Soll ich aufhören und du erzählst mir den Rest ohne große Widerworte oder möchtest du, dass ich mich deinem Gesicht widme?«

»Ich erzähl dir alles!«, keuchte der Wurm vor ihm getrieben und wand sich in seinen Fesseln. »Jedes Wort! Ich weiß nur nicht so viel, wie du denkst!«

»Was haben diese Männer zu dir gesagt?«

»Sie wollten, dass ich Aylesbury und Brixton mit Stoff beliefere. Und Waffen. Und was sonst noch so verlangt wird. Frauen. All das eben.«

»Wieso kamen sie zu dir?«

»Sie wussten von … der Sache mit …« Burnsberg schluckte, als Davies das Messer abermals an seinem Unterarm ansetzte. »Mit Natalie!«

»Was war mit Natalie? Heißt so nicht deine Nichte?«

»Na ja … ich habe sie …«

Davies rutschte beinahe das Messer aus. Warum traf er immer den allerletzten Abschaum dieser Stadt?

»Aber sie war schon volljährig!«

»Sie war achtzehn?«, hakte Davies freundlich nach. Die Klinge seines Messers war wie automatisch zu Burnsbergs Eiern gewandert. »Du bist über fünfzig. Und? Fand sie's nett, mit dir altem Wichser zu poppen? Hat sie darum gebeten?«

»Ich weiß nicht«, keuchte Burnsberg jammernd.

»Das dachte ich mir.« Davies stach zu. Burnsberg schrie den gesamten Keller zusammen. Sein Keuchen, sein Stöhnen, die panische Angst – es war noch lange keine angemessene Strafe für das, was er dem Mädchen angetan hatte. Auf Kindesmissbrauch gab es nur eine richtige Antwort: Kastration. Aber Davies mäßigte sich. Dafür wäre hinterher noch genügend Zeit. »Wenn du dein rechtes Ei behalten willst, reden wir jetzt ein wenig schneller, wie klingt dieses Angebot?«

»Verfluchter Hurensohn! Sie war betrunken, *sie* hat mich verführt, ich kann doch nichts dafür!«

Davies hob eine Braue. »Wie hast du mich genannt?«

Burnsberg presste die Lippen aufeinander. Davies überlegte nicht lange. Er stieß dem Wurm seinen Ellbogen ins Gesicht, sodass dessen Nase brach, dann fasste er an sein Kinn. »Wie hast du mich genannt?«

Burnsberg glitten Tränen über das Gesicht. Er war am Ende.

Davies war zu ungeduldig. Aber die Suche nach den Leuten, die ihn beinahe gekillt hätten, war auch so viel schwieriger als anfangs gedacht! Es machte ihn rasend, dass er sich nicht rächen konnte. Letztendlich sprach alles dafür, dass es englisches Militär gewesen war. Und dass Shania dahin Kontakte hatte, war besonders kritisch.

»Und hast du das befolgt? Hast du die Drogen verteilt?«

»Ich hab's versucht, aber ich musste höllisch aufpassen«, jammerte Burnsberg.

»Weil dir der Dark Prince in die Quere kam?«

»Genau der! Der hat seine Leute überall! Will man wem was andrehen, wird man erst mal danach gefragt, ob man zu ihm gehört, und wenn man ja sagt, wird nach Codewörtern gefragt … Ich hab kaum was verkaufen können! Ich hab dann mitbekommen, wie man versucht hat, einige Streits vom Zaun zu brechen, und die Leute haben dann einander nicht mehr vertraut. Dann war es einfacher, einigen von ihnen was zu verkaufen. Das haben alles *die* organisiert! Die haben Misstrauen geschürt, die Gewaltbereitschaft angeheizt, meine Brüder entzweit! Die sind da total gewissenlos vorgegangen, haben Lügen erzählt, Leute grundlos verprügelt, am Ende stieg keiner mehr durch. Nur ich wusste, dass niemand aus meinem Viertel schuld war.«

»Und dann?«

»Dann hab ich mich eingeschissen!«, fluchte Burnsberg laut. »Ich hatte ja wohl keine Wahl, als einfach weiterzumachen! Die wollen die Stadtviertel zermürben, das hab ich genau gesehen! Meine Männer entzweien, Freunde von mir zu Feinden machen! Und ich sollte mit deren Drogen dafür sorgen, dass sie auch noch daran verdienen. Da war ich froh, dass es jemanden gibt, der was dagegen unternimmt.«

»Tatsächlich?«

Burnsbergs Augen quollen hervor. »Ich wäre viel früher zu euch gekommen, aber die Sache mit Natalie …«

»Bereust du es?«

»Ja!«, schrie er Davies ins Gesicht. Seine Tränen unterstrichen seine Verzweiflung. »Ich bereue alles!«

Davies ließ von ihm ab. Hier kam er nicht weiter. Auch Burnsberg wusste nicht viel mehr, als dass es Uniformierte gewesen waren. Ein weiterer Hinweis, der ihm nichts brachte. Zumal Davies ohne das Wissen des Dark Prince vorging. Der hatte eine zu einfache Erklärung für das Ganze: Schließlich warteten Teile der Stadt schon lange darauf, das Black Butterfly als Festung auszuhebeln und da kam seinen Feinden Shanias Eifersuchtsdrama gerade recht. Aber so einfach war es nicht, das wusste Davies. Sie hatten ihn töten wollen. Hatten gezielt Davies angegriffen, während sie die Menge mit Platzpatronen und Schüssen an die Decke aufgescheucht hatten.

Wer verdammt noch mal war das gewesen?

Wer hatte diese Leute geschickt?

Es war bereits Abend, als Davies sich dem Hochhaus näherte,

aber die Gestalt am Ufer unter der Brücke fiel ihm trotz der Dunkelheit sofort auf.

Eingerahmt von Betonufern und Wohnungen führte ein schmaler Kanal durch Bethham, an dem das Hochhaus lag, das man von der einen Seite über eine Brücke erreichte.

Während er sie überquerte, fasste er die Gestalt genauer ins Auge. Sie hockte da, starrte aufs Wasser und wirkte merkwürdig paralysiert, wie eine Irre.

Umso verblüffter war er, als sie den Blick hob und er ihr Gesicht erkennen konnte. Erst verlangsamte er vor Unglaube seine Schritte, dann, als er sich sicher sein konnte, sie nicht doch zu verwechseln, beschleunigte er sie.

»Willst du mir erklären, was du hier treibst?«, knurrte er sie vom Geländer aus an. Es würde äußerst kompliziert werden, sie von dem steilen Hang nach oben zu ziehen. Vor allem dann, wenn sie sich sträubte, hätte er ein Problem und würde womöglich ausrutschen. Die hatte sie nicht mehr alle beisammen. »Komm sofort hoch«, befahl er düster.

Florence richtete sich langsam auf. Sie zitterte in den Beinen und er konnte nur hoffen, dass es nicht an der Kälte lag, sondern daher kam, dass sie einige Zeit so dagehockt hatte und die Durchblutung gestört wurde. *Sie war gerade wieder gesund geworden und hockte sich dann hier in die Kälte …?*

»Sei vorsichtig«, warnte er sie und wartete ungeduldig darauf, dass sie zu ihm hochkam. Endlich konnte er die Hand nach ihr ausstrecken und sie griff danach. Sie ließ sich von ihm nach oben auf den Gehweg ziehen und tat etwas, worauf er nicht vorbereitet gewesen war.

Sie fiel ihm in den Arm, schmiegte sich an ihn und suchte seine Nähe. »Bitte tu mir nichts.«

Er war drauf und dran, sie ordentlich durchzuschütteln, weil sie hier in der Kälte gesessen hatte und nicht oben im

Turm geblieben war. Aber er zwang sich zur Ruhe. Sie war nicht seine Sub, die er nach Lust und Laune züchtigen konnte. Die Vereinbarung zwischen ihnen hatte an Bedeutung verloren. Durch die Drogen, durch ihre Krankheit, durch die gesamte Situation an sich. Es wäre einfacher gewesen, es auf ein paar Regeln zu beschränken, aber er wusste, dass er so nicht mit Florence umspringen konnte. Er wusste, dass es nichts brachte. Sie würde immer ihren eigenen Kopf behalten, egal, was er tat.

»Ich tue dir nichts«, versprach er, auch wenn es ihn enorme Überwindung kostete. »Was hast du hier draußen gewollt?«

»Ich habe auf dich gewartet.«

»Am Flussufer?!«

»Ich habe Steine springen lassen, hat schließlich ewig gedauert.«

»Weiß Alec davon?«

Sie schüttelte den Kopf und blickte ihm direkt in die Augen, bevor sie die Hände ausstreckte, an seine Wangen legte und sich zu ihm hochstreckte. Sie küsste ihn. Zaghaft, entschuldigend. Voller Reue.

Er ließ sich nicht darauf ein. »Wenn ich dir nichts tun soll, antworte gefälligst.«

»Hör auf, mir Schmerzen anzudrohen«, murmelte sie leise und ließ ihn los. »Ich will nicht nur geschlagen und getreten werden. Zeig mir, was ich dir wirklich bedeute.«

»Wie bitte?«

»Du bist mit jedem Tag aggressiver geworden, an dem du mich nicht berührt hast, und ich weiß, dass du mich am liebsten dafür leiden lassen würdest, aber ich will lieber, dass du es zugibst und mich sanft behandelst. So wie in Schottland.

Bevor ich entdeckt habe, dass ich auf sadistische Penner stehe.«

Er lachte überrascht auf. Hatte sie das gerade wirklich zu ihm gesagt?

»Gib es doch einfach zu«, murmelte sie und näherte sich ein weiteres Mal seinen Lippen. Als sie auf seine trafen, hielt er es nicht mehr aus. Er packte sie hart an den Handgelenken und drückte sie von sich. Sie funkelte ihn wütend an. Wenigstens war ihre Haut warm. Sie trug einen dicken Schal, mehrere Schichten Pullover und eine Jacke übereinander und dicke Winterschuhe. »Okay, oder gib es einfach nicht zu.«

»Was willst du gerade von mir?«, fragte er ungehalten. »Du willst meinen Fragen ausweichen? Ist das dein Ernst?« Er konnte es überhaupt nicht ab, wenn jemand seinen Fragen nach einem Tag voller Verhöre auswich. Wenigstens Florence könnte ihm verdammt noch mal direkt antworten. Er zog sie mit sich ins Haus, nachdem er die Tür aufgeschlossen hatte, damit sie nicht länger in der Kälte herumstehen musste. »Also?«

»Alec hat mich für einen Tag rausgelassen.«

»Was?!«, brüllte er. »Was soll das heißen ›rausgelassen‹? Wieso weiß ich davon nichts?«

»Ich habe ihn eben darum gebeten! Ich wollte einen Tag raus! Jetzt beschwer dich nicht, wenn ich ehrlich zu dir bin!«

»Und wohin ›raus‹?«, fragte Davies rasend.

»Ich wollte meine Eltern sehen.«

Er ließ sie los, bevor er ihr aus unkontrollierter Wut die Handgelenke brach. »Deine Eltern.«

»Allein.«

»Allein«, wiederholte er.

»Ja.«

»Und Alec hat das erlaubt?« Das konnte er sich bei weitem nicht vorstellen.

»Ja.«

»Lüg mich nicht an.«

»Er hat es mir erlaubt!«, schrie sie. Ihre Lebensgeister waren geweckt. Von der Grippe keine Spur. »Ich lüge dich nicht an!«

»Wer hat dich begleitet?«

»Niemand.«

Er konnte es nicht fassen. »Niemand.«

»Und ich habe überlebt.«

»Erstaunlich.«

Sie schwieg ihn trotzig an.

Es stimmte. Sie war den gesamten Tag alleine draußen gewesen? Ohne jemanden an ihrer Seite? *Ohne Schutz?* Er war so unendlich wütend auf sie, während ihn gleichzeitig das Gefühl übermannte, froh zu sein, sie vor sich zu sehen. Aber dieses Mal hatte sie sich vollkommen selbstverschuldet in Gefahr gebracht. Damit konnte er nicht leben. »Warum bist du dann überhaupt zurückgekommen?«

»Was?«

»Dich hätte nur jemand sehen und einpacken müssen und ich wäre gezwungen gewesen, ganz London auf den Kopf zu stellen, um dich zu finden. Das war dir dein Spaziergang also wert, ja?«

»Es ist mir nichts passiert«, presste sie zwischen den Zähnen hervor. »Hör auf, dich aufzuspielen. Ich bin zurück. Eben, weil ich es nicht anders will. Wenn du sagst, dass es riskant war, dann will ich dir glauben.«

»Es war mehr als riskant«, knurrte er.

»Ich will nur dich.«

»Bitte?«, fragte er perplex.

Sie sah vollkommen ernst zu ihm hoch. »Ich will, dass wir dort weitermachen, wo wir im Black Butterfly aufgehört haben. Gottverdammt, alles in mir verlangt danach, dir zu gehören, aber ich will auch, dass du mich nicht an Alec auslieferst. Ich will *nur* dir gehören. Ich will, dass du das weißt.«

»Und diese Erkenntnis hast du nach einem Spaziergang zu deinen Eltern, ja?«, fragte er spöttisch.

»Ich war nicht dort.«

»Wo warst du dann?« Er versuchte, vom Thema abzulenken. Sich zurück auf das Wesentliche zu konzentrieren. Mit ihrem Geständnis und den Gefühlen, die damit zu tun hatten, konnte er nicht umgehen.

»Ich war gegenüber in einem schmuddeligen Internetcafé und habe gesurft.«

»Den ganzen Tag?«

Sie nickte.

Verdammt. Auch dort hätte sie jemand kidnappen können. Hatte Alec ihr das wirklich erlaubt? *War er des Wahnsinns?* Davies warf einen Blick durch die Glastür nach draußen. Von der Straße aus näherten sich drei Männer. Gut möglich, dass es Wilson war. »Wir reden oben weiter.« Er griff nach Florence' Hand, ließ den Fahrstuhl kommen und drückte sie durch die geöffneten Türen. Sie stellte sich neben das Bedienfeld an die Wand und funkelte ihn herausfordernd an.

»Bestraf mich«, flüsterte sie und drückte einen Knopf für die Stockwerke nach dem nächsten. »Hier.« Den siebzehnten ließ sie aus.

Er stellte sich mit verschränkten Armen vor sie. Die Fahrstuhltüren glitten zu. »Du willst mir unbedingt eine Reaktion entlocken.«

»Ja«, gab sie rauchig von sich. Sie blickte devot zu ihm hoch und lächelte mit einem Mal lasziv. Sie wusste, dass er sie noch immer begehrte. Obwohl er die letzten Tage versucht hatte, sich das Verlangen nach ihr mit jeder Frau Londons, die ihm gefiel, zu ersetzen. Es hatte nicht geklappt. Sie stand vor ihm, sie reizte ihn, sie gewann.

»Auf die Knie.«

Sie verzog eine Augenbraue.

»Geh sofort auf die Knie!«, knurrte er. Der Aufzug hielt in Stockwerk Zwei.

Sie gehorchte.

Er griff an seinen Gürtel. »Ich werde dich bestrafen, wann und wie ich das für richtig halte. Glaub nicht, dass du irgendein Mitspracherecht hättest.« Er fasste grob an ihren Hals und zog sie zu sich heran. »Du wirst nie wieder ohne mein Wissen irgendwo alleine hingehen.«

Sie nickte.

»Und wenn dein Bruder blutend am Straßenrand liegt, als erstes rufst du mich.«

»Ja.«

»Warum habe ich das Gefühl, dass du das alles nicht ernst nimmst?«

»Ich nehme es ernst.«

Er holte seinen Schwanz hervor. Wie immer, wenn er in ihrer Nähe war, wurde er schneller als sonst hart. »Öffne den Mund.«

Sie gehorchte und rutschte näher.

Irgendetwas an ihrem devoten Verhalten ließ ihn stutzig werden. So war sie nicht. Das war nicht sie. Trotzdem ließ er es vorerst zu, dass sie seine Spitze vorsichtig mit ihrer Zunge umfuhr.

»Schneller«, knurrte er. Er wollte nicht mehr denken müssen. Er wollte ihren Mund ficken, so wie er es sich die letzten Wochen ausgemalt hatte, und es ganz und gar genießen.

Als er sich tiefer in sie vorstieß, stöhnte sie auf. Die Wärme ihres Mundes war eine Wohltat und wenn überhaupt möglich, wurde er noch härter.

Er griff in ihr langes, lockiges Haar und zog ihren Kopf leicht zu sich hoch, damit sie ihn ansehen konnte.

Als ihre Augen aufeinandertrafen, bemerkte er, was anders war als sonst. Sie sah zu ihm hoch, wie eine Nutte es tun würde. Die Augen leer, die Leidenschaft erloschen. Irgendeine, die Geld dafür bekam, dass sie seinen Schwanz lutschte. Die alles mit sich machen lassen würde, solange sie ihn als zahlenden Kunden gewann. So sehr er auch auf einen Blowjob von ihr gewartet hatte, so wenig Lust bereitete es ihm jetzt.

Er drückte sie von sich. Der Aufzug hielt im fünften Stock. »So überzeugst du mich nicht«, sagte er und schob sein bestes Stück zurück in die Shorts. »Was auch immer du hier abziehst, lass es bleiben.«

Sie sah von unten anklagend zu ihm hoch. »Ich habe getan, was du wolltest, was hat dich jetzt daran gestört?«

»Eben das vielleicht. Du bist keine devote Sub, die darum bettelt, bestraft zu werden, und mir den Arsch abwischt, wenn ich das verlange. Solche Frauen umgeben mich zur Genüge.«

»Hast du in den letzten zwei Wochen Sex gehabt?«

Er schwieg.

»So viel also zu unserer tollen Vereinbarung«, zischte sie spöttisch und richtete sich auf. »Wie hatte ich nur darauf zählen können.«

»Pillenschlucken gehört nicht in das Repertoire von ›Du lässt dich von mir beschützen‹.«

»Ich habe sie genommen, weil ich eure dämlichen SMS

gelesen habe! Jedes deiner Worte im Club war eine Lüge, du hast es nur getan, weil Alec es von dir verlangt hat! Und du wusstest, dass er uns gefilmt hat, und du hast seine Schläge kommentarlos zugelassen! Mach mir keine Vorwürfe, wenn ich daraufhin einfach alles vergessen will.«

Ihr Geständnis traf ihn. Sie wusste es? »Wie bist du an diese SMS rangekommen?«

»Das ist egal, Davies.«

Er wollte sauer entgegnen, dass sie seine SMS nichts angingen, aber das hätte nichts an deren Inhalt geändert. In Schottland hatte er sich und Alec geschworen, ehrlich zu sein und keine Frau über den Dark Prince zu stellen – selbst wenn es Florence war. »Anstatt die Drogen zu nehmen, hättest du mich darauf ansprechen können und ich hätte es dir erklärt.«

»Du brauchst mir nichts zu erklären, ich weiß, dass du einfach immer tust, was er verlangt.«

»Ja, richtig. Und ich sagte dir bereits, dass ich diese Dinge tue, weil sie uns und auch dir nützen. Er verdient meine Aufrichtigkeit. Nimm einfach nie wieder Drogen, Beauty. Ich habe in so einem Zustand keinen Zugriff auf dich und du selbst auch nicht. Du hättest an diesem Abend jeden gevögelt, der dir über den Weg gelaufen wäre, und es dann auf die Droge geschoben.«

»Das stimmt nicht!«, widersprach sie ihm erregt. Siebter Stock. Die Türen öffneten und schlossen sich. »Ich erinnere mich an nicht besonders viel, aber ich weiß, dass ich euch –« Sie unterbrach sich.

Er musste grinsen. »Uns?«

»Ach, vergiss es.«

»Eben hieß es noch, du wolltest ›nur mir gehören‹, haben wir heute Stimmungsschwankungen?«

»Ich habe mich eben anders entschieden!«

»Ernsthaft? Mir kam es so vor, als hättest du vorgestern Nacht jemand anderen gewählt.«

»Du hast es mitbekommen?«, fragte sie beklommen.

»Lügst du?« Er trat an sie heran.

Sie zitterte kurz. »Nein.«

Er schob sie an die Wand, sodass sein Körper sich an sie drückte und er sie spüren konnte. Was sie sagte, war echter als zuvor. In ihren Worten steckte Wahrheit. Sie konnte sich nicht entscheiden. Sie wollte es nicht, aber hätte man sie gezwungen, wäre die Wahl nicht auf Davies gefallen. »Du willst mich sanft.«

»Ja«, brachte sie leise hervor.

»Und gleichzeitig willst du wissen, wie es ist, wenn du dich mir vollkommen ergibst. Wenn ich über dich bestimme, dich Schmerzen als Bestrafung spüren lasse und dich dominiere, damit du jegliche Gedanken abschalten kannst.«

»Ja«, hauchte sie.

»Ich glaube dir nicht«, raunte er. Eben hatte sie ihm noch Vorwürfe wegen der SMS gemacht, jetzt wollte sie ihn wieder verführen. Etwas stimmte nicht. »Aber lass es mich kurz vergessen.«

Er griff nach ihrer Hand und legte sie auf seine Latte. Sie seufzte auf.

»Du glaubst mir nicht, wenn ich dir sage, dass ich dich vermisst habe?«

»Doch, das schon«, sagte er grinsend und öffnete mit flinken Fingern ihren Hosenbund. Er glitt mit seiner Hand in ihren Schritt. Ihre süße Wärme umfing ihn und er fragte sich, warum er nicht auf sie hatte warten können. Das hier war besser als alles der letzten elf Nächte. »Du willst doch mehr als einen Quickie nur mit mir, oder?«, fragte er dunkel und fuhr mit seinem Mittelfinger über ihre Perle.

»Nein«, log sie. »Du reichst mir.«

»Warum lügst du mir ins Gesicht?«, fragte er lächelnd und glitt mit einem Finger in sie ein. Aah, Fuck. Das war zwar gut, aber nichts gegen das Gefühl, seinen Schwanz bis zum Anschlag in sie vergraben zu können. Sie streichelte hilflos seinen Schaft, war aber viel zu abgelenkt, um sich auf ihn konzentrieren zu können. Er schob seine Hand tiefer, sodass er ihren Lustpunkt erreichte, und drückte zielgerichtet dagegen. »Du willst uns beide. Mich in deiner süßen Pussy, Alec in deinem geilen Mund.«

Sie biss sich auf die Lippe, um nicht noch lauter zu stöhnen, und warf den Kopf in den Nacken.

Er beschleunigte sein Tempo. »Du willst vor uns knien. Erst dem einen einen blasen, dann dem nächsten. Am besten unsere beiden Schwänze direkt vor deinen vorlauten Lippen, damit wir deinen Mund stopfen können. Du willst dich nicht entscheiden. Du willst tief gefickt werden in mindestens zwei deiner Löcher und in das dritte mit der Hand.«

»Davies!«, keuchte sie getrieben, als er immer schneller seinen Finger in ihr bewegte. Er genoss es, dass sie so empfänglich war. Sie kannte keine Hemmungen beim Sex, wenn sie wollte, kam sie in Sekunden. Im Gegensatz zu anderen Frauen konnte sie sich hervorragend hingeben.

»Was, Beauty? Soll ich aufhören? Soll ich weitermachen?«

Sie atmete schwer.

»Sieh mich an.« Er stoppte seine Bewegung, damit sie gehorchte.

Ihr Blick glühte.

»Ja, so will ich dich sehen.« Er griff mit der freien Hand an seinen Schwanz, legte seine Finger über ihre und half ihr bei dem Handjob, den sie vor Erregung kaum zu Stande brachte.

»Keine Zweifel, keine Überlegungen, einfach nur reine, verdorbene Lust.«

»Mach weiter«, flehte sie.

»Erst, wenn du es zugibst«, forderte er teuflisch. Genügsam strich er mit seiner Faust über seine pralle Stange. »Ich soll dich lecken, während Alec deine Brüste fickt, richtig?«

Ein Schauer durchfuhr ihren Körper. Ihre Lippen standen verführerisch offen, aber noch traute sie sich nicht, ›Ja‹ zu sagen.

»Ich soll mit meiner Zunge in dein verbotenes Loch eintauchen, während er deinen Mund mit seinem Sperma füllt, habe ich recht? Und dabei soll ich dich fesseln, an Händen und Füßen, damit du uns nicht entkommst, und wann immer du nicht so reagierst, wie wir uns das wünschen, schlage ich dich auf deine nackte, weiche Haut … Damit du lernst, uns zu gehorchen und alles zu tun, was wir verlangen.«

Ihr Blick blieb wie ausgedürstet an seinen Lippen hängen, während er sie mit seinem Finger und kleinen, kreisenden Bewegungen fickte.

»Aber eigentlich willst du uns beide. Vorne und hinten. Und wir werden dich so lange ficken, bis du nicht mehr weißt, wo du beginnst und unsere Schwänze aufhören. Du wirst ganz und gar mit uns verschmelzen und uns gehören. Jeder Schrei, jeder Laut, deine ganze Hingabe wird in deinem Kopf zu einem einzigen ›Wir‹ heranwachsen. Und du wirst betteln und jammern und flehen, kommen zu dürfen, und dich nach dem Sperma sehnen, das wir in dir verteilen. Und vielleicht … vielleicht, wenn du gefügig bist, werden wir dich belohnen.«

Sie schrie. Der Fahrstuhl hatte im vierzehnten Stock gehalten und würde gleich zurück nach unten fahren.

»Drück die Siebzehn.«

Ekstatisch breitete sie die Hand aus und drückte irgendwelche Knöpfe nahe der Siebzehn, während sie zwischen seinen Fingern kam. Sie bäumte sich ihm entgegen, hatte die Augen geschlossen und verteilte ihren Saft über seine Hand.

»Und jetzt versuchen wir das Ganze noch mal.« Er drückte sie runter auf die Knie. Sein Schwanz war steinhart und er wollte sie unbedingt beenden lassen, was sie begonnen hatte. Von Geilheit getrieben, gehorchte sie, ließ sich fallen und führte seinen Schwanz in ihren Mund ein. Er stöhnte über ihr. Ja, das war viel besser.

Das war echter.

Er dachte daran, wie sie verwirklichen würden, von was er gerade gesprochen hatte. Er dachte daran, wie sehr seine Worte Florence erregt hatten. So wie sie jetzt dahockte, spielte sich in ihrem Kopf sicherlich ein phantasievolles Kino ab, und er würde nur zu gerne zusehen können.

Sie schlug die Augen auf und sah ihn an. Lust und Hingabe und eine Menge Spaß an Sex. Das war es, was sie ausmachte, wenn sie sich denn fallen ließ.

Ihr Blick war eine einzige Aufforderung, ihre Lippen so gierig wie keine, und nachdem er sich ein paarmal in ihrem Mund versenkt hatte, kam er direkt an ihrem Rachen.

Fuck.

Diese Frau hatte es in sich. Wo auch immer sie dieses Selbstbewusstsein hernahm, was auch immer sie zu dieser lustvollen Schönheit gemacht hatte, sie würde Alec und Davies noch eine Weile herausfordern.

So viel war klar.

FLORENCE

DU VERSUCHST ERST GAR NICHT, MICH ZU WECKEN.

Dornröschen

Er gab mir einen Kuss. Ich liebte es, wenn er mich küsste. Es war so ganz anders als die Küsse von Alec und trotzdem wahnsinnig gut.

»Du riechst nach mir«, stellte er zufrieden lächelnd fest und trat zurück. Meine Beine bestanden aus Gummi, ich fühlte mich wie weich gekocht. Hitze hatte sich überall in mir ausgebreitet und die Bilder, die Davies' Worte in mir erzeugt hatten, verschwanden nicht. Er hatte so was von recht, auch jetzt würde ich am liebsten den ganzen Abend nur mit ihnen verbringen. Allein der Gedanke, wie es war, von beiden genommen und dominiert zu werden – *ohne* Shania im Nacken, die einen Videobeweis von Alecs Demütigung sehen wollte …

Shania war das Stichwort. Ich wurde wieder klar. Jetzt war nicht die Zeit, sich Wunschträumen hinzugeben. Was daran sollte überhaupt ein Wunschtraum sein? Wollte ich mich wirklich diesen zwei Machos ausliefern? Würden sie aufhören, wenn ich darum bat? Davies vielleicht, Alec niemals …

Stopp!

Fuck, Schluss! Ich konzentrierte mich auf die Schritte, meine Hand fest mit Davies' Fingern verschlungen. Zu der lustvollen Hitze paarte sich ein anderes Gefühl. Dieses Gefühl der Geborgenheit, das beide Männer mir vermittelten. Ob ich Davies zurückhalten und alles über Shania erzählen sollte?

Aber ich tat es nicht. Zu präsent war Shanias Warnung zu Nike in meinem Kopf. Er hatte den Anruf abgesetzt. Er hatte versucht, Alec und mich auseinanderzubringen. Warum? Was wusste er über die beiden, das mir nicht klar war?

Ich hatte ihn heute nicht erreichen können und nach dem Überfall Shanias war mir unser Gespräch viel zu riskant vorgekommen. Nachdem ich den Schal gekauft hatte, war ich in ein Internetcafé gegangen und hatte die Zeit totgeschlagen. Ich wollte nicht zurück, ich wollte zurück, ich musste zu Nike, ich bekam keine Antworten.

Es war furchtbar. Und jetzt wurde ich auch noch von Shania erpresst.

Davies zog seinen Schlüssel und öffnete die Wohnungstür. Meine Hand ließ er dabei nicht los, was einerseits wohltuend war, andererseits für noch mehr Zweifel in mir sorgte. Ach, verdammt! Wann erfuhr ich endlich diese blöde Wahrheit über den Prinzen und seinen Lakaien? Wann würde meine blinde Vernarrtheit ihr schlagartiges Ende finden?

Im Flur wartete Alec, und als ich ihn bemerkte, erstarrte ich unbewusst. Es war wie auf dem Balkon in Schottland. Ich fühlte mich ertappt und von ihm geröntgt. Als hätte er direkt neben uns gestanden.

Er lehnte, die Arme locker vor seiner edel gekleideten

Brust verschränkt, an der Garderobe und betrachtete uns mit einem zynischen Lächeln. Markenhemd, geleckte Schuhe. Er hatte sich herausgeputzt. Und sah wie immer faszinierend gut aus.

»Ihr kommt zu spät.« Sein Blick wanderte wie nebenbei zu seiner protzigen Armbanduhr. »Der Aufzug ist anscheinend kaputt.« Er nickte grinsend zur Wand neben der Tür. Shit! Der Bildschirm mit den Überwachungskameras war mir zuvor nicht aufgefallen. Der Innenraum des Fahrstuhls befand sich im Display oben rechts. Er hatte uns also *wirklich* beobachtet. Jedes Detail gesehen. Und was hielt er davon? Eine irrationale Angst ergriff mich, dass er mich nun abweisen könnte. *Aber genau das war ja auch der Plan!,* erinnerte mich die vernünftige Stimme in mir. Ich versank in einem Gefühlschaos und hasste mich dafür.

Davies richtete seinen Gürtel. »Ich musste unseren Nachtisch vorbereiten, Chef.«

Mein Gesicht wurde heiß.

Alecs Augen blitzten auf. »Unter anderen Umständen würde ich auf den Hauptgang verzichten.«

»Er ist schon unten«, informierte Davies ihn.

Alecs Lächeln wurde herablassend. »Ich weiß. Auch wenn euer Film interessanter war, habe ich die anderen Kameras nicht aus den Augen gelassen.«

»Na, dann. Jagen wir die Wilsons davon.«

»Jagen?«, fragte ich alarmiert. Shit! Ich musste Alec davon abbringen, mit Shania Schluss zu machen. Aus der Küche drang Musik zu uns und ich hörte Shania laut mit jemandem telefonieren. »Kann ich … mit dir sprechen?«, fragte ich Alec geradeheraus.

Er betrachtete mich spöttisch. *Wie auch sonst?*

»Es ist wichtig.«

»Schieß los.«

»Allein.«

»Allein«, seufzte er und stieß sich von der Wand ab. Er warf Davies einen mehrdeutigen Blick zu. Dieser zuckte nur die Achseln. »Warum?«, fragte er mich.

Ich verkrampfte die Hände zu Fäusten. Konnte er nicht *einmal* auf eine meiner Bitten eingehen? Ohne ihm eine Antwort zu geben, stolzierte ich an ihm vorbei auf die Wohnzimmertür zu, hinter der sich das Piano befand. Natürlich war der Raum dahinter nicht wirklich abgeschlossen, aber wenn wir gedämpft sprachen, würde man uns nicht bis in die offene Küche hören. Kaum sah ich das Klavier an der Wand, zog es mich magisch in seinen Bann. Wie lange hatte ich nicht gespielt? Es kam mir wie eine Ewigkeit vor.

Ich strich mit meiner Hand über den Deckel und die Noten, die in einer schmalen Kiste lagen und verstaubten, als die Tür hinter mir zufiel.

Ich hörte, wie Alec sich bei der Vitrine bediente, ein Glas füllte. Er trat an mich heran, stellte das Glas auf das Klavier und näherte sich meinem Körper von hinten. Abermals zuckten die Bilder, die Davies gerade in mir hervorgerufen hatte, durch meinen Kopf, und ich musste mich zur Ruhe zwingen.

»Warum ziehst du den Schal nicht aus? Ist dir noch immer kalt?«

»Ja.«

»So sah es eben gar nicht aus«, sagte er neckend. »Also, wieso lockst du mich hierher? Willst du mich ebenfalls verführen? Ausgleichende Gerechtigkeit?«

Mir wurde heiß und kalt gleichermaßen.

»Oder willst du für mich spielen? Du weißt, dass ich seit

Tagen darauf warte. Ich will dich spielen hören. Gerne jetzt sofort.« Sein Atem streifte meine Haut und seine Hand fuhr über meinen Oberarm, sodass die Haut unter meinem Pullover anfing zu brennen. Er war also nicht enttäuscht von mir. Im Gegenteil. Wie es wohl wäre, wenn ich wirklich zwischen beiden …

»Das funktioniert so nicht«, stieß ich aus und fuhr herum.

Er stand verdammt nah und sah ironisch auf mich herab. »Was genau?«

»Das mit uns. Lass das. Lass die Anspielungen. All das. Ich will es nicht mehr.«

Er lachte auf. Ja, er lachte mich tatsächlich aus. »Ich glaube dir kein Wort.«

»Du gehörst zu Shania.«

Sein Grinsen wuchs. »Wie?«

»Du warst Jahre mit ihr zusammen, du sollst das nicht aufgeben. Schon gar nicht für mich.«

»Ich kann nicht ganz folgen.«

»Ich will dich nicht. Ich will Davies.«

Seine Augen wurden kühl, sein Lächeln blieb. »Deswegen willst du mit mir unter vier Augen sprechen? Das ist der Grund? Als hätte ich nichts Besseres zu tun.«

»Das meine ich ernst«, sagte ich eindringlich. Einmal in Fahrt, fiel es mir sogar leicht. »Ich habe gerne Sex mit euch beiden, aber ich würde mich immer für ihn entscheiden. Wenn du mir die Wahl ließest, ich würde ihn nehmen. Ich möchte, dass du das weißt, bevor du dich endgültig von Shania trennst. Du überstürzt es. Ich glaube, du entscheidest dich falsch.«

Alec sah sich im Raum um. Möglicherweise lauschte Shania, dann würde sie wenigstens hören, dass ich es versuchte. »Und für wen führst du dieses Theater gerade auf?«

»Es ist kein Theater.«

»Wo warst du heute? Wer hat dir so einen Bullshit eingetrichtert?«

»Ich war nicht weit.«

»Du bist zurückgekommen. Dir ist nichts geschehen. Wenn du mich nicht willst, hättest du dieses Gebäude nie wieder betreten sollen.«

»Es geht mir um Davies.«

»Bullshit.«

»Es ist wahr.«

Er betrachtete mich lange. Etwas in seinem Blick verlor an Kraft. »Was versuchst du, mir zu sagen? Dass du keinen echten Dreier willst? Niemand von uns besteht darauf, es wäre auch für Davies und mich neu.«

Wieder diese Hitze in meinem Gesicht. Ich klammerte mich hilflos an den Klavierdeckel in meinem Rücken. *Es wäre für sie neu?* Hieß das etwa, dass sie sich noch nie eine Frau auf diese Art geteilt hatten? Wäre ich die erste? Die erste, die das erleben darf …?

»Wenn wir Shania losgeworden sind, können wir darüber reden. Wir werden dich nicht zu etwas zwingen, das du nicht willst. Das habe ich doch vor einem Monat im Black Butterfly bereits klargemacht. Meinetwegen vereinbaren wir auch so ein dämliches Safeword, wenn es dich besser fühlen lässt.«

»Du sollst nicht mit ihr Schluss machen«, wiederholte ich hilflos. »Du bist ein Lügner, Alec.« Wenn er mich nicht verstand, musste ich ihn eben mit den Dingen konfrontieren, die wirklich gegen ihn sprachen. »Du bist gefährlich und lügnerisch und viel unbeständiger als Davies. Bei ihm weiß ich, woran ich bin. Bei dir weiß ich das nie. Das, was ich zu dir im Badezimmer gesagt habe … Vergiss es einfach. Ich war nervös. Oder blöd. Oder von Davies enttäuscht, was weiß ich.«

»Du hast mich mehrmals gebeten, dass es kein ewiges Hin und Her geben soll«, knurrte er ungehalten. Seine Augen hatten sich verengt, seine Lippen waren schmal. »Und jetzt fängst du von so einer Scheiße an? Mit wem spreche ich gerade? Mit der Streberin mit den Bestnoten, die unbedingt noch dieses Semester ihre ersten Prüfungen schreiben will? Du klingst gerade nicht so, als ob du überhaupt wüsstest, wie man Sex hat. Was genau ist dir an deinem Tag Ausgang widerfahren?«

»Ich weiß sehr wohl, wie man Sex hat!«, zischte ich. »Aber seiner ist eben einfach …« Größer? Nein. Dicker? Ja, schon, aber … das klang dämlich. »... besser?«

»Bitte?« Alec starrte mich an.

»Ich wollte dir das nicht so … direkt …«

»Hast du das gerade tatsächlich zu mir gesagt?«

Ich zuckte die Achseln und sah zu Boden.

»Du weist mich ab, weil dir meine Schwanzform nicht passt?« Er wurde so laut, dass Shania ihn bestimmt hören konnte. Es klingelte an der Tür, aber er achtete nicht darauf. »Und wenn ich morgen in eine Schießerei gerate und mir der Arm weggeschossen wird, dann hättest du mich wohl auch verlassen? Willst du mir das sagen?«

Jetzt starrte ich zurück. Er sprach tatsächlich von ›verlassen‹. Er sprach so wie jemand, der vor dem Aus einer Beziehung stand. Das passte nicht hierher. »Ich dachte nicht, dass es dich wirklich stört.«

Er lachte trocken. »Stören? Mich würden wohl einige Gründe stören, deretwegen du dich von mir abwenden könntest, aber mein Schwanz kann das Problem ja wohl nicht sein.« Er ließ eine Kunstpause, womöglich, um mich an unsere gemeinsame Nacht zu erinnern. »Was auch immer du mir sagen willst, wir haben Besuch und du bringst mich nicht von Entscheidungen ab, die ich getroffen habe.«

Er griff nach dem Glas Whiskey und wandte sich ab. Schnell umfasste ich sein Handgelenk, um ihn zurückzuhalten.

»Du hast selbst davon gesprochen, dass sie wichtig für dich wäre«, flüsterte ich. »Setz sie nicht aufs Spiel. Nicht für mich. Ich glaube, mir ging es die ganze Zeit nur darum, ihr was zu beweisen, weil es meinem Ego so schmeichelt. Alec, bitte. Ich bin es nicht wert, dass du das tust. Ich will dich nicht so sehr wie du mich.«

Er entriss mir sein Handgelenk. »Interessant.« Er blickte mir noch einen Moment in die Augen, bevor er sein Glas leerte und zurück auf den Tisch neben der Vitrine stellte.

Damit ging er hinaus und sagte kein weiteres Wort mehr. Alec begrüßte im Flur seinen Gast. Wilsons Stimme war tief und freundlich, und kurz darauf flutete aufrichtiges Gelächter die Wohnung.

Ich musste mich sammeln, denn das Gespräch war nicht so verlaufen, wie ich es erwartet hätte. Worauf basierte denn schon das, ›was wir hatten‹? Angefangen bei unserer Begegnung im Butterfly, dem Fesseln ans Bett. Dann der Abend, an dem er seine Verletzung vorgetäuscht und mich verarscht hatte, um an Informationen über das Kokain zu gelangen. Unsere Fahrt nach Schottland. Die undurchsichtigen Gespräche im Badezimmer, der erste gemeinsame Sex … Bei der Vorstellung daran, dass es ihm ähnlich wie mir etwas bedeutet haben mochte, dass er die Worte am Donnerstag und das Gespräch in der Nacht zum Freitag ernst gemeint haben könnte … Und dennoch erinnerte er mich immer wieder daran, dass wir nicht zusammengehörten. Ganz abgesehen davon, dass Davies mit fast allem recht hatte, was er mir im Fahrstuhl ins Ohr geflüstert hatte. Vielleicht hatte er sogar mit *allem* recht. Aber war Lust gleichzusetzen mit Liebe? Und war Monogamie wirklich die einzige Form davon …?

DER PRINZ

MEIN NAME WAR NIE DAS GEHEIMNIS, BABY.

Rumpelstilzchen

Wenn ich eine Sache in meinem Leben gelernt hatte, dann war es das Wissen, dass ich jederzeit bekam, was ich wollte.

Ein *Royal* bekam immer, was er wollte. Jeder tat ihm diesen Gefallen, es war ein geschriebenes Gesetz.

Man musste zwar mitspielen, die Gefälligkeiten unterzeichnen, den Hoftrara mitmachen und in den richtigen Momenten lügen, aber dann *bekam man immer, was man wollte.*

Britische Royals sowieso.

Überall auf der Welt. Man puderte ihnen den Hintern mit Koks, wenn sie darauf bestanden, und ließ gerne auch zehntausend Jungfrauen einfliegen, nur um ihnen das Paradies auf Erden bieten zu können. Der große Unterschied zwischen Bürgerlichen und solchen Leuten wie mir bestand darin, dass das Volk nichts davon erfuhr und *wir* alles darüber wussten.

Natürlich war die Queen ein frommes Weib gewesen. Stets

darauf bedacht, noch im Grab ihre Pflicht zu erfüllen, aber eben das hatte es meiner Familie ermöglicht, sich so richtig daneben zu benehmen.

Abseits von der Klatschpresse natürlich. Die Klatschpresse gehörte so was von *uns*, wer das nicht längst ahnte, war nährstoffarm wie Weißbrot.

Gott verdammt. Es war absolut undenkbar, dass ich etwas nicht bekam, wenn ich es mir wie ein gieriges kleines Kind ausgesucht und meinen Besitzanspruch mit einem königlichen Siegel darauf gepinnt hatte. Ja, ich gebe es zu, mein Doppelleben trug nicht gerade dazu bei, dass ich die letzten Jahre viel Aufhebens um die weitreichenden Möglichkeiten meines Geburtsrechtes gemacht hatte. Erstens: Ich stand in der Thronfolge irgendwo am Arsch hinter meiner Mutter. Würde sie Königin werden, spräche wenig dagegen, mein Leben frühzeitig zu beenden. Meine Mutter war der Inbegriff von Ignoranz in diesem Land und sie im Buckingham Palace besuchen zu müssen, wenn ich ihr das Pflichtrosengesteck zum Hochzeitstag vorbeibrachte, würde nur über meine Leiche geschehen.

Und sollte sie frühzeitig sterben, sodass die Thronfolge direkt an mich überginge …

Nie im Leben würde ich in diesen Stall aus Ungemütlichkeit einziehen, in dem die verfickten Toiletten aus der Wand brachen, weil das Gebäude dringend saniert werden musste.

Abgesehen davon gefiel mir die Gossensprache, die sich in meinen adäquaten Arschwisch-Wortschatz gedrängt hatte, sehr gut und es wäre zu schade, wenn ich darauf verzichten müsste.

Meine Schwester, Gott hab sie selig, und ihr lausiger Selbstmord hatten mir ein Leben abseits dieser krankhaften Etikette ermöglicht und ich genoss es sehr.

Dank ihr gab es ein Verbot, über mich zu berichten, da mein Vater der Presse die Schuld an ihrem Tod in die Schuhe geschoben hatte. Aus Angst, dass auch mir etwas geschehen könnte, verfasste man ein Gesetz und drückte es mit den Kontakten meines Vaters durch. Wer mich ablichtete, verlor nicht nur seinen Job, die Zeitung verlor ihre Lizenz, zu drucken. So gerieten ich, meine Person und meine Kinderfotos in Vergessenheit.

Daher war es mir möglich, abseits von der Presse mein Imperium zu führen, während meine Eltern und Angelica und alle sonstigen Freunde meines sonnenscheingetränkten Lebens dachten, ich würde studieren und Praktika bei Freunden meines Vaters absolvieren. Das war das Geheimnis, das ich jedem verschwieg und auf das Florence noch immer nicht kam. Vermutlich, weil sie es nicht wollte, oder aber ich hatte ihren Intellekt überschätzt und sie war zu doof, um meine zahlreichen Hinweise richtig zu deuten.

Diese ganze Scheiße hatte gut funktioniert. Sie hatte sozusagen *optimal* funktioniert, nahezu perfekt. Ich hatte mir einen hilfreichen Schlafrhythmus antrainiert, der es mir ermöglichte, mit weniger als vier Stunden Schlaf am Tag auszukommen. Alle sechs Stunden eine Stunde Schlaf. Eiserne Disziplin. Die Idee, etwas besser zu machen als alle anderen und gleichzeitig meiner Familie im Geheimen den größten Mittelfinger Englands entgegenzustrecken, den ich würde nachbilden können; das hatte mich angespornt. Für meinen Untergrundstaat brauchte ich nicht viel mehr als die Informationen, an die ich über meine Familie spielerisch leicht gelang. Aufmerksam, klug, still, arschkriecherisch höflich; wer sich so verhielt und zudem als Sohn eines umtriebigen, korrupten Landesverräters mit so gut wie jedem mächtigen Mitglied des britischen Oberhauses zu Abend aß, bekam eben alles, was er wollte.

Insiderinfos der Polizei, Zugriff auf Akten, Geheimnisse des Militärs und das Wichtigste: Informationsflüsse der Zeitungen. Nebenbei bot sich hier und da die Möglichkeit, das Geld eines schwerreichen Bankers oder eines Ölscheichs, die in London sesshaft wurden wie die falschen Maden im Intrigennetz aus Abschaum, auf mein eigenes Konto zu schieben.

Vielleicht hatte ich mir auch nur *eingebildet*, etwas gegen das System ausrichten zu können. Immer, wenn mich dieser Gedanke plagte, dachte ich an Peckham, eine Gegend, in der eine Sozialwohnung mittlerweile eine halbe Million kostete, weil ich das Gebiet von unten bis oben gesäubert und gesichert hatte. London hingegen dachte nicht über dieses Wunder nach. Es schluckte den Stadtteil wie alles, was ausländischen Investoren Nährboden bot, und verdrängte meine Leute an den Rand der pulsierenden Stadt.

Ein Kampf gegen ein Ungetüm, ein Kampf gegen die gesamte Welt.

Ein Samariter wider Willen?

Wäre Evan mir nicht in Westminster über den Gehweg gestolpert, ich hätte immer weiter gemacht und geglaubt, das Richtige zu tun. Wenn mir keine Kugel oder Davies' Messer den Garaus gemacht hätte, wäre ich mit einem Lächeln gestorben – nicht ohne der Welt mit meinem letzten Atemzug mitzuteilen, was für ein eingebildeter Held ich doch war.

Florence durchkreuzte diesen Plan völlig. Abgesehen natürlich von Evan, den ich immer noch finden und erschießen musste, aber *Florence* war das Übel in meinem System aus Doppelleben, wenig Schlaf und Lügerei, das ich mir mit vortrefflichen Mauern um mein Selbstbild gehämmert hatte.

Sie wollte ich wirklich.

Es gab keinen Weg, der daran vorbeiführte. Und mit jeder

Sekunde, in der sie sich mir nicht blind ergab, in der sie mit mir stritt, mir Widerworte an den Kopf knallte und mir mit Blicken den Verstand verdrehte, *wollte ich sie mehr.*

Ich war untauglich geworden. Davies mochte sich zwar wie sonst auch mit Huren im Diamond begnügen, aber ich hatte Shania nicht einmal mit einer Pinzette berührt. Es war ein simples Muster gewesen. Die Morgen der letzten zwei Wochen verliefen allesamt gleich.

Kalte Dusche, damit ich meinen Ständer loswurde, in ihr Zimmer gehen, sehen, dass sie noch krank war und es ihr dennoch gut ging, in die Universität oder ins Büro des besten Freundes meines Vaters fahren, der all die Dinge plante, die ich zu verhindern wusste und bei dem ich mein Praktikum absolvierte, und wieder zurück. Am Abend hatte ich mich unter unendlicher Kraftanstrengung gezwungen, nicht in ihr Zimmer zu gehen und sie durchzuficken und mich stattdessen mit Training ausgepowert, bis ich wieder in der Dusche stand und daran denken musste, wie es ausgesehen hatte, als ihr Mund und ihre Pussy gleichzeitig von uns ausgefüllt worden waren …

Zu allem Überfluss nagte es nach wie vor *nicht* an mir, dass sie sich Davies ebenso wie mir hingab. Vermutlich, weil ich ihn längst ebenfalls liebte, als durchfließe seine Adern dasselbe blaue Blut wie die meinen. Als wäre er ein Bruder. Der Typ war mir so sehr ans Herz gewachsen, dass ich mir ein verficktes Leben ohne ihn gar nicht erst vorstellen wollte, was die Sache mit Evan umso dringlicher machte. Sagte ich schon, dass Davies mir eher die Haut von den Knochen ziehen würde, als zu verstehen, weshalb ich ihn sechs Jahre unseres Lebens angelogen hatte? Dass mein Verrat an ihm jeden anderen um Längen übertraf?

Tja. Und wie immer saß ich ihm gegenüber am Tisch und

zermarterte mir das Gehirn über die Gefühle, die mich zu einem Menschen und damit angreifbar und sterblich machten. Die Stimmung im Esszimmer war so dicht und voller Spannung, dass ein Blitz drohte, jederzeit einzuschlagen, und ich hielt es nicht länger aus, den armseligen Smalltalk mit einem meiner Feinde bis zur Nachspeise fortzuführen. Ich *konnte* nicht länger darauf warten, mir das zu holen, was mir zustand. Und das war Florence' Körper und ihr gesamter Wille in *meinem* Bett. Sie sollte ihre Worte von vor fünfzig Minuten zurücknehmen. Sie hatte gelogen, es war gar nicht anders möglich, nur warum sie lügen sollte, war mir nicht klar.

Und falls nicht – in meinem Universum gab es nun einmal keine Option darauf, dass man einem Prinzen seinen Willen ausschlug. Was auch immer sie sich dachte, sie würde *mir gehören.*

Merkwürdig, dass sie glaubte, sie hätte eine Wahl. Dass es hier darum ging, zwischen mir und Davies zu wählen. Dass sie überhaupt entscheiden *durfte.*

Emanzipatorische Frauenrechte gingen mir *so was von am Arsch vorbei.*

Ich war stinksauer.

»Ich würde dich gerne zu einer Zigarre auf den Balkon einladen.« Ich hasste Zigarren. So was von abgrundtief. »Es geht um etwas, das ich dich nur unter vier Augen fragen kann, Jeff.«

Ein deutlicher Wink an Wilsons Männer, uns nicht zu nerven. Die zwei Köchinnen, die normalerweise das Personal im Diamond und wahlweise auch im Black Butterfly versorgten, deckten den Hauptgang ab. Es war nicht unbedingt üblich, dass ich jemanden wie Wilson in mein mehr oder weniger geheimes Penthouse einlud, aber da seine Tochter hier mehrere Monate und sogar Jahre mit mir gewohnt hatte, war es kein allzu riskantes Unterfangen.

Es schuf Vertrauen.

Und geschaffenes Vertrauen war so gut wie alles, was ich noch hatte, wenn ich seine Tochter in seine Arme gab. Mit dem Hinweis darauf, dass alle Gerüchte auf der Straße wahr waren. Dass sie so gut wie tot war, dass er sich um sie kümmern musste, ja, dass *ich* beinahe dabei draufgegangen wäre, als sie ihre Eifersucht über alles entscheiden ließ.

Wilson war ein Mann. Auch er hatte ein paar Exfrauen. Ich zählte darauf, dass er mich verstand. Er würde mich verstehen. Selbst mein Feind verfiel meinem Charme, *wenn ich das wollte.*

Florence konnte behaupten, was sie wollte, sie hatte gelogen, sie tat es nämlich auch. Mir verfallen.

»Ich bin neugierig«, grunzte Wilson und wischte sich ein letztes Mal den Mund. Er warf seiner Tochter vielsagende Blicke über den Tisch zu. Shanias Gesicht glich einer vergammelten Ananas. Die Stacheln daran längst verdorben. *Sei froh, dass ich dich und deine gesamte Sippschaft nicht abschlachte für das, was du mir antun wolltest, Fotze.*

Ich stand auf und ließ mir von einer der Bediensteten die Zigarrenschachtel reichen. Das Mädel trug eine der Uniformen des Diamonds und bescherte damit den Männern der Runde einen herrlichen Blick auf ihren halbnackten Arsch. Jedenfalls dann, wenn sie sich an den Tisch vorbeugen musste, um die Getränke aufzufüllen. Ob sie das gerne machte? Ob sie es genoss, die Männer aufzugeilen? Vermutlich schon. Oder es lag an dem guten Gehalt, das ich zahlte.

»Cohiba? Wie wäre es damit, Jeff?« Wir nannten uns beim Vornamen.

Wilson nickte und leerte sein Glas Wein, bevor er mir auf

den Balkon folgte. »Du servierst wie immer nur das Teuerste, Alex.« Schade, dass er das mit dem c statt dem x nicht ganz auf die Reihe bekam.

Ich sah noch, wie Florence sich – warum auch immer – Wein über den riesigen Schal um ihren Hals kippte und zu prusten begann, und trat zügig auf den Balkon, bevor sie mich weiter ablenkte.

Wilson und ich stellten uns ans Geländer. Ich zündete erst seine Zigarre an, dann meine, paffte den ekligen Geschmack durch meine Mundhöhle und ließ mir Zeit damit, meine Worte zurechtzulegen.

Erst einmal ankommen. Klar werden. Die kühle Dezemberluft tat ihr Übriges.

»Ich rede offen mit dir.«

»Tu das«, grunzte er. Shanias Vater war die etwas plumpere Ausführung seiner Tochter. Schwammig, zähe Muskeln unter Speckpolstern. Bei einem Armdrücken würde er gewinnen, bei einem Kampf ich.

»Deine Tochter hat einen schwerwiegenden Fehler begangen.«

Wilsons glasige Augen fixierten mich aufmerksam. Auch wenn ich viele Gründe hatte, ihn wegen seiner Machenschaften am Rande der Legalität zu verurteilen, war er im Vergleich zu meinem noch immer ein guter Vater. Es tat mir ein wenig leid, dass er seine Tochter nicht unter Kontrolle hatte. Das einzige Kind, die fehlende Mutter, zu viele Freiheiten, keine Grenzen. Die fehlende Erziehung hatte sie zu einer Frau gemacht, mit der ich die letzten Jahre gut hatte arbeiten können, und leider auch zu einer, die mich wegen unerwiderter Liebe verriet.

»Was du über sie gehört hast …« Ich stutzte, als ich feststellte, dass Davies und Florence nicht länger am Tisch saßen. »Was du über sie gehört hast, ist wahr. Es sind keine Gerüchte.«

Wilson zog lange an seiner Zigarre und blies mir den Rauch ins Gesicht. »Was soll das heißen?«, fragte er tonlos.

»Dass ich sie beschützt habe. Aber es nicht länger kann. Sie hat den Befehl dazu erteilt, bewaffnete Männer ins Black Butterfly zu lassen. Ich würde dir das nicht sagen, wenn es nicht stimmte.«

Wilson lachte trocken auf. Er wollte mir nicht glauben.

»Ich setze auf unser gutes Verhältnis«, log ich. Tatsächlich setzte ich darauf, dass er seine Tochter nicht alleine würde beschützen können, sodass er sich weiterhin auf unsere Deals einlassen würde. »Aber ich muss mich –«

Die Balkontür öffnete sich. Davies.

»Falls Ihr es mit dem Ring unterstreichen wollt, Majesty.« Er reichte mir gespielt unterwürfig die Schatulle von Florence' Armband.

Wilson lachte, als er Davies das Wort ›Majesty‹ sagen hörte. Meine Feinde lachten häufig über die Art und Weise, wie ich mich mit meinem Namen kleidete, aber das war ja auch der Vorteil meines Pseudonyms. Nenn die Lüge beim Namen und niemand käme auf die Idee, sie zu enttarnen. Das Offensichtliche als Tarnung nutzen, das Verräterische in etwas Abwegiges verwandeln. Wer käme schon darauf, dass ich *wirklich* ein dunkler Prinz war? Mit jeder Faser meines Seins?

Ich nahm meinem ersten Mann die Schatulle ab und versuchte zu erraten, was er damit bezweckte. Shania saß noch immer am Esstisch, die Köchinnen flirteten mit Wilsons Männern, Florence war nirgends zu sehen.

»Den Ring«, wiederholte ich also dümmlich. Ich kam einfach nicht drauf, was Davies von mir wollte.

»Ihr wolltet doch erst ihren Vater um Erlaubnis …, Sir«, erinnerte er mich nachsichtig und trat zurück ans Fenster. Nicht ohne zuvor seine Hand kurz über seine Kehle zu ziehen, sodass nur ich diesen Hinweis bemerkte.

Shania? Kehle? Ein Ring?

»Ja. Richtig«, sagte ich gedankenverloren. »Jeffrey …« Ich ließ die Schatulle in meiner Hosentasche verschwinden. »Ich halte es daher für das Beste, wenn ich der ganzen Stadt zeige, dass sie zu mir gehört. Damit sie in Sicherheit ist. Ganz offiziell.«

Wilson paffte unbeeindruckt. »Weiß das nicht schon jeder?«

»Nun …«, wich ich aus. »Aber ich möchte dich um ihre Hand bitten.« Scheiße. Ging das auch ohne Prinzen-Jargon? »Ich will sie heiraten«, setze ich nach. Das klang nicht besser.

»Meine Tochter«, fragte Wilson sicherheitshalber und blies mir abermals Rauch entgegen. Davies hinter ihm nickte unmerklich. Ich hatte das Richtige gesagt. Er zeigte mit dem Finger nach drinnen. *Und jetzt frag sie.*

»Daher habe ich dich heute eingeladen«, fuhr ich heuchlerisch fort. »Ich liebe Shania und ich bin um ihren Schutz besorgt.« Fuck! Warum hatte ich Anträge in Gedanken ausschließlich vor meiner Familie geübt? Was fragte man einen Gangster, wenn man seine Tochter wollte? Ich hatte so keine Ahnung …

»Ich weiß nicht«, grunzte Wilson und sah kurz nach drinnen. »Du bist jung, Al, ich würde da nichts überstürzen.«

Meine Kinnlade fiel. Ehrliche Worte von Wilson, ein echter Ratschlag? Hochachtung. Nur leider passte das nicht in Davies' Plan. »Ich habe … ich habe mir das gut überlegt.«

»Na, dann. Vielleicht will sie ja auch nicht. Ich hatte vier verschissene Ehen in meinem Leben, Al, ich halte nichts vom Heiraten. Aber ich will euch ja nicht die Stimmung vermiesen.« Er klopfte mir auf die Schulter. »Wir sind zwar nie richtige Freunde geworden, aber du hast sie immer gut behandelt, das rechne ich dir hoch an. Meinen … wie sagt man … Segen hast du.«

»Danke«, presste ich vor.

Davies drängte mich mit seinem ungeduldigen Blick.

»Ich werde sie sofort fragen.«

»Tu das.« Wilson drehte sich Richtung Stadt und sah hinunter.

»Vielleicht wäre es wichtig zu erwähnen, was geschieht, wenn sie ja sagt«, warf Davies ein.

Ich nickte. Und hatte keine Ahnung, wovon er sprach.

»Wir würden sie entführen, Sir«, erklärte Davies schleimerisch. »Ich habe da etwas für sie geplant … Vielleicht müssten Sie und Ihre Männer den Nachtisch alleine genießen, Sir.«

»So richtig Romantik?«, grinste Wilson albern. Die Köchinnen umgarnten in Diamond-Manier seine Männer und er verstand, auf welchen Nachtisch Davies anspielte. Damit war er zufrieden. »Na, wenn ihr meint …« Er paffte seine Zigarre und schien nicht besonders interessiert am Ablauf des Antrages. Hauptsache er bekam kostenlos die Diamond-Nutten serviert. Er machte es uns sehr einfach.

Ich konnte mich endlich losreißen und folgte Davies nach drinnen.

Davies gab den Köchinnen Befehle, ich ging auf Shania zu. Davies wollte offensichtlich, dass ich sie ›entführte‹. Hatte sie etwas ausgefressen? Ging es um ihren Vater? Ich würde es gleich erfahren. Charmant hielt ich ihr die Hand hin. »Komm mit.«

»Wohin?«, fragte sie misstrauisch.

»Ich werde dich etwas fragen, worauf du schon lange gewartet hast. Aber unter vier Augen.«

Zweifel schoben sich wie ein Schatten über ihr Gesicht, dann waren sie wieder verschwunden und sie griff nach meiner Hand. Sie hatte die Schatulle gesehen. Sie war zwar eindeutig zu schmal und lang für einen Verlobungsring, aber sie ließ sich dennoch täuschen. *Vielleicht weil es ihr innigster Wunsch war ...*

Sie stand auf und folgte mir aus der Küche. Ein Blick zurück verriet mir, dass zwei der Köchinnen ihre Zunge längst in den Mündern der Männer vergraben hatten und die dritte sich zu Wilson nach draußen gesellte. Wenn ich auf sie angewiesen war, war mein Personal echt top.

Davies wartete vor der Tür zu meinem zweiten Schlafzimmer und schloss es auf.

Shania zögerte. Sie war nicht doof und roch die Falle, aber sie war bereits zu weit mitgekommen, um sich jetzt noch wehren zu können. Davies trat blitzschnell hinter sie, legte ihr eine Hand um den Mund und stieß mit ihr im Arm die Tür auf.

Florence stand an der Tür gegenüber, die zu einem Gästezimmer führte, und zuckte zurück. Sie ließ etwas aus ihrer Hand fallen und sah uns panisch an.

Ich schloss die Tür hinter mir und versuchte, die Situation zu überblicken, während Davies mit Shania kämpfte und ihr schließlich eine schallende Ohrfeige gab, die sie wehrlos zusammensacken ließ.

Mit geübten Griffen stieß er sie auf den einzigen Stuhl im Raum und fesselte sie rasend schnell mit Kabelbindern.

Als sie wieder zu sich kam, fluchte sie lautstark und er schob ihr einen Lappen aus der Küche in den Mund.

Ich fragte mich, wie wir Shanias Vater diesen Anblick erklären sollten, käme er ausgerechnet jetzt herein.

»Florence«, donnerte Davies' Stimme durch den Raum.

Sie zuckte bei der Tür zusammen.

»Wolltest du fliehen?«, stellte Davies ungläubig fest und ging mit harten Schritten auf sie zu. Jap. Ich wollte auf keinen Fall, dass Davies jemals mein Geheimnis erfuhr. Der Typ hatte diese brutale Sadistennummer im Kinderwagen gelernt, der *lebte* für diesen Scheiß. Er würde mich killen.

Bedauerlich.

»Du wolltest fliehen?!«, brüllte Davies, bückte sich und hob das silberne Etwas auf, das Florence zuvor fallen gelassen hatte.

Sie stand an die Wand gepresst da. Es gab kein Entkommen. Es hatte noch nie eines für sie gegeben.

Davies griff grob nach ihrem Arm und zerrte sie an sich. »Warum willst du fliehen? Was ist da in dem Keller geschehen? Du glaubst, du könntest irgendwelche Geheimnisse vor mir haben? Soll ich dich daran erinnern, dass ich keine Geheimnisse dulde?«

Sie wimmerte und biss sich auf die Lippen.

Hm. Sehr wahrscheinlich hatte es etwas mit Nike zu tun, wenn sie mal wieder die Klappe nicht aufbekam. »Magst du mich aufklären?«, fragte ich etwas gelangweilt.

Davies knurrte ungehalten und schleifte Florence den ganzen Weg um das Bett herum zu mir. Als sie mich erreichten, hielt er sie mir kommentarlos hin und zeigte anklagend auf ihren Hals.

Ich musste länger hinsehen, bis ich die blauen Flecke unter ihrer dunklen Haut erkannte. Dann aber wusste ich sofort, was sie zu bedeuten hatten und etwas in meiner Brust, das womöglich mein lange vergessenes Herz sein mochte, gefror.

Zu allem Übel zeugte ein nicht ganz verheilter, dünner Schnitt unter ihrem rechten Ohr von einem bewaffneten Angriff.

»Sie hat sich aus Versehen den Wein übergeschüttet und wollte den Schal partout nicht ablegen, obwohl er von dem Gesöff durchtränkt war. Also habe ich ihn von ihrem Hals gezerrt. Statt mir zu sagen, was geschehen ist, starrte sie mich stumm an wie jetzt und ich musste die dämlichen Überwachungsbänder zurückspulen, um zu erfahren, ob darauf etwas zu sehen ist.«

»Und? Ist es?«

Davies stieß zornig Luft durch seine zusammengepressten Zähne und hielt Florence noch immer wie eine verschreckte Puppe fest im Griff. Sie wich meinem Blick aus, wirkte wie das letzte bisschen Elend. »Sie ist Shania in den Keller gefolgt. Heute Morgen. *Nachdem du sie schutzlos rausgelassen hast.*«

Sein Vorwurf drang wie ein Messer zwischen meine Rippen. Ich hatte sie gehen gelassen, damit sie sich für oder gegen mich entscheiden konnte. Aber wie es schien, hatte sie dazu nie die Chance bekommen. »Was ist im Keller geschehen?«, fragte ich tonlos.

»Das wird uns Shania sagen müssen, wenn unsere trotzige Schönheit weiter schweigt.«

Ich betrachtete Florence. Ich betrachtete Shania. Die Chancen standen schlecht, dass irgendeine von beiden etwas sagen würde, solange Davies sie nicht folterte.

»Auf den Überwachungsbändern war nichts zu sehen?«, fragte ich ihn.

»Nein.«

»Dann kann es nur der tote Winkel gewesen sein«, dachte ich laut, »Shania kennt ihn.« Sie war ausgezeichnet darin, sich tote Winkel zu merken. »Und sie wollte wirklich abhauen?« Mein Blick glitt zurück zu Florence, die trotzig schnaubte. Das war ein Ja. »Fessel sie ans Bett, bevor sie noch völlig ausrastet, das Mädchen ist ja noch lebensmüder als meine Ex.«

»Ich würde sie lieber auspeitschen«, murrte Davies, gehorchte aber, drückte Florence auf den Boden, die sich fluchend ergab, und band ihre Hände an das Bettbein.

Zwei Frauen, zwei Männer und alle jeweils auf Augenhöhe. Das könnte spaßig werden. »Du redest mit ihr«, delegierte ich Davies und nickte unwirsch zu Shania.

»Nur zu gerne«, grinste er und zog sein Messer.

Ich kniete mich zu Florence. »Baby.«

»Nenn mich nicht so!«, zischte sie und zog an ihren Fesseln. »Mach mich los!«

»Nein. Du wolltest fliehen, du bist unberechenbar. Wenn wir dich nicht festhalten würden, könnte sonst was passieren. Nachher springst du Shania noch zur Seite.«

Sie schnaubte.

»Mit was genau hast du versucht, die Tür zu öffnen? Einer Haarnadel?«

»Einem Schraubenzieher!«, blaffte sie.

Ich lächelte nachsichtig. »Du wärest nicht entkommen. Warum plötzlich dieser Fluchtversuch?«

»Ich traue euch nicht.«

»Baby …« Ich seufzte tief. »Wieso bist du zurückgekommen? Ich habe dich heute Morgen aus dieser Tür spazieren lassen. Du wurdest nicht überwacht, niemand hat dich belauscht, das Einzige, was ich hatte, war dein Handy beziehungsweise das GPS Signal, das es sendet. Verstehst du? Du hättest überall hingehen können. Es macht gar keinen Sinn, dass du zurückkommst und keine zwei Stunden später fliehen willst. Außer es hat einen sehr gravierenden Grund und ich fürchte, dass du mir unverzüglich sagen solltest, welcher das ist, wenn wir nicht ungeduldig werden sollen.«

»Lass mich einfach in Ruhe.« Sie zog die Knie an und starrte vor sich auf den Teppich. »Lass Shania frei. Sie wird es dir sonst nie verzeihen.«

»Du sprichst so, als ob man dir das Hirn poliert hätte. Hat das ganz zufällig etwas mit den Würgemalen an deinem Hals zu tun? Oder sind die heute zufällig beim Spaziergang entstanden?«

Sie presste trotzig die Lippen aufeinander, bevor sie mir ihre zwei Lieblingssilben entgegenschleuderte. »Fick dich.«

Ich richtete mich auf.

Davies hatte sich mehr seinem Messer als Shania gewidmet und betrachtete mich vielsagend.

Ich wusste, welches Bild er vor Augen hatte und welche Rolle Florence darin spielte, und ich hatte noch nie so viel Lust empfunden, eben dieses Bild in die Tat umzusetzen. Schlagen, lieben, alles erfahren, vögeln. Und nur in dieser Reihenfolge.

Leider würde das gerade zu lange dauern.

»Vergessen wir unsere Prinzessin. Halt Shania dein Messer an den Hals.«

Er grinste, befolgte meine Worte und trat hinter ihren Stuhl. Seine Hand umschloss fest ihr Haar, sodass er ihren Kopf nach hinten ziehen und sein Messer an ihren Hals legen konnte.

Sie stöhnte.

Langsam trat ich näher und zog ihr den Knebel aus dem Mund. Sie schrie augenblicklich los, was ihn mich wieder zurückstopfen ließ. »Gut, dann nur mit einfachen Ja-Nein-Antworten«, entschied ich zuvorkommend. »Dein Leben ist ein wenig im Arsch, Shania. Ich habe dich mit Drogen vollgepumpt, damit du die Nacht im Black Butterfly vergisst. Aber Tatsache ist, dass du uns verraten hast. Du hast die bewaffneten Männer durchgelassen, du hast für die Panik gesorgt, deinetwegen hätte mich beinahe eine Granate zerfetzt. Du verdienst einen langsamen Tod. Nun, wenigstens das wird nicht geschehen, solange Papa auf dich aufpasst. Aber es gibt noch mehr Leute, die auf Rache sinnen als nur mich. Dort unten, auf Erdgeschossebene, gehen Gerüchte umher, dass du diejenige bist, wegen der ihre Freunde in der Panik beinahe totgetrampelt oder erschossen wurden. Ich habe das Gerücht gestreut, dass du tot bist, aber das wird niemand mehr glauben, sobald man dich sieht. Die Zeit, in der du dich frei und glücklich durch London bewegen konntest, sind vorbei. Und eigentlich hängt es nur an mir, wie frei und glücklich du dein restliches Leben noch sein kannst. Daddy kann dich nicht immer beschützen. Daddy ist nicht immer da. Wenn du also möchtest, dass ich die Schuld von dir nehme, verbreite, dass es ein technischer Fehler gewesen war, vielleicht sogar irgendeinen Schuldigen auserwähle, der an deiner statt die gerechte Strafe erhält, dann solltest du jetzt reden. Wollen wir es noch einmal versuchen?«

Ihre Augen waren hasserfüllt.

Sie sah danach aus, als ob sie mir etwas an den Kopf werfen wollte, und vielleicht enthielt diese Schimpftirade ja einige interessante Informationen.

Ich zog den Knebel heraus und sie blitzte wütend zu mir hoch.

»Geh verrecken, Wichser!«, spie sie mir entgegen, dann

zog sie ihren Hals einmal von rechts nach links über die Klinge des Messers an ihrem Hals. Davies ließ es sofort los und das Blut verteilte sich in ihrem Schoß, traf ihre Brust, glitt in ihr Dekollete. »Mein Vater wird dich töten!«, röchelte sie.

Blut.

Blut.

Blut.

Ich fasste panisch an ihren Kopf und drückte ihn zurück auf ihren Hals, drückte ihn zurück, doch der Schnitt war zu tief. Er war viel zu tief.

»Was für eine Scheiße«, keuchte Davies. Er hatte ihr Haar losgelassen.

Ich hielt sie fest. »Nein. Nein.« Fuck. Fuck. Fuck. »Nein.«

Das Blut lief in ihre Atemwege, verstopfte ihre Lungen und sie grinste mich an. Grinste mich an, weil sie gerade mit ihrem Tod mein Todesurteil unterzeichnet hatte.

»Scheiße«, keuchte ich. Es hatte keinen Sinn. Das Blut quoll ungehindert aus ihrem Hals hervor. Ihre Augen verdrehten sich. Meine Hände. Rote Farbe, warme Flüssigkeit. Dann das Herz. Es versagte, ihr Hals sackte zusammen, ihr Leben war entwichen.

Ich hielt eine Leiche in der Hand. Die Leiche der Frau, die ich öfter gevögelt hatte als alle anderen Frauen in meinem Leben. Die neben mir gelegen hatte, nachts, auch wenn ich selten schlief. Die Frau, von der ich ganz genau wusste, wie ihre Lippen sich unter meinen anfühlten. Die mir nie etwas bedeutet und die doch alles für mich bedeutet hatte. Ohne die es so viel schwieriger gewesen wäre, mit der südlichen Seite Londons Geschäfte zu machen. Ohne die ein Mann wie ich niemals im schwarz geprägten Brixton oder Peckham Respekt gefunden hätte.

Sie hatte sich getötet. Eigenhändig. Ihr Selbstmord war der Todesgruß an mich; ich sollte ebenfalls sterben. Shanias Vater würde denken, ich wäre schuld an ihrem Tod, und das bedeutete Rache.

Als der Schock verebbte und ich den toten Körper endlich losließ, als ob meine Hände erst jetzt begriffen, dass sie ihn nicht würden retten können, wurde mir erst das volle Ausmaß dieser Misere bewusst. Ich brauchte Davies nicht anzusehen, er musste es nicht aussprechen, ich wusste es auch so.

»Es führt kein Weg daran vorbei. Wir müssen die Männer killen. Drei Schüsse, es wird schnell gehen.«

»Nein.«

»Wenn wir ihn nicht töten, tötet er uns. Er wird nicht eher Ruhe geben.« Davies. Ganz der Soldat.

Was war eigentlich mit Florence?

Ich drehte mich zu ihr um. Sie starrte wie paralysiert auf die Leiche. Verdammt. Hatte ich ihr nicht gesagt, ich sei nicht gut für sie?

»Wir werden Wilson nicht umlegen. Wir müssen fliehen. Wir nehmen Shania mit. Er wird es nicht erfahren.«

Davies lachte trocken. »Und wem willst du den Mord unterschieben?«

Mein Gehirn rechnete schnell. »Das ist einfach. Pack sie ein.« Zum Glück lag in diesem Zimmer kein Teppich. Dennoch würden wir Florence' Hilfe brauchen, wenn wir in kürzester Zeit hinter uns aufräumen wollten.

Ich nahm das Handtuch entgegen, das Davies mir aus dem Wäscheschrank zuwarf und säuberte meine Hände. Während ich den rauen Stoff unter meinen Fingerkuppen spürte, blieb mein Blick an der Leiche haften. Der Schock war überwunden. Jetzt empfand ich reine Genugtuung.

Wenn die kleine Schlampe dachte, ihr Selbstmord würde mich in Schwierigkeiten bringen, hatte sie sich geirrt. Wo auch immer ihre Seele gerade hingefunden hatte, sicherlich wurde es auch ihr klar. Bescheuerte Bitch.

»Okay, wir sollten uns beeilen.« Ich entschied mich dazu, nicht länger herumzufackeln und setzte mich zurück vor Florence.

Ihre Augen waren weit aufgerissen, ihr Mund geschlossen.

»Möchtest du, dass wir deine Kehle ebenfalls aufschlitzen? Wir könnten es wie einen Doppelmord aussehen lassen, es würde vieles vereinfachen.«

Sie schüttelte langsam den Kopf.

»Das dachte ich mir. Was auch immer zwischen dir und ihr vorgefallen ist oder warum auch immer du fliehen wolltest; ich hoffe inständig, dass ich dir auch ohne Drohungen vertrauen kann. Wir brauchen jetzt deine Hilfe. Erinnerst du dich an das, was ich dir im Black Butterfly sagte? Wir sind ein Team. Du. Ich. Und Davies, wenn er gerade zur Stelle ist. Wir werden diese Leiche heute Abend noch wegschaffen. Leichen wegschaffen gehört weder zu meinem noch zu Davies' Hobbys, aber wir wissen wenigstens, wie das geht. Und dafür brauchen wir deine Hilfe. Wir dürfen keine Spuren hinterlassen. Das Blut … Jemand muss schauen, ob Wilsons Männer beschäftigt sind, und die Treppenhäuser auf dem Weg nach unten beobachten.«

»Sie hat nach Hilfe geschrien.« Florence' Lippen bebten. »Sie hat um Hilfe geschrien. Also bin ich hinuntergegangen und habe ihr geholfen.«

»Ja.«

»Aber sie hat mich angefallen.«

»Ja.«

»Auf den Boden geworfen, gewürgt. Hätte ich die Waffe nicht dabei gehabt, hätte sie mich …«

»Irgendjemand wird über sie richten. Wer, liegt nicht mehr in unserem Ermessen.«

»Sie hätte mich vielleicht getötet.«

»Möglich. Was für eine Waffe?«

Florence sah mich an.

»Aus deinem Zimmer? Ich hatte sie absichtlich für dich versteckt und du hast sie wirklich mitgenommen. Hast du die Munition auch gefunden?«

Florence schüttelte den Kopf.

»Das war vermutlich besser so.«

Sie nickte.

»Hat sie dir gedroht?«

Noch einmal.

»Womit?«

Sie schwieg.

Ich schloss für einen Moment die Augen. »Florence.« Der Name lag perfekt auf meiner Zunge. »Wenn wir gleich zu Evans Wohnung gehen.« Ich dachte an den Tag zurück, an dem wir uns das zweite Mal begegnet waren. Dort. In diesem Loch dieses Pissers, der bald von der ganzen Welt wegen eines Mordes gesucht werden würde. »Durch die Dunkelheit. Eine Leiche im Schlepptau. Du, Davies und ich. Während Shanias Vater noch nichts ahnt, es aber bald tun wird, wenn ihn meine Prostituierten nicht länger ablenken …«

Sie schluckte.

»Dann werde ich dir die Möglichkeit lassen, zu gehen – den ganzen Weg dorthin. Du musst uns nicht folgen, du kannst nach Hause gehen. Du bist absolut frei – diese zwei Kilometer. Aber wenn wir dort ankommen …«

Ihre braunen Augen spiegelten etwas wider, das ich nur zu

gut von mir selbst kannte. War es Hoffnungslosigkeit? War es Todesangst? War es der Wille, jemandem etwas zu beweisen?

»... und du bist immer noch bei uns ...«

»Dann?«, fragte sie leise.

»Dann lasse ich dich nie wieder gehen.«

Ende Band 2

NACHWORT

Meine lieben Leserinnen und Leser,

es tut mir leid, euch an dieser Stelle mitteilen zu müssen, dass dieses Märchen ewig währt – jedenfalls ist es längst noch nicht erzählt. Ich stehe mit meinem Namen dafür ein, dass ich die Geschichte nicht in die Länge ziehen werde, nur um möglichst viele Bücher zu schreiben. Ehrlich, mir wäre es auch lieber, die Reihe wäre nach drei Bänden abgeschlossen, aber das wird sie nicht sein.

Nicht zuletzt, da das Buch im Randbezirk Londons beginnt und im Königshaus enden wird … Und seien wir ehrlich, ein einfaches Happy End im Schloss wird es für Alec und Florence nicht geben. Lehnt euch also zurück, seid mir nicht allzu böse und harrt der Dinge, die da kommen mögen.

Eines noch: Du hast das Gefühl, in einem Band wird nicht genug aufgeklärt, es endet mit offenen Fragen? Ich verspreche dir: Im zeitlichen Verlauf werden alle deine Wünsche erfüllt, aber manchmal braucht man etwas Geduld, nicht jede Fee erscheint pünktlich um Mitternacht.

Märchenhafte Grüße,
deine Jane

DANKSAGUNG

CHECKLISTE FÜR GUTE FEEN

Iris Gierga

— SIE HÄTTE AUS 100 JAHREN SCHLAF EINEN TAG GEMACHT

Claudia Matheis

— KEIN FEH- ÄH FLUCH IST VOR IHR SICHER

Claudia Gerschwitz

— DURCHDRINGT JEDEN ZAUBER

Jessica, Coco, Patrizia, Kerstin, Ania, Savannah

— WEIHNACHTSWICHTEL UND SUPERFEEN IN EINEM!

Vero

— NIMMT JEDE WEITE REISE IN KAUF

Michelle, Sandra S., Julia H., Sandra B., Anika, Daemonia, Claudia, Jacqueline W., Mandy, Nadine, Julia S., Jenny, Jacqueline S., Anja

— SIE SIND FÜR DAS WIRKLICH BÖSE ZEUG VERANTWORTLICH

Nathalie

— SCHAFFT WUNDERVOLLE MÄRCHENZITATE, DANKE!

Alle, die ich vergessen habe

— VERFLUCHT MICH NICHT!

BAD PRINCE ist die zweite Reihe, die im DARK-PRINCE-Universum spielt und einige Überraschungen bereithält. Ich wünsche viele schöne Lesestunden!

»Willst du es?« Seine tiefe Stimme erzeugt ein grausames Prickeln in meinem Bauch.

Ich antworte nicht, aber als sein Oberschenkel meine empfindlichste Stelle berührt, entweicht mir ein: »Ja!«

Ich höre ihn an meinem Ohr lachen, als er nichts weiter tun muss, als mich fest an sich zu ziehen. Meine Sinne werden vollständig von seiner überpräsenten Nähe übermannt, die starken Muskeln, der dominierende Griff, sein einprägsamer Geruch, der mich an eine Mittsommernacht erinnert, und die markerschütternde Erkenntnis, dass er nun mal wirklich ein Prinz ist …

Er muss nicht viel tun. Ich erliege ihm vollständig und mein Körper wird von einem Sturm mitgenommen, der nicht enden will.

Atemlos bleibe ich unter ihm liegen, als er sich langsam zurückzieht. Ich hätte ahnen müssen, dass er es dabei belässt und diese Runde als Gewinn einstreicht.

»Lasset die Spiele beginnen«, raunt er lächelnd und zerstört damit mein kleines Märchen, an das ich sowieso niemals hätte glauben dürfen.

Arschloch!

FOLGE MIR INS WONDALAND ...

INSTAGRAM

@janes_wonda

FACEBOOK

www.facebook.com/janeswonda

oder

DARK WONDALAND Gruppe

MAIL

mail@janeswonda.com

NEWSLETTER

www.janeswonda.com unten eintragen!

SHOP

www.janeswonda.com/shop